W0182848

«Aus der Menge der Vatikan-Thriller sticht dieser hier absolut heraus.» (THRILLER MAGAZINE)

«Dieses Buch gehört in die Reihe der erfolgreichen Sakral-Thriller à la Dan Brown. Aber sein Thema ist viel spannender!» (CORRIERE DEL VENETO)

Joseph Thornborn ist ein namhafter Journalist mit Schwerpunkt Vatikan. Aufgrund der Brisanz des Themas hat er diesen Thriller unter Pseudonym verfasst.

Joseph
Thornborn

DAS VIERTE GEHEIMNIS

Thriller

Deutsch von Olaf Matthias Roth

Rowohlt Taschenbuch Verlag

Die Originalausgabe erschien 2007
unter dem Titel «Il Quarto Segreto»
bei Edizioni Piemme Spa, Casale Monferato.

Deutsche Erstausgabe
Veröffentlicht im Rowohlt Taschenbuch Verlag,
Reinbek bei Hamburg, August 2008
Copyright © 2008 by Rowohlt Verlag GmbH,
Reinbek bei Hamburg
«Il Quarto Segreto» Copyright © 2007 by
Edizioni Piemme Spa
Redaktion Suse Vetterlein
Umschlaggestaltung any.way,
Barbara Hanke / Cordula Schmidt
(Fotos: Carl & Ann Purcell / CORBIS;
Archivio Iconografico, S. A. / CORBIS)
Satz Utopia PostScript
Gesamtherstellung CPI – Clausen & Bosse, Leck
Printed in Germany
ISBN 978 3 499 24753 8

Das vierte Geheimnis

I

Coimbra, 13. Juni

Die pechschwarzen Pupillen, die hinter den fingerdicken Brillengläsern riesig wirkten, waren mittlerweile das Einzige, was sie noch bewegen konnte. Sie blickte sich in dem Zimmer um, das vom matten Licht einer kleinen Lampe erhellt wurde. Jeden Zentimeter der weißen Wände tastete sie ab, auf der Suche nach Erinnerungen. Gerne hätte sie sie an die Wand projiziert, wie in einem Film, um sie wenigstens ihren Mitschwestern kundzutun, die sie auf ihrer letzten Reise begleiteten. Es waren wunderschöne, doch auch entsetzliche Bilder, die sie fünfundachtzig Jahre lang im Gedächtnis und im Herzen aufbewahrt hatte.

Ihr müder Blick blieb immer wieder auf dem Kruzifix aus Ebenholz haften, unter dem eine Keramikstatue der Madonna von Fatima stand. Und jetzt schienen Schwester Lucia dos Santos' rastlose Pupillen Ruhe zu finden. Die unzähligen Falten auf ihrem Gesicht glätteten sich und stellten die Züge des kleinen Mädchens wieder her, wie sie auf den alten Fotos von 1917 in Ajustrel verewigt waren.

Ihre verkrampften Hände klammerten sich an den Rosenkranz. Neben der sterbenden Nonne stand zu dieser nächtlichen Stunde nur Schwester Myriam José, die jüngste der in Klausur lebenden Karmeliterinnen. Sie war mit dem Gebetbuch im Schoß eingenickt.

«Der Adler …»

Die heisere, aber entschlossene Stimme ließ sie aus dem Schlaf hochfahren.

«Der Adler … die Blumen, wann wird er sich setzen … Oh Gott, nein …»

Das war kein Traum. Es war Schwester Lucia, die nach einer Woche absoluten Schweigens wieder zu reden angefangen hatte.

Myriam öffnete mühsam die Augen und sah, wie die Lippen der alten Seherin von Fatima vor Furcht zitterten. Die Augen starrten auf einen unbestimmten Punkt an der Wand. Sie spricht im Delirium, dachte die junge Schwester. Als sie sich zur Seite drehte, um ihr ein Glas Wasser zu geben, redete Lucia weiter.

«Myriam, wenn der Adler … die Blumen.»

«Schwester Lucia, beruhigen Sie sich», sagte sie mit sanfter Stimme. «Sie delirieren, beruhigen Sie sich!» Sie sagte es in professionellem Tonfall, wie sie es seinerzeit als Sechzehnjährige während ihrer Ausbildung im staatlichen Krankenhaus Egas Moniz in Lissabon gelernt hatte. Doch die alte Frau, die mit dem Tod kämpfte, ging nicht darauf ein. Das war kein Traum! Sie «sah» tatsächlich etwas.

Dann blickte Lucia plötzlich die junge Hilfsschwester an. «Myriam, das sagte Unsere Liebe Frau zu uns, am 13. Oktober 1917. Es ist der vierte Teil: ‹Wenn der Stellvertreter meines Sohnes aus dem Land des Adlers und der Blumen kommt, dann ist die Zeit der großen Verfolgungen da› …»

Myriam hörte zu, während es der alten Nonne zum ersten Mal seit Tagen gelang, die mittlerweile ganz verkrampften Finger vom Rosenkranz zu lösen und auf ein winziges

Brevier auf der Anrichte aus dunklem Nussholz zu deuten, dem einzigen Möbelstück der Zelle.

«Nimm es, bitte ...»

Myriam erhob sich augenblicklich von ihrem weißen Metallstuhl und griff rasch nach dem kleinen Buch.

«Es ist noch nicht alles gesagt worden, doch jetzt ist der Moment gekommen. Es bleibt nicht viel Zeit ... Der Umschlag ...»

Die junge Nonne betrachtete das abgegriffene Büchlein mit seinen verblichenen Seiten, auf denen die Psalmen auf Lateinisch standen. Viele Votiv- und Heiligenbildchen steckten darin. Sie erkannte die Unterschrift zahlreicher Päpste.

«Der Umschlag ...», wiederholte Lucia mit schwacher Stimme, nachdem sie ihre letzten Kräfte gesammelt hatte.

Endlich begriff Myriam. Sie nahm den Schutzumschlag aus schwarzem Leder ab, in dem ein versiegeltes Briefkuvert lag. Neben dem dunkelroten Stempel stand ein von Hand hinzugefügtes Datum: 12. Mai 1955.

«Bewahre du ihn auf, denn die Welt soll erfahren ...», stammelte Lucia, bevor sie den Blick wieder auf das Kruzifix heftete. Ihr Mund schloss sich erneut, doch nun zeichnete sich ein Lächeln auf ihrem Gesicht ab. Endlich war sie wieder heiter, wie damals, als zwölfjähriges Mädchen, als sie mit ihrem Cousin und ihrer Cousine die Schafe in der Cova da Iria gehütet hatte. Sie hatte die Hölle und das Paradies gesehen – zumindest hatte sie das geglaubt, außerdem Marias Antlitz und das von Jesus. Sie hatte, am Vorabend der Oktoberrevolution, einen kleinen Ausschnitt der dramatischen Zukunft gesehen, welche die Menschheit des zwanzigsten Jahrhunderts erwartete, die Christenverfolgungen, den Zweiten Weltkrieg. Aber auch etwas noch Dunkleres, Entsetzlicheres. Etwas, das die Zukunft Europas und die gerade in ein neues Jahrtausend eingetretene Menschheit betraf.

«Gott sei Dank werde ich das nicht mehr erleben ...», waren ihre letzten Worte.

Der schwarzgekleidete Mann ging nervös in der geräumigen Eingangshalle des Klosters auf und ab und rauchte eine Zigarette nach der anderen. Er war aufgeregt und fühlte sich nicht wohl in seiner Haut. Immer wieder zählte er die roten Terracotta-Fliesen auf dem Boden. Die mit *azulejos* dekorierten Wände sahen in der düsteren Stimmung der Nacht wie Gespensterzeichnungen aus. Auf Monsignore Alfonso Lo Monaco, Abgesandter des vatikanischen Staatssekretariats, wirkte die Atmosphäre eines Klosters, in dem Nonnen in Klausur lebten, bedrückend. Er, der Diplomat aus dem Vatikan, der die ganze Welt bereist hatte, bevor er sich zum Faktotum der römischen Kurie gemausert hatte, war ganz anderes gewohnt. Der Papst höchstpersönlich hatte ihn gebeten, sofort nach Coimbra zu fahren, um der sterbenden Schwester Lucia beizustehen. Doch er wusste nur zu gut, dass jene «Mission» auch einen anderen, weniger mildtätigen Hintergrund hatte: Alle Schriftstücke und persönlichen Gegenstände der Seherin sollten nach Rom gebracht werden.

Erzbischof Lo Monaco war also nervös, denn er wusste, dass sich in Schwester Lucias Briefen durchaus Hinweise auf den vierten Teil des Geheimnisses von Fatima finden konnten, und diese Zeugnisse wollte der Papst unbedingt sehen. Vor wenigen Stunden, beim Abendessen, war der Erzbischof in seinem Hotel angerufen worden: «Hochwürden, es wird nicht mehr lange dauern ...» Er hatte die Nonne tags zuvor besucht. Sie hatte ihn mit einem stummen Lächeln begrüßt, aber nicht reden können oder wollen, sondern ihn nur durchdringend angesehen. Mühsam hatte Lo Monaco ihrem forschenden Blick standgehalten – richtig taxiert hatte er sich gefühlt, er, der doch eine der fünf Personen war, die das Privileg hatten, den noch nicht enthüllten Teil der Geheimnisse zu lesen. Fast hatte er einen leisen Vorwurf in Lucias Blick verspürt.

Er war näher getreten, hatte der sterbenden Frau den Gruß des Papstes zugeflüstert und sie in seinem Namen gesegnet. Dann war er gegangen, nicht ohne Schwester Felicia Benedicta, die Äbtissin, gebeten zu haben, ihn im Fall von Lucias Tod umgehend zu benachrichtigen.

Abends hatte er in dem kleinen, nur zwei Häuserblocks vom Kloster entfernten Hotel sein Abendessen unterbrechen müssen. Die Äbtissin hatte ihn angerufen, bevor er wie gewöhnlich sein Mahl mit einem Glas Real Campanhia Velha beendet hatte. Dieser Portwein, den er regelmäßig zu sich nahm, da er «dem Kreislauf auf die Sprünge» half, war mittlerweile zu seinem unentbehrlichen Schlaftrunk geworden. Am Vortag war der Monsignore sechzig Jahre alt geworden, was man ihm nicht ansah. Er hatte seinen Geburtstag jedoch aufgrund der delikaten Mission nicht feiern können.

Nun ging Lo Monaco in der kühlen Eingangshalle des Karmeliterklosters auf und ab. Er war verärgert, weil man ihn zu früh gerufen hatte – entgegen der Aussage am Telefon schien sich die Angelegenheit noch etwas hinzuziehen.

Das schwere Eisengitter ging just in dem Augenblick auf, da sich der Erzbischof seine zehnte Zigarette anzünden wollte. Er nahm sie rasch wieder aus dem Mund und steckte sie ein, während er mit der anderen Hand Zigarettenpäckchen und Feuerzeug in der Tasche verschwinden ließ.

«Kommen Sie, Hochwürden», sagte die Äbtissin und wies ihm den Weg. Lo Monaco setzte eine bedeutungsvolle Miene auf, knöpfte sein Talar zu und folgte der Nonne, die mit raschen Schritten den in Halbdunkel gehüllten Korridor entlangging.

In Lucias Zelle hatten sich bereits etliche Personen eingefunden: Alle Mitschwestern, mitten in der Nacht von einer Glocke aus dem Schlaf gerissen, waren herbeigeeilt, um sich von ihr zu verabschieden. Einige knieten an der Seite oder zu Füßen des Bettes, andere beteten ganz leise, als könnte die Tote noch im Schlaf gestört werden.

Mühsam bahnte sich der Erzbischof seinen Weg. Als er dann vor der Leiche stand, segnete er sie. Überrascht sah er, dass die Tote lächelte. *Ein Lächeln der Dankbarkeit,* dachte er. Er bat die Äbtissin, die anderen Schwestern hinauszuschicken, und begann mit einer regelrechten Durchsuchung. Alle Schubladen der Anrichte öffnete er und leerte sie aus. Nur eine davon enthielt Briefe, einzelne Blätter, Aufzeichnungen. Der Erzbischof raffte sie zusammen und steckte sie in eine schwarze Plastiktüte, die er dann zuklebte. Anschließend durchsuchte er aufmerksam jeden Winkel der Zelle, blätterte die Bibel durch, das kleine Brevier, die Bücher mit den geistlichen Exerzitien, eine zweibändige Biographie des verehrten Johannes von Jesus Maria, des Gründers der barfüßigen Karmeliterinnen.

«Suchen Sie etwas Bestimmtes?», fragte Schwester Felicia Benedicta.

«Nein, nichts», erwiderte der vatikanische Diplomat in perfektem Portugiesisch. «Ich habe den Auftrag erhalten, jedes schriftliche Zeugnis von Schwester Lucia nach Rom zu bringen. Der Heilige Vater möchte alles lesen ...»

Die korpulente Nonne wirkte ein wenig komisch in ihrem engen Gewand, das aussah, als würde es gleich platzen. Zum Zeichen des Respekts und des Gehorsams senkte sie die vom Weinen geröteten Augen.

«Wer war bei ihr, als sie starb?», fragte der Erzbischof.

«Schwester Myriam.»

«Kann ich mit ihr sprechen? Wo ist sie jetzt?»

«Ich weiß es nicht. Ich sehe mal nach ...», antwortete die Äbtissin.

Sie fand Myriam in der Kapelle, vor dem Altar kniend.

«Der Monsignore möchte dich sprechen», sagte Felicia Benedicta.

«Ich komme.»

Bevor Myriam sich erhob, ließ sie den versiegelten Umschlag, den sie eine Stunde zuvor im Brevier Schwester Lucias gefunden hatte, in eine Ritze des Betstuhls gleiten. *Den sollst du nicht haben!*, dachte sie bei sich und erinnerte sich an den beredten Blick, mit dem Lucia den Besuch des Erzbischofs vor zwei Tagen kommentiert hatte.

«Was hat Ihnen Schwester Lucia gesagt, bevor sie starb?», fragte Lo Monaco die Nonne, die nun vor ihm stand. «Ich soll dem Heiligen Vater alles berichten ...», fügte er hinzu, als müsse er sich rechtfertigen.

Myriam stand mit festverschränkten Händen da, um ihre Anspannung zu verbergen.

«Nichts, Exzellenz», sagte sie. «Sie hat nur das Kruzifix und die Marienstatue angesehen, dabei gelächelt und ‹Danke› gesagt.»

«Hat sie dem Papst nichts ausrichten lassen?»

«Nein.»

«Und hat sie Ihnen nichts übergeben?»

«Nein, Exzellenz, gar nichts.»

«Ich danke Ihnen. Sie können jetzt gehen», sagte Lo Monaco kühl, obwohl er ganz und gar nicht davon überzeugt war, dass die Nonne die Wahrheit gesagt hatte.

Schon war Myriam aus der Zelle verschwunden, und Lo Monaco sprach noch ein paar Minuten mit der Äbtissin über die Einzelheiten der Totenwache. Dann ging auch er, nicht ohne einen letzten Blick auf Lucia geworfen zu haben, die so seltsam lächelte. Irgendwie hatte er das Gefühl, dass ihm heute Nacht etwas entgangen war ...

II

Rom, 14. Juni

Das Telefon klingelte ausgerechnet in dem Augenblick, als John Costa eine goldene Pappschachtel geöffnet hatte und sich an dem Duft von frischen sizilianischen Cannoli berauschte. Der Esstisch und die gesamte Küche der Wohnung in der Via delle Fornaci, nur ein paar Schritte vom Petersdom entfernt, sahen aus wie ein Schlachtfeld, auf dem sich ein Dutzend Haushälterinnen in einem Duell auf Leben und Tod bekriegt hatte. Schmutzige Teller, überall verstreutes Besteck, zerdrückte Cola-Dosen, Plastikschalen mit Essensresten. Riesige Zeitungsstapel in den Zimmerecken machten das Bild komplett.

Einen Moment lang versuchte John, das lästige Klingeln zu überhören, das ihn von dem kleinen Ritual abhalten wollte, dem er sich jeden Donnerstagmorgen unterzog. Mit halbgeschlossenen Augen, dem Alltag entrückt, blieb er auf dem hellen Holzstuhl sitzen und freute sich darauf, gleich in die aparte Mischung aus süßer Ricotta und kandierten Orangenstückchen zu beißen, die «Seele» jener knusprigen Teighülle, die sein Freund, der Konditor, mit einer Prise Kakao bestreut hatte. Er fragte sich, wer es wohl wagte, ihm eine der wenigen Vergnügungen zu rauben, die ihm noch geblieben waren, und warf einen letzten verschwörerischen Blick auf die Cannoli, die in seiner persönlichen Rangliste der genialen menschlichen Erfindungen den zweiten Platz einnahmen, gleich nach der Cassata.

Das aufdringliche Läuten des Telefons ließ ihn resignieren. Es war neun Uhr morgens, aber schließlich war John ein Journalist der Nachrichtenagentur Reuters und hatte an dem Tag Dienst. Widerwillig stand er auf und griff nach dem schnurlosen Telefon, das auf dem Mahagonitisch im Flur zwischen seinen Unterlagen lag.

«John, wach auf!» Die Stimme bebte, der Ton war eindringlich.

«Marc, ich bin längst wach, es ist neun Uhr! Was willst du, verdammt nochmal?»

«Heute Nacht ist Schwester Lucia dos Santos verstorben, die Sehende von Fatima …»

«Seherin, Marc, das heißt Se-he-rin!»

«Seherin, Sehende … ist doch egal! Jedenfalls ist sie tot. Also, schwing deinen Arsch zum Vatikan rüber – der Chef will ein paar Statements hören. Schnapp dir Kardinäle, mach Interviews …»

«Schon klar, halt so wie immer. Glaubt ihr, der Vatikan ist die Lobby des Kongresses der USA, wo alle nur darauf warten, einem dahergelaufenen Journalisten das Herz auszuschütten?»

«Ach, übrigens …», sagte Marc Jemmallo, Chef der Reuters-Redaktion in Rom, ohne auf den Einwand einzugehen, «du musst auch etwas über das Geheimnis herausfinden.»

«Was für ein Geheimnis?»

«Über das Geheimnis von Fatima, du Trottel!»

«Hör zu», sagte der Journalist, «ich weiß ja, dass du im Mai 2000 noch in Moskau warst und die ersten Schritte des neuen russischen Präsidenten direkt aus der Nähe verfolgt hast ... Aber dass das Geheimnis, das dritte Geheimnis von Fatima, vom Vatikan samt allen Originalstempeln und Faksimiles veröffentlicht wurde, das solltest du schon wissen!»

«Ach ja? Bist du dir da so sicher? Dann erklär mir doch bitte, weshalb in den letzten Tagen immer wieder Priester, Mönche, Nonnen und sonstige Seher aus aller Welt an die Öffentlichkeit gegangen sind und behauptet haben, da sei noch mehr ... Wie hieß nochmal dieser Kanadier?»

«Pater Gruner.»

«Genau der! Er behauptet, der Papst habe nicht den ganzen Text von Schwester Lucia veröffentlicht.»

«Hör mal, Marc, Verrückte gibt es überall auf der Welt! Über diese Sache ist doch längst alles, aber auch wirklich alles, gesagt worden. Auch wenn es immer wieder ein paar Irregeleitete gibt, die nicht lockerlassen, sehe ich nicht ein, weshalb wir ...»

«Das erklär ich dir gern, mein lieber Vatikanspezialist – liest du eigentlich keine Zeitung? Siehst du denn nicht, was in der ganzen Welt passiert? Die Leute sind unruhig, sie haben Angst!»

«Und wir sollen ihnen noch mehr Angst einjagen, indem wir im Trüben fischen?»

«Nein, aber wir sollten unsere Arbeit machen, Hintergründe aufdecken, analysieren, über rätselhafte Phänomene berichten ...»

«Marc, hör auf, ich bitte dich! Du hast mir ohnehin

schon das Frühstück vermiest. Spiel hier nicht den Journalistik-Professor. Ausgerechnet du!»

«Jedenfalls ... », sagte der Mann am anderen Ende der Leitung, «vielleicht hievst du dich ja einfach mal aus deinem Sessel und lieferst mir einen wirklich guten Bericht, mit dem wir die amerikanischen Morgennachrichten ein wenig aufpeppen können. Etwas, bei dem amerikanischen Hausfrauen während des Frühstücksfernsehens der Pancake im Hals stecken bleibt und der Ahornsirup auf die Fernbedienung tropft!»

Über den American Way of Life herzuziehen war eine der Lieblingsbeschäftigungen von Marc Jemmallo, der sich mittlerweile so sehr an das Frühstück in römischen oder Pariser Cafés gewöhnt hatte, dass er alles getan hätte, um das gute alte Europa nicht mehr verlassen zu müssen.

John Costa dagegen, der in den letzten zehn Jahren in der italienischen Hauptstadt durchaus zu einem Genießer geworden war und sich nie ganz von seinen süditalienischen Wurzeln hatte lösen können, fehlten die Pancakes mit Ahornsirup. Für ihn bedeuteten sie Heimat. Er musste an seinen Vater denken, der Polizist war und sich jeden Morgen um sechs Uhr in voller Uniform mit goldblitzenden Knöpfen, die Dienstwaffe bereits im Halfter, vor den Herd gestellt hatte, um ihm das Frühstück zuzubereiten: «Iss ...», hatte er immer ein wenig betrübt gesagt. «Hier in New York isst man das, aber zu deinem Geburtstag kaufe ich dir eine Cassata!»

Antonio Rosario Costa war vor fünfzig Jahren in Brooklyn zur Welt gekommen. Seine Eltern stammten aus San Vito Lo Capo auf Sizilien und waren Anfang des zwanzigsten Jahrhunderts in die Vereinigten Staaten emigriert. Noch bevor er richtig Laufen und Sprechen lernte, konnte Antonio «John» sagen, nur «John», denn so wollte er genannt werden. Seine tatsächlichen Vornamen tauchten nicht einmal mehr in offiziellen Dokumenten auf, und er vertraute sie nur ganz engen Freunden an, am Ende eines langen Abends, wenn er betrunken war und ihn traurige Erinnerungen überkamen. Er dachte dann an seine Mutter, die als Alkoholikerin starb, als er noch nicht einmal zehn Jahre alt war.

In Italien für Reuters zu arbeiten war für John Costa eine Reise in die Vergangenheit auf der Suche nach den eigenen Wurzeln. Er hatte eine Wohnung ganz in der Nähe vom Petersdom gemietet, war zum Experten für die Politik des Vatikans geworden und genehmigte sich jeden Sommer mindestens zwei Wochen Ferien in dem kleinen sizilianischen Ort, aus dem die Eltern seines Vaters stammten und der berühmt war für seinen Couscous.

«Sag deinen Chefs, diesen Hampelmännern, dass ich mich ans Werk mache», fügte er hinzu. «Aber seid euch darüber im Klaren, dass ich nie abergläubisch war. Ach, übrigens, wen haben sie nach Portugal geschickt?»

«Stafford.»

«Was hat der denn mit der Geschichte zu tun?»

«Nichts, aber er war gerade in Lissabon, um an einem Seminar über den Einfluss der islamischen Einwanderer auf Europa teilzunehmen.»

«Und da dachtet ihr: Prima, wo er schon einmal da ist …»

«Genau. Er ist schon im Morgengrauen nach Coimbra gefahren und müsste bereits im Kloster von Schwester Lucia angekommen sein.»

«Na ja, eine gewisse Logik hat es ja», warf John Costa in sarkastischem Tonfall ein.

«Ach ja? Und die wäre?»

«Mohammeds Tochter heißt auch Fatima, da passt es ja bestens, wenn ein Islam- und Terrorismusexperte für Reuters über Schwester Lucias Begräbnis berichtet ...»

Marc legte auf.

Wie ein Computer löschte Costa im Bruchteil einer Sekunde alles, was er gerade gehört hatte. Er ging zurück in die Küche mit dem gierigen Blick eines Raubtiers, das sich gleich über sein auserkorenes Opfer hermacht. Einmal tief durchatmen, um wieder Kontakt mit seiner sizilianischen Herkunft herzustellen – dann endlich biss er in die duftenden, frischen Cannoli aus dem heimatlichen Sizilien, die ihm Angelo Saliola, der Konditor, jeden Donnerstag vor die Tür stellte.

Einen Augenblick lang gelang es ihm sogar, seine Einsamkeit zu vergessen. Vor fast einem Jahr hatte ihn seine Frau Rosemary verlassen und war nach Boston zurückgekehrt. Auch ihre gemeinsame Tochter, die zehnjährige Clarice, ein süßer Fratz mit schwarzen Locken, war der Mutter nach Übersee gefolgt. Die Wohnung im zweiten Stock des Hauses aus den fünfziger Jahren, von dem schon der Putz abbröckelte und der nicht gerade zu den Meisterwerken römischer Baukunst zählte; das dörfliche Leben im Viertel; überhaupt die ganze Stadt ... all das hatte er vorher so schön gefunden, doch jetzt kam es ihm öde vor. John hatte sich gehen lassen und zehn Kilo zugenommen. Er hatte sich in die Arbeit gestürzt und sogar etliche Scoops gelandet. Doch sein Leben, sein römisches *Dolce Vita*, war zur Hölle geworden. Zur Hölle der Einsamkeit.

Er wusste, seine einzige Hoffnung wäre ein Ortswechsel gewesen – nach Amerika zurückkehren oder ein Jahr in irgendeiner asiatischen Metropole. Er wusste aber auch, dass man ihn hier nicht gehen ließ. Der Papst war alt, sehr alt. Eine lange, schleichende Krankheit hatte ihn in den Rollstuhl gezwungen. Er sprach nur noch stockend, hatte das Reisen aber noch nicht aufgegeben. Seit etlichen Jahren war nun schon von dem bevorstehenden Konklave die Rede. Ein Konklave, zu dem es nie kam, während die Zeit Kandidaten für die Nachfolge des Papstes «eliminierte», weil sie entweder zu alt oder schon gestorben waren. Nein, John war an diesen Schreibtisch gefesselt, an diesen Laptop, den er im Morgengrauen ein- und erst tief in der Nacht wieder ausschaltete, an diese Wohnung, die so nahe beim Vatikan lag, dass er vom Fenster aus sehen konnte, wenn der Papst die Toilettenspülung betätigte.

Er duschte rasch, zog seinen zerknitterten Anzug an, steckte den Digitalrecorder ein und verließ eilig das Haus, um widerwillig seinen Arbeitstag in Angriff zu nehmen.

Er überquerte den Petersplatz, denn er wollte eigentlich zu der von dem portugiesischen Kardinal Sanchez Alves geleiteten Kongregation für die Selig- und Heiligsprechung, doch dann kam ihm eine Idee. *Sie wollen Interviews mit Kardinälen und dann auch noch Neuigkeiten über das Geheimnis von Fatima! Vielleicht könnte der alte Sem-*

prini ... John blieb an dem Brunnen rechts von Berninis Kollonade stehen. Er dachte nach ... wie so oft eilte auch sofort der immergleiche Fotograf herbei, der ihm für nur fünf Euro ein unvergessliches Andenken versprach. Costa antwortete ihm nicht einmal. Er hatte nur ein Ziel vor Augen, machte kehrt, grüßte die Schweizer Gardisten vor dem Gitter zur Piazza del Sant'Uffizio und zeigte seinen Presseausweis. Einer der Wachposten grinste, als er das Foto sah, das mindestens zwanzig Jahre alt war, ließ ihn aber trotzdem durch. Während John auf den Palazzo dei Canonici della Basilica zusteuerte, schaltete er sein Handy ein und suchte im Adressverzeichnis nach einer Nummer.

«Monsignore? Hier ist John Costa, erinnern Sie sich an mich? Der Journalist von Reuters.»

«Ich erinnere mich sehr gut an Sie», erwiderte der Prälat. «Aber Sie scheinen sich nicht an mich zu erinnern! Drei Jahre dürften es jetzt her sein, dass wir das letzte Mal voneinander gehört haben.» Der betagte Geistliche hatte etwas Gutmütiges in der Stimme, und obwohl er schon seit über fünfzig Jahren in Rom lebte, hörte man ihm noch immer an, dass er aus der Emilia-Romagna stammte.

«Dürfte ich Sie vielleicht besuchen?»

«Wann denn?»

«Jetzt gleich ...»

«Wo sind Sie gerade?»

«Ich stehe vor Ihrem Haus.»

«Dann kommen Sie hoch, worauf warten Sie?»

Costa ging rasch am deutschen Friedhof vorbei, sagte zu dem Wachposten, er werde von Monsignore Ernesto Semprini erwartet, und betrat das Gebäude neben dem Petersdom. Er drückte auf den Aufzugknopf, und als er oben ankam, stand Semprini bereits an der Tür. Er trug einen schwarzen zerschlissenen Talar und ein Paar dunkle Stoffpantoffeln. Die Wohnung war finster, denn er hatte die Fensterläden geschlossen, als könne er dadurch das Verstreichen der Zeit aufhalten. Aber die Zeit verstrich, und vor kurzem hatte er seinen neunzigsten Geburtstag gefeiert. An den Wänden hingen zahlreiche alte Fotos und Originalbriefe von Päpsten. Die beiden Männer setzten sich ins Wohnzimmer, das mit Möbeln aus dem achtzehnten Jahrhundert ausgestattet war. Costa saß mit dem Rücken zu einer riesigen Bronzebüste von Pius XII., die den Papst hässlicher wirken ließ, als er war.

«Also, John, womit habe ich die Ehre Ihres … *apostolischen* Besuchs verdient?», fragte der Monsignore, der fast in seinem braunen Ledersessel versank, während er sich eine Havanna von beträchtlichen Ausmaßen anzündete.

«Ich bin wegen Schwester Lucia hier.»

«Ich weiß, dass sie gestorben ist, das kam heute früh im Radio. Ich habe bereits eine Messe für sie gehalten. Was möchten Sie wissen?»

«Sie kannten Sie, nicht wahr?»

«Ich bin ihr nur ein einziges Mal begegnet, 1967, als Paul VI. nach Fatima reiste. Ich begleitete den Kardinal.» Bei dem Wort «Kardinal» nahm Settembrini Haltung an und senkte zugleich den Kopf, als stünde sein ehemaliger Vorgesetzter wieder vor ihm, der Präfekt der heiligen Glaubenskongregation, dem er dreißig Jahre lang treu gedient hatte. Selbst die dicken stinkenden Rauchschwaden schienen plötzlich respektvoll in der Luft zu verharren.

«Sagen Sie, Monsignore, haben Sie sich eingehend mit der Geschichte von Fatima beschäftigt?»

«Ja, natürlich.»

«Und was halten Sie von dem dritten Geheimnis?»

«Was soll ich davon halten? Es ist ... es wurde im Juni 2000 veröffentlicht, das haben Sie doch sicher auch gelesen.» Der alte Prälat sprach langsam und betonte die einzelnen Wörter genau. Manchmal verhaspelte er sich – als kaum merkliche Folge eines Schlaganfalls vor ein paar Jahren. John hatte den starken Eindruck, dass er von diesem Mann, der gemeinhin als einer der größten Fatima-Experten im Vatikan galt, nichts erfahren würde. Als Johannes XXIII. 1959 beschlossen hatte, den Umschlag mit der dritten Prophezeiung zu öffnen, war Semprini der engste Mitarbeiter des Kardinals Alfredo Ottaviani gewesen, des «Carabiniere der Kirche», des «eisernen Präfekten» – des Mannes also, der über die katholische Doktrin wachte. Auch Ottaviani hatte diesen Text gelesen und ihn dem Monsignore anvertraut.

«Monsignore Semprini ... ich meinte .... Also, ich wollte wissen, was Sie von den Spinnern halten, die behaupten, das Geheimnis sei nicht vollständig enthüllt worden. Dass es da noch etwas anderes gibt, einen weiteren Text, in dem die Vision erklärt wird, etwas, das auf die Zukunft der Menschheit anspielt ...» Gleich würde ihn der alte Prälat freundlich zur Tür geleiten, da war er sicher. Er wusste, er reagierte allergisch auf Hellseher und Visionäre, insbesondere auf diejenigen, die den lieben langen Tag seltsame Prophezeiungen und apokalyptische Horrorszenarien in die Welt setzten, anstatt zum Herrgott zu beten. Daher wunderte John sich nicht nur über die Reaktion des alten Mannes, sie setzte ihn völlig in Erstaunen.

«Was soll ich sagen … So sehr unrecht haben diese Gruppen von Abtrünnigen ja gar nicht.»

Costa schreckte von seinem Stuhl hoch. Er hatte das Aufnahmegerät noch nicht herausgeholt, und Notizen hatte er sich auch noch keine gemacht. Es war also höchste Zeit, doch er fürchtete, der Prälat könne daraufhin verstummen und sich zurückziehen.

«Monsignore, was meinen Sie damit? Stimmt es vielleicht, dass die dritte Prophezeiung noch nicht vollständig enthüllt ist? Dass da noch mehr ist? Und worum geht es? Wer weiß davon?» John biss sich auf die Lippen. Diese Flut von Fragen hätte jedermann eingeschüchtert. Er ärgerte sich über seine eigene Dummheit, nun würde der Alte gar nichts mehr preisgeben.

Schweigend sah Semprini ihn an. Dann erhob er sich mühsam, legte die noch glühende Zigarre auf einem mit dem Wappen Pius X. verzierten Marmoraschenbecher ab, ging auf den engen Korridor hinaus und machte dem Journalisten ein Zeichen, ihm zu folgen. Costa gehorchte. Seine Pupillen hatten sich mittlerweile an das Halbdunkel der Wohnung gewöhnt, in der jene unwirkliche Stille herrschte, wie sie für viele Wohnungen im Vatikan typisch war.

«Würden Sie bitte das Licht einschalten?», fragte der Priester schließlich.

Costa nickte. Sie waren in einem riesigen Raum, den er noch nie gesehen hatte, der Bibliothek. An den Wänden standen alte Regale aus massivem Nussholz, die bis zur Decke reichten und millimetergenau die beiden großen Fenster aussparten, die den Blick auf die zentrale Loggia des Petersdoms freigaben. Unzählige Bücher standen säuberlich aufgereiht in den Regalen, auf jedem Buchrücken klebten kleine, mittlerweile vergilbte Papierschildchen. Die ältesten Werke standen ganz oben. John dachte, der Monsignore würde nun aus einem staubigen Folianten vielleicht einen Enthüllungstext hervorzaubern, ein neues Dokument, einen Beweis für das, worauf er angespielt hatte ... Er war enttäuscht, als er ihn nur nach dem ihm bekannten schmalen Buch mit dem beigen Einband greifen sah, das die Libreria Editrice Vaticana wenige Jahre zuvor veröffentlicht hatte und das den Text der dritten Prophezeiung von Fatima enthielt.

«Aber das kenne ich doch, Monsignore», wandte der Journalist etwas bedrückt ein, der befürchtete, seine Zeit zu vergeuden, und schon die Schimpftirade Marc Jemmallos hörte.

«Hier, lesen Sie bitte vor», sagte Semprini, ohne auf den Einwand zu reagieren.

«Was soll ich lesen? Den Text der Prophezeiung?»

«Genau, beginnen Sie bei der ersten und der zweiten, die ja beide in den 1940er Jahren veröffentlicht wurden. Und lesen Sie dann die berühmte dritte Prophezeiung. Nur zu, Sie werden schon sehen!»

Widerwillig begann Costa das zu lesen, was Schwester Lucia in ihrer ordentlichen Handschrift zu Papier gebracht hatte:

Als die Muttergottes die letzten Worte aussprach, von denen ich berichtet habe, öffnete sie die Hände, wie sie es schon in den beiden vergangenen Monaten getan hatte. Das Strah-

lenbündel, das von dort ausging, schien in die Erde einzudringen, und wir sahen etwas wie ein großes Feuermeer und in ihm versunken schwarze, verbrannte Wesen, Teufel und Seelen in Menschengestalt, die fast wie durchsichtige, glühende Kohlen aussahen.

Sie wurden innerhalb der Flammen in die Höhe geschleudert und fielen von allen Seiten herab wie Funken bei einer großen Feuersbrunst, gewichtslos und doch nicht schwebend; dabei stießen sie so entsetzliche Klagelaute, Schmerzens- und Verzweiflungsschreie aus, dass wir vor Grauen und Schmerzen zitterten. Die Teufel hatten die schreckliche und widerliche Gestalt unbekannter Tiere, waren jedoch durchsichtig wie glühende Kohle. Diese Vision dauerte einen Augenblick; und wir müssen unserer gütigen himmlischen Mutter danken, dass sie uns vorher den Himmel versprochen hatte; ich glaube, sonst wären wir vor Schrecken und Entsetzen gestorben.

«Dies ist der erste Teil der Prophezeiung», erläuterte Semprini. «Lesen Sie nun den zweiten Teil ...»

Gleichsam um ihre Hilfe zu erbitten, blickten wir zur Madonna auf; da sagte sie voll Güte und Traurigkeit: «Ihr habt die Hölle gesehen, auf welche die armen Sünder zugehen. Um sie zu retten, will der Herr die Andacht zu meinem unbefleckten Herzen in der Welt einführen. Wenn man das tut, was ich euch sage, werden viele Seelen gerettet, und der Friede wird kommen. Der Krieg geht seinem Ende entgegen; aber wenn man nicht aufhört, den Herrn zu beleidigen, wird unter Papst Pius XI. nicht viel Zeit vergehen, bis ein neuer, noch schlimmerer beginnt.

Wenn ihr eines Nachts ein unbekanntes Licht sehen wer-

det, so wisset, es ist das Zeichen von Gott, daß die Bestrafung der Welt für ihre vielen Verbrechen nahe ist: Krieg, Hungersnot. Um das zu verhindern, will ich bitten, Russland meinem unbefleckten Herzen zu weihen und die Sühnekommunion am ersten Samstag des Monats einzuführen. Wenn man meine Bitten erfüllt, wird Russland sich bekehren, und es wird Friede sein. Wenn nicht, so wird es seine Irrtümer in der Welt verbreiten, Kriege und Verfolgungen der Kirche hervorrufen; die Guten werden gemartert werden, der Heilige Vater wird viel zu leiden haben; mehrere Nationen werden vernichtet werden … Am Ende wird mein unbeflecktes Herz triumphieren, der Heilige Vater wird mir Russland, das sich bekehren wird, weihen, und der Welt wird einige Zeit des Friedens geschenkt werden.»

«Sehr gut!», sagte Semprini. «Achten Sie weniger auf den Inhalt als vielmehr auf die Form der ersten beiden Texte. Kommen wir nun zur dritten Prophezeiung!»

Costa verstand nicht, was er damit meinte, gehorchte aber.

J. M. J.

Der dritte Teil des Geheimnisses, offenbart am 13. Juli 1917 in Covadi Iria-Fatima:

Ich schreibe aus Gehorsam gegenüber Euch, meinem Gott, der es mir aufträgt, durch Seine Exzellenz, den hochwürdigsten Herrn Bischof von Leiria, und durch Eure und meine allerheiligste Mutter.

Nach den zwei Teilen, die ich schon dargestellt habe, haben wir links von Unserer Lieben Frau etwas oberhalb einen Engel gesehen, der ein Feuerschwert in der linken Hand hielt; es sprühte Funken, und Flammen gingen von ihm aus, als sollten sie die Welt anzünden; doch die Flammen verlöschten, als sie mit dem Glanz in Berührung kamen, den Unsere Liebe Frau von ihrer rechten Hand auf ihn ausströmte: den Engel, der mit der rechten Hand auf die Erde zeigte und mit lauter Stimme rief: Buße, Buße, Buße! Und wir sahen in einem ungeheuren Licht, das Gott ist: «Etwas, das aussieht wie Personen in einem Spiegel, wenn sie davor vorübergehen», einen in Weiß gekleideten Bischof, «wir hatten die Ahnung, dass es der Heilige Vater war».

Verschiedene andere Bischöfe, Priester, Ordensmänner und Ordensfrauen stiegen einen steilen Berg hinauf, auf dessen Gipfel sich ein großes Kreuz befand, aus rohen Stämmen, wie aus Korkeiche mit Rinde. Bevor der Heilige Vater dort ankam, ging er durch eine große Stadt, die halb zerstört war, und halb zitternd mit wankendem Schritt, von Schmerz und Sorge gedrückt, betete er für die Seelen der Leichen, denen er auf seinem Weg begegnete. Oben auf dem Berg angekommen, kniete er zu Füßen des großen Kreuzes nieder. Da wurde er von einer Gruppe von Soldaten getötet, die mit Feuerwaffen und Pfeilen auf ihn schossen. Genauso starben nach und nach die Bischöfe, Priester, Ordensleute und verschiedene weltliche Personen, Männer und Frauen unterschiedlicher Klassen und Positionen. Unter den beiden Armen des Kreuzes waren zwei Engel, ein jeder hatte eine Gießkanne aus Kristall in der Hand. Darin sammelten sie das Blut der Märtyrer auf und tränkten damit die Seelen, die sich Gott näherten.

Tuy 3-1-1944

«Das war's. Und nun?», fragte John.

«Ist Ihnen nichts aufgefallen?»

«Ehrlich gesagt, nein. Der erste Teil der Prophezeiung ist

eine Vision der Hölle, der zweite erklärt diese Vision und enthält die Aufforderung, Christ zu werden. Im dritten Teil ist von einer neuerlichen, ziemlich blutigen Vision die Rede, die auf das Martyrium vieler Christen und die Ermordung eines Papstes anspielt.»

«Und finden Sie nicht, dass da etwas fehlt?»

«Nein, was denn?», fragte der Journalist immer ungeduldiger.

«Überlegen Sie doch: Sie haben es gerade selbst gesagt! Wir haben eine Vision und eine Erläuterung dieser Vision durch Maria. Dann haben wir eine zweite Version, die aber verwirrender ist als die erste.»

«Außerdem fehlt hierbei die Interpretation von Marias Worten.»

«Sehen Sie? Sie sind doch von allein draufgekommen!»

«Verzeihen Sie, Monsignore, aber das ist nur eine Vermutung.»

«Vielleicht. Vielleicht ist es aber auch mehr.»

«Wenn ich mich recht erinnere», wandte der Journalist ein, «hat die Seherin geschrieben, es handele sich um eine Prophezeiung in drei Teilen.»

«Ja, das ist völlig richtig. Doch die Erläuterung könnte zum dritten Teil gehören und keinen eigenständigen Text bilden.»

«Weshalb, glauben Sie, wurde diese fehlende Erläuterung nicht publiziert?»

«Fragen Sie mich nicht Dinge, die ich nicht weiß. Sie wollten meine Meinung hören, und ich habe eine Vermutung geäußert.»

«Monsignore, lassen Sie uns offen sprechen. Ich glaube

nicht, dass Sie jemand sind, der einfach nur so Vermutungen äußert.»

«Und doch ist es so, glauben Sie mir! Natürlich passt das, was Monsignore Venancio in diesem Zusammenhang gesagt hat, nicht recht dazu …»

Costa riss die Augen auf. So seltsam hatte er Semprini noch nie erlebt! Dieser geheimnisvolle Blick! *Vielleicht tickt er nicht mehr ganz richtig,* dachte der Journalist bei sich. Dass er innerhalb der vatikanischen Mauern einen Verbündeten seines Chefs Mario Jemmallo gefunden hatte, erstaunte ihn dann doch.

«Gehen wir wieder in den Salon», sagte der betagte Geistliche.

Sie kehrten ins Wohnzimmer zurück. Semprini wies Costa an, seinen Stuhl näher heranzurücken. Er nahm die Zigarre wieder in die Hand, die erstaunlicherweise noch glimmte, schloss die Augen halb, als könnte er sich dadurch besser erinnern, und begann zu erzählen:

«Im Juni 1943 erkrankt Schwester Lucia dos Santos in dem spanischen Kloster Tuy, wo sie lebt, an Brustfellentzündung. Der Bischof von Leiria, José Alves Correia da Silva, fürchtet, sie könne sterben, ohne den damals noch unbekannten dritten Teil der Prophezeiung offenbart zu haben. Also bittet er die Seherin, ihn aufzuschreiben und in einen versiegelten Umschlag zu stecken, damit er später zu gegebenem Anlass geöffnet wird. Lucia widersetzt sich, sie sagt, das könne sie nicht, und bittet um eine schriftliche Order. Als diese dann eintrifft, versucht sie, den dritten Teil zu Papier zu bringen, was ihr jedoch nicht gelingt. Erst nachdem sie eine Vision gehabt hat, schreibt sie am 2. Januar 1944 den dritten Teil auf, steckt das Blatt in einen Umschlag, versiegelt diesen mit Siegellack und übergibt ihn dem Bischof.»

«Die Geschichte kenne ich doch schon, Monsignore, ein Kollege vom *Catholic News Service* hat ein Buch darüber geschrieben, ein Bestseller ...»

«Hören Sie mir noch kurz zu», sagte Semprini leicht vorwurfsvoll und fuhr fort: «Anfang 1957 erhält der Bischof von Leiria einen Brief vom Vatikan. Darin wird er gebeten, alle Aufzeichnungen Schwester Lucias nach Rom zu schicken. Da er das Dokument nicht fotokopieren kann, denn es liegt ja in dem versiegelten Umschlag, bittet der Bischof um eine Anweisung, was nun zu tun sei. Er möge die versiegelten Unterlagen schicken, erhält er als Antwort. Am 1. März 1957 wird der Umschlag nach Lissabon geschickt, er ist für den apostolischen Nuntius bestimmt, den künftigen Kardinal Monsignore Fernando Cento. Persönlich wird das Dokument dem Vertreter des Heiligen Stuhls von Monsignore João Pereira Venancio übergeben, dem Hilfsbischof von Leiria, der die geheimnisvollen Unterlagen zuvor im Gegenlicht betrachtet und dabei einen kleinen Zettel mit einigen handschriftlichen Notizen bemerkt, die er aber nicht entziffern kann.»

«Ja und? Was heißt das?», fragte Costa, der den Vormittag dahinschwinden sah, ohne dass er seinem Chef brauchbare Ergebnisse liefern konnte.

«Hören Sie doch erst mal zu», wies ihn der Geistliche zurecht. «Die für das Heiligtum von Fatima zuständige Abteilung des Vatikans bewahrt seit 1982 in ihrem Archiv ein handschriftliches Dokument von Bischof João Venancio auf, der vor ein paar Jahren gestorben ist. Darin wird beschrieben, was der Geistliche im Gegenlicht erkennen konnte und welches Format der Zettel in dem Umschlag hatte. Dieses Dokument blieb unveröffentlicht, bis im Jahr 2000 eine brasilianische Journalistin, die ein Buch über den Papst schrieb, es in einer Fußnote erwähnte ... eine Fußnote, von der keiner Notiz genommen hatte», schickte Semprini hinterher.

John Costa seufzte ungeduldig auf.

«Hier, lesen Sie!», befahl Semprini und reichte dem Journalisten ein Buch, das er aus einem der Zeitungsständer im Wohnzimmer gezogen hatte.

«Schlagen Sie Seite 134 auf. Lesen Sie die Anmerkung.»

Und wieder tat Costa, was er von ihm verlangte.

Ich übergab den Brief der Nuntiatur am 1. März 1957 um zwölf Uhr. Der größere Umschlag trägt das Datum 8. Dezember 1945 und misst 14,5 mal 22 cm, der kleinere, im Gegenlicht betrachtet, 12 mal 18 cm. Das Einzelblatt – ebenfalls im Gegenlicht betrachtet – ist ein wenig kleiner. Man erkennt einige unleserliche handschriftliche Zeilen. Das einzige Wort, das ich erkennen konnte, ist ‹Augustinus›. Gez. João, Hilfsbischof.

«Und was soll daran so spannend sein, Monsignore?»

«Überprüfen Sie die Maßangaben, dann verstehen Sie von selbst», sagte er. «Ach, und dann lesen Sie noch einmal aufmerksam die dritte Prophezeiung, und wenn Sie auf das Wort ‹Augustinus› stoßen, überlegen Sie kurz!» Semprini stand auf, nahm Costa beim Arm und führte ihn wieder in die Bibliothek. Er nahm erneut das kleine Buch aus dem Regal und steckte es dem Journalisten in die Tasche. Dann brachte er ihn ohne ein weiteres Wort zur Tür.

«Lesen Sie es aufmerksam durch! Sie werden von selbst draufkommen.»

John stand wieder im Innenhof des Palazzo dei Canonici. Die Hitze war mittlerweile fast unerträglich. Semprini hatte ihn wirklich überrascht. Er hatte auf seine Fragen in einer Art und Weise reagiert, mit der er nicht gerechnet hatte.

Entschlossen, nun ein Interview mit Kardinal Sanchez Alves zu führen, ging John hinaus. Und er bekam es tatsächlich; der kirchliche Würdenträger freute sich sehr, ihm die Fotos seiner Begegnungen mit Schwester Lucia zu zeigen und ein paar Anekdoten über sein Verhältnis zum Papst zum Besten zu geben. Für Johns Reportage genügte das vollauf, auch wenn es nichts Weltbewegendes war.

Um zwei Uhr nachmittags, nachdem er zusammen mit einem Kollegen, einem Korrespondenten der *Times*, ein Stück Pizza mit Salami verdrückt hatte, beschloss John, nach Hause zu gehen. Den Rest des Tages würde er von hier aus arbeiten und die auf Reuters zugelassene Telefonleitung benutzen. Das kleine Buch, das ihm der ungewöhnlich gesprächige Semprini in die Tasche gesteckt hatte, war fast vergessen. John hatte selbst ein paar Exemplare davon, doch wenn ihn jemand gebeten hätte, sie herauszusuchen, hätte ihm nicht einmal eine Woche Ferien ausgereicht, um sie in dem Chaos in seiner Wohnung zu finden.

Während er langsam den Petersplatz überquerte, holte er das Buch heraus und öffnete es auf der Seite, die er wenige Stunden zuvor gelesen hatte. Aufmerksam ging er den Text der Prophezeiungen durch: Erster Teil, zweiter Teil, schließlich der dritte Teil …

«Fuck!», entfuhr es ihm, wodurch er sich den vorwurfsvollen Blick einer Schwester des Brigittenordens zuzog, die gerade an ihm vorüberging.

«Donnerwetter!», stieß er hervor. «Das Wort ‹Augustinus› steht hier nirgendwo …»

III

Longyearbyen, norwegische Svalbard-Inseln, 14. Juni

Sie war einfach nicht für die Kälte geschaffen. An etwas anderes konnte sie nicht denken, während sie sich tiefer in ihre Fleecedecke mummelte. Sie starrte an die weißliche Decke des seltsamen Gebäudes, in dem sie und ihre Kollegen zu Gast waren.

Der Campingplatz von Longyearbyen, dem Tausend-Seelen-Ort auf Spitzbergen, erinnerte an eine Raumstation.

Überall standen gelb- oder rotgestrichene Holzhütten, im kleinen Ortskern gab es auch eine Bank, eine Bibliothek, einen Konferenzsaal und einen Supermarkt.

Während der Landung der Cessna, die sie und ihre drei Reisegefährten auf die Insel brachte, hatte sich Kate Duncan gefragt, was Touristen in diesem gottverlassenen Winkel, 1300 Kilometer vom arktischen Polarkreis entfernt, wohl verloren hatten. Sie selbst kam aus Manchester und liebte die Wärme: Am liebsten hätte sie ihr ganzes Leben in einem kleinen Ort in der Karibik verbracht. Dann aber, beim Auspacken des Rucksacks, hatte sie kurz innegehalten und das Schauspiel des Sonnenuntergangs betrachtet, das die Spitzen der Fjorde rötlich aufleuchten ließ. Da hatte sie endlich begriffen, weshalb Longyearbyen eine Sehenswürdigkeit war.

Die Mission, die die Forschergruppe der Soniet Al, des drittgrößten Pharmakonzerns der Welt, auf die norwegische Insel führte, konnte drei Tage oder auch drei Monate dauern. Die vier Mitglieder der Mission sollten einen geheimnisvollen «Schatz» finden, und sie waren sicher, dass ihnen das gelänge und sie die richtige Schatzkarte besaßen. Es war die erste große Prüfung, seit Kate im Vorjahr Assistentin des pakistanischen Arztes Professor Sebastian Sirkar geworden war. Sirkar, eine Koryphäe auf dem Gebiet der Paläopathologie, war Direktor des Forschungsinstituts am Stammsitz der Soniet Al in London. Er war ein Gentleman vom alten Schlag. Hochgewachsen und elegant, hatte er noch immer seine pechschwarzen Kinderaugen, die gar nicht recht zu seinem prächtigen Schnurrbart passen wollten. Kate hatte sich in seiner Gegenwart sofort wohlgefühlt, obwohl der berühmte Professor eher verschlossen war und während der ersten zwei Monate ihrer Zusammenarbeit kaum ein Wort an sie gerichtet hatte.

Während sie sich im Bett hin und her wälzte, versuchte Kate sich vorzustellen, wie sie am Folgetag mit der Materialsammlung beginnen sollten. Dann aber, wie so oft in den vielen schlaflosen Nächten, an die sich ihr Körper inzwischen gewöhnt hatte, überfiel sie der immergleiche melancholische Gedanke. «Mutter, ich wünschte, du könntest hier sein», schrieb Kate in ihr Notizbuch, das sie stets in der Außentasche ihrer grünen Militärhose bei sich trug. Sie schrieb der Mutter ihre Gedanken auf, und jedes Mal nahm sie sich vor, sie ihr beim Nachhausekommen vorzulesen, wozu es dann aber nie kam, weil sie zu nichts anderem fähig war, als ihrer Mutter die Hand zu streicheln, wenn sie diese reglos und mit geschlossenen Augen im Bett liegen sah. Ihre Mutter hatte durch ein seltsames Virus das Bewusstsein verloren, und die Lähmung im Gehirn ließ sie nur noch dahinvegetieren. Zehn Jahre war das nun her, Kate war damals fünfundzwanzig gewesen. «Ich wünschte, du könntest hier sein und diesen Sonnenuntergang sehen», schrieb sie noch in ihr Tagebuch. Sie versuchte erneut einzuschlafen, doch es gelang ihr nicht.

Sie war aufgeregt. Bislang hatte sich ihr Leben als Forscherin darauf beschränkt, sich in Labors zu verschanzen, Proben zu untersuchen, Bakterien zu züchten. So ging das seit ihrem Studienabschluss in Berkeley 1993 am Institut für Biologie, das durch Charles Lipmans Entdeckungen weltberühmt geworden war: Er hatte als Erster den Vorgang der Kryptobiose aufgezeigt, bei dem Mikroorganismen auch nach einer langen Periode, in der sie keinen Stoffwechsel haben, wieder zum Leben erwachen, sofern die Umweltbedingungen dafür günstig sind. Drei Jahre später hatte sie am Nationalen Medizinischen Forschungsinstitut Mill Hill in London ihren Doktor gemacht. Und nun hatte sie, vielleicht zum ersten Mal, Gelegenheit, auf ihrem ureigenen Gebiet, nämlich als Paläopathologin, tätig zu werden und die Krankheitssymptome von Lebewesen aus der Vergangenheit zu erforschen. Dieses Fachgebiet gewann täglich an Bedeutung, ließen sich doch so die Entwicklungen von Viren studieren, die von Tieren auf den Menschen übergehen.

Außer Kate und Professor Sirkar gehörten noch zwei Laborassistenten zum Team, Alan Cloister und Virgil Parker. Alan war ein muskulöser kahlköpfiger Riese, während Virgil gerade mal einen Meter sechzig maß, dafür aber die erstaunliche Fähigkeit hatte, für jedes praktische Problem eine Lösung zu finden, wobei er sich ungewöhnlichster Hilfsmittel bediente. Kate Duncan fühlte sich von den zwei Männern beobachtet, was wohl an ihrem atemberaubenden Aussehen lag. Obwohl sie sich nachlässig und beinahe wie ein Mann kleidete und ihre Rundungen unter Pullovern oder weiten Hemdblusen verbarg, war nicht zu übersehen, dass Kate eine wunderschöne Frau war – wovon sie selbst jedoch ganz und gar nicht überzeugt war. Sie hatte dunkelblondes Haar, große Augen und eine schöngeformte Nase. Sie gehörte zu jenen Frauen, die Männer unweigerlich anziehend finden.

Die vier Forscher aus London lagen in ihrer Gemeinschaftsunterkunft.

«Was hast du, Kate, warum schläfst du nicht?», fragte Virgil mit belegter Stimme, die unter einem Berg von Decken ertönte.

«Entschuldige, Virgil. Ich muss ständig daran denken, was hier 1918 passiert ist … Und an das, was wir morgen machen müssen – das heißt, eigentlich heute, denn es ist schon drei Uhr morgens.»

«Versuch, dich zu entspannen. Wenn wir Glück haben, sind wir morgen schon …»

«Du machst wohl Witze, Virgil! Du weißt genau, dass wir nach der berühmten Nadel im Heuhaufen suchen.»

«Wieso ist das Ganze hier eigentlich so wichtig?»

«Es würde uns helfen zu begreifen, wie das Virus entstanden ist, das Millionen von Menschen in Europa ausgerottet hat.»

«Kate, nehmen wir an, wir finden es – wie hoch ist die Wahrscheinlichkeit, dass das Virus noch lebendig ist?»

«Ich weiß es nicht, Virgil.»

«Und wie groß sind die Risiken?»

«Auch nicht größer als bei unserer Arbeit im Labor. Hauptsache, wir halten uns strikt an die Sicherheitsbestimmungen.»

«Kate, und darf ich fragen, weshalb wir ausgerechnet hierhergereist sind, an den Arsch der Welt, um dieses Virus zu suchen?»

«Wenn du ein wenig Geduld hast und auf deinen Schlaf verzichtest, erzähle ich es dir.»

«Von mir aus auch jetzt, ich bin sowieso hellwach.»

«Am Nachmittag des 24. September 1918 ging hier in Longyearbyen, ‹am Arsch der Welt›, wie du es so schön ausgedrückt hast …»

«Ich meinte doch nur … Hoffentlich hast du jetzt keinen schlechten Eindruck von mir!»

«Schon gut. Also, an jenem Nachmittag lief ein Schiff namens *Forsete* in den Hafen ein, mit norwegischen Fischern an Bord. Wie jedes Jahr kamen sie auf die Svalbard-Inseln, um in den Bergwerken zu arbeiten. Sieben von ihnen waren jedoch außerstande, von Bord zu gehen, da sie Fieber hatten. Sie hießen Hans, Oleg, Magnus, Tormod, Johan, Williani und Kristian und waren zwischen neunzehn und siebenundzwanzig Jahren alt. Männer, die es gewohnt waren zuzupacken, nun aber ganz erschöpft waren. Aus dem Logbuch und aus der Erzählung eines Bewohners von Longyearbyen erfahren wir, dass ihre Haut fast durchsichtig geworden und ihre Glieder von einem seltsamen klebrigen Schweiß bedeckt waren. Sie riefen um Hilfe, doch niemand konnte etwas für sie tun. Ein paar Stunden nach dem Anlegen wurden sie an Land getragen und in eine Hütte neben der Dorfkirche gebettet. Am nächsten Morgen starben die sieben Fischer, ihre Lungen waren voller Blut. Es war die Spanische Grippe …»

«Warum wurde diese Epidemie so genannt?»

«Spanien hatte am Ersten Weltkrieg nicht teilgenommen, darum wurde dort in den Zeitungen von der Epidemie berichtet, was in den anderen Ländern aufgrund der Zensur nicht der Fall war. Wir wissen jedoch nicht, woher das Virus stammt und ob es vom Tier auf den Menschen übertragen wurde. Was wir wissen, ist, dass sich innerhalb von sechs Monaten eine Milliarde Menschen an der Spanischen Grippe infizierte und mindestens einundzwanzig Millionen Menschen daran starben. Allein in Europa gab es drei Millionen Tote.»

«Wie sehen die Symptome der Spanischen Grippe denn aus?»

«Sie beginnt wie eine normale Grippe mit Husten, Fieber, Gliederschmerzen. Dann werden die Schmerzen stärker, klebriger Schweiß bedeckt den Körper, das Gewebe wird durchlässig, bis Blut und Schweiß in die Lungen dringen. So starben auch die sieben norwegischen Fischer, die am 24. September 1918 hier an Land gingen. Aus der detaillierten Chronik des Kapitäns der *Forsete* geht hervor, dass drei Tage lang keiner der Minenarbeiter es wagte, sich der Hütte zu nähern, wo sie gestorben waren. Einige schlugen vor, sie zu verbrennen, um eine Ansteckung unmöglich zu machen. Zum Glück hatte ein alter Dorfbewohner eine bessere Idee. Er bohrte ein tiefes Loch in den Permafrostboden, der die ganze Insel bedeckt, steckte eine Ladung Dynamit hinein, der im Bergbau verwendet wurde, und zündete die Schnur an. Durch die Explosion bildete sich ein drei Meter tiefes Loch, in dem die sieben Fischer ihre letzte Ruhestätte fanden.»

«Und danach suchen wir jetzt ...»

«Genau.»

«Wissen wir denn ungefähr, wo das Loch war?»

«Nein, aber aus dem Logbuch und dem Bericht einer Osloer Zeitung geht hervor, dass sie nicht weiter als eineinhalb Kilometer von der kleinen Kirche entfernt bestattet wurden.»

«Wissen wir, wo die Kirche steht?»

«Das müssen wir herausfinden, denn sie existiert nicht mehr. Es dürfte jedoch nicht allzu schwer sein, wir sind schließlich nicht in Tokio oder Mexico City.»

«Meine Herrschaften», unterbrach sie eine sonore Stimme aus der Tiefe des Raumes, «in ein paar Stunden machen wir uns auf die Suche nach einigen Toten und einem möglicherweise noch lebendigen Virus, und das erfordert unsere ganze Konzentration! Warum schlafen Sie nicht ein bisschen?» Professor Sirkar zündete die Lampe an, auch jetzt hatte er ein freundliches Lächeln aufgesetzt, sodass er weniger vorwurfsvoll wirkte.

«Verzeihen Sie, ich kann mal wieder nicht schlafen», murmelte Kate und kuschelte sich erneut unter die Decken, während Virgil sich bereits zur Seite gedreht hatte und so tat, als ob er schliefe.

Um sechs Uhr morgens weckte sie das ohrenbetäubende Tuten eines Schiffes. Kate sprang als Erste aus dem Bett und hastete ans Fenster. Das Licht des arktischen Polarkreises war milchig, die Atmosphäre unwirklich. Durchgefroren eilte Kate ins Badezimmer, und als sie wieder herauskam, duftete der ganze Raum nach Kaffee.

In dem mit hellem Holz getäfelten Saal nahmen die vier ein reichliches Frühstück zu sich. Im Anschluss bat Sirkar den Kellner, ihnen ein Lunchpaket mit geräuchertem Fisch zuzubereiten.

Draußen warteten fünf kleine Container auf sie, die zwei Tage verfrüht mit einer Spedition per Schiff angekommen waren. Alan und Virgil öffneten einen davon, den mit dem Georadar GBR, mit dem man den Boden absuchen konnte. Die Soniet Al hatte einen Geländewagen für die Ausrüstung gemietet. Bevor Alan losfuhr, hielt Professor Sirkar eine kleine Rede, wie immer vor derartigen Expeditionen:

«Freunde, ich weiß nicht, wie lange wir auf dieser Insel sein werden, vermutlich nicht allzu lange, denn wir haben ziemlich präzise Angaben über das, was wir suchen. Wie immer ist auch dieses Vorhaben mit großen Risiken verbunden, und nur durch konzentriertes Arbeiten können wir Schlimmstes vermeiden. Es ist nicht sicher, ob wir tatsächlich die Leichen der sieben Männer finden, die 1918 hier gestorben sind. Und falls wir sie finden, ist es ebenso wenig sicher, ob wir ihrem Gewebe interessante Proben entnehmen und vielleicht sogar das Virus der Spanischen Grippe isolieren können. Sollte uns das jedoch gelingen – was wir uns alle wünschen –, so brauche ich Ihnen wohl nicht nochmals zu sagen, wie vorsichtig wir vorgehen müssen. Dieses Virus ist eine Zeitbombe. Wir müssen es erforschen und dürfen uns nicht mitschuldig machen an einer neuen Pandemie.»

Während der Geländewagen den Campingplatz von Longyearbyen langsam hinter sich ließ, las Sirkar seinem Team eine Stelle aus dem Logbuch der *Forsete* vor, wo die Symptome der entsetzlichen Krankheit genau beschrieben wurden. Auf diese Weise wurde jedem seine große Verantwortung nochmals in Erinnerung gerufen.

«Der Präsident ist höchst interessiert an unseren Forschungsarbeiten», sagte der Professor leise zu Kate und warf ihr einen verschwörerischen Blick zu, «auch wenn ich nicht ganz begriffen habe, weshalb …»

«Kennen Sie ihn schon lange?»

«Wir sind Landsleute, aber bevor er mich für Soniet Al anwarb, hatte ich noch nie von ihm gehört. Er ist eine faszinierende Persönlichkeit und sehr gebildet, aber sein Blick hat etwas Undurchsichtiges …»

«Wissen Sie, wie er zu dieser leitenden Position kam?»

«Nein, das habe ich nie herausfinden können. Allerdings muss ich zugeben, dass er eine sehr gewinnende Art hat.»

«Darf ich Sie fragen, weshalb Sie Ihren Lehrstuhl am Imperial College in London aufgegeben haben, um sich ausschließlich der Forschung zu widmen?»

«Wie gesagt, unser Präsident hat etwas sehr Gewinnendes. Am meisten beeindruckt mich an ihm, wie er einen in ein neues Projekt einbezieht, in eine neue Kampagne, ein neues Forschungsvorhaben. Sein Ziel ist es, die Firma weiter auszubauen, und es gelingt ihm immer, die entscheidenden Leute zu einer Mission zu überreden, die der gesamten Menschheit nützen könnte. Man fühlt sich als Teil eines großen humanitären Projekts …»

«Glauben Sie, es hat damit zu tun, dass er ein sehr gläubiger Mensch ist? Letzten Monat las ich in der *Times* …»

«Ja, das habe ich auch gelesen. Obwohl ich mir schon gedacht hatte, dass der Präsident sehr gläubig ist, hat es mich doch überrascht, dass er einer kleinen Gruppe sufistischer Moslems angehört.»

Professor Sirkar wollte noch etwas hinzufügen, doch der Geländewagen holperte plötzlich über ein Schlagloch.

«Professor, hier ist die Kirche von Longyearbyen», sagte Alan.

Die vier stiegen aus, und eine beißende Kälte schlug ihnen entgegen.

«Hier erfriert man ja! Es ist noch kälter als heute Morgen auf dem Campingplatz!», zischte Virgil und rieb sich die Hände, um sie warm zu halten.

«Daran müssen wir uns gewöhnen», sagte Sirkar, «und das werden wir auch.»

Eine große blonde Frau stand vor der mit Schnitzereien verzierten Holztür einer evangelischen Kirche. Die Frau war graugekleidet, trug eine runde Brille und hatte viele Sommersprossen auf der Nase.

«Ich bin Pastorin Khristie Ruud. Schön, Sie kennenzulernen», sagte sie auf Englisch.

«Ganz unsererseits», erwiderte Sirkar und setzte das Lächeln auf, das viele Frauen so unwiderstehlich fanden.

«Was kann ich für Sie tun?»

«Zunächst einmal vielen Dank für Ihre Unterstützung», fuhr der Professor fort und schüttelte lange Khristies große weiße Hand, genau wie bei einem Treffen von Staatsoberhäuptern, die das Händeschütteln ausdehnen müssen, bis die Fotografen diesen Moment verewigt haben. «Dass wir hier sind, hat einen besonderen Grund», erklärte er. «Wir möchten herausfinden, wo die sieben jungen Matrosen begraben wurden, die im September 1918 hier an Land gingen, um in den Bergwerken zu arbeiten, und dann an der Spanischen Grippe starben.»

«Ich weiß nicht, ob ich Ihnen behilflich sein kann. Ich habe noch nie von dem Vorfall gehört», sagte die Pastorin und runzelte die Stirn.

«Sagen Sie, wann wurde die Kirche erbaut?», schaltete sich Kate ein.

«1947, nachdem die vorherige infolge eines Erdrutschs nicht mehr genutzt werden konnte.»

«Und wo stand die?», fragte Sirkar mit erwartungsvoll leuchtenden Augen, während Alan und Virgil von einem Bein aufs andere traten, um der Kälte des Nordpols zu trotzen.

«Nicht weit von hier. Sehen Sie das rote Haus dort?»

«Welches? Hier sind ja so ziemlich alle Häuser rot», erwiderte Sirkar und blickte auf das Dorf.

«Das mit der norwegischen Flagge auf dem Dach.»

«Ah, jetzt sehe ich es!»

«Auf dem Grundstück dahinter sind noch ein paar Überreste der alten Kirche zu sehen.»

«Haben Sie vielen Dank», sagte der Professor und machte seine übliche Verbeugung. Die Pastorin war ganz angetan von den vorbildlichen Manieren dieses Herrn mit dem perfekt frisierten Schnurrbart.

«Darf ich Ihnen eine Tasse Tee anbieten?», fragte sie.

«Danke, ein andermal gerne», entgegnete Sirkar, der es auf einmal sehr eilig zu haben schien.

Die vier stiegen rasch ins Auto und legten den Kilometer zurück, der sie von dem Haus mit der Flagge trennte. Es war eine kleine Wetterstation. Die Fenster waren erleuchtet, doch innen war niemand zu sehen. Nur Computer, über deren Bildschirme Satellitenbilder flimmerten.

«Los, ans Werk!», rief Sirkar mit der Begeisterung eines kleinen Jungen, der gleich ein Weihnachtsgeschenk auspacken wird. Kate war die Erste, die auf der kahlen gefrorenen Fläche hinter dem Haus die Überreste der Kirche fand, deren Grundriss noch erkennbar war.

«Unseren Quellen zufolge», sagte Kate, während sie einen Notizblock herauszog, «wurden die sieben Matrosen zunächst in eine Hütte in unmittelbarer Nähe der Kirche gebracht …»

«Die ehemalige Kirche haben wir gefunden. Lassen Sie uns dort drüben, zum Berg hin, nach der Hütte suchen», sagte der Professor.

Eine gute Stunde lang durchforsteten Sirkar, Kate und die beiden Assistenten jeden Quadratzentimeter in der Umgebung, doch sie fanden nicht die geringste Spur. Auf der tiefgefrorenen Fläche war nur der schwache Umriss der alten Kirche zu erkennen.

«Möglicherweise wurde die Hütte nach dem Tod der sieben Fischer zerstört oder sogar verbrannt», sagte der Professor.

«Dann können wir sie ja schlecht finden!», brummte

Alan, der mittlerweile Hände und Füße vor Kälte nicht mehr spürte.

«Das ist für uns aber doch gar nicht so entscheidend, oder?», fragte Kate.

«Sie haben recht, Kate», nickte der Professor. «Wir nehmen die Kirche als Bezugspunkt und suchen mit dem Georadar in einem Umkreis von zwei Kilometern.»

«Ich will mich ja nicht einmischen», murmelte Virgil, der bislang kein Wort gesagt hatte, «aber das ist ein riesiges Gelände ...»

«Vielleicht gar nicht mal so riesig», entgegnete Kate. «Das Dorf gab es ja auch schon 1918, auch wenn es damals kleiner war. Falls sie die Leichen begraben haben, um die Epidemie zu bannen, so haben sie das sicher nicht in der Nähe der Häuser getan. Damit verkleinert sich der in Frage kommende Bereich beträchtlich.»

«Kate, Sie haben wie immer recht!», rief der Professor. «Und jetzt sollten wir im Dorf etwas Warmes essen. Ich möchte nicht, dass Sie mir gleich am ersten Tag erfrieren! Wir haben schließlich noch einiges vor ...»

«Wer weiß, ob wir diese armen Christenmenschen finden werden», sagte Virgil, einen Teller Hammelragout mit Himbeersoße und einen mit Sahneheringen vor sich.

«Wir finden sie, ganz bestimmt», versicherte der Professor. Kate glaubte, einen Anflug von Traurigkeit in seinem Blick wahrzunehmen. Doch vielleicht täuschte sie sich auch.

Eineinhalb Kilometer von dem Tisch entfernt, an dem sich die Mitglieder der Expedition die norwegischen Spezialitäten schmecken ließen, lagen sieben gefrorene Leichen unter der Erde. In ihrem Gewebe schlummerte jenes Virus, das sie vor fast neunzig Jahren umgebracht hatte. Ein mikroskopisch kleiner, unsichtbarer «Gast», der sich in eine tödliche Waffe verwandeln konnte, wenn ihn jemand aus der Eishölle befreien würde. Und genau das konnte sehr bald schon passieren.

IV

Coimbra, 15. Juni

Der Chor hatte bereits den Schlussgesang angestimmt, und Schwester Myriam José betrachtete den schlichten Holzsarg, der aus der Kirche getragen wurde, während die zahllosen Gläubigen eine Gasse bildeten, um ihn ein letztes Mal zu berühren. Der jungen Karmeliternonne waren die Tränen in Strömen übers Gesicht gelaufen, und aus dem Augenwinkel sah sie, dass auch ihre Mitschwestern, die hinter dem mächtigen Gitter auf der Rückseite des Altars knieten, geweint hatten. Im Kloster von Coimbra hatte Schwester Lucia dos Santos, die Seherin von Fatima, ihr langes Leben mit Beten und dem Anfertigen von Rosenkränzen zugebracht. Sie war ein diskreter, bescheidener Mensch gewesen und dennoch eine so wichtige Persönlichkeit. Myriam war sie sehr verbunden gewesen – schließlich hatte Lucia ihr sogar das letzte Geheimnis anvertraut. Immer wieder ließ Myriam den vergilbten Umschlag durch ihre Hände gleiten, während auf der anderen Seite des Gitters Monsignore Lo Monaco, in goldbesticktes violettes Ornat gekleidet, neben dem Leichenwagen mit dem Sarg herschritt. Schwester Lucias Bestattung war ein Fest des Glaubens. Die Bewohner der portugiesischen Stadt, die daran gewöhnt waren, dass die Seherin hinter den Klostermauern betete, sahen ihren Tod im hohen Alter als den lange ersehnten Übergang in ein anderes Leben, den sie bereits 1917 in der Höhle von Iria vorausgesagt hatte.

Myriam wusste nicht, was sie mit dem Umschlag anfangen sollte. Am Vortag, als in Anwesenheit aller Schwestern Lucias Sarg geschlossen worden war, war Monsignore Lo Monaco auf sie zugekommen und hatte ihr zugeraunt: «Hat Ihnen Lucia wirklich nichts gesagt, als sie starb, Schwester? Hat Sie Ihnen nichts gegeben?»

Zunächst hatte Myriam so getan, als hörte sie ihn nicht, und weiter den Rosenkranz gebetet. Dann jedoch hatte sie den Kopf gehoben und war dem strengen Blick des Gesandten aus dem Vatikan begegnet.

«Sie hat nichts zu mir gesagt und mir auch nichts gegeben … außer das hier!», hatte sie geantwortet und auf den Rosenkranz gewiesen.

«Entschuldigen Sie, dass ich gefragt habe», sagte Lo Monaco, «aber ich hatte gehofft, ein Dokument von Schwester Lucia zu finden, als ich ihre Unterlagen durchsah …»

Myriam tat, als fiele sie aus allen Wolken: «Was für ein Dokument?»

Lo Monaco sah sie durchdringend an und legte ihr dann die rechte Hand auf den Kopf, um sie zu segnen. «Entschuldigen Sie, Schwester, entschuldigen Sie … Ich wollte Sie nicht im Gebet stören.»

Der Prälat aus dem Vatikan wusste also etwas, er wusste, dass die Seherin von Fatima ein Geheimnis für sich behalten hatte. Und während die Kirche mit der vergoldeten Holzdecke sich jetzt allmählich leerte, überlegte Myriam wieder, was wohl am besten zu tun sei. Vor ihrem geistigen Auge zogen rasch die wichtigsten Stationen ihres bisherigen Lebens vorüber: etwa der Schulausflug nach Lyon vor fünf Jahren, der zu ihrer Berufung geführt hatte. Damals hieß Schwester Myriam José noch Paula Cereira und war eine junge Frau, die davon träumte, Designerin zu werden. Sie war mit ihrer Lehrerin und den Klassenkameraden in die Basilika von Fourvière im ältesten und am höchsten gelegenen Teil der Stadt gegangen, ganz in der Nähe des römischen Amphitheaters und der kleinen Kirche, in der die Reliquien des heiligen Irenäus aufbewahrt werden. Es wurde gerade eine feierliche Messe abgehalten, in der der Knabenchor *Petits Chanteurs de Saint-Marc* sang. Nach der Messe stand für Paula fest, dass sie sich ganz Gott weihen würde. Sie war bis zum heutigen Tag glücklich mit ihrem Leben im Karmeliterkloster und hatte sich noch nie ihren Vorgesetzten widersetzt. Dennoch hatte sie kein schlechtes Gewissen, weil sie dem Monsignore Schwester Lucias Umschlag nicht gegeben hatte. Sie war überzeugt, damit den letzten Willen ihrer Lehrmeisterin und Freundin respektiert zu haben.

Was mache ich nur mit diesem Brief?, fragte sie sich. Sie war mittlerweile allein in der Kirche, die vor lauter Blumensträußen an einen Garten erinnerte. Myriam lehnte den Kopf gegen das Gitter.

Dann fasste sie einen Entschluss. Behutsam öffnete sie den Umschlag und entnahm ihm ein gefaltetes, liniertes Blatt, das mit sepiafarbener Tinte beschrieben war. Es war Lucia dos Santos' Schrift. Ganz vorsichtig faltete sie es auseinander, als handelte es sich um eine antike Reliquie oder um eine tausend Jahre alte Papyrusrolle, die beim Kontakt mit Luft oder ihren schwitzigen Fingern zu Staub zerfallen könnte.

Das Datum oben auf der Seite war mit dem auf dem Umschlag identisch: 12. Mai 1955. Mit einiger Mühe begann Myriam die Worte zu lesen, die die Seherin von Fatima fünfzig Jahre zuvor im portugiesischen Dialekt ihrer Heimat aufgeschrieben hatte.

Nachdem sie uns die Vision vom weißgekleideten Bischof, der ermordet wird, gezeigt hatte, wandte sich die Muttergottes an uns und erklärte, was wir gesehen hatten: ‹Es wird eine Zeit kommen …›

«Mein Gott», ertönte ihr Schrei in der mittlerweile im Halbdunkel liegenden Kirche, «das ist die vierte Prophezeiung!» Sie sank zu Boden und verharrte so eine halbe Stunde, wie damals, an dem Tag, als sie ihr Gelübde abgelegt hatte. Sie betete, dass das, was sie eben gelesen hatte, niemals eintreffen möge. Sie betete zu Lucia, sie möge sich bei der Muttergottes, mit der sie ihr ganzes Leben in Kontakt gestanden hatte, dafür einsetzen, dass der europäischen Christenheit diese Strafe erspart bliebe.

Nachdem Myriam ihr inständiges Gebet beendet hatte, stand sie auf, faltete das Blatt wieder zusammen und steckte es in den Umschlag, der ein halbes Jahrhundert lang auf der Innenseite von Schwester Lucias Brevier geklebt hatte. Dann schloss sie sich wieder ihren Mitschwestern an, um zu Mittag zu essen. Endlich wusste sie, wie sie mit dem Geheimnis verfahren sollte.

«Mutter Oberin», sagte die junge Nonne, als sie auf Schwester Benedicta zuging, «ich möchte Sie um einen Rat bitten …»

«Gern, Schwester Myriam.»

«Es ist ja so, dass Seine Exzellenz Monsignore Lo Monaco Schwester Lucias Zelle fast leergeräumt hat. Nur ein kleines Gebetbuch und der Rosenkranz, den sie vergangene Woche angefertigt hat, bevor sie krank wurde, sind übrig geblieben.»

«Ich weiß. Seine Exzellenz sagte, wir könnten das Buch und den Rosenkranz behalten, zusammen mit Schwester Lucias Gewand und einigen persönlichen Gegenständen.»

«Ich dachte, ehrwürdige Mutter …»

«Nur zu, sag es ruhig!»

«Nun, ich dachte, wir könnten das Gebetbuch oder den Rosenkranz Pater Ernesto dos Santos geben, ihrem Neffen. Ich möchte, dass er eins von beiden bekommt, weil es die letzten Gegenstände sind, die seine Tante in Händen gehalten hat.»

«Das ist eine gute Idee, Myriam. Ich werde Pater Ernesto anrufen lassen und ihn bitten herzukommen, sobald es ihm möglich ist. Ich habe ihn heute bei der Trauerfeier in der Kirche gesehen.»

«Ja, ich habe ihn auch gesehen, er stand direkt vor mir auf der anderen Seite des Gitters. Und da kam mir die Idee, ihm einen der beiden Gegenstände zu überlassen.»

Noch am selben Abend bat die Äbtissin Pater Ernesto, die Messe des folgenden Tages zu zelebrieren.

Am nächsten Morgen, kurz vor sechs Uhr, strömten die

Karmeliterinnen wie immer aus ihren Zellen, überquerten schweigend den Flur und nahmen ihren Platz auf den Bänken hinter dem Gitter ein. Neben dem Altar stand Pater Ernesto im Talar. In weniger als einer halben Stunde hielt er die Wochentagsmesse ab. Dann wurde er ins Sprechzimmer gebeten.

«Schwester Myriam würde Sie gerne sehen», sagte die Äbtissin, «ich glaube, sie möchte Ihnen etwas geben ...»

Während die alte beleibte Nonne sich von dem kleinen Gitter entfernte, das das einzige wirkliche Fenster zur Außenwelt darstellte und das Sprechzimmer mit dem Warteraum im Eingangsbereich des Klosters verband, strich sich Pater Ernesto den Talar glatt und fuhr sich durch die spärlichen weißen Haarbüschel. Er war sechzig, wirkte aber mit seinem faltigen Gesicht deutlich älter. Seit zwanzig Jahren war er nun schon Bibliothekar und Archivar der bischöflichen Kurie von Coimbra und verbrachte seine Tage zwischen staubigen Akten und alten Handschriften. Mit seiner Tante war er immer in Kontakt geblieben, und sie hatte ihm oft anvertraut, sie «sehe» die Muttergottes auch weiterhin und spreche mit ihr. Myriam kam etwas atemlos ans Gitter. Sie hielt einen Rosenkranz in der einen Hand und zupfte mit der anderen unablässig am Ärmel ihres weißbraunen Gewands.

«Guten Tag, Pater Ernesto», sagte sie etwas zu laut. «Ich wollte Ihnen gerne ein Andenken an Ihre Tante hinterlassen, einen Gegenstand, den sie kurz vor ihrem Tod in Händen hielt.»

Pater Ernesto war verwirrt. Die junge Nonne wirkte, als wollte sie, dass die anderen Nonnen hörten, was sie sagte, doch gleichzeitig schien sie ihm ein Geheimnis mitteilen zu wollen. Nachdem sie ihm den Rosenkranz durch das Gitter hindurch gereicht hatte, legte sie den Finger auf die Lippen, damit sie ungehindert weitersprechen konnte, ohne dass er sie unterbrach.

«Ja, ja», sagte sie sehr laut, «das ist der letzte Rosenkranz, den Schwester Lucia angefertigt hat. Sie wollte, dass Sie ihn bekommen ...» Währenddessen schob sie den vergilbten Umschlag mit Lucias handschriftlichen Notizen durchs Gitter.

«Nehmen Sie ihn, nehmen Sie ihn ruhig, Pater Ernesto. Es ist richtig so.»

Der Neffe Schwester Lucias begriff sofort, dass er soeben etwas sehr Wichtiges erhalten hatte, eine posthume Mitteilung seiner berühmten Tante. Schnell steckte er den Umschlag in die Innentasche des Talars.

«Danke, Schwester Myriam, ich danke Ihnen von Herzen.» Er warf der Nonne einen vielsagenden Blick zu. «Ich werde bald wiederkommen ... dann können wir uns ein wenig unterhalten ...»

Der Priester verließ hastig die Eingangshalle, stieg die vier Stufen aus Porphyr hinunter und atmete in vollen Zügen die lauwarme, nach Lavendel duftende Morgenluft Coimbras ein. Mehrmals drehte er sich um, wie ein Flüchtling, der sich verfolgt fühlt. Doch da war niemand, der zu dieser frühen Stunde auf dem Platz auf ihn achtete. Die Ladenbesitzer grüßten, er lächelte und erwiderte zerstreut den Gruß. Keine zehn Minuten später hatte er den Eingang des erzbischöflichen Palastes erreicht, wo sich auch das Archiv befand. Pater Ernesto huschte durch den schmalen Gang zu seinem Büro und stieg eilig die hölzerne Wendeltreppe hoch. Jetzt fühlte er sich endlich in Sicherheit. Ganz aufgeregt kramte er in seinen Taschen – alte Notizzettel kamen zum Vorschein, ein Dutzend zerfledderter Heiligenbildchen und schließlich auch der Umschlag, den ihm Schwester Myriam zugesteckt hatte. Er öffnete ihn und las. Ein paar Sekunden lang blieb er reglos sitzen. Er war erschüttert.

«Ich muss etwas tun ... Noch ist Zeit! Noch können wir sie aufhalten ... Was hat nur der Adler zu bedeuten?»

Im selben Augenblick, in dem sich vor Pater Ernesto die apokalyptischen Bilder der vierten Prophezeiung von Fatima auftaten, rollte ein Flugzeug der TAP Air Portugal nach Rom über die Startbahn. In den ersten Reihen der Business-Klasse dachte Monsignore Lo Monaco mit halbgeschlossenen Augen an die Tage, die er in der Heimat der Madonna von Fatima verbracht hatte. Zu seinen Füßen lag ein großer schwarzer Aktenkoffer aus Leder, der prall mit Dokumenten gefüllt war. Den Schlüssel für das kleine Schloss bewahrte der Monsignore in seinem Notizbuch auf. Eine langbeinige Stewardess mit pechschwarzen Haaren riss ihn aus seinen Gedanken. «Hatten Sie einen angenehmen Aufenthalt in Portugal, Monsignore?», fragte sie mit einem professionellen Lächeln und betrachtete dabei den auffälligen Goldring des Erzbischofs.

«Nun, angenehm würde ich es nicht nennen», erwiderte er mit ernster Miene, «ich war wegen einer Bestattung hier.» Die Stewardess setzte sofort eine andere Miene auf und entschuldigte sich.

«Schon gut, schon gut», sagte Lo Monaco und war sicher, dass sie ihn nun in Ruhe lassen würde.

Er wartete, bis das Flugzeug abgehoben hatte, öffnete den Sicherheitsgurt und klappte das Tischchen des Nachbarsitzes herunter, auf dem sich im Nu Papiere und Dokumente stapelten.

Er zog einen winzigen Digitalrecorder aus der Tasche und schaltete ihn ein: «Memorandum für den Papst: Unter den Dokumenten Schwester Lucias finden sich keine Notizen, die sich auf die noch nicht enthüllte vierte Prophezeiung beziehen. Aus den durchgeführten Befragungen geht nicht hervor, dass die Seherin vor ihrem Tod mit den anderen Nonnen aus dem Kloster darüber gesprochen hat. Daher können wir davon ausgehen, dass der im Vatikan aufbewahrte Text der einzige derzeit existierende ist. Diese Nachricht bitte so bald wie möglich dem Heiligen Vater zukommen lassen.» Klick.

Lo Monaco nahm einen Stapel alter Fotografien zur Hand, setzte seine runde Brille mit dem Titanbügel auf und begann mit einem gelben Marker einige Stellen auf dem ersten Blatt anzustreichen. Er las und las, doch er konnte sich einfach nicht konzentrieren. Immer wieder musste er an jene seltsame Bitte denken, die sein Freund sechs Monate zuvor an ihn gerichtet hatte.

«Darf ich fragen, weshalb du dich so für die Prophezeiung von Fatima interessierst?»

«Nein, das darfst du nicht!», hatte er ihm in einem Ton geantwortet, der keinen Widerspruch duldete. Damit war das Treffen in der VIP-Lounge des Flughafens Heathrow, das wie ein Zufall aussehen sollte, beendet. Gewissensbisse hatte der Erzbischof keine. Nur zu gern wollte er den Wunsch seines Freundes erfüllen, waren ihm doch Hellseher, Visionen und Prophezeiungen zutiefst verhasst – und natürlich hatte ihn auch die eine Million Dollar überzeugt, die über einige Firmen in Panama an die World Foundation for Religion's Freedom überwiesen worden war.

V

Rom, 16. Juni

Jeder neue Tag war für John Costa eine Qual. Der Journalist konnte sich einfach nicht an sein Single-Dasein gewöhnen, und die aufmunternden Worte seiner Putzfrau Caterina, die einmal pro Woche zu ihm kam, deprimierten ihn eher noch mehr. Caterina brachte die ganze Wohnung in Ordnung, mit Ausnahme der Küche, in der sich John eine Art Nest geschaffen hatte, in dem er las und oft auch arbeitete. Der gelbgeflieste Raum gab ihm Geborgenheit; nach der Trennung von seiner Frau vereinte er für ihn seine beiden Leidenschaften, Essen und Arbeiten. Erstere war an den Essensresten und angebrochenen Dosen, die überall herumstanden, zu erkennen, letztere an den Zeitungsstapeln, die nur darauf warteten, durchgesehen und archiviert zu werden.

«Ich halte mich an Ihre Vorschriften», brummte die Putzfrau an diesem Morgen, «aber die Küche sieht wirklich verboten aus!»

«Sie haben recht», sagte John ungewöhnlich freundlich. Er war immer noch im Morgenmantel, ging in der Wohnung auf und ab, eine Tasse Espresso in der Hand, und suchte nach einem guten Grund, um wieder ins Bett gehen und diesen Tag aus dem Kalender streichen zu können.

«Heute Abend mach ich sauber, keine Sorge, Caterina!»

«Ich mach mir keine Sorgen. Ich finde es nur nicht schön, dass Sie in so einem Schweinestall leben ... Wenn das die Signora wüsste!» Dieser Zusatz gab John einen Stich ins Herz. Solche Sätze wirkten wie Peitschenhiebe. Er blieb auf der Schwelle zum Badezimmer stehen, das Caterina gerade mit einer erstaunlichen Energie putzte – sie war siebzig Jahre alt –, starrte sie einen Augenblick lang an und wollte schon eine Schimpftirade loslassen. Einmal am Tag konnte so etwas nicht schaden.

Sie sah auf und ahnte, dass sie zu weit gegangen war. Als Zeichen der Entschuldigung senkte sie daher wortlos den Blick.

John wusste, dass sie im Grunde recht hatte. Seine Ex-Frau, die gewiss kein Putzteufel war, hätte ihm nie erlaubt, so zu leben. Gerade wollte er Caterina sagen, dass er schon verstanden habe, als das Telefon klingelte.

«Das ist bestimmt Marc, der Idiot. Um diese Uhrzeit kann das nur er sein!», rief John, während er nach dem schnurlosen Telefon suchte, das aus unerklärlichen Gründen im überquellenden Papierkorb gelandet war.

«John Costa.»

«Hier ist Semprini», meldete sich mit heiserer Stimme der betagte Geistliche am anderen Ende der Leitung.

«Oh, gut, dass Sie anrufen, Monsignore. Sie haben mir zu einem schönen Artikel verholfen, er hat meinen Chefs sehr gefallen und wurde bereits an verschiedene amerikanische Zeitungen verkauft. Allerdings bin ich dem Rätsel um das Wort ‹Augustinus› noch nicht auf die Spur gekommen. In dem dritten Teil, der vor ein paar Jahren veröffentlicht wurde, kommt es nicht vor.»

«Freut mich, dass Sie es bemerkt haben», erwiderte der Prälat ausweichend, «das war genau meine Absicht.»

«Dann wäre das also der Beweis dafür, dass es noch mehr unveröffentlichtes Material gibt, richtig?»

«Nicht so hastig, die Erklärung könnte auch ganz einfach die sein, dass Bischof Venancio sich geirrt hat, schließlich hat er den Text nur durch den Umschlag hindurch gelesen.»

«Gestern hatte ich aber den Eindruck, Sie sehen das anders ...»

«Ja, das stimmt. Und deshalb rufe ich auch an. Ich möchte Ihnen etwas mitteilen.»

«Nur zu, Monsignore, ich bin ganz Ohr!»

«Nein, nicht am Telefon. Haben Sie schon gefrühstückt?»

«Um ehrlich zu sein, nein», log John, der gerade eine Scheibe Vollkorntoast mit reichlich Orangenmarmelade verschlungen hatte.

«Gut. Dann treffen wir uns in einer Viertelstunde in der Bar San Pietro di Porta Cavalleggeri, in Ordnung?»

«Gerne», sagte John.

Zehn Minuten später saßen der Journalist und der betagte Monsignore an einem kleinen Tisch in der Ecke des Cafés und bestellten Cappuccino und Croissants. Das Lokal war ziemlich schmal, durchs Fenster konnte man einen Ausschnitt von Berninis Säulengang sehen.

«Sehen Sie, John, ich bin ja nun schon recht alt ... Seit geraumer Zeit bereite ich mich darauf vor, dem Herrn gegenüberzutreten.»

«Aber Ihnen geht es doch blendend!»

«Hören Sie mir lieber zu! Ich glaube, jetzt ist der richtige Moment, um etwas loszuwerden, das ich noch niemandem erzählt habe. Der Kardinal hatte es mir heimlich mitgeteilt, als ich noch sein Sekretär war. Er bat mich, nicht vor seinem Tod oder vor der Veröffentlichung der Prophezeiungen von Fatima darüber zu sprechen. Eine der Bedingungen – nämlich sein Tod – wurde bereits vor einem Vierteljahrhundert erfüllt. Die zweite hat sich meines Erachtens erst zum Teil erfüllt – die Veröffentlichung der dritten Prophezeiung.»

«Dann wissen Sie also, welcher Teil noch fehlt!», rief der Journalist und zog damit prompt die Aufmerksamkeit eines Polizisten, der an der Theke einen Espresso schlürfte, und eines japanischen Pärchens, das gerade ein Foto per Selbstauslöser machte, auf sich.

«Sprechen Sie doch leise, um Himmels willen!», beschwor ihn Monsignore Semprini. Dann machte der Geistliche eine lange Pause und ließ seinen Blick über die Wände der Bar schweifen, an denen zahlreiche signierte Fotos hingen: ein paar italienische Schauspieler, die in der Gegend wohnten, deutsche Kardinäle, die zu Stammgästen geworden waren, dann ein Bild von Padre Pio und ein weiteres von Johannes XXIII. Genau auf diesem Foto, das über einer Vitrine mit verstaubten Pralinenschachteln hing, verharrte Semprinis Blick.

«Vielleicht hatte der Papst ja recht, dass er sie nicht veröffentlichen wollte. Hören Sie, John, ich habe nicht den ganzen Text der Prophezeiungen gelesen. Doch der Kardinal, der ihn auf Wunsch Johannes' XXIII. bekam, hat mir davon erzählt.»

«Was stand denn darin?», fragte John mit weit aufgerissenen Augen.

«Der Kardinal erzählte mir von dem weißgekleideten Bischof, der unter den Schüssen der Soldaten tot zusammenbricht, von der zerstörten Stadt voller Leichen ...»

«Ja, das weiß ich auch, aber wovon noch?»

«Dann sagte er, die Muttergottes habe die Bedeutung dieser Vision erklärt, die dunkle Zeiten für Europa zu verkünden schien, und sprach von einer Art ... Invasion.»

«Von einer Invasion? Durch wen?»

«Woher soll ich das wissen? Ich sage Ihnen ja nur, was ich weiß, und das ist ziemlich verwirrend. Er sprach von einer Invasion und einem Geschenk, das die Muttergottes den Sehenden und der ganzen Welt gemacht hatte, einer Art Landkarte.»

«Monsignore, was für eine Landkarte? Was soll das sein, eine Schnitzeljagd?»

«Würden Sie mich bitte ausreden lassen? Halten Sie doch mal für fünf Minuten den Mund!»

«Sie haben recht, Entschuldigung. Ab jetzt bin ich stumm wie ein Fisch.»

«Also, die beiden Dinge, von denen ich weiß, sind folgende: die Invasion und die Landkarte.»

«Da ist aber noch ein drittes Element», sagte John, der das soeben gegebene Versprechen schon wieder vergessen hatte. «Augustinus.»

«Ich sagte Ihnen ja bereits, dass dieses Indiz möglicherweise keinen Bestand hat», entgegnete Monsignore Semprini. «Aber das ist nicht der Grund unseres Treffens», fügte er hinzu. «Ich wollte Ihnen etwas anderes mitteilen. Ich habe erfahren, dass sich der Papst Anfang des Jahres hier in Rom mit drei Kardinälen heimlich getroffen, ihnen den noch nicht enthüllten Teil der letzten Prophezeiung mitgeteilt und sie um ihre Meinung gebeten hat.»

«Wissen Sie, wer diese drei Kardinäle sind?»

«Nein, noch nicht. Aber hoffentlich bald. Das ist gar nicht so einfach, denn das Treffen fand zwischen dem 22. und dem 25. Januar statt, als in Rom das Konsistorium tagte. Dabei ging es um die neuen Regeln, die die Zulassung zur Kommunion von Geschiedenen, die noch einmal heiraten, betraf. Außerdem wurde das Problem der Pädophilie bei den aktuellen Fällen amerikanischer Geistlicher debattiert. Fast alle Kardinäle waren in der Stadt versammelt, abgesehen von dem hundertjährigen Chinesen, der in Florida lebt, dem ehemaligen Erzbischof von Mailand, der im Krankenhaus lag, und dem litauischen Kardinal, der an die Eiserne Lunge gefesselt ist.»

«Wissen Sie, warum dem Papst dieses geheime Treffen so wichtig war?»

«Nein, aber ich weiß, dass es bei dem Gespräch abends in der Wohnung des Papstes darum ging, ob man den fehlenden Teil der dritten Prophezeiung veröffentlichen soll oder nicht.»

«Verzeihen Sie, das verstehe ich nicht. Als im Jahr 2000 der dritte Teil veröffentlicht wurde, hieß es doch ausdrücklich, dies sei alles, was in den Archiven des Vatikans vorliege. Mehrmals wurde der neu abgefasste Gesamttext von Fatima-Anhängern dementiert. Es gebe keine weiteren Enthüllungen, hieß es ...»

«Ja, das stimmt. Aber es wäre doch vorstellbar, dass der

Papst, der ja im Jahr 2000 schon ziemlich alt war, beschlossen hat, ein historisches Kapitel abzuschließen, in dem es sowohl um das Attentat ging, dessen Opfer er selbst gewesen war, als auch um die Christenverfolgungen im zwanzigsten Jahrhundert. Denkbar wäre auch, dass ihm der letzte Teil der Prophezeiung vorenthalten wurde oder dass man ihm gesagt hatte, Schwester Lucia wolle nicht, dass der Text veröffentlicht werde, weil es noch zu früh sei. Oder dass er während des Heiligen Jahres keine katastrophalen Voraussagen für die Menschheit verkünden wollte ...»

«Na schön, nehmen wir einmal an, eine dieser Hypothesen trifft zu. Trotzdem finde ich es unglaublich, dass Sie es für möglich halten, man könnte dem Papst Dokumente von einer solchen Tragweite vorenthalten ... aber lassen wir das. Erklären Sie mir, wie man es schafft, sich selbst so zu belügen?»

«Ich habe fast mein ganzes Leben im Vatikan verbracht und viele weißgekleidete Männer gesehen, die sich auf dem Balkon gezeigt haben ... Glauben Sie mir, es wäre durchaus denkbar! Man müsste doch nur behaupten, Schwester Lucia habe kurz vor ihrem Tod den letzten Teil der Prophezeiung aufgeschrieben und nun wolle die Kirche auch diesen Teil publizieren ...»

«Aber, Monsignore, es sind sechs Monate vergangen, und nichts ist passiert!»

«Sie haben recht. Soweit ich weiß, hatte der Papst bei diesem Treffen fest vor, den fehlenden Teil zu veröffentlichen. Die drei Kardinäle teilten seine Absicht. Dann änderte der Heilige Vater jedoch seine Meinung, warum, weiß man nicht. Vielleicht hat ja jemand nachgeholfen ...»

«Monsignore, danke für diese Information, auch wenn sie etwas spärlich ist. Ich werde der Sache nachgehen. Am interessantesten finde ich jedoch nach wie vor den Inhalt der Prophezeiung.»

«Schon, aber nehmen Sie ihn nicht allzu wörtlich, John. Es ist ein Bericht aus zweiter Hand.»

«Invasion ist Invasion.»

«Natürlich, aber Sie wissen ja, dass die Seherin selbst ihre Vision beschrieben hat, und da fließt unweigerlich einiges von ihr selbst mit ein. Auch die Evangelien sind Gottes Wort, wurden aber von Menschen aufgeschrieben, und natürlich finden sich Persönlichkeit, Charakter und Bildungsstand der Evangelisten darin wieder. Für uns Christen ‹diktiert› Gott nicht wie für die Moslems. Und in den Prophezeiungen wird dies ganz besonders deutlich: Denken Sie nur an den dritten Teil, wenn von dem ‹weißgekleideten Bischof› die Rede ist, der ermordet wird, während er in der Interpretation des Vatikans – der ihn mit dem Papst gleichsetzt – ‹wie tot zu Boden fällt›, aber überlebt …»

«Das kommt vor, ich weiß», sagte John, «schließlich sind Visionen kein Film, der die Zukunft zeigt – der Mensch hat immer die Möglichkeit, einzugreifen und den Verlauf der Geschichte zu ändern, und so war es auch mit dem Attentat. Oder täusche ich mich da?»

«Nein, nein, keineswegs. Genau so stand es in dem theologischen Kommentar, der zusammen mit dem dritten Geheimnis veröffentlicht wurde.»

«Monsignore, und wie ist das mit der Invasion nun zu verstehen?»

«Ich sag's nochmal: Nehmen Sie das Ganze nicht zu

wörtlich! Es könnte sich genauso gut um die Invasion orientalischer Sekten in den Westen handeln wie um Heuschrecken oder um die Erfindung eines neuen Handy-Typs, der Kopfschmerzen verursacht», sagte der alte Geistliche lachend.

John begriff, dass er hier nicht weiterkam. Es war zwar nicht wenig, reichte aber dennoch nicht für einen Artikel. Das Geheimtreffen der Kardinäle? Auf Semprini war Verlass, trotzdem wollte er die Sache noch einmal überprüfen. Der Inhalt der noch fehlenden Prophezeiung? Drei Worte: «Invasion», «Landkarte» und «Augustinus» – das allein ergab noch keinen Sinn.

«Schön, Monsignore, ich danke Ihnen herzlich. Es war mir wie immer ein Vergnügen», sagte John Costa und stand auf, um die Rechnung zu begleichen. Semprini hielt ihn mit eisernem Griff zurück: «Lassen Sie nur, ich lade Sie ein.» Zum Besitzer gewandt, rief er: «Antonio, das geht auf mich!»

Sie verließen gemeinsam die Bar, verabschiedeten sich und gingen in entgegengesetzte Richtungen. Plötzlich rief der Monsignore John nach: «Ach, John, ehe ich's vergesse …» Er kam nochmal auf ihn zu.

«Ja?»

«Noch ein Tipp. Fatima ist kein Einzelfall. Es hat viele Marienerscheinungen gegeben, davor und danach. Und viele Propheten oder solche, die sich dafür hielten. An Ihrer Stelle würde ich mir die Hintergründe genauer ansehen. Ziehen Sie auch ein paar andere Quellen hinzu, vielleicht stoßen Sie da ja auf etwas Interessantes, das Ihnen weiterhilft.»

«Und Sie, was werden Sie tun?»

«Ich werde versuchen herauszufinden, wer die drei Kardinäle waren, die an dem Treffen in der Wohnung des Papstes teilnahmen. Und vor allem will ich verstehen, warum die ‹Nummer eins› – obwohl sich doch alle einig waren – ihre Meinung geändert hat. Das wird nicht einfach, und in meinem Alter … möchte ich mich nicht mehr allzu weit aus dem Fenster lehnen. Ich muss mich auf meine letzte Reise vorbereiten …»

«Nun hören Sie aber auf», sagte der Journalist lachend, «es geht Ihnen doch bestens! Diese Sache hier ist ein Kinderspiel für Sie …» John schüttelte Semprini nochmals die Hand, während dieser ihm lächelnd zuraunte: «Und vergessen Sie unseren ‹Augustinus› nicht …»

VI

Mumbai, 17. Juni

Das Auto fuhr langsam über die schlammige Straße, auf der es von Fahrrädern, Mopeds und Karren nur so wimmelte. Zu beiden Seiten drängten sich Menschenmengen vor den armseligen Ständen mit Obst und Gemüse. Die eigentlichen Protagonisten waren jedoch die Kinder. Barfuß sprangen sie in die Pfützen, schlängelten sich zwischen den Passanten hindurch, auf der Suche nach Essensresten. Als sie den alten weißen Volkswagen von Kardinal Percival Singh sahen, schlugen sie mit der flachen Hand gegen die Scheiben – das war ihre Art, den Mann mit der weißen Tunika, eine der bekanntesten Persönlichkeiten der Stadt, um Almosen zu bitten. Percival Singh lächelte, segnete sie, und manchmal kurbelte er auch das Fenster herunter und ließ ein paar Rupien in ihre Hände fallen.

Der Kardinal war ein Meter sechzig groß und wog hundertdreißig Kilo. Er war ein fröhlicher Mensch, und es verging kein Tag, an dem er nicht drei Stunden lang vor dem Altar betete. Er trug eine dickrandige Brille mit rechteckigen Gläsern. Obwohl er in einem Dorf nur wenige Kilometer von Mumbai zur Welt gekommen war, hatte er die meiste Zeit im Ausland verbracht: zunächst beim vatikanischen Staatssekretariat, dann, als Diplomat des Heiligen Stuhls, in verschiedenen Ländern Afrikas und Lateinamerikas. Schließlich war er als Erzbischof von Mumbai in seine Heimat zurückgekehrt, die zweitgrößte Hafenstadt des Landes mit neun Millionen Einwohnern. Er wohnte in Nathal Parekh, Nr. 21, dem Bischofssitz im Kolonialstil, und stand der dortigen katholischen Minderheit vor. Seit ein paar Jahren galt er als potenzieller Nachfolger des Papstes oder als Kandidat für das Amt des vatikanischen Staatssekretärs. Alle wussten, dass der amtierende Pontifex ihn zu seinen engsten Vertrauten zählte und ihn auch öfter als andere um Rat fragte. Allerdings konnten Gerüchte um seinen angeblichen Diabetes seinen Aufstieg behindern. Dabei war er von dieser Krankheit überhaupt nicht betroffen; eine entsprechende Medienkampagne hatte sie ihm angedichtet. Im Gegensatz zu seinen Mitarbeitern und Freunden empfand er dies jedoch als Segen – so bestand wenigstens keine Gefahr, dass er noch wichtigere Aufgaben übernehmen musste. Er fühlte sich nämlich wohl in Mumbai, und nach den vielen Jahren im diplomatischen Dienst war er glücklich, sich jetzt direkt um die Gläubigen kümmern zu können. Und so lehnte er auch nie eine Einladung ab und verbrachte den Großteil des Tages damit, Priester zu treffen, Geistliche, Nonnen oder ganz normale Leute, die mit ihm sprechen wollten. Er hatte es sich sogar zur Gewohnheit gemacht, zweimal die Woche über die Marktstraße in der Nähe der bischöflichen Residenz zu spazieren. Einkaufen und ein paar Worte mit den einfachen Menschen aus dem Volk wechseln, so sagte er immer, sei wesentlich lehrreicher, als Bücher über die Probleme der sogenannten Dritten Welt zu lesen.

An diesem Nachmittag hatte Kardinal Singh eine Messe in einem kleinen Nonnenkloster in der westlichen Peripherie von Mumbai gehalten. «Die Zeiten, die uns bevorstehen, sind finster», hatte er während der Predigt gesagt. «Wir müssen viel beten. Ich bin euch sehr dankbar, dass ihr der Madonna von Fatima so ergeben seid. Betet für den Papst, ihm steht eine schwierige Entscheidung bevor ...» Kryptische Worte, an die die Christen Mumbais jedoch gewöhnt waren. Kardinal Singh war ein vertrauenswürdiger Geistlicher, der noch nie ein Geheimnis verraten hatte. Doch wenn etwas Wichtiges bevorstand, hatte er die Angewohnheit, dies öffentlich in seinen Predigten anzudeuten. Er enthüllte keine Details, sondern forderte nur zum Gebet auf. Und so waren die Worte, die er eben mit trauriger Miene ausgesprochen hatte, verklungen, ohne dass ihnen jemand größere Bedeutung beigemessen hätte.

Die Nonnen hatten ihn zum Ausgang begleitet, doch kurz bevor er das Kloster verlassen konnte, hatte sein Handy geklingelt.

«Eminenz, hier ist Joseph.»

«Was gibt's, Joseph?»

«Ich habe gerade einen Anruf von der Schwester von Monsignore Jacob erhalten.»

«Wie geht es ihm?»

«Sehr schlecht. Sie sagte, er wird wahrscheinlich die Nacht nicht überleben.»

«Danke für die Nachricht. Sagen Sie Madre Angelica, dass ich erst später nach Hause komme. Ich fahre sofort zu Pater Jacob.»

Der Kardinal hatte sich von den Nonnen verabschiedet und war ins Auto gestiegen, ganz in Gedanken bei dem über neunzigjährigen Priester, der ihn den Katechismus gelehrt hatte.

«Wir fahren nicht gleich nach Hause», sagte er zu dem Fahrer, der während der Messe auf ihn gewartet hatte. «Bringen Sie mich bitte zur Kirche der Schmerzensreichen Jungfrau.»

An diesem heißen und schwülen Nachmittag schienen die Straßen besonders bevölkert zu sein, doch diesmal ließ sich der Erzbischof nicht von dem Stimmengewirr ablenken. Während er wegen der Schlaglöcher immer wieder unsanft von seinem Sitz gerissen wurde, dachte er an den Unterricht bei Pater Jacob. Vor allem eine Szene war ihm auch nach fünfzig Jahren noch lebhaft in Erinnerung: Pater Jacob hatte zu ihm, dem damals Zwölfjährigen, der bald das Priesterseminar besuchen sollte, gesagt: «Du wirst viel lernen müssen, Percival. Theologie, Moral, kanonisches Recht. Aber eins darfst du nie vergessen: Wenn du zu den Gläubigen sprichst, müssen alle in der Lage sein, dich zu verstehen. Auch die alte Frau dort ganz hinten ...» Und er hatte auf eine Bettlerin gedeutet, die an der Tür der kleinen weißen Holzkirche kauerte. Das war eine Lektion, die Percival nie vergessen hatte, und auch jetzt, als Kardinal, versuchte er sie immer in die Tat umzusetzen.

Nachdem sie das Elendsviertel aus Papp- und Wellblechhütten hinter sich gelassen hatten, bog das Auto des Erzbischofs in eine asphaltierte Straße ein, die aus der Stadt hinausführte. Singh schloss die Augen und begann für den betagten Priester zu beten. Auf einmal hörte er den entsetzlichen Schrei des Fahrers, und als er die Augen aufriss, sah er einen schweren, mit Müll beladenen Lastwagen direkt auf ihr Auto zukommen, worauf dieses mit voller Wucht gegen eine Schutzmauer aus Beton geschleudert wurde. Das Dach des sich überschlagenden Wagens war das Letzte, was Kardinal Percival Singhs Augen sahen, bevor sie sich für immer schlossen.

VII

Longyearbyen, norwegische Svalbard-Inseln, 18. Juni

Das Georadar schlug plötzlich aus, wie bereits ein paar Mal in den vergangenen Tagen. Während Alan und Virgil mit ihren Messungen fortfuhren, schenkte sich Kate eine Tasse Kaffee aus der Thermoskanne ein, die sie in eine Synthetikdecke gewickelt im Rucksack aufbewahrte.

Professor Sirkar saß am Steuer des Geländewagens, der am Straßenrand geparkt war, und führte wieder einmal mit seinem typischen Überschwang das tägliche geheimnisvolle Telefonat mit der Londoner Firma. Plötzlich rief Virgil mit erstarrter Miene, kaum in der Lage, die Worte richtig zu artikulieren, von der anderen Seite des Geländes nach seiner Vorgesetzten.

«Kate, wir haben etwas gefunden ...», brüllte er. Seine Stimme klang nicht besonders überzeugt, und Kate, die sich ärgerte, weil sie in Ruhe ihren Kaffee genießen wollte, tat so, als hätte sie ihn nicht gehört.

«Kate, schau mal, wir haben etwas gefunden!», rief Virgil noch lauter.

«Komme ja schon!», brüllte Kate zurück und warf Sebastian Sirkar einen Blick zu. Sie meinte, ein seltsames Leuchten in den Augen des Professors zu sehen, doch wahrscheinlich war es nur der Reflex des Sonnenlichts in dieser einsamen Eishölle.

«Lasst mich mal sehen!», sagte sie, als sie an der Stelle angelangt war, an der die beiden Techniker gerade arbeiteten.

«Schau mal, schau mal hier ... Hier drunter ist eine seltsame Masse», sagte Virgil.

«Hoffentlich nicht wieder ein Bärenschädel», brummte Kate.

«Hier, guck!», sagte Alan und hob zum ersten Mal den Blick, der bislang am Bildschirm des Georadars geklebt hatte. «Die Masse scheint größer zu sein als das, was wir bislang gefunden haben ...»

«Wahrscheinlich eine ganze Bärenfamilie», bemerkte Kate sarkastisch.

«Professor Sirkar, Sie müssen sich das auch ansehen!», rief Alan und winkte zum Geländewagen hinüber. Sirkar nickte und stieg aus.

«Diesmal haben wir vielleicht gefunden, wonach wir suchen», sagte der Techniker selbstbewusst.

«Jetzt heißt es graben», stellte Virgil fest.

«Ja, aber seien Sie bloß vorsichtig!», sagte der Professor ein wenig außer Atem. «Ich habe gerade mit London telefoniert. Das Auffinden der Leichen ist für unsere Firma von entscheidender Bedeutung. Von unserer Arbeit hängt die Zukunft der Soniet Al ab.»

Dieser aufmunternden Worte hätte es gar nicht bedurft, denn Kate, Alan und Virgil hätten auch so ihr Bestes gegeben. Keiner hatte Lust, länger als nötig auf der Insel zu bleiben.

Schon nach wenigen Tagen hatten sie nämlich großes

Heimweh nach ihrer Stadt und einem milderen Klima bekommen. Obwohl sie wussten, wie wichtig ihre Aufgabe hier war, sah es niemand von ihnen als besonderes Privileg an, nach Leichen zu suchen, die vielleicht ein lebensgefährliches Virus in sich trugen.

«Die Ausgrabungen werden nicht leicht sein», sagte Alan, «hier scheint der Boden noch mehr gefroren als an anderen Stellen.» Mit einem Zaun, dessen Aluminium von äußerst robustem Polyester ummantelt war, steckte er eine Fläche ab, die den möglichen Fund von der Umgebung abgrenzte. Sirkar fuhr den Geländewagen näher heran und half Virgil beim Ausladen der Geräte. Als Erstes musste die gefrorene Erdschicht, die härter als Gestein war, ein Stück abgetragen werden, um einige Kernbohrungen durchführen zu können.

«Gleich werden wir wissen, ob wir eine Bärenfamilie oder die sieben Seeleute der *Forsete* gefunden haben», sagte Kate, während sie den Männern bei der Arbeit zusah.

Nach einer Stunde waren die nötigen Vorbereitungen für die Durchbohrung des Permafrostbodens getroffen. «Wir müssen nicht besonders tief bohren», sagte Kate, «die Zeugenberichte von 1918 sprechen eine eindeutige Sprache: Die Grube war nicht tiefer als drei Meter.»

«Schön und gut, aber leider sind die drei Meter gefroren», brummte Alan.

Es war schon Mittag, aber die Sonne schien nur schwach, dichter Nebel hüllte sie ein.

«Vielleicht sollten wir erst zu Mittag essen, bevor wir beginnen», sagte der Professor.

«Ja, aber wir können nicht einfach alles stehen und liegen lassen. Sollen wir abwechselnd Wache halten?», fragte Virgil.

«Nein, Kate und ich holen etwas aus dem Restaurant.»

Kaum eine halbe Stunde später saßen sie zu viert auf den Metallcontainern und verspeisten Brötchen mit geräuchertem Fisch.

«Oh, wie ich mich jetzt schon auf ein Hühnchen mit Curry freue!», sagte Sirkar lächelnd.

«Wenn wir weiter so viel geräucherten Fisch essen, werden wir selbst noch irgendwann zu Stockfischen», fügte Kate hinzu. Alan und Virgil nickten beim Kauen. Es war ein seltsames Mittagessen.

«Ziehen wir die Schutzanzüge an!», befahl Sirkar.

«Denken Sie nicht, das ist ein bisschen übertrieben? Ich meine, sollten wir etwas finden, dann ist es doch ohnehin gefroren, oder?», wagte Alan einzuwerfen, dem Schutzanzug, Mundschutz und Schutzbrille immer zuwider waren.

«Wir dürfen nichts riskieren, Alan. Es stimmt: Das, was wir hier finden, ist gefroren, aber wir wissen nicht, was passiert, wenn es mit Luft in Kontakt kommt», gab Kate zu bedenken.

Die Forscherin und der Professor traten beiseite, während die beiden Techniker den Bohrer einschalteten, ein äußerst leichtes und leistungsfähiges amerikanisches Modell, das in der Lage war, binnen weniger Minuten ein Fenster in eine Betonwand zu fräsen.

«Seien Sie ja vorsichtig!», mahnte der Professor.

«Und hört vor allem nach dem ersten Meter erst mal auf!», fügte Kate hinzu.

Bei der ersten Bohrung stießen sie auf nichts Besonderes, nur auf gefrorenes Erdreich. Auch die zweite Bohrung ging ins Leere. Dann endlich tat sich etwas.

«Professor, sehen Sie mal!», rief Alan.

«Haben Sie was gefunden?», fragte Sirkar und starrte auf das seltsame Fragment, das in den zylinderförmig ausgestanzten Permafrostboden eingelagert war.

«Sieht aus wie eine Dynamitstange ...»

Etliche Minuten betrachteten Kate und Sirkar schweigend das Objekt.

«Ja, das könnte Dynamit sein», sagte der Professor.

«Wir wissen, dass es am 25. Dezember 1918 verwendet wurde, um die Seeleute zu bestatten», rief Kate.

«Das mag ja sein», unterbrach sie Virgil, «aber das heißt noch gar nichts. Hier hat man doch für jedes x-beliebige Loch Dynamit verwendet!»

«Du hast recht, Virgil. Aber wir befinden uns hier in der Nähe der ehemaligen Kirche von Longyearbyen, wo die Hütte mit den Toten stand. Die Wahrscheinlichkeit, dass das Dynamit also ...»

«Bingo!», rief Alan plötzlich.

Alle drehten sich zu dem Techniker, der wieder zu dem Loch gegangen war, aus dem sie soeben den Sprengstoff gezogen hatten.

«Hier drunter ist noch etwas. Ich glaube, es ist ein menschlicher Körper», sagte er zufrieden und schwenkte die Halogenlampe wie eine Trophäe.

«Du siehst aus wie die Freiheitsstatue», grinste Kate.

Plötzlich wurde Sirkar von einer seltsamen Unruhe ergriffen.

«Los, wir müssen uns alle nochmal desinfizieren», befahl er.

Dann sagte er zu Alan: «Heben Sie bitte diesen Quadratmeter aus, aber ohne tiefer als einen Meter zu graben ...»

«In unseren Quellen ist aber die Rede von drei Metern, Professor!», wandte Kate ein.

«Ja, aber die Leichen wurden übereinandergelegt. Wir dürfen nicht riskieren, sie zu verletzen», erwiderte Sirkar.

Bis fünf Uhr nachmittags arbeiteten sie wie die Besessenen. Sie waren nun sicher, das gefunden zu haben, wonach sie gesucht hatten. Der Professor ließ zwei Polizisten aus Longyearbyen kommen, damit sie die Fundstelle nachts bewachten.

«Die sind nicht zu beneiden», sagte Kate.

«Das ist ihr Job», meinte Virgil, der an den Füßen bereits die ersten Erfrierungssymptome spürte und ganz blass im Gesicht war. «Sie werden sowieso im Auto bleiben, schön in Decken gewickelt, und Kaffee trinken.»

Nach einem heißen Bad und einem Saunagang trafen sich die vier Forscher abends in einem norwegischen Restaurant wieder. Wie immer war das matte Licht der Polarnacht zu sehen, das auch noch so dicke Vorhänge nicht auszusperren vermochten.

«Also, ich könnte nie hier leben – nachts mag ich's finster», brummte Virgil.

«Irgendwie erinnern mich die Trachten hier an Weihnachten», flüsterte Kate und deutete auf die große blonde Kellnerin, die kam, um ihre Bestellung aufzunehmen.

Die Luft knisterte förmlich vor Anspannung; die Mission war kurz vor ihrer Vollendung.

Sirkar ergriff das Wort, während die anderen ihren Hammelbraten verzehrten.

«Ich habe mit dem Präsidenten telefoniert. Er ist sehr zufrieden mit unserer Arbeit und bittet uns, morgen so vorsichtig wie möglich vorzugehen. Sie arbeiten für das Wohl der Menschheit, soll ich Ihnen ausrichten.»

«Vielleicht. Erst mal arbeiten wir vor allem für sein Wohl!», grummelte Alan.

Kate zog ein paar ziemlich abgegriffene Fotokopien aus der Tasche.

«Schon seltsam, nicht? Wir entnehmen Proben, machen Experimente ... Und dabei waren das doch Menschen.»

Die drei Männer hielten inne und sahen sie fragend an.

«Hans, Oleg, Magnus, Tormod, Johan, Williani, Kristian: Das waren Menschen, junge Männer, die ihre Familien verlassen haben, um den Winter über im Bergwerk zu arbeiten. Ist Ihnen das bewusst?»

Nein, das war ihnen nicht bewusst. Für Alan und Virgil, aber auch für Professor Sirkar waren es tiefgefrorene Mumien, die sie nach einem Jahrhundert der Vergessenheit wieder ans Tageslicht bringen sollten – Laborfunde, sonst nichts. Für Kate war das anders.

Obwohl sie nicht religiös erzogen war, hatte sie ein besonderes Gespür für die Beziehung zwischen Lebenden und Toten. Ein Gespür, das durch den Zustand ihrer kranken Mutter, der weder als Leben noch als Tod bezeichnet werden konnte, verstärkt wurde.

Die junge Biologin stellte sich immer Fragen, die sich Menschen gemeinhin nicht stellen. Wenn sie auf einer Reise den Blick einer Person kreuzte, und sei es nur für den Bruchteil einer Sekunde, fragte sie sich bisweilen, ob sie sie jemals wiedersehen oder ihr vielleicht im Jenseits wieder begegnen würde. Und so war es kein Wunder, dass sie jetzt an die Geschichten dachte, die sich um die sieben Seeleute rankten. Wer waren sie wirklich? Hatten sie Frauen und Kinder gehabt? Wer hatte die Angehörigen von ihrem Tod benachrichtigt? Würde es ihr vielleicht sogar gelingen, ihre Nachfahren ausfindig zu machen?

«Was werden wir mit den Leichen tun?», fragte sie unvermittelt.

«An Ort und Stelle Gewebeproben aus Leber und Lunge entnehmen», sagte Sirkar nüchtern.

«Und dann, bestatten wir sie dann erneut?»

«Ich habe schon mit dem Bürgermeister von Longyearbyen gesprochen. Er kümmert sich darum ...»

«Ist das nicht gefährlich?»

«Ich habe ihm genaue Anweisungen gegeben.»

Der längste Tag der Svalbard-Mission begann sehr früh. Keiner der vier Forscher hatte ein Auge zugetan. Als um zehn Uhr morgens Alan und Virgil unter etlichen Vorsichtsmaßnahmen die letzte Erdschicht des Permafrostbodens abtrugen, bot sich ihnen ein grauenhafter Anblick: In dem eisigen Graben war die Zeit stehengeblieben. Die Seeleute bildeten ein unförmiges Menschenknäuel; ihre Gesichter waren schmerzverzerrt, ihre Haut durchsichtig. Man sah ihnen noch immer die Angst vor dem Tod an. Kate konnte gerade noch einen Brechreiz unterdrücken, während Sirkar mit professioneller Nüchternheit die Seziermesser vorbereitete. Mit einem Mal hatte das Forscherteam einen Zeitsprung nach hinten gemacht.

«Ich beschäftige mich schon seit Jahren mit der Spanischen Grippe. Wussten Sie, dass es sich dabei mit großer Wahrscheinlichkeit um eine Form der Vogelgrippe handelt?», sagte Sirkar, um das Ganze ein wenig herunterzuspielen.

Aber keiner hatte richtig zugehört. Nach einem Schreckensmoment widmeten sich nun alle ihren jeweiligen Aufgaben. Kate machte Fotos, während Alan und Virgil vorsichtig die Leichen voneinander trennten, damit der Professor daran arbeiten konnte.

Draußen vor dem Schutzzelt hielten die beiden Polizisten weiterhin Wache; ein paar Schaulustige hatten sich eingefunden.

«Hoffentlich gelingt es uns, dort weiterzumachen, wo Jack Layton aufgeben musste», sagte der Professor.

«Sie meinen damals, in den fünfziger Jahren in Alaska?», fragte Kate.

«Ja, genau.» Professor Sirkar war grundsätzlich zwar ein freundlicher, aber eben auch wortkarger Mensch, der es fertigbrachte, über Tage hinweg zu seinen Mitarbeitern nichts als Guten Morgen und Auf Wiedersehen zu sagen. Aber in entscheidenden Augenblicken seiner Experimente konnte er plötzlich sehr redselig und vertraulich werden. Während er nun vorsichtig die Überreste der Matrosen untersuchte, erzählte er von der ersten Expedition, bei der das Geheimnis der Spanischen Grippe hatte erforscht werden sollen.

«1951 beschloss eine Gruppe von Forschern, in ein Eskimodorf nach Alaska zu fahren, in dem 1919 von 115 Einwohnern 107 gestorben waren.»

«Ein wahres Gemetzel», bemerkte Alan, der mit seinen weißen Handschuhen gerade versuchte, den angewinkelten Arm eines Matrosen anzuheben.

«Ja», erwiderte Sirkar. «Sie hatten Kontakt zu dem Eskimohäuptling aufgenommen, dessen Frau während der Epidemie gestorben war und der daraufhin die Witwe eines anderen Opfers der Spanischen Grippe geheiratet hatte. Obwohl dreißig Jahre vergangen waren, wussten beide genau, was damals geschehen war – es hatte schließlich ihr Leben für immer verändert.»

«Hat man die Leichen gefunden?», fragte Kate.

«Sie lagen zwei Meter unter dem Eis in einem Gemeinschaftsgrab, aneinandergebunden, wie es dort Brauch ist. Layton schreibt, es sei ihnen gelungen, einige der Leichen zu exhumieren und Gewebeproben von Lunge und Herz sowie eine Urinprobe zu entnehmen. Das gesamte Material wurde in Behältern mit Trockeneis aufbewahrt und in ein Labor nach Iowa City gebracht.»

«War das interessantes Forschungsmaterial? Und ist das Virus wieder aktiv geworden?», wollte Virgil wissen, der zwar schon an etlichen Autopsien teilgenommen hatte, aber trotzdem versuchte, den Blick möglichst von dem makabren Schauspiel abzuwenden.

«Ein Teil der Proben, die Jack Laytons Team entnommen

hatte, wurde Mäuse- und Kükenembryonen eingepflanzt. Doch das Virus entwickelte sich dabei nicht.»

«Warum nicht?», fragte Alan.

«Weil es damals noch nicht die technischen Möglichkeiten gab, über die wir heute verfügen», erwiderte Sirkar, dem es in der Zwischenzeit gelungen war, Gewebeproben aus Leber und Lunge des ersten Matrosen zu entnehmen. «Alle dachten, das Virus sei endgültig ausgestorben. Die Forscher konnten noch nicht auf eine DNA-Analyse zurückgreifen.»

«Und was wurde aus den Gewebeproben?», fragte Kate, die gerade die beiden ersten Kühlbehälter versiegelte.

«Sie wurden bis 1967 aufbewahrt und dann weggeworfen, weil keiner Interesse daran hatte. Jack Layton hob ein paar auf, die in Paraffin konserviert worden waren, doch 1992, als er in Rente ging, fand er niemanden, der davon Gebrauch machen konnte, und so zerstörte er das gesamte Material ...»

«Wirklich schade», sagte Virgil. «Hätte Layton die Proben nicht weggeworfen, hätten wir uns diese hübsche Reise und die knifflige Exhumierung hier sparen können.»

«Ich kannte Layton seit 1985 und habe mit ihm ein paar Monate in Tucson in Arizona gearbeitet.»

«Warum haben Sie sich da nicht die Proben geben lassen?», fragte Kate, während sie dem Professor ein elektrisches Skalpell reichte.

«Wenn ich nur geahnt hätte, dass er sie besaß! Doch er hatte mir nie davon erzählt. Ich dachte immer, er hätte sie 1967 zerstört. Dann erfuhr ich jedoch aus seinen Memoiren, wie nahe er der Wahrheit über das Grippevirus gewesen war.»

Ohne Unterbrechung ging die Arbeit voran. Die Kälte und der perfekt erhaltene Zustand der Leichen erleichterte die Entnahme der Gewebeproben. Doch hätte ihnen jemand zugesehen, hätte er wohl eher gedacht, hier finde ein Wettbewerb im Heimwerken statt und nicht eine Autopsie an Menschen, die seit neunzig Jahren tot waren.

Das Adrenalin ließ die vier Mitglieder des Teams Kälte, Hunger und Müdigkeit gar nicht spüren. Sie arbeiteten ohne Pause bis acht Uhr abends und bemerkten gar nicht, dass der Tag schon längst zu Ende war – was sich in der Mittsommernacht freilich nicht so ohne weiteres feststellen ließ.

Während Alan und Virgil die gefrorenen Leichen in einzelne Container packten, wurde Sirkar durch ein zweimaliges Hupen darauf aufmerksam gemacht, dass die Särge bereitstanden.

Der Professor vergewisserte sich, dass sie ordentlich versiegelt wurden, und erklärte dem Friedhofsleiter und dem Bürgermeister, dass sie in fünf Meter Tiefe an einem abgelegenen Ort begraben werden mussten.

«Was genau ist eigentlich das ‹Projekt Titan›?», fragte Kate, während Sirkar das Operationsbesteck reinigte, um es anschließend in einen hermetisch abgeschlossenen Behälter zu packen.

«Ein Projekt, das unserer Firmenleitung sehr am Herzen liegt ...»

«Verstehe, aber worum geht es dabei genau?»

«Verzeihen Sie, Kate, aber darüber darf ich nicht sprechen.» Er hatte einen ungewöhnlichen Tonfall angeschlagen, und seine Stimme klang auf einmal metallisch, kalt und distanziert. Kate, die eigentlich dachte, das Vertrauen des Professors gewonnen zu haben, wäre am liebsten vor Scham im Boden versunken. Zum Glück hatte sie Mundschutz und Schutzbrille auf, die noch desinfiziert werden mussten, so sah man nicht, wie ihr die Röte ins Gesicht schoss.

«Entschuldigen Sie bitte, Professor, ich wollte mich nicht in Angelegenheiten einmischen, die mich nichts angehen», sagte sie kühl.

«Schon gut, ist ja nicht so wichtig», beschwichtigte Sirkar.

Als sie endlich fertig waren, konnten sich Kate, Alan, Virgil und der Professor kaum noch auf den Beinen halten. Niemand wollte im Restaurant zu Abend essen. Kate saß auf ihrem Bett, stillte ihren Hunger mit Keksen und trank Wasser dazu. Die beiden Labortechniker aßen ein paar Brötchen, während Sirkar mit seinem Satellitentelefon am Ohr verschwand und erst wieder zurückkam, als die anderen bereits seit geraumer Zeit schliefen.

«Ich werde versuchen, die gewünschte Mutation durchzuführen», sagte er leise zu seinem Gesprächspartner in London. «Aber zunächst müssen Sie mir erklären, wozu das alles gut sein soll. Glauben Sie wirklich, es dient dem Wohl der Menschheit?» Dann beendete er das Gespräch. Und auch in dieser Nacht machte er kein Auge zu.

VIII

Rom, 19. Juni

«Und da waren's zwei!» Das war John Costas einziger Kommentar, als über seinen Bildschirm die Nachricht vom Tod des Erzbischofs von Mumbai, Papstanwärter Percival Singh, flimmerte. Der Journalist saß an einem Internetterminal im Lesesaal der vatikanischen Bibliothek und las gerade die Mitteilung der Agentur zu Ende, in der in sparsamen Worten die Umstände des tödlichen Unfalls in Indien geschildert wurden, als sein Handy klingelte.

«John, hast du schon gehört?», rief Marc Jemmallo aufgebracht.

«Was gehört?», fragte John mit gespielter Beiläufigkeit.

«Ein buddhistischer Kardinal ist gestorben ...»

«Meinst du Kardinal Singh? Der war Katholik.»

Für Marc Jemmallo war das Haarspalterei. Aus seiner Sicht war eine Religion so gut wie die andere.

«Na schön – jedenfalls meine ich den! Und, was sagst du? Könnte man daraus etwas machen?»

«Gib mir eine Stunde Zeit, und ich schreib dir ein schönes Porträt über ihn und das Konklave.»

«Was für ein Konklave? Was verheimlichst du mir?»

«Ach, nichts, das hab ich nur so dahingesagt. Dein ‹buddhistischer› Kardinal war nämlich ein möglicher Nachfolger für den Heiligen Stuhl, und wenn ich etwas genauer auf ihn eingehe, sollte dieser Hinweis nicht fehlen.»

«Na, ins Konklave wird der es jedenfalls nicht mehr schaffen», stellte Jemmallo fest.

«Allerdings wollte ich dir für heute Abend eigentlich eine andere Reportage liefern», sagte John.

«Was denn?»

«Wusstest du, dass dies der zweite Kardinal ist, der innerhalb weniger Wochen gestorben ist?»

«Nein, das wusste ich nicht. Aber was heißt das schon? Es handelt sich ja doch meistens um ältere Männer, also ist es ziemlich logisch, dass ab und zu auch einer stirbt, nicht? Oder ist es im Katholizismus so, dass die Priester, nein, die Kardinäle, ein Lebenselixier besitzen?»

«Hör doch mal zu! Vor dreizehn Tagen ist hier im Vatikan der älteste Kardinal des Heiligen Kollegiums gestorben, Aristide Testore. Er war 101 und saß seit zwanzig Jahren im Rollstuhl in seiner Wohnung im Palazzo dei Propilei mit Traumblick auf den Petersplatz.»

«Da könnte man ja direkt neidisch werden.»

«Ich glaube, da wirst du dich ganz weit hinten anstellen müssen. Alle lauerten auf diese Wohnung, aber der alte Testore dachte gar nicht daran ... er saß da, eine Decke auf den Knien, den Tropfer am Handtuchhalter aufgehängt und den Blick gen Himmel gerichtet.»

«Wer war dieser Testore, warum haben wir über seinen Tod nicht berichtet?»

«Haben wir, aber an dem Tag warst du nicht da. Jedenfalls kannte ich ihn gut, er war ein kluger Kopf und bis zum Schluss ganz klar. Der Papst hatte ihm den Ehrenvorsitz einer Mariengesellschaft übertragen und beriet sich oft heimlich mit ihm. Doch um ihn soll es gar nicht gehen. Das Interessante an der Sache ist, dass es nun schon der zweite Kardinal ist, der innerhalb weniger Tage stirbt.»

«Ich sehe da keinen Zusammenhang», brummte Jemmallo unwirsch.

«Der Legende, oder besser der Tradition, zufolge sterben Kardinäle niemals einzeln, sondern immer in Dreiergruppen!»

«Ist das wahr?»

«Nein, eigentlich nicht. Das heißt, manchmal war es tatsächlich so, das hängt davon ab, welchen Zeitraum man betrachtet. Weißt du, was für ein Witz im Vatikan kursiert?»

«Sag schon!»

«Wenn ein Kardinal stirbt, machen sich die anderen Sorgen; wenn der zweite stirbt, gehen sie zur Beichte; und wenn der dritte stirbt, köpfen sie eine Flasche Champagner.»

«Nett! Könntest du daraus eine Story machen?»

«Mit dem gebotenen Taktgefühl schon. Am Schluss könnte ich noch eine Statistik über die wahlberechtigten Kardinäle führen, deren Zahl sich durch Singhs Tod auf 111 reduziert hat.»

«Schön, mach das.»

Jemmallo legte auf, und John versuchte sich an die letzte Begegnung mit Kardinal Testore zu erinnern. Es war mindestens ein Jahr her, etwa zur selben Jahreszeit. Eingefallen und filigran war er ihm vorgekommen, beinahe durchsichtig. Alles, was an ihm noch auffiel, waren die blauen Augen und die Adlernase. «Ich beschäftige mich gerade mit einem wichtigen Dossier, in dem es um den da geht», hatte er gesagt und dabei auf die Wohnung des Papstes gezeigt. Doch wie immer war es unmöglich gewesen, ihm auch nur eine einzige Zusatzinformation zu entlocken, ein kleines Indiz. Sein Leben lang hatte der mailändische Purpurträger als Diplomat gearbeitet, und seine Diskretion war sprichwörtlich. Als junger Sekretär Pius' XI. hatte er die Abreise des Papstes aus Rom organisiert, mit der dieser gegen Hitlers Anwesenheit in der Hauptstadt protestierte. Niemand hatte etwas erfahren, bis zu dem Augenblick, in dem Pius XI. in die schwarze Limousine gestiegen und nach Castelgandolfo gefahren war, nachdem er die Vatikanischen Museen und Paläste aus Gründen der Staatstrauer hatte schließen lassen.

John verließ den Lesesaal, nachdem er dem Aufseher, der gerade Englisch lernte, ein paar amerikanische Taschenbücher geschenkt hatte. Die Luft war klar an diesem Junimorgen, und über Rom wehte eine wohltuende Brise. Costa blieb kurz auf der Piazza Pio XII stehen und sah zu jener Terrasse hinauf, auf der der über hundertjährige Kardinal dreißig Jahre lang gethront und über die Kirche gewacht hatte. Dann ging er ins Restaurant Al Passetto di Borgo, denn mit leerem Magen hatte er noch nie etwas Anständiges zu Papier gebracht. Zahlreiche amerikanische und deutsche Touristen bevölkerten das Lokal und unterhielten sich lautstark. John war Stammgast, wurde daher sofort von einem Kellner abgefangen und an einem Katzentisch bei der Treppe zur Toilette platziert. Als er das Jackett ablegte, entdeckte er hinten im Raum, halb verborgen hinter einer spanischen Wand, Monsignore Semprini, der sich lebhaft mit einem anderen Geistlichen unterhielt, den John nicht kannte. Er beschloss jedoch, nicht hinüberzugehen, um ihn zu grüßen. Er bestellte gegrillten Schwertfisch, mit toskanischem Olivenöl angerichtet, und eine doppelte Portion Spinat mit Peperoni. Hastig aß er auf, packte die Umhängetasche mit seinen Unterlagen, überquerte erneut die Via della Conciliazione und ging nach Hause, um zu arbeiten.

Er hatte soeben das Porträt Kardinal Singhs zu Ende geschrieben, als das Telefon läutete.

«Spreche ich mit dem Journalisten John Costa?», fragte eine heisere Stimme mit unverkennbarem Akzent aus der Emilia Romagna.

«Ja, und mit wem spreche ich?»

«Verzeihen Sie bitte die Störung, mein Name ist Professor Alberto Bassotto.»

«Und was wünschen Sie?», fragte John, dem der Name nichts sagte.

«Wahrscheinlich kennen Sie mich nicht. Ich bin pensionierter Griechisch- und Lateindozent und beschäftige mich seit dreißig Jahren mit Prophezeiungen.»

«Schön. Aber jetzt wäre ich Ihnen dankbar, wenn …»

«Ich will Ihnen nicht Ihre Zeit stehlen. Ich habe Sie angerufen, um Ihnen zu sagen …»

«Apropos, wer hat Ihnen eigentlich meine Privatnummer gegeben? Die steht nämlich nicht im Telefonbuch.»

«Mister Costa, ich kenne da ein paar Leute innerhalb des Vatikans …»

«Gut, kommen Sie zur Sache, ich muss noch einen Artikel schreiben und habe wenig Zeit.»

«Ich wollte nur sagen, dass mir das, was Sie über das Geheimnis von Fatima in der *New York Post* geschrieben haben, sehr gefallen hat.»

«Wahrscheinlich haben die einfach meinen Artikel für Reuters übernommen, ich schreibe nämlich gar nicht für die *New York Post.*»

«Verstehe, aber das ändert nichts an der Tatsache, dass mich Ihr Artikel bewegt hat; er stimmt nämlich genau mit dem überein, woran ich gerade arbeite.»

«Hören Sie, ich würde mich gern noch länger mit Ihnen unterhalten, aber leider habe ich jetzt keine Zeit. Ich nehme an, Sie gehören zu einer dieser Fatima-Gruppen ...»

«Nein, Mister Costa, Sie irren sich, ich gehöre nicht zu den ‹Fatimisten›. Was die dritte Prophezeiung angeht, bin ich zu denselben Ergebnissen gekommen wie Sie, aber auf einem völlig anderen Weg. Ich habe analysiert, ausgesondert, nach Verweisen gesucht und alle Prophezeiungen studiert, in denen Bezug auf unsere Zeit genommen wird.»

«Und zu welchem Schluss sind Sie gekommen?», fragte John, nun doch neugierig.

«Dass die meisten dieser Botschaften übereinstimmen; nämlich dass uns schwierige Zeiten bevorstehen. Dass es Texte gibt, die uns die Bedeutung der dritten Prophezeiung, die der Vatikan veröffentlicht hat, erklären können. Durch den Vergleich des gesamten Materials kam ich zu dem Ergebnis, dass die Prophezeiung von Fatima, wie wir sie kennen, unvollständig ist ...»

Eine ganze Zeit lang sagte John Costa gar nichts. Auf einmal fielen ihm wieder die Worte ein, die vor drei Tagen Monsignore Semprini beim Verlassen der Bar zu ihm gesagt hatte: «An Ihrer Stelle würde ich mir die Hintergründe genauer ansehen. Ziehen Sie auch ein paar andere Quellen hinzu …»

«Mister Costa? Sind Sie noch dran?»

«Ja, natürlich, ich habe nur gerade nachgedacht …»

«Aha. Hören Sie, ich will Sie nicht weiter stören. Ein paar Dinge stehen auch in einem Buch, das ich vor drei Jahren veröffentlicht habe.»

«Wie heißt es?»

«*Prophezeiungen für das Dritte Jahrtausend,* es ist in einem kleinen römischen Verlag erschienen, der sich mit Esoterik befasst. Aber Sie brauchen es nicht zu kaufen, ich schicken es Ihnen. Wie lautet Ihre Adresse?»

«Schicken Sie es mir in den Lesesaal der Vatikanischen Bibliothek, Via della Conciliazione 54. Ich danke Ihnen für Ihren Anruf.»

«Und ich danke Ihnen, dass Sie mir zugehört haben.»

John Costa recherchierte leidenschaftlich gern. Allem, was er tat, lag eine große Neugier zugrunde – die wichtigste Eigenschaft, die seiner Ansicht nach ein Journalist von Natur aus haben sollte. Wenn er einem Indiz nachging, einem Gerücht, das zu einer Nachricht werden könnte, wurde der Reuters-Korrespondent zu einem unbeirrbaren Spürhund. Die Welt um ihn herum nahm er dann gar nicht mehr wahr, und er konzentrierte sich ganz auf seine «Beute». Wegen dieser Zähigkeit war er einer der meistgeschätzten Journalisten im Umfeld des Vatikans geworden. Und dies war auch der Grund, weshalb ihn seine Frau Rosemary verlassen hatte: «Ich bin es leid, einen Mann im Haus zu haben, der mit seinen Gedanken immer woanders ist», hatte sie eines Morgens zu ihm gesagt.

Es war eine schwierige Zeit gewesen, damals. Soeben war der Skandal um pädophile Anwandlungen einiger amerikanischer Geistlicher publik geworden, und im Vatikan folgte eine Geheimsitzung auf die andere. Reuters veröffentlichte drei Artikel pro Tag, mit aktuellen und vor allem seriösen Informationen. «Du musst Geduld haben, Rose», hatte John sie angefleht. Doch bei dieser noch jungen und schönen Frau war definitiv etwas kaputtgegangen. «Nein, John, diesmal habe ich kein Verständnis mehr.» – «Aber da ist gerade der Skandal um pädophile amerikanische Priester …», hatte John versucht, sich zu rechtfertigen. «Ja, und dann das Konsistorium und dann das Konklave … Ich bin es einfach leid, einen Mann im Haus zu haben, der mit seinen Gedanken ständig woanders ist», hatte Rosemary wiederholt. John glaubte, einen Anflug von Zärtlichkeit in ihrem Blick gesehen zu haben, daher hatte er ihre Worte nicht ernst genug genommen. Das Gespräch wurde von Clarice, ihrer Tochter, unterbrochen, die ihren gelben Regenmantel angezogen und den Schulranzen aufgesetzt hatte und nun darauf wartete, dass ihr Vater oder ihre Mutter sie zur Schule brachte. «Bringst du sie rasch hin? Ich muss sofort los», hatte John gesagt. «In Ordnung», hatte seine Frau mit ungewöhnlich tiefer, unpersönlicher Stimme erwidert, «ich muss auch sofort los.» John hatte diesem Satz keine besondere Bedeutung beigemessen. Doch genau an diesem Morgen beschloss Rosemary, in die Staaten zurückzukehren und ihn in Rom zurückzulassen.

Von all den außergewöhnlichen Momenten, die sie zusammen erlebt hatten, all den gemeinsamen Erinnerungen, war John vor allem der Augenblick des Abschieds im Gedächtnis haftengeblieben. Die Taxifahrt bei strömendem Regen, der verlorene Blick von Clarice, die sich an ihr Stofftier klammerte, die Tränen in Roses Augen. Sie hatte ihm verboten, sie bis an den Flugsteig zu begleiten, wie er es so oft getan hatte. Völlig benommen sah John, wie sie durch die Gepäck- und Passkontrolle gingen. Ein Teil seines Lebens löste sich plötzlich in Luft auf. Den Rest des Tages verbrachte er im Flughafen Fiumicino, weinend, während draußen eine wahre Sintflut niederging.

Seit dem Tag hatte sich in Johns Seele eine Art Wunde geöffnet. Seine Neugier, sein leidenschaftliches Interesse für Sensationen und seine Hingabe an die Arbeit hatte der «Spürhund» zwar nicht eingebüßt. Aber jedes Mal, wenn er eine Fährte aufgenommen hatte, auf der Spur nach dem nächsten Scoop, schien diese Wunde wieder zu bluten, und John sah erneut die Bilder der Trennung vor sich.

So geschah es auch an diesem Nachmittag. Der Anruf von Professor Bassotto hatte in Johns Gehirn eine neue Schublade geöffnet, eine neue Datei. John beendete rasch den Artikel über die Kardinäle, die immer in Dreierserien starben, öffnete den halbleeren Kühlschrank und schenkte sich ein Glas Milch ein, die er sofort wieder ausspuckte, weil sie sauer geworden war. Er schnappte sich Jackett und Brieftasche und hastete die Treppe hinunter. Auf das Buch, das ihm versprochen worden war, wollte er nicht erst lange warten.

Nach etwa zehn Minuten betrat John die Libreria Leoniana in der Via Corridori, einen Treffpunkt für Geistliche und Journalisten. Pater Esterino Bellandi, der die Buchhandlung seit vierzig Jahren führte, stand über ein paar Rechnungen gebeugt, während sein Angestellter bereits die Rollgitter herabließ.

«Hallo, John, das ist aber eine nette Überraschung!», sagte der Priester, der wie immer einen grauen Pullover trug.

«Ich bräuchte ein Buch ...», sagte Costa, ein wenig außer Atem.

«Dann bist du hier goldrichtig», lächelte Don Esterino.

John bemerkte, dass das weiße Haarbüschel des Geistlichen noch zerraufter als sonst aussah – ein Zeichen dafür, dass es ein betriebsamer Tag gewesen war. Die Buchhandlung diente Bellandi als Plattform für den Austausch mit der halben römischen Kurie. Kardinäle, Bischöfe und Prälaten schauten oft bei ihm vorbei. Sie hörten sich seine Empfehlungen an, plauderten ein wenig mit ihm und ließen sich dadurch so manches Insiderwissen entlocken. Daher war die Libreria Leoniana auch zu einer Anlaufstelle für Journalisten geworden.

«Was für ein Buch suchst du denn, mein Lieber?», fragte Pater Esterino.

«*Die Prophezeiungen des Dritten Jahrtausends* von einem gewissen Bassotto.»

«Nie davon gehört. Aber du weißt ja, für das Thema kann ich mich nicht besonders erwärmen. Wenn es nach mir ginge, wären die Prophezeiungen von Fatima überhaupt nicht veröffentlicht worden.»

«Darf ich fragen, warum?», meinte John.

«Weil das nur für Verwirrung gesorgt hat! Der Text über die erste Vision wird mit dem Attentat auf den Papst in Verbindung gebracht; ein theologischer Kommentar bestätigt diese Version, räumt aber zugleich ein, es gebe keine ‹offiziellen› Interpretationen der Prophezeiungen. Das vom Vatikan veröffentlichte Buch weist lauter Fehler und Unstimmigkeiten auf, die wiederum den Vatikan zur Zielscheibe von Angriffen machen – sie hätten es besser bleibenlassen!»

«Glaubst du, es wurde alles publiziert?»

«Der Logik nach, ja. Warum hätten sie nur einen Teil der Prophezeiungen veröffentlichen sollen? Wenn sie nicht der Ansicht gewesen wären, es sei es wert, publiziert zu werden, hätten sie das Ganze doch dort gelassen, wo es war.»

«Im Archiv der Glaubenskongregation», meinte John.

«Oder in der Schreibtischschublade des Papstes», fügte Don Esterino hinzu.

«Was hat denn der Schreibtisch des Papstes damit zu tun?»

«Lies den Text, der 2000 veröffentlicht wurde, genau durch und vergleiche ihn mit den Erklärungen des Sekretärs von Johannes XXIII., dann wirst du sofort merken, dass da etwas nicht stimmt.»

«Mach ich. Und dann unterhalten wir uns nochmal. Könntest du jetzt bitte mal nachsehen, ob du das Buch von diesem Bassotto auf Lager hast?»

«Na schön, wenn dir so viel daran liegt.»

Und schon war Pater Esterino hinter einem Stapel dicker

Wälzer verschwunden. Nach ein paar Minuten kam er aus seinem kleinen Lagerraum wieder heraus und hielt triumphierend ein Buch in der Hand.

«Siehst du, hier haben wir es! Das letzte Exemplar.»

«Tausend Dank. Ich wusste, auf dich kann ich mich verlassen. Wie viel bin ich dir schuldig?»

«Gar nichts», sagte Pater Esterino lächelnd. «Lad mich nächstes Mal einfach auf einen Kaffee ein. Und jetzt geh, ich schließe heute früher. Ich will an einer Totenwache für Kardinal Singh teilnehmen.»

«Kanntest du ihn gut?»

«Und ob! Er hat ja fast sein ganzes Leben in der römischen Kurie verbracht.»

«Ich habe ihn nur ein einziges Mal interviewt. Hatte er wirklich das Zeug zum Papst?»

«Das will ich meinen! Doch der himmlische Vater hat ihm das Risiko erspart, gewählt zu werden.»

«Wann hast du ihn zum letzten Mal gesehen?»

«Im Januar, als der Papst das Konsistorium einberufen hat, um das Problem der Kommunion für Geschiedene und die Fälle von Pädophilie in Amerika zu erörtern. Eines Abends, ich wollte gerade schließen, kam er vorbei. Er war hundemüde, nach den stundenlangen Debatten. ‹Sie reden und reden, diese Kardinäle, und dann wird doch nichts beschlossen›, klagte er. Dann verriet er mir, dass der Papst ihn am nächsten Tag zu sich in die Wohnung bestellt hat, um mit ihm etwas Wichtiges zu besprechen.»

«Hast du gefragt, worum es ging?»

«Nein, denn er hätte es mir ohnehin nicht sagen dürfen.»

«Hat er irgendein Buch mitgenommen?»

«Das weiß ich nicht mehr ... Doch, warte: Er kaufte drei Biographien. Eine über Sant'Escrivá de Balaguer, eine über Pius IX. und die dritte ... das habe ich vergessen. Außerdem wollte er ein Buch, das ich aber nicht auf Lager hatte – ach, genau, was für ein Zufall: Ich glaube, es ging um die dritte Prophezeiung von Fatima. In dem Buch wird behauptet, dass der Vatikan nicht die ganze Wahrheit veröffentlicht hat.»

John zuckte innerlich zusammen, ließ sich jedoch nichts anmerken. Er lächelte nur und sagte dann: «Siehst du, ich bin nicht der Einzige, der sich mit diesen Dingen beschäftigt.»

«Also, wenn ich es mir so überlege, war das schon eine etwas seltsame Anfrage. Aber ich hab nicht weiter darauf geachtet. Kardinal Singh sprudelte immer fast über vor Energie, jedes Mal kaufte er mehrere Bücher, er wird sie wohl verschenkt haben, nehme ich an. Vielleicht wollte jemand etwas über Fatima wissen.»

«Danke, Don Esterino, ich schulde dir einen Kaffee – mit Schuss!», sagte John und ging.

Draußen blätterte er in Bassottos Buch. Es hatte wohl zu lange auf einem nicht ganz trockenen Regal gestanden, denn es war durchgebogen, und die Seiten rochen modrig. Er las das Inhaltsverzeichnis und dachte daran, was Don Esterino gesagt hatte. Ohne nach rechts und links zu schauen, überquerte er die Straße und wäre um ein Haar von einem Taxi voller Japaner überfahren worden, das vom Petersplatz her auf ihn zugeschossen kam.

Er bemerkte es nicht einmal. In die Lektüre vertieft, ging

er über den Platz, der um diese Uhrzeit relativ leer war. Insbesondere das Kapitel über die Prophezeiungen der Nonne von Dresden interessierte ihn.

«Schwierige Zeiten brechen an für Europa, wenn der Papst …»

Plötzlich legte sich eine Hand mit festem Griff auf seine Schulter. John dachte sofort, er wäre einem Taschendieb zum Opfer gefallen, und drehte sich erschrocken um.

«Lieber John, wie schön, Sie zu sehen!», sagte Monsignore Semprini.

«Ach, Sie sind es, Monsignore. Sie haben mir aber einen Schreck eingejagt!»

«Verzeihen Sie, das wollte ich nicht. Ich ging gerade ein wenig spazieren, und da sah ich Sie und dachte, ich sage Ihnen kurz Hallo.»

«Das haben Sie richtig gemacht! Ich sollte beim Spazierengehen ohnehin nicht lesen, obwohl ich gerade Ihren Ratschlag befolge, ich lese nämlich ein Buch zum Thema Prophezeiungen. Übrigens habe ich Sie heute Mittag im Restaurant gesehen.»

«Ah ja, ich war mit einem Freund aus dem Staatssekretariat dort.»

«Na dann, alles Gute, Monsignore. Hat mich sehr gefreut», sagte John.

«Ganz meinerseits», erwiderte der Geistliche, der in der Hand einen kleinen Rosenkranz hielt.

«Ach, John, soll ich Ihnen etwas sagen?», fragte er dann.

«Was denn?»

«Wissen Sie, wer einer der Kardinäle war, mit denen sich der Papst heimlich in seiner Wohnung getroffen hat, um über die Bekanntmachung der noch ausstehenden Prophezeiung zu sprechen?»

«Nein.»

«Der Erzbischof von Mumbai, Percival Singh.»

IX

New York, 20. Juni

«Kardinal Robert McAllen wird sich morgen Vormittag wegen eines Leistenbruchs einem chirurgischen Eingriff unterziehen. Audienzen finden erst wieder ab Dienstag nächster Woche statt.» Diese dürftige Mitteilung der erzbischöflichen Kurie überraschte niemanden. In den Büros der Nummer 1011, First Avenue, wussten alle, dass der Kardinal ins Krankenhaus musste.

«Ich habe doch gesagt, es ist eine Routineoperation, die bereits seit einem Monat geplant ist», rief Ruth Meredith, Pressechefin der Erzdiözese New York, zum x-ten Mal an diesem Vormittag ins Telefon. Am anderen Ende war der Chefredakteur der *New York Post*, der Genaueres über den Gesundheitszustand des Kardinals wissen wollte.

Sie hatte gerade aufgelegt, als die Tür zu ihrem Büro aufgerissen wurde.

«Ruth, ich wollte mich von Ihnen verabschieden», sagte Erzbischof McAllen mit seiner energischen Stimme und dem unverkennbaren irischen Akzent.

«Oh, wie nett, Hochwürden! Seit Stunden versuche ich den Leuten von Radio, Fernsehen und Presse zu erklären, dass Sie nichts Ernstes haben», gab Schwester Ruth zurück, während sie sich schnell von ihrem wie immer penibel aufgeräumten Mahagonischreibtisch erhob.

Der Kardinal warf einen Blick aus dem Fenster auf die Menschen, die gerade zur Mittagspause aus den Büros strömten. Immer wieder ertappte er sich dabei, wie fasziniert er das Gewimmel aus Angestellten, Studenten und Geschäftsleuten beobachtete, die pünktlich um ein Uhr auf Cafés, Schnellrestaurants oder Lokale zustrebten. *Wenn ich ihnen doch nur sagen könnte, dass Gott sie liebt und ihr Leben sehr wertvoll ist,* dachte der Kardinal. Man sah ihm seine siebzig Jahre nicht an. Als Sohn eines Feuerwehrmanns in Manhattan geboren, war er vor seiner geistlichen Laufbahn Baseballspieler gewesen. Die athletische Figur besaß er noch heute. 1963 zum Priester geweiht, war er zunächst als Religionslehrer in einer katholischen Schule in der Bronx tätig. Überraschenderweise wurde er von Papst Paul VI. zum Militärgeistlichen der Vereinigten Staaten ernannt. Der derzeitige Papst hatte ihn dann zurück nach New York berufen, wo er erst Hilfsbischof, dann Erzbischof und schließlich Kardinal wurde. McAllen war voller Energie und hatte einen untrüglichen Geschäftssinn. Es war ihm gelungen, die Finanzen der Diözese zu sanieren und überdies die Errichtung zweier neuer Krankenhäuser, dreier Waisenheime sowie zweier Armenküchen durchzusetzen. Immer wieder wies er darauf hin, dass er seine Eingebung der heiligen Francesca Saverio Cabrini, Schutzherrin der Emigranten, verdanke – der ersten Heiligen der amerikanischen Kirche, obwohl sie aus dem lombardischen Codogno stammte. Eine außergewöhnliche Frau, die mehrmals den Atlantik überquert und für eine große Anzahl karitativer Einrichtungen gesorgt hatte.

Kardinal McAllen schien von der italo-amerikanischen

Heiligen eine ordentliche Dosis Unverfrorenheit und Mut geerbt zu haben. Er ging oft zu Fuß und begab sich auch ohne Leibwache in Gegenden, die Touristen unbedingt meiden sollten. Vor zehn Jahren, als er gerade an die Spitze der Diözese berufen worden war, hatte ihn ein obdachloser farbiger Jugendlicher angegriffen. McAllen hatte sich nicht einschüchtern lassen, ihm die Waffe abgenommen und ihn dann laufen lassen. Tags darauf war er zusammen mit seinem Sekretär und seinem Chauffeur wieder in das Viertel gekommen, hatte den Jungen ausfindig gemacht und ihn zum Essen eingeladen. Außerdem hatte er ihm eine Stelle als Pförtner in der erzbischöflichen Behörde vermittelt. Im Jahr darauf war der Junge ins Priesterseminar eingetreten, und heute war er Leiter der Caritas von ganz New York.

Der Kardinal trat vom Fenster zurück, nahm die Kalotte ab und steckte sie in die Tasche, wie er es jeden Tag tat, bevor er die Kurie verließ.

«Ruth, machen Sie sich keine Sorgen, wenn die Presse ein bisschen dick aufträgt. Lassen Sie sie ruhig ein wenig phantasieren. Und nehmen Sie sich ein paar Tage frei, um Ihre Schwester zu besuchen», sagte der Kardinal.

«Aber, Hochwürden, das geht nicht! Sie wollen doch wohl nicht, dass falsche Gerüchte die Runde machen!»

«Ruth, jetzt arbeiten Sie schon so lange für mich und scheinen mich manchmal noch immer nicht zu kennen. Ich pfeife auf das, was geredet wird ...»

«Hochwürden, falsche Behauptungen können großen Schaden anrichten», erwiderte Schwester Ruth mit schwacher Stimme.

«Sie begreifen nicht, Schwester Ruth. Ich war immer für Transparenz, und wenn der Erzbischof operiert wird, ist es nur recht und billig, dass dies auch die Diözese erfährt. Ist die Operation ein Routineeingriff, wie in meinem Fall, dürfen wir keinen schweren Herzanfall erfinden, nur, um den Journalisten Futter zu geben. Aber ich möchte Sie ersuchen, es nicht so eng zu sehen, wenn alarmierende Gerüchte aufkommen.»

«Warum?», fragte Schwester Ruth, die nicht verstand oder nicht verstehen wollte.

«Weil ich, liebe Schwester Ruth, momentan drei Möglichkeiten habe. Erstens, ich beende meine Tätigkeit als Erzbischof von New York und ziehe mich in eine unserer afrikanischen Missionsstationen zurück, um tatsächlich einmal etwas Nützliches zu tun. Zweitens, ich werde krank und komme in den Himmel. Und drittens – das wäre die unwahrscheinlichste Variante –, ich werde zum Papst gewählt. Auch wenn ich mir keine großen Chancen ausrechne – mehr als Sie habe ich allemal!» McAllen lächelte. «Was ich damit sagen will: Ich bin weder verrückt, noch habe ich Ambitionen auf das Amt des Papstes. Wenn also in den Zeitungen etwas von meinem prekären Gesundheitszustand zu lesen wäre, würde ich Gott dankbar sein – und das sollten Sie auch. Beschränken Sie sich also auf die Pressemitteilung und nehmen Sie dann zwei Tage Urlaub.»

«Aber wenn mich die Journalisten in dieser Zeit nicht kontaktieren können, werden sie denken …»

«Schwester Ruth, das war kein Tipp und auch kein Vorschlag, es war ein Befehl!», schnitt ihr der Kardinal das Wort ab und schwenkte dabei das silberne Kreuz, das er auf der

Brust trug. So machte er es jedes Mal, wenn er jemandem einen Entschluss mitteilte, den dieser vermutlich nicht akzeptieren würde. Auf diese Weise versuchte er einen Grundsatz bildhaft darzustellen: Der Wille des Erzbischofs ist der Wille Gottes.

Peinlich berührt senkte die Nonne das Haupt.

«Schwester, glauben Sie mir, es ist besser so.»

«Wie Sie wollen, Hochwürden …»

«Darf ich Sie um einen Gefallen bitten, Schwester Ruth?», sagte der Kardinal, als wäre ihm eine plötzliche Erleuchtung gekommen.

«Selbstverständlich.»

«Warten Sie kurz …» McAllen verließ hastig den Raum und kam nach fünf Minuten mit einem Aktenbündel wieder zurück.

«Ich möchte, dass Sie diese Dokumente auf eine CD-ROM übertragen und sie danach vernichten. Erledigen Sie das bitte in meinem Arbeitszimmer, von meinem Computer aus, der nicht ans Netzwerk der römischen Kurie angeschlossen ist.»

«Darf ich fragen, warum …»

«Nein, das dürfen Sie nicht. Tun Sie es einfach. Wenn Sie fertig sind, löschen Sie alles auf dem Computer und vernichten Sie die Dokumente. Die CD-ROM nehmen Sie bitte ins Kloster mit. Heben Sie sie auf, bis Sie weitere Anordnungen von mir bekommen. Haben Sie mich verstanden?»

«Natürlich. Ich werde mich an alles halten.»

«Noch was, Ruth: Während dieser Prozedur werden Sie zwangsläufig vom Inhalt der Unterlagen etwas mitbekommen – aber machen Sie sich keine Sorgen. Bitte vergessen

Sie nie, dass wir Vertrauen zu unserem Herrgott haben sollen und nur dann gerettet werden, wenn wir in diesem Leben Mut beweisen. Wir müssen keine Angst vor dem Tod haben, es geht einzig um unser Seelenheil. Und wir sollten uns nicht davor fürchten, dass unser Körper stirbt, sondern dass die Seele stirbt, aufgrund unserer Sünden, weil wir uns von Gott entfernt haben. Bitte vergessen Sie eins nicht: Sie brauchen keine Angst zu haben!» Der Erzbischof beugte sich zu ihr herab. Schwester Ruth war ganz verwirrt. Sie wischte sich mit der Hand über die Stirn, Schweißtropfen bedeckten ihr mit Sommersprossen übersätes kindliches Gesicht.

«Ich werde tun, worum Sie mich gebeten haben, Hochwürden. Und ich werde für Sie beten, damit morgen alles gutgeht.»

«Danke, Schwester. Ich weiß, dass ich mich auf Sie verlassen kann. Machen Sie sich keine Sorgen um mich. Schließlich teilen Sie ja seit Stunden den Journalisten mit, es handele sich nur um eine Routineoperation – also hoffe ich, dass wenigstens Sie daran glauben!», sagte McAllen und legte der Schwester sanft die Hand auf den Kopf. Dann verließ er hastig das Büro. Schwester Ruth blieb an der Tür stehen und sah ihm nach, wie er sich mit entschlossenen Schritten entfernte. Die Nonne kehrte an ihren Schreibtisch zurück und las den handgeschriebenen Titel auf dem Deckblatt des Aktenbündels: «Fatima, die vierte Prophezeiung.»

«Guten Morgen, Hochwürden, und herzlich willkommen!» Professor Joseph Taranta, leitender Chirurg am Cabrini Health Care Centre öffnete die Wagentür des schwarzen

Oldsmobile und begrüßte den Kardinal mit einer altmodisch anmutenden Verbeugung.

«Joseph, ich bin doch nicht die Königin von England», kommentierte der Erzbischof lächelnd. Er trug ein weißes Hemd, das keinerlei Rückschlüsse auf seinen Rang zuließ.

«Wir sind ein katholisches Krankenhaus – für uns sind Sie mehr wert als die Königin von England!», entgegnete Taranta.

Um 6.30 Uhr herrschte in dem großen, äußerst modernen Klinikum bereits reger Betrieb. Der Kardinal durchschritt die Eingangshalle und betrat mit seinem kleinen Gefolge einen der Aufzüge. Bei ihm waren sein Sekretär, Pater Andrew, und der Generalvikar der Diözese, Monsignore O'Malley.

Eine halbe Stunde später lag er bereits auf einer Liege und wartete auf die Narkose. Um 7.15 Uhr wurde der Kardinal von New York in den Operationssaal geschoben. Um 7.30 Uhr hörten Pater Andrew und Monsignore O'Malley, die in der Cafeteria im Souterrain des Klinikums einen Kaffee tranken, wie ihre Namen über die Lautsprecheranlage ausgerufen wurden. Sie hasteten hinauf in den dritten Stock. Am 20. Juni um 8 Uhr morgens wurde Kardinal Robert McAllen, der zwölfte Bischof der Diözese New York, infolge einer Gehirnblutung für klinisch tot erklärt.

X

Rom, 21. Juni

Alfonso?»

«Ja, mit wem spreche ich?», antwortete der stellvertretende Staatssekretär, der in seinem Lieblingssessel eingenickt war, nachdem er ein Glas Kopke-Portwein getrunken und eine kubanische Zigarre geraucht hatte.

«Mit dem Präsidenten.»

Im Halbschlaf hatte Monsignore Lo Monaco eine unnötige Frage gestellt: Die verschlüsselte Telefonleitung in seiner Wohnung war einer einzigen Person vorbehalten.

«Das Problem ist beseitigt», sagte sein Gesprächspartner kühl.

«Was meinen Sie damit?»

«Das weißt du ganz genau. Das Einzige, was unseren Plänen noch im Weg steht, ist der Alte ein Stockwerk über dir, der einfach nicht gehen will …»

«Aber … wovon reden Sie eigentlich?»

«Du weißt genau, wovon ich rede. Wir sorgen dafür, dass dieses verdammte Geheimnis noch ein wenig länger geheim bleibt», fügte er mit einer Prise Sarkasmus hinzu. Dann wurde er wieder ernst.

«Glaubst du, der Papst könnte uns Probleme machen, auf seinen ursprünglichen Plan zurückkommen und den vierten Teil der Prophezeiung von Fatima öffentlich bekanntmachen wollen?»

«Nein. Ich denke, ich konnte ihn überzeugen. In Coimbra war nichts mehr aufzufinden, und die, die den Text gelesen haben, werden schweigen.»

«Allerdings!»

«Zwei der drei Zeugen sind schließlich tot.»

«Nein, nicht zwei – drei!»

«Was soll das heißen? Was ist passiert?»

«Das erstaunt mich: Du sitzt an der Schaltstelle im Vatikan und erfährst die Neuigkeiten als Letzter?»

«Na ja … ich war heute nicht im Büro, weil ich Fieber hatte. Und mein Telefon war auch ausgeschaltet. Was ist denn geschehen?»

«Kardinal McAllen ist gestorben!»

«Nein! Er auch? Wie denn?»

«Er musste sich einer kleinen Operation unterziehen, und bei der Narkose kam es zu Komplikationen.»

«Oh nein! Das wird der Papst gar nicht gut aufnehmen, er mochte ihn sehr. Und zu Singh hatte er auch ein enges Verhältnis gehabt … Wie konnte das passieren?», fragte Monsignore Lo Monaco.

Sein Gesprächspartner hüllte sich in ein langes Schweigen.

Der Monsignore hatte das Gefühl, gleich in Ohnmacht zu fallen. Seit er jenes unselige Bündnis mit dem «Präsidenten» eingegangen war, hatte er einige der schlimmsten Formen der Sünde kennengelernt: das Streben nach Macht, die Schwächen des Fleisches, die Gier nach Geld. Doch er konnte sich nicht vorstellen, dass sein seltsamer

Freund mit dem Tod der drei Kardinäle zu tun hatte. Er dachte an ihre erste Begegnung vor zehn Jahren in Karatschi, während eines Symposiums. Er war damals apostolischer Nuntius in Indien gewesen, der Präsident ein erfolgreicher Manager, der als Vertreter einer sufistischen islamischen Gruppierung anwesend war. Bei einem Abendessen hatten sie sich lange unterhalten und sich am nächsten Tag noch einmal unter vier Augen in der Hotellobby getroffen.

Seit jenem Tag war der Präsident zum großzügigen Sponsor Lo Monacos geworden. Im Sommer hatte er ihn nach London kommen lassen, ihn zu zahlreichen Aufsichtsratssitzungen panamaischer Offshore-Firmen eingeladen und in den entsprechenden Dokumenten seinen zweiten Namen, Carlo, eingesetzt. Er hatte ihm den Weg geebnet, um zur Nummer zwei der Staatskanzlei aufzusteigen. Immer stärker hatte er ihn eingebunden und in eine Welt des Luxus eingeführt. Nun aber war Lo Monaco, ohne es zu merken, zu einer Marionette des Präsidenten geworden. Wenn er wollte, könnte er ihn vernichten – die Spendenquittungen und das kompromittierende Video, auf dem sich Lo Monaco bei einer Privatparty zwischen leichtbekleideten Models ziemlich wohl zu fühlen schien, genügten vollauf als Beweis.

«Ich … lassen Sie mich aus dem Spiel! Ich will nicht wissen, was passiert ist!»

«Mach dir keine Sorgen. Du bist aus dem Schneider. Aber wir müssen weitermachen. Es gibt kein Zurück mehr. Das ist dir doch bewusst, oder?», fragte er eindringlich.

«Ich … ich weiß nicht, was ich sagen soll.»

«Du musst gar nichts sagen. Geh wieder ins Bett. Du hörst bald von mir.»

Lo Monaco legte auf. Er schaltete sein Handy ein und empfing sogleich einige SMS. Dann aktivierte er den Festnetzanschluss, und der Anrufbeantworter begann zu blinken. Er hörte die erste Nachricht ab: «Hochwürden, hier ist Don Francesco. Der Kardinal von New York ist tot. Der Papst will Sie so bald wie möglich sprechen, die Sache geht ihm sehr nahe …»

Das wundert mich nicht, sagte Lo Monaco zu sich selbst.

Das Telefon in John Costas Wohnung klingelte ewig, bevor der Journalist den Hörer abnahm. Heute hatte er frei und wollte eigentlich nicht sprechen.

«Ja bitte?»

«Hier ist Marc. Du hattest recht, als du neulich sagtest: ‹Und damit sind es drei.› Der dritte Kardinal ist tot.»

«Im Ernst?», fragte John, und ein Schauder überlief ihn.

«Ja! McAllen ist gestern während der Narkose auf dem Operationstisch gestorben», sagte Marc Jemmallo.

«Unglaublich», sagte John, der nie an die Legende von den Kardinälen, die in Dreiergruppen sterben, geglaubt hatte. «Diesmal wurde die Tradition also aufrechterhalten», fügte er hinzu.

«John, ich weiß, dass du heute nicht arbeitest. Darf ich dich trotzdem um einen Nachruf bitten?»

«Den kann doch die Redaktion in New York schreiben», antwortete John.

«Mir wäre es lieber, er käme von dir.»

«Mann, ich habe auch ein Privatleben! Außerdem bin

ich heute mit einer Frau verabredet.» Das stimmte zwar nicht, aber die Worte erzielten die gewünschte Wirkung.

Marc wollte nicht weiter insistieren, denn er wusste, wie wichtig ein wenig Gesellschaft für John war, nachdem sein Familienleben in die Brüche gegangen war.

«O. k., John, dann sollen die mir was schreiben. Und ... viel Erfolg bei deiner Verabredung!»

«Danke, Marc.»

John war immer noch im Pyjama, und es war schon reichlich spät.

Heute wollte er in die Nähe von Ravenna fahren, um einen Wissenschaftler zu treffen, der sich mit Prophezeiungen befasste. Er würde das Auto nehmen und erst nachts nach Rom zurückkehren. Bevor er sich anzog, wählte er Semprinis Telefonnummer.

«Monsignore, hier ist John Costa.»

«Guten Tag, John, wie schön, dass Sie sich melden!»

«Haben Sie schon gehört?»

«Was denn?»

«Kardinal McAllen ist gestorben.»

Was folgte, war ein vielsagendes Schweigen am anderen Ende der Leitung.

«Ist ... ist das wahr, John?», brachte Semprini schließlich hervor.

«Ja. Es war ein tragischer Unglücksfall. Eine Komplikation im Operationssaal ...»

«Wenn sich die tragischen Unglücksfälle allzu sehr häufen, heißt es wachsam sein ...», sagte Monsignore Semprini.

«Was wollen Sie damit sagen?»

«Nichts, John. Ich glaube, wir sollten uns unter vier Augen unterhalten, ich hätte Ihnen da etwas zu sagen ...»

«Morgen Vormittag bei mir zu Hause?»

«In Ordnung, John.»

Nachdem er aufgelegt hatte, fiel ihm ein, dass das ein ziemlich gewagter Vorschlag gewesen war; die Wohnung sah fürchterlich aus, und heute würde er den ganzen Tag unterwegs sein. Doch eigentlich war es egal. Er würde den Monsignore einfach im Wohnzimmer empfangen, in dem es einigermaßen passabel aussah, und dann könnten sie in einer Trattoria um die Ecke essen gehen.

John rasierte sich, zog sich an, und gerade als er seine Wohnungstür schloss, durchfuhr es ihn wie ein Blitz.

«Oh mein Gott, das heißt doch nicht etwa ...», sagte er mit erstickter Stimme. Er hastete die Treppen hinab, sprang in sein Auto, das er am Abend zuvor aus der Werkstatt geholt und um die Ecke geparkt hatte. Er fuhr los und stürzte sich in den römischen Verkehr. Vom Handy aus rief er erneut Semprini an.

«Monsignore, ich bin's nochmal ...»

«Ja, was ist, John?»

«Hören Sie, McAllen war nicht zufällig einer der drei Kardinäle, mit denen der Papst über die vierte Prophezeiung von Fatima gesprochen hat?»

«Darüber reden wir morgen, so Gott will», erwiderte Semprini, legte auf und ließ den Journalisten allein mit seinen Befürchtungen.

XI

Alfonsine, Ravenna, 21. Juni

Langsam fuhr er mit seinem dunkelgrünen Toyota den Feldweg am Fluss entlang. John Costas Blick verlor sich am Horizont zwischen den Maisfeldern. Es war viel heißer als in Rom. Alfonsine war ein kleines Dorf bei Ravenna, und hier lebte Professor Alberto Bassotto, Spezialist für Prophezeiungen.

Es war zwei Uhr nachmittags, die Sonne brannte aufs Autodach. John verfluchte sich wieder einmal, weil er auf seine Frau gehört und ein Auto ohne Klimaanlage gekauft hatte. «Das ist nicht gut, da erkälten wir uns nur», hatte Rosemary zu ihm gesagt. Er hatte nachgegeben und bereute seinen Entschluss jeden Sommer aufs Neue.

Bassotto wohnte in einer alten, restaurierten Meierei. Das große Tor, das das übrige Anwesen vom eigentlichen Wohnbereich trennte, stand offen. Die bronzenen Skulpturen am Eingang – seltsame Gebilde und Ungeheuer – waren nicht zu übersehen. *Na, hoffen wir das Beste,* sagte John zu sich selbst. Er war ohne Unterbrechung gefahren und hatte nun einen Bärenhunger.

Als der Professor das Knirschen auf dem Kies hörte, kam er heraus und winkte John zu, dessen Blick gerade auf ein großes keltisches Kreuz in einem Beet mit gelben Rosen fiel. Ein Stück weiter, neben einem Geräteschuppen, ragte eine dunkle Holzsäule empor, die mit Inschriften und Symbolen verziert war und an deren Spitze eine afrikanische Holzmaske hing.

«Freut mich, Sie kennenzulernen, Mister Costa», sagte Bassotto.

Er war etwa siebzig Jahre alt und von gedrungener Statur. Sein Gesicht war ebenso rund wie die kleine Brille, die er nun aufsetzte. Er trug ein weißes Hemd und grüne Bermudas.

«Kommen Sie, kommen Sie herein. Herzlich willkommen! Adelinaaa!», rief er und bot John einen Platz an. «Adelinaaaa! Komm doch mal!»

Eine Tür aus antikem Holz ging auf, und eine kleine magere Frau kam herein, die sich die mit Mehl bestäubten Hände an der Schürze abwischte.

«John, darf ich Ihnen meine Frau vorstellen ...»

«Angenehm, Costa», sagte John mit einem freundlichen Nicken.

«Haben Sie schon gegessen?», fragte Bassotto.

«Um ehrlich zu sein, nein. Aber machen Sie sich keine Umstände – ich habe ohnehin nicht viel Zeit.»

«Es macht überhaupt keine Umstände. Adelina kocht für ihr Leben gern. So, und nun lassen Sie uns nach oben gehen.»

Bassotto, der sich wegen seines Körpergewichts etwas umständlich bewegte, bog in den Flur ein, und John folgte ihm. Dank der dicken Mauern war es im Innern des Hauses, das außerdem im Schatten zweier riesiger Eichen stand, angenehm kühl. John betrachtete die seltsamen Darstellungen an den rauen weißen Wänden: alte Miniaturen, Ausschnitte aus mittelalterlichen Handschriften, Stiche mit Figuren aus der Apokalypse, Pergamente mit arabischen Schriftzeichen. Auf einer kleinen Treppe stiegen sie bis zu einer Art Turm auf dem Dach hinauf. Mühsam bahnte sich John einen Weg zwischen Stapeln von Büchern und Dokumenten. Überall an den Wänden standen Regale voller großformatiger Bände. Bassotto bot seinem Gast einen Stuhl an und setzte sich ihm gegenüber an den kleinen Schreibtisch.

«Stört es Sie, wenn ich rauche?», fragte er.

«Überhaupt nicht.»

Der Professor zündete sich eine Pfeife an.

«Also, wie ich am Telefon schon sagte, ich bin kein glühender Fatima-Anhänger, ich beschäftige mich mit jeglicher Art von Prophezeiungen, auch mit solchen, die nicht direkt aus dem Christentum stammen.»

«Mich würde vor allem interessieren, wie Sie darauf kommen, die Prophezeiung von Fatima sei nicht vollständig publiziert worden.» John kam direkt zur Sache.

Alberto Bassotto strich über die geschwungene Pfeife aus Wurzelholz mit derselben Zärtlichkeit, mit der er vermutlich ein Frauenbein liebkost hätte.

«Wissen Sie, jeder, der sich ein wenig mit den Erscheinungen von Fatima auseinandergesetzt hat, kommt zu dem Schluss, dass bei der berühmten Vision eine Erläuterung fehlt. Dies zeigt sich vor allem an dem unverständlichen Ende der zweiten Prophezeiung: ‹Portugal wird den wahren Glauben immer bewahren› etc. Das sind die Worte aus der Erscheinung, die sich eindeutig auf die Vision beziehen.»

«Das verstehe ich schon, aber Sie werden doch zugeben,

dass es sich im Grunde nur um Schlussfolgerungen handelt.»

«Bedenken Sie, dass Schwester Lucia die Muttergottes sah, hörte und mit ihr sprechen konnte, während Jacinta Marto sie zwar hören und sehen, nicht aber mit ihr sprechen konnte; und Francisco Marto sah sie nur, hörte aber nichts.»

«Ja, so etwas habe ich auch irgendwo gelesen. Die drei Hirtenkinder haben die Erscheinungen unterschiedlich erlebt ...», sagte John.

«Francisco, Lucias Cousin, konnte alles sehen, auch die Vision der Hölle, hat aber die Worte der Muttergottes nicht gehört, im Gegensatz zu Lucia und Jacinta. Lucia bestätigt dies in ihrem vierten ‹Memorandum› von 1941. Die Muttergottes soll sich mit folgenden Worten an Lucia und Jacinta gewandt haben: ‹Francisco dürft ihr es sagen.› Das ist der Beweis dafür, dass die dritte Prophezeiung keine Vision enthält, sondern Worte der Muttergottes. Oder eine Vision, wie sie der Vatikan ja auch veröffentlicht hat, der aber gleichzeitig eine Interpretation beigefügt ist.» Bassotto stand auf, trat an eines der Regale und stieß beinahe einen turmhohen Bücherstapel um. Schwungvoll zog er einen in dunkles Leder gebundenen Folianten aus dem Regal.

«Hier, lesen Sie», rief er triumphierend aus. «Das ist eine Stellungnahme des Kanonikers Carlos Barthas zu den Aussagen von Lucia dos Santos während der Befragung durch kirchliche Würdenträger in den zwanziger Jahren. Schlagen Sie Seite einundachtzig auf!»

John blätterte, bis er die Stelle gefunden hatte.

In den Dokumenten des Kanonisierungsprozesses wird

die Prophezeiung zum ersten Mal anlässlich der Befragung von Schwester Lucia dos Santos im Jahre 1924 erwähnt. Die Entscheidung vom 13. Juli 1917 betreffend, erklärte sie: «Dann sprach die Muttergottes einige knappe Worte zu uns und schärfte uns ein, sie niemandem außer Francisco zu sagen.»

«Sehen Sie? ‹Knappe Worte› … *palavrinhas*, heißt es im portugiesischen Originaltext. Worte, nicht Visionen! Aber da ist noch etwas», fügte er hinzu, stand erneut auf und ging auf Johns Seite hinüber. Diesmal stieg der Professor auf eine Leiter und holte einen noch größeren Band aus dem Regal.

«*Katholische Dokumentation, Jahrgang 1960.* Lesen Sie auf Seite 752», sagte er und reichte John das Buch.

«Wo genau?»

«In der Mitte steht der Text eines vom Vatikan herausgegebenen Bulletins vom 8. Februar 1960. Darin heißt es, der Heilige Stuhl habe die dritte Prophezeiung von Fatima nicht veröffentlicht. Lesen Sie vor!»

Obwohl die Kirche die Erscheinungen von Fatima anerkennt, möchte sie nicht die Verantwortung für den Wahrheitsgehalt der Worte übernehmen, welche nach Aussage der drei Hirtenkinder die Muttergottes an sie richtete …

«Da haben wir's wieder, lieber Costa: ‹Worte›. Immer Worte, niemals Visionen! Daher habe ich mir gesagt, als ich den Text der dritten Prophezeiung im Jahr 2000 las: Die Vision allein genügt nicht.»

John verharrte nachdenklich und ließ den Blick über die staubigen Bücherregale schweifen.

«Und da ist noch etwas, wenn Sie weitere Beweise suchen», fügte Bassotto hinzu.

In diesem Augenblick betrat Bassottos Frau Adelina mit einem Tablett voller Speisen und einer Flasche Sangiovese das Turmzimmer. John fiel ein, dass er ja Hunger hatte, und Fatima war für einen Moment lang vergessen.

«Ich weiß nicht, wie du es in diesem Chaos aushältst», sagte Adelina leicht vorwurfsvoll zu ihrem Mann, während sie versuchte, Platz für das Tablett zu schaffen.

«Du hast ja recht, Adelina», sagte Bassotto leise und half ihr.

Gespräche dieser Art hatten John und Rosemary auch unzählige Male geführt, doch im Moment bekam er von dem Dialog der beiden gar nichts mit – so sehr freute er sich darauf, in den warmen Brotfladen mit rohem Schinken und Schmelzkäse zu beißen.

Eine Viertelstunde lang sagte John kein Wort. Auch Bassotto saß schweigend da, trank ein Glas Sangiovese und schenkte sofort nach.

Als Johns Hunger gestillt war, nahmen die beiden ihr Gespräch wieder auf.

«Wie ich vorhin sagte, es gibt noch mehr Beweise», sagte Bassotto, der mittlerweile ein weiteres Buch aus dem Regal gezogen hatte.

«Sehen Sie, 1946 baten einige Historiker Schwester Lucia um genauere Angaben zu wichtigen Punkten der Prophezeiung. Sie fragten sie: ‹Als Sie die Prophezeiungen aufgeschrieben haben, haben Sie da die Jungfrau Maria wörtlich zitiert?› – ‹Ja›, hatte die Seherin geantwortet, ‹beim Schreiben versuche ich möglichst genau zu zitieren. Ich wollte die Prophezeiungen in ihrem ursprünglichen Wortlaut aufschreiben.› Als einer der Forscher fragte: ‹Sind Sie sicher, dass Sie sich genau an alles erinnern?›, lautete die Antwort: ‹Und ob! Ich habe die Worte genau so aufgeschrieben, wie sie ausgesprochen wurden.› Sie sehen, lieber Costa, es ist immer die Rede von *Worten*. Und genau dieser Begriff fehlt im Text der dritten Prophezeiung, so, wie er vom Vatikan veröffentlicht wurde. Dort wird nur die ‹Vision› erwähnt.»

«Und wie sollen wir wissen, was im Text alles fehlt?», fragte John.

«Das kann ich Ihnen auch nicht sagen. Leider besitze ich nicht den Schlüssel zum Geheimarchiv des Vatikans. Ich habe etwas anderes getan: Ich habe andere glaubwürdige Prophezeiungen zusammengetragen, um zu versuchen, den Schleier über der Zukunft zu lüften …»

«Ich habe Ihr Buch gelesen. Allerdings verstehe ich vieles nicht …»

«Das ist nur allzu verständlich, mir geht es ja genauso. Außerdem muss man nun mal, um den Wahrheitsgehalt einer Prophezeiung zu überprüfen, warten, ob sie sich erfüllt.»

«Was mich besonders beeindruckt hat, war das Kapitel über die Nonne von Dresden.»

«Ja, eine wirklich interessante Persönlichkeit. Von dieser Nonne, deren Name unbekannt ist, weiß man nur, dass sie zwischen 1680 und 1706 in einem Kloster am Elbufer lebte und eine halbe Analphabetin war. Als sie in religiöse Ekstase verfiel, fing sie an, Aramäisch, Griechisch und Latein zu sprechen. In einem ihrer Texte erwähnt sie die drei Plagen der Reinigung, die am Ende der Zeit des Gottessohnes, sprich: in unseren Tagen, eintreffen würden. Dort heißt es: ‹Zu dieser Zeit wird eine allgemeine Reinigung vonnöten sein, da der Mensch alles in den Schmutz gezogen hat. Die Reinigung wird Leiden und Schmerzen für die gesamte Menschheit nach sich ziehen, denn drei Plagen werden das Ende dieser Zeit einleiten … Es wird ein Feuer geben, doch niemand wird die Flammen sehen und niemand den Rauch. Alles wird in Asche verwandelt, und diese Asche wird den Tod bringen …›»

«Was hat das zu bedeuten?», fragte der Journalist.

«Dass uns nicht gerade einfache Zeiten bevorstehen.»

«Professor Bassotto, viel mehr als diese Hinweise auf eine Katastrophe, die doch ziemlich allgemein gehalten sind, haben mich die Stellen in Ihrem Buch erschüttert, in denen vom nächsten Papst die Rede ist.»

«Richtig. Auch sie stammen von der Nonne von Dresden.»

«Können Sie mehr dazu sagen?»

«Nun, es gibt einen Brief, den die Mystikerin an den König von Spanien geschrieben hat: ‹Dein größter Ruhm, oh König von Spanien, wird dir zuteil, weil aus deinem Land der letzte Nachfolger Petri kommen wird. Dieser Mann wird sich vollkommen von dir unterscheiden: Du bist stolz, und er ist bescheiden. Du dürstest nach Ruhm und er nach Frieden. Du strebst nach dem irdischen Leben und er nach dem himmlischen …›»

«Der neue Papst wird ein Spanier sein?»

«Das hatte ich zunächst auch gedacht. Dann fiel mir ein, dass damals ja auch viele Teile Lateinamerikas zu Spanien gehörten, zum Beispiel Mexiko.»

«Sie schreiben ja auch, dass man einen Mexikaner wählen wird.»

«Nicht nur das, sondern auch, dass man den Erzbischof von Mexico City wählen wird.»

«Warum ausgerechnet ihn?»

«Wenn man diese Prophezeiung mit anderen vergleicht, tritt das Profil eines Mannes zutage, der sein Leben für den Frieden unter den Menschen opfert. Ich glaube nicht, dass die beiden anderen Kardinäle des Heiligen Kollegiums diese Eigenschaften haben.»

John dachte kurz an den mexikanischen Kardinal, der in der Kurie für den Hirtenbrief an die Migranten zuständig war, und an sein schroffes Wesen, das sich auch in seinem Äußeren spiegelte. Er dachte an die Starrheit des Erzbischofs von Guadalajara und dessen Kampf gegen den Einfluss protestantischer Sekten und gegen jegliche Form von Ökumene ... Bassotto hatte recht.

«Ein anderes Kapitel, das ich sehr beunruhigend fand, war das über den Mönch Basilius von Kronstadt ...»

«Ein Zeitgenosse der Nonne von Dresden.»

«... der von einer Art islamischer Revolution spricht.»

«Ein Phänomen, das sich in Windeseile ausbreitet, eine Art Invasion.»

Als John das Wort «Invasion» hörte, spitzte er die Ohren, obwohl seine Wahrnehmung durch die Müdigkeit, den Wein und das Essen ein wenig beeinträchtigt war. «Haben Sie tatsächlich ‹Invasion› gesagt, Professor Bassotto?»

«Ja.»

«Aber in Ihrem Buch ...»

«Ich weiß, in meinem Buch steht davon nichts. Aber das

habe ich ja auch vor fünf Jahren geschrieben. Seitdem habe ich weitergeforscht, und ich glaube, heute habe ich ein klareres Bild von der Situation, die uns bevorsteht.»

«Erzählen Sie mir mehr darüber!», bat John.

Bassotto, der in der Zwischenzeit seine Pfeife wieder angezündet hatte und das Turmzimmer mit duftenden Rauchwolken erfüllte, wollte gerade Johns Bitte nachkommen, als dessen Handy klingelte.

«Entschuldigen Sie, Professor ...»

«Bitte, bitte.»

«John, ich bin's.»

«Oh, Hochwürden!» John fuhr hoch, am anderen Ende der Leitung war ein junger amerikanischer Bischof der römischen Kurie, einer von Johns privaten Informanten.

«Haben Sie schon gehört?»

«Von McAllen?»

«Nein, vom Papst ...»

«Was ist passiert?»

«Er scheint einen Kollaps gehabt zu haben, sein Blutdruck war stark gesunken, man dachte schon, es ginge mit ihm zu Ende. Dann hat sich sein Zustand stabilisiert, aber er hat immer noch hohes Fieber, vielleicht eine schlimme Infektion. Jedenfalls ist es bald so weit, John ...»

«Aber sind das tatsächlich verlässliche Informationen?»

«Ich denke schon. Wo sind Sie?»

«In einem kleinen Dorf in der Nähe von Ravenna, heute habe ich endlich mal einen Tag frei und ...»

«Wenn ich Ihnen einen Rat geben darf – fahren Sie so schnell wie möglich nach Rom. Bis bald.»

John schnellte förmlich vom Stuhl hoch.

«Professor Bassotto, es tut mir sehr leid, dieses hochinteressante Gespräch abbrechen zu müssen, ausgerechnet jetzt, wo wir zum entscheidenden Punkt kommen.»

«Familiäre Probleme?»

«Nein, die habe ich nicht mehr ... Es scheint, als wüssten wir bald, ob Ihre Schlussfolgerungen richtig sind», sagte John und schüttelte dem Professor zum Abschied die Hand.

«Was wollen Sie damit sagen?»

«Wir werden sehen, ob die Nonne von Dresden die Zukunft richtig gedeutet hat.»

Bei dem Versuch, mit Costa Schritt zu halten, der schon die Treppe hinuntereilte, stieß Bassotto gegen zwei Bücherstapel zu beiden Seiten des Türrahmens. Als John unten war, kam gerade Adelina aus der Küche.

«Ich habe soeben den Apfelstrudel aus dem Ofen geholt!»

«Vielen Dank, Signora, aber das müssen wir leider auf ein andermal verschieben. Ich komme bestimmt wieder – darauf können Sie sich verlassen!» Es war vier Uhr nachmittags, die Luft war noch immer drückend.

XII

Rom, 21. Juni

Die Rückfahrt von Ravenna nach Rom war eine Tortur. John hatte zu viel Sangiovese getrunken, der Gedanke an die Prophezeiung von Fatima bereitete ihm große Sorgen, und zudem fürchtete er, die Jahrhundertnachricht nicht als Erster überbringen zu können. Er schwitzte, weniger vor Hitze als vor Anspannung.

Für die Sommerferien mit Clarice, die in zwei Wochen begannen, hatte er bereits genaue Pläne gemacht. Nun aber warf der bedenkliche Gesundheitszustand des Papstes einen beunruhigenden Schatten auf das Wiedersehen mit seiner Tochter. Vom Diensttelefon aus telefonierte er mit sämtlichen Informanten, um Genaueres zu erfahren.

Mit Falschmeldungen über den Tod des Papstes hatte John in den letzten drei Jahren oft zu tun gehabt. Einmal hatten mitten im Sommer italienische Politikerkreise von Amerika aus das Gerücht gestreut, der Papst sei gestorben. Es war fast niemand im Vatikan, der Papst hielt sich in Castelgandolfo auf, kein Krankenhaus war alarmiert worden. Dennoch hatte John größte Mühe, seine Chefs in den Staaten davon zu überzeugen, dass es sich um eine Lüge handelte.

Diesmal hatte er jedoch das Gefühl, dass die Sache ernst war. Nicht nur, weil die gesundheitlichen Probleme des

Obersten der katholischen Kirche, der an den Rollstuhl gefesselt war und kaum mehr sprechen konnte, allzu offensichtlich waren. Nein, auch Johns Informant war keiner, der falsche Nachrichten in Umlauf brachte, ohne sich vorher genau zu erkundigen, von wem sie stammten.

«Marc, ich bin gleich da. Haben die anderen Agenturen schon etwas ins Netz gestellt?», fragte John seinen Chef.

«Nichts, John. Bislang rein gar nichts.»

Das beruhigte ihn ein wenig. Sollte tatsächlich etwas passiert sein, so war noch nichts an die Öffentlichkeit gedrungen, auch nicht auf offiziellem Weg. John galt unter anderem auch deshalb als bester amerikanischer Vatikan-Experte, weil er immer schneller als andere Kollegen war.

Noch während der Fahrt versuchte er mehrmals, den amerikanischen Bischof zu erreichen, was ihm schließlich auch gelang.

«Hier ist Costa.»

«John, sind Sie schon in Rom?»

«Noch nicht. In einer Stunde bin ich da. Gibt's was Neues?»

«Im Augenblick nicht. Ich habe lediglich erfahren, dass sich die Situation ein wenig stabilisiert hat. Deshalb hat es vermutlich auch keine offizielle Stellungnahme gegeben. Außerdem war bekannt, dass sich der Papst gerade von einer schlimmen Grippe erholen muss.»

«Gut, sobald ich in der Redaktion bin, rufe ich Sie nochmal an. Vielleicht können Sie in der Zwischenzeit ja etwas in Erfahrung bringen.»

«Ich versuche es, aber es wird nicht einfach, John.»

Die vierspurige Ringstraße, die Rom wie eine Boa aus Asphalt im Würgegriff hielt, war an diesem Abend ungewöhnlich wenig befahren. John parkte seinen Toyota direkt vor dem Eingang des Gebäudes am Corso Italia 19. Mit einem lapidaren «Stell ihn irgendwo ab» warf er dem Portier die Schlüssel zu und stürzte hinein.

Keine drei Minuten später saß John vor seinem Computer. Um acht schaltete er die Nachrichten ein – kein Wort über den Papst.

«Gut, sehr gut», flüsterte John.

Er telefonierte erneut mit dem Vatikan. Alle klangen besorgt. Ein Kollege, der bei *Radio Vatikan* arbeitete, bestätigte, dass am frühen Nachmittag Alarm ausgelöst worden war; alle waren aufgefordert worden, am Arbeitsplatz zu bleiben, auch diejenigen, deren Schicht beendet war, da möglicherweise eine wichtige Ankündigung bevorstand. Am Abend schien sich die Lage jedoch wieder entspannt zu haben.

«Ich weiß nicht genau, was passiert ist, John, aber irgendetwas liegt in der Luft», hatte sein Kollege gesagt.

Um halb neun gelang es John, mit dem Direktor des Lesesaals, Don Edoardo Cartagena, zu sprechen.

«Hier ist John, gibt's was Neues?»

«Was willst du denn hören?»

«Wie geht es dem Papst?»

«Ihr wisst doch, wie es ihm geht. Er ist auf dem Weg der Besserung, einstweilen gibt er keine Audienzen, aber gestern habt ihr ihn doch alle gesehen, wie er sich aus dem Fenster gebeugt hat, um den Segen zu erteilen, auch wenn er kein Wort rausgebracht hat.»

«Und sein Zustand heute? Sag schon, Edoardo! Ich habe einen anstrengenden Tag hinter mir. Ich war unterwegs und bin nun wegen dieses Alarms aus Ravenna zurückgekommen.»

«Mein Freund, ich glaube, du kannst den Computer wieder ausschalten und zu deiner Frau und deiner Tochter zurückgehen. Es hat keinen Alarm gegeben.»

John hatte Pater Edoardo nie mitgeteilt, dass Rosemary mit Clarice in die Vereinigten Staaten zurückgekehrt war. Vielleicht musste der Ausflug in Disneyland jetzt wegen der Erkrankung des Papstes ausfallen? Kein gutes Vorzeichen für seine ersten Ferien als frischgetrennter Familienvater.

«Na schön, wenn sich das Ganze beruhigt hat, kann ich ja Feierabend machen.»

«Gut, dann hören wir morgen voneinander», sagte Cartagena und legte auf.

Zum Glück misstraute John den Worten des Direktors. Er beschloss, seinen amerikanischen Gewährsmann noch ein letztes Mal anzurufen.

«Monsignore, gibt es Neuigkeiten?»

«Ja, ich habe etwas erfahren, von einem Mitbruder, der mit dem Arzt des Papstes gesprochen hat. Auf ihn ist Verlass. Heute Vormittag gegen elf Uhr begann der Papst in seinem Schlafzimmer die Messe zu lesen, zusammen mit zwei seiner Sekretäre. Auf einmal bekam er heftigen Schüttelfrost, er hatte hohes Fieber. Eine Stunde später erlitt er einen Kollaps. Er hatte gerade noch die Kraft zu sagen, er wolle nicht in ein Krankenhaus eingeliefert werden, sondern in seiner Wohnung bleiben. Allmählich stabilisiert sich sein Zustand wieder, doch es sieht nicht gut aus. Er hat eine schwere Infektion der Harnwege. Zusammen mit hohem Fieber kann so etwas für einen alten Menschen fatal sein.»

John dankte dem Bischof und rief dann noch einmal im Vatikan an. Er erfuhr, dass keiner der Wachleute, deren Dienst bereits nachmittags geendet hätte, seinen Arbeitsplatz verlassen hatte.

Um 21 Uhr machte folgende Nachricht der Agentur Reuters die Runde:

Gesundheitszustand des Papstes sehr ernst.

Zehn Minuten später brachten zwei italienische Agenturen die gleiche Nachricht, und um 22.30 Uhr unterbrach ein Fernsehsender sein Programm. Kurz vor Mitternacht brachte die Pressestelle des Vatikans ein Bulletin in Umlauf, in dem bestätigt wurde, der Gesundheitszustand des Papstes habe sich dramatisch verschlechtert und er leide an hohem Fieber und einer Infektion der Harnwege. Der Kollaps vom Vormittag wurde mit keinem Wort erwähnt. Doch man begriff auch so, dass der Tod des Oberhaupts der katholischen Kirche kurz bevorstand.

Es ist so weit, sagte John zu sich selbst, während er sich einen Kaffee am Automaten im Vorraum des Korrespondentenbüros genehmigte. Bevor er wieder an seinen Platz ging, rief er Monsignore Semprini an.

«Hier ist John Costa.»

«Mein Lieber, wir müssen beten, beten, nichts als beten.»

«Monsignore, wir können uns morgen unmöglich sehen.»

«Das dachte ich mir schon, auf Sie wartet eine Menge Arbeit.»

«Ich glaube, ich habe ein paar interessante Dinge herausgefunden.»

«Ich auch. Aber das ist jetzt alles nicht wichtig.»

«Ja und nein», sagte John geheimnisvoll.

«Wir werden sehen. Um auf Ihre Frage von gestern zurückzukommen: Die drei Kardinäle, die der Papst wegen der Veröffentlichung der vierten Prophezeiung von Fatima zu sich bestellt hatte, waren Testore, Singh und McAllen …»

«Das habe ich mir schon gedacht», sagte John.

«Ist diese Telefonleitung sicher?», fragte Semprini.

«Keine Sorge.»

«Nun, soweit ich weiß, hatten alle drei Kardinäle dem Papst geraten, den Inhalt der Prophezeiung zu veröffentlichen. Der Papst war einverstanden. Jemand muss ihn davon überzeugt haben, anders zu handeln, und das gegen den Rat seiner drei getreuesten Mitarbeiter!»

«Monsignore, ich habe jetzt leider keine Zeit. Aber lassen Sie mich eine Frage stellen: Wie denken Sie über diese Todesfälle?»

«John, Sie kennen ja die Legende, wonach immer drei Kardinäle hintereinander sterben. Ich weiß auch nicht, es ist schon ein seltsamer Zufall, ausgerechnet die drei … die drei von Fatima.»

«Gut, Monsignore, das genügt mir. Wir werden in den nächsten Tagen darauf zurückkommen. Im Grunde waren ja zwei der drei mögliche Kandidaten für das Amt des Papstes.»

«Tun Sie, was Sie für richtig halten. Aber seien Sie vorsichtig. Sehr vorsichtig.»

Die ganze Nacht blieben John, Marc Jemmallo und drei weitere Reporter, die eigentlich für Politik zuständig waren, in der Redaktion, um an Berichten über die Erkrankung des Papstes zu arbeiten. Um fünf Uhr morgens gestattete John sich ein halbes Stündchen Schlaf auf der Couch im Konferenzzimmer.

Er wurde unsanft von seinem Chef geweckt.

«John, sein Zustand hat sich verschlechtert.»

«Noch mehr?»

«Ja, Don Cartagena hat ein neues Bulletin herausgegeben. Er spricht von einem ‹septischen Schock›.»

«Habt ihr die Meldung schon veröffentlicht?»

«Natürlich. Ich möchte, dass du jetzt nach Hause gehst und dich ein wenig frisch machst. Uns erwartet eine Tour de Force – wie das beim Tod eines Papstes eben so üblich ist.»

Costa konnte über die witzige Bemerkung seines Vorgesetzten nicht lachen. Bevor er ging, wollte er noch alle Artikel ausdrucken, die er in seinem Computerarchiv zum Thema «Konklave» gespeichert hatte.

Jetzt werden wir ja sehen, ob die Nonne von Dresden recht hatte, dachte er, während er den PC ausschaltete und etliche Unterlagen in seine Tasche stopfte.

Plötzlich kam ihm ein furchtbarer Gedanke. In diesen Stunden ging im vierten Stock des apostolischen vatikanischen Palastes das Leben des vierten und letzten Zeugen des geheimen Treffens zwischen den drei Kardinälen und dem Papst zu Ende.

XIII

London, 28. Juni

«Geschafft ...» Seine Stimme klang ganz schwach. Im kalten Halbdunkel des ultravioletten Lichts hob Professor Sebastian Sirkar zum ersten Mal nach einer Stunde höchster Konzentration die Augen von dem Glasplättchen. Er sprach leise zu sich selbst, in dem Labor des Hochsicherheitstrakts C 4 im Untergeschoss der Soniet Al. Er legte die Schutzbrille ab, ging hinüber zur Toilette und zündete sich eine Zigarette an. Seine Augen waren gerötet, und die Hände zitterten noch wegen der Entdeckung, die er soeben gemacht hatte. Während er langsam den Rauch einsog, dachte er an Kate. Es war Sonntagnachmittag, und die Labors des Pharmakonzerns in Londons Finanzdistrikt waren wie ausgestorben. Doch auch an normalen Arbeitstagen konnte niemand ohne seine Einwilligung den Bereich C 4 betreten. *Ich wünschte, du könntest bei mir sein,* dachte Sirkar, während sich mit dem fortschreitenden Verglimmen der Zigarette seine kurze Pause unweigerlich dem Ende näherte. Das Projekt Titan war eine Geheimoperation, die der Professor auf Anordnung des Firmenleiters allein durchführte. Natürlich war er auf die Mitarbeit einiger Kollegen angewiesen, doch die waren nur in Teilbereiche des Projekts involviert, ohne den Gesamtzusammenhang zu kennen. «Geschafft», sagte Sirkar noch einmal, der manchmal große Sehnsucht nach Kate Duncan hatte. Gleich als er sie zum ersten Mal sah, hatte er sich in sie verliebt. Doch sein schüchterner und zurückhaltender Charakter, seine Hingabe an die Arbeit und die Leidenschaft für die Forschung hatten ihn davon abgehalten, sich ihr auch privat zu nähern.

Und doch war seit ihrer Reise nach Longyearbyen etwas anders. Sirkar hatte ganze Tage an Kates Seite verbringen dürfen, und die Gefühle, die er für sie empfand, waren noch stärker geworden. Hätte das Georadar ihm eine weitere Woche fruchtloser Forschungsarbeiten gegönnt, hätte er vielleicht den Mut gefunden, einen Vorstoß zu wagen.

Sirkar ging ins Labor zurück und setzte die Schutzbrille wieder auf. Mit großer Vorsicht versiegelte er die Gewebeproben in hermetischen Behältern und verschloss sie im Safe; damit konnte die Dekontaminierung beginnen. Als er das Untergeschoss verließ und nach oben ging, klingelte sein Handy.

«Sirkar, ich bin's.»

«Guten Tag! Ich wollte Sie gerade anrufen ...»

«Haben Sie gute Nachrichten für mich?»

«Ganz ausgezeichnete. Ich habe es geschafft! Ich habe das Virus isoliert und den Impfstoff vorbereitet.»

«Sehr gut. Sie haben natürlich alles geheim gehalten?»

«Genau, wie Sie es angeordnet haben. Was ist als Nächstes zu tun? Soll ich Professor Stanley das Ergebnis übermitteln, damit das antivirale Medikament in die Produktion gehen kann?»

«Nein, Sie müssen gar nichts tun. Sind die Kulturen der Gewebeproben wieder im Safe?»

«Ja, im Sektor C 4, zu dem nur Sie und ich Zugang haben.»

«Gut. Ich bin stolz auf Sie. Sie haben hervorragende Arbeit geleistet, und das in kürzester Zeit. Ich glaube, kein anderes Labor auf der Welt hätte das geschafft.»

«Danke, aber ich …»

«Nein, nein, ich habe zu danken. Jedes Mitglied Ihres Teams soll eine hübsche Extrasumme bekommen. Und Sie natürlich ganz besonders.»

«Danke. Aber ich wollte Sie noch etwas wegen der Antiviren fragen: Müsste man nicht sofort mit der Produktion beginnen?»

«Das muss ich mir erst noch überlegen. Und bitte bewahren Sie absolutes Stillschweigen über das, was Sie entdeckt haben, einverstanden?»

«In Ordnung. Sie können sich auf mich verlassen.»

«Ach, Sirkar … Sie haben sich zwar einen Monat Urlaub auf unsere Kosten verdient, aber vielleicht warten Sie noch ein paar Tage, bevor Sie verreisen. Möglicherweise brauche ich Sie noch.»

«Keine Sorge. Ich hatte nicht die Absicht wegzufahren.»

«Danke. Ich wünsche Ihnen einen schönen Tag.»

Der Professor betrat den vorletzten Stock des zylinderförmigen Hochhauses, das der finnische Architekt Alvar Aalto entworfen hatte. Es hatte zwanzig Stockwerke, außerdem noch sechs unterirdische. Die Fassade des Gebäudes bestand fast nur aus Fensterflächen. Für die Beschäftigten war es nicht einfach, gleichsam unter den Bedingungen einer

Reality-Show zu arbeiten, und obwohl die Scheiben leicht verspiegelt waren, hatte man das Gefühl, ständig beobachtet zu werden. WIR ARBEITEN FÜR IHRE GESUNDHEIT stand über dem marmornen Eingangsportal. Sirkar schritt in seinem weißen Kittel den Korridor entlang, an dem die Büros seiner engsten Mitarbeiter lagen. Das Licht ging automatisch an. Sein Schreibtisch stand in der Mitte eines kreisförmigen Raumes, der als einziger auf der Etage kein großes Fenster hatte. Der Professor speicherte ein paar Dateien auf einem USB-Stick. Lange starrte er auf das schwarze Telefon rechts von ihm. Ihm fehlte der Mut, Kate anzurufen, um mit ihr die Freude über die Entdeckung zu teilen, das Ergebnis des nun abgeschlossenen Projekts, was nicht zuletzt auch ihr und der Forschungsreise zu den Svalbard-Inseln zu verdanken war. Vor allem aber verspürte er den Wunsch, ihr zu sagen, wie gern er sie hatte. Die Erinnerung an den letzten Abend in Longyearbyen gab ihm schließlich die Kraft, zum Hörer zu greifen: Das Team hatte seine Arbeit beendet, und die Rückreise nach London stand bevor. An jenem letzten Abend lag eine seltsame Stimmung in der Luft. Alan hatte sich zurückgezogen, weil er eine Russischlehrerin kennengelernt hatte, mit der er nach dem Abendessen – bestehend aus Kaviar und Wodka – die Nacht verbringen wollte. Virgil hatte eine Art Krise, körperlich wie auch seelisch, hatte sich nach einer halben Stunde von Kate und dem Professor verabschiedet und war schlafen gegangen. So waren die beiden allein an dem Tisch ihres Stammlokals zurückgeblieben. Sirkar war seine Assistentin schöner denn je vorgekommen.

«Hallo, Kate, hier spricht Sirkar.»

«Ach, Sie sind es, Professor!»

«Verzeihen Sie, wenn ich Sie sonntags störe.»

«Das macht doch nichts. Ich komme gerade aus Manchester und bin jetzt auf dem Weg nach Hause», antwortete Kate, während sie die Victoria Station durch den Westausgang verließ.

«Sie haben mich doch vor ein paar Tagen nach dem Projekt Titan gefragt ...»

«Tut mir leid, ich hätte mich nicht einmischen sollen.»

«Nein, das meine ich nicht. Auch wenn ich nicht über das Projekt reden darf, wollte ich Ihnen sagen, dass es abgeschlossen ist und dass ich, nein, wir eine große Entdeckung gemacht haben.»

«Das Spanische-Grippe-Virus.»

«Nein, etwas viel Wichtigeres. Sie können stolz auf sich sein, Kate!»

«Es ist nicht ganz leicht, stolz auf etwas zu sein, das man gar nicht kennt. Wenn Sie nicht darüber reden dürfen, brauchen Sie mich auch nicht zu loben. Wenn Sie mir dagegen sagen wollen, woran Sie gearbeitet haben – bitte sehr, ich bin ganz Ohr!»

Die etwas brüske, aber verständliche Reaktion von Kate versetzte Sirkar schier in Panik. Wie dumm von ihm, seine Assistentin sonntagnachmittags anzurufen, nur, um ihre schöne Stimme zu hören und ihr zu einer wissenschaftlichen Entdeckung zu gratulieren, zu der sie beigetragen hatte, ohne zu wissen, wie.

«Na ja, ich hatte einfach das Bedürfnis, eine nette Stimme zu hören, nachdem ich den ganzen Tag in einem dunklen Labor, zwanzig Meter unter der Erde, zugebracht habe», sagte er betreten.

«Verzeihen Sie, Professor. Ich habe auch einen schlimmen Tag hinter mir. Ich habe meine Mutter besucht und musste feststellen, dass sich ihr physischer Zustand verschlechtert hat. Sie ist schon seit geraumer Zeit nicht mehr ansprechbar, aber jetzt sind auch noch körperliche Probleme hinzugekommen – sie nimmt keine Nahrung mehr zu sich. Jedenfalls ist sie kaum wiederzuerkennen, seit ich sie vor Longyearbyen zuletzt gesehen habe.»

«Das tut mir leid, Kate. Wenn ich irgendetwas für Sie tun kann …»

«Nein, Sie können gar nichts tun. Niemand kann da etwas tun.»

«Hören Sie, Kate, darf ich Sie zum Essen einladen?»

«Also, ehrlich gesagt bin ich ziemlich müde, und morgen muss ich wieder zeitig im Labor sein.»

«Na schön. Dann sehen wir uns morgen», erwiderte er, wobei seine Enttäuschung nicht zu überhören war.

Kate spürte, wie einsam er sich fühlte, überlegte kurz und sagte schließlich: «Wenn ich es mir recht überlege, wäre es vielleicht doch schön, noch auszugehen.»

Sirkar lächelte überglücklich.

«Wollen wir uns in der Nähe der Victoria Station treffen? Was halten Sie davon, wenn wir zu einem Inder gehen?»

«Ist gut», sagte Kate, die nach den letzten Wochen eigentlich mit etwas weniger Exotischem auch zufrieden gewesen wäre.

Zehn Minuten später war Kate in ihrem Mini-Appartement in der Belgrave Road 40. Das Gebäude war alt, aber nicht schön, und im Unterschied zu den anderen, luxuriös anmutenden Häusern in der Straße wirkte es ziemlich heruntergekommen. Doch es lag zentral und war bequem für Menschen wie Kate, die keine weiten Strecken zwischen Wohnung und Arbeitsplatz zurücklegen wollen. Sie hätte nicht in einer Vorstadt oder in einer der angrenzenden Kleinstädte leben mögen. Sicherlich hätte sie sich ebenso gut ein kleines Reihenhaus mit Garten leisten können, aber abends, wenn sie von der Arbeit zurückkam, wollte sie sich ohnehin nur entspannen, einen guten Thriller lesen und an einem Gläschen Whiskey-Likör nippen. Vor allem hasste sie es, im Stau festzustecken oder stundenlang mit der U-Bahn zu fahren. Daher hatte sie sich diesen Schlupfwinkel ausgesucht, der nur zwei Haltestellen von der Zentrale der Soniet Al entfernt lag. Nun schloss sie die Wohnungstür auf, warf die Handtasche auf den braunen Teppichboden, zog sich aus und sprang unter die Dusche. Dann zog sie eine enge graue Hose und eine weiße Seidenbluse an.

Als sie auf der Straße war, sah sie, wie Sirkar schon auf sie wartete. Nervös rauchte er eine Zigarre, die nur noch aus einem Stummel bestand. Kate blieb stehen und betrachtete ihn aus der Entfernung. Er war aufgeregt wie ein Teenager bei seinem ersten Rendezvous. Erst da fiel es Kate wie Schuppen von den Augen. Sie beschloss mitzuspielen.

«Professor!»

«Kate!»

Der Mann, den sie jetzt vor sich sah, schien seit ihrer Abreise von den Svalbard-Inseln um zehn Jahre gealtert zu sein. Er hatte dunkle Augenringe, seine Haare wirkten grauer. Irgendetwas beunruhigt ihn, dachte Kate, ließ sich aber nichts anmerken.

«Professor Sirkar, Sie sehen müde aus.»

«Das stimmt, wir haben ja auch viel gearbeitet. Aber jetzt, wo das Projekt, dem ich drei Jahre meines Lebens gewidmet habe, beendet ist, ist es, als ...»

«Als was?»

«Na ja, als würde mir das, woran ich gearbeitet habe, entgleiten. Wie Sie wissen, darf ich nicht über Einzelheiten des Titan-Projekts sprechen. Irgendwie habe ich diesmal das Gefühl, einen Fehler gemacht zu haben, auch wenn alles wie am Schnürchen lief und ich innerhalb kürzester Zeit das beste Ergebnis erzielt habe.»

«Ich verstehe nicht, Professor – konnten Sie das Virus der Spanischen Grippe isolieren?»

«Im Grunde habe ich noch viel mehr getan. Ich habe sozusagen einen Präventivkrieg gegen diesen Virenstamm und seine möglichen Mutationen geführt.»

«Dann handelt es sich also um eine ganz wichtige Entdeckung, für die Ihnen sogar der Nobelpreis zustünde. Ist Ihnen klar, wie vielen Leuten Sie durch Ihre Forschungsarbeit das Leben gerettet haben und wie sehr unsere Firma davon profitieren wird? Wann wird mit der Produktion des Impfstoffes begonnen?»

«Genau da liegt das Problem», sagte der Professor mit verbitterter Miene.

«Was meinen Sie damit?»

«Nichts, Kate, nichts. Bitte haken Sie nicht nach. Aber darf ich Sie um einen Gefallen bitten?»

«Natürlich!»

«Könnten Sie morgen bei Jane Canergie vorbeigehen?»

«Bei Ihrer ehemaligen Sekretärin?»

«Genau. Ich habe leider etliche Sitzungen mit unseren Chefs. Sie würden mir wirklich sehr helfen, wenn Sie ihr das hier bringen könnten.» Sirkar zog einen wattierten, versiegelten Umschlag aus der Tasche.

«Jane arbeitet zwar offiziell nicht mehr für mich, aber sie kümmert sich um die Archivierung meiner Daten und erleichtert mir damit die Arbeit an meinem Buch. Die neuesten Dateien hat sie noch nicht. Wissen Sie, wo sie wohnt?»

«Natürlich, ich war schon bei ihr zu Hause. Ich fahre einfach eine halbe Stunde früher los. Das mache ich gerne, Professor.»

Als Sirkar das hörte, entspannten sich seine Gesichtszüge. Zum ersten Mal hatte er das Gefühl, in Kates Blick etwas wie Sympathie zu lesen.

«Aber lassen Sie uns nicht über Arbeit reden, freuen wir uns lieber aufs Essen», sagte Sirkar und hielt seiner Begleitung die Tür zum Restaurant auf. Der Abend verging wie im Flug. Der Professor war Stammgast und bekam den besten Tisch. Sie aßen reichlich, und Kate bestellte ein Gericht, das so scharf war, dass es so manchen Liebhaber solcher Speisen verschreckt hätte. Sie erinnerten sich gemeinsam an ihre Forschungsreise zum Nordpol, an die Kälte dort, an Virgils Panik und an Alans Eroberung, die Russischlehrerin.

Es war ein schöner Abend, den der Professor und seine

Assistentin zusammen verbrachten. Sirkar bot Kate an, sie nach Hause zu begleiten, doch sie lehnte ab. Er zündete sich eine Zigarre an, und während er in der Menge der Touristen auf ein Taxi wartete, blickte er ihr nach, wie sie sich in der Londoner Sommernacht entfernte.

Zur selben Zeit waren die Untergeschosse der Soniet Al taghell erleuchtet. Fünf Personen der Abteilung Innere Sicherheit durchkämmten Zentimeter um Zentimeter Sirkars Labor, nachdem sie das Gebäude durch einen Seiteneingang betreten hatten. Weitere drei Männer hatten im Halbdunkel die gesamte Festplatte seines Computers kopiert und sie danach gelöscht. Im Stockwerk C 4 hielt der Leiter des ersten Teams engen Kontakt zu jemandem außerhalb des Gebäudes, er diktierte die Kombination des Safes. Im selben Moment, in dem Kate ihre Wohnungstür aufschloss, verriegelten die Männer bei der Soniet Al die schwere Tür des Safes, aus dem sie zuvor die Kulturen mit den Gewebeproben entnommen hatten.

Sirkar spazierte noch ein bisschen herum, ein Taxi hatte er dann doch nicht genommen. Er dachte an den Abend, an alles, was er Kate eigentlich hatte sagen wollen. Vor allem aber dachte er an das, was er am nächsten Morgen dem Präsidenten sagen wollte, um ihn davon zu überzeugen, die Produktion des kostbaren Impfstoffes sofort in die Wege zu leiten. Er wusste nicht, dass genau in diesem Augenblick, weniger als einen Kilometer entfernt, die Ergebnisse seiner Forschungsarbeit – alles, was Vergangenheit, Gegenwart und Zukunft des Projekts Titan betraf – säuberlich verpackt an einen anderen Ort gebracht wurden. Sein Büro im neunzehnten Stock existierte praktisch nicht mehr. Ein düsterer Schatten legte sich bedrohlich über das Leben des Professors. In wenigen Stunden würde er dies schmerzlich erfahren.

XIV

London, 30. Juni

Um 8.30 Uhr verließ Professor Sebastian Sirkar, pünktlich wie immer, die Wohnanlage in der Cannon Street. Er trug seinen besten Anzug, einen eleganten Zweireiher aus grauer Schurwolle. Unter dem Arm hatte er einen dicken Aktenordner mit seinen Forschungsergebnissen. Zwei Minuten bevor der Bus kam, hielt ein schwarzer Jaguar am Straßenrand. Am Steuer saß ein junger Mann aus dem Nahen Osten, neben ihm ein etwa fünfzigjähriger Blonder mit kurzgeschorenen Haaren und einem muskulösen Körper.

«Professor Sirkar, ich bin der Leiter der Security-Abteilung bei Soniet Al», sagte er und stieg aus.

«Wie kommt es, dass wir uns noch nie gesehen haben?», fragte Sirkar überrascht.

«Weil wir fast nie in der Zentrale zu tun haben. Dürfen wir Sie mitnehmen? Der Präsident möchte Sie sofort sehen und mit Ihnen über das Titan-Projekt sprechen.»

«Ich würde eigentlich lieber mit dem Bus fahren, dann könnte ich mir vor dem Treffen meine Unterlagen noch einmal ansehen.»

«Hören Sie, der Präsident möchte Sie sofort sehen, lassen Sie sich nicht lange bitten!»

Zögernd nahm der Professor das Angebot an. Der Mann

fasste ihn am Arm und ließ ihn auf dem Rücksitz des Autos Platz nehmen, das mit quietschenden Reifen losfuhr.

Der Jaguar hatte getönte Scheiben. Irgendwann bemerkte Sirkar – der noch nie dem typischen Bild des zerstreuten Wissenschaftlers entsprochen hatte und, ganz im Gegenteil, sehr genau wahrnahm, was um ihn herum passierte –, dass sie in die falsche Richtung fuhren.

«He! Wir fahren ja gar nicht zu Soniet Al!», rief er.

«Keine Sorge. Der Präsident möchte Sie bei sich zu Hause sprechen ...»

«Weshalb hat er mich nicht selbst benachrichtigt, gestern Nachmittag haben wir noch miteinander telefoniert!», sagte Sirkar.

«Ich weiß es nicht, Professor. Ich befolge nur die Anweisungen des Präsidenten.»

Während der Fahrt durch den dichten Londoner Verkehr beruhigte sich Sirkar wieder ein wenig. Im Grunde, so dachte er, war es ein Zeichen der Wertschätzung, dass der Präsident ihn zu sich nach Hause bat – alle bei Soniet Al schwärmten von seinem Haus, obwohl noch keiner dort gewesen war.

Sirkar begann in seinem Dossier zu blättern. Er bemerkte gerade noch das seltsame Kribbeln im Bein, hervorgerufen durch eine Injektion, als er auch schon das Bewusstsein verlor.

Kate musste ungewohnt früh aufstehen, aber sie wollte ja der Bitte des Professors nachkommen. Sie durchquerte die halbe Stadt, um der ehemaligen Sekretärin des Professors den Umschlag zu geben, dann nahm sie ein Taxi zur Soniet

Al. Als sie gedankenverloren in einer Ausgabe der *Sun* blätterte, die ein Fahrgast auf dem Rücksitz hatte liegen lassen, klingelte ihr Handy.

«Doktor Duncan? Hier ist Margie, die Sekretärin des Präsidenten.»

«Guten Morgen. Ich hoffe, es ist nicht ... Ich hatte Bescheid gegeben, dass ich etwas später komme, weil ich noch etwas erledigen muss.»

«Keine Sorge, deswegen rufe ich nicht an. Der Präsident würde Sie gern sehen.»

«Ich bin in zwanzig Minuten da.»

«Haben Sie mittags schon etwas vor?»

«Nein.»

«Dann werden Sie hier in der Firma mit dem Präsidenten zu Mittag essen.»

«Wird Professor Sirkar auch dabei sein?», erkundigte sich Kate.

«Nein, das heißt, eigentlich warten wir auf ihn, aber er hat sich noch nicht gemeldet.»

Seltsam, dachte Kate. Sirkar kam nie zu spät, und an diesem Morgen hätte er seinen Chefs einen Vortrag halten sollen, damit über die Produktion des Impfstoffs entschieden werden konnte. Sie beschloss, ihn anzurufen, wählte seine Nummer, doch sein Handy war ausgeschaltet. Kate dachte an die bevorstehende Einladung zum Mittagessen. Normale Angestellte wie sie hatten eigentlich keinen Kontakt zum Präsidenten. Ab und zu traf sie ihn vielleicht zufällig am Eingang – da sah sie ihn schon öfter im Fernsehen. Und das vor allem deshalb, weil der Mann, der den multinationalen Pharmakonzern zu einem Wirtschaftsgiganten gemacht hatte, nicht nur ein erfolgreicher Unternehmer, sondern auch ein Menschenfreund war, der sich für den Dialog zwischen den Religionen einsetzte. Kate hatte nie verstanden, wie er es schaffte, beispielsweise eine große Kampagne für ein neues Mittel gegen Anorexie zu starten und gleichzeitig an einem christlich-islamischen Symposium teilzunehmen.

Warum lud er sie zum Mittagessen ein? Warum wollte er sie sprechen? Warum ausgerechnet sie, die als eine der Letzten zu den Wissenschaftlern gestoßen war? Wollte er ihr einen neuen Job anbieten, eine Beförderung? Ihre Gedanken überschlugen sich und lösten widersprüchliche Gefühle aus. *Mama, hilf mir,* dachte sie bei sich. Sie warf einen kurzen Blick auf ihre Kleidung; sie trug dasselbe wie am Vorabend, als sie mit Sirkar essen gegangen war. Einfache, praktische Kleidung, nicht sonderlich elegant, obwohl die Kombination aus der grauen enganliegenden Hose und der weißen Bluse ihre Wirkung nicht verfehlte, wie es offensichtlich auch Professor Sirkar in dem indischen Restaurant bemerkt hatte.

Gleich nachdem sie vor dem Eingang der Soniet Al ausgestiegen war, versuchte sie erneut, Sirkar zu erreichen – noch immer ohne Erfolg. Bevor sie das Gebäude betrat, warf sie einen Blick auf den kleinen Park, der um das Gebäude herum angelegt war, eine echte Oase der Ruhe und Schönheit, mitten in Londons Finanzdistrikt. Der Präsident hatte siebzehn verschiedene Baumarten anpflanzen lassen und wollte, dass der Park «Garten der Verständigung» genannt wurde. Es gab auch einen kleinen Teich, in dem stets hungrige Riesenkarpfen schwammen, ein paar Gänse und zwei prächtige Schwäne.

Es war fast zwölf, noch eine Stunde bis zu ihrer Verabredung. Kate betrat das Gebäude, führte die Magnetkarte ein und tippte ihren Code, anschließend ließ sie ihre Pupille scannen – diese technische Neuerung war einem Monat zuvor eingeführt worden, aus Sicherheitsgründen. In dieser Stadt, diesem Land, ja auf der ganzen Welt gab es viele Menschen, die alles getan hätten, um herauszufinden, zu welchen Forschungsergebnissen man in den unterirdischen Labors der Soniet Al kam.

Kate fuhr in das Geschoss C-4; als sie aus dem Aufzug trat, wäre sie fast mit Virgil zusammengestoßen. Er sah niedergeschlagen aus.

«Hast du schon gehört?», fragte er.

«Nein, was denn?»

«Sirkar ... Er liegt im Koma.»

«Was? Das ist doch nicht möglich! Gestern Abend haben wir uns noch gesehen! Was ist passiert?», fragte Kate blass vor Entsetzen.

«Wir haben es soeben erfahren, ein Unglücksfall. Gestern ließ der Professor all seine Sachen verschwinden, einschließlich der Viruskulturen. Heute Morgen ging er zum GDRU und ließ sich etwas spritzen. Danach fühlte er sich auf einmal schlecht. Er schwebt in Lebensgefahr.»

«Das ist nicht möglich, so etwas würde er niemals tun! Er hätte mir bestimmt davon erzählt, wir waren doch noch zusammen essen. Heute war er mit dem Präsidenten verabredet, um ihn von der sofortigen Produktion des Impfstoffs zu überzeugen.»

«Vielleicht wollte er beweisen, dass seine Experimente erfolgreich sind, und hat sich das Virus injizieren lassen», meinte Virgil, der nervös in den Taschen seines Kittels kramte.

«Ich weiß es nicht, Virgil. Das kommt mir alles so seltsam vor. Ausgerechnet zum GDRU soll er gegangen sein …»

Das Guy's Drug Research Unit war die Abteilung des Londoner Guy's Hospital, in der neue Medikamente an Menschen erprobt wurden. Die englische Rechtsprechung verbot Tierversuche, nicht aber menschliche Experimente. Daher war die blaulackierte Tür am Seiteneingang des altehrwürdigen Krankenhauses in der Londoner Vorstadt zum Ziel vieler gestrandeter Jugendlicher geworden, die Geld brauchten und zu allem bereit waren, nur, um hundert Pfund pro Tag zu bekommen – dies war der Satz für menschliche Versuchskaninchen. Kate war in Sikars Auftrag ein paar Mal dort gewesen. Der Professor hatte das Vorgehen des Guy's Hospital nie gutgeheißen, auch wenn er es für ein seriöses Klinikum hielt. Warum nur, fragte sie sich, sollte Sirkar ausgerechnet dorthin gegangen sein, um sich das Virus injizieren zu lassen? Sirkar blickte auf eine glanzvolle wissenschaftliche Laufbahn zurück, er war eine Koryphäe auf seinem Gebiet. Selbst wenn er tatsächlich zu so einer spektakulären Geste bereit gewesen wäre, warum tat er es nicht in seinem eigenen Labor? Und warum hätte er all seine Sachen bei Soniet Al verschwinden lassen sollen, wo er doch tags darauf wieder dorthin zurückkehren wollte?

«Hätte er wirklich eine so radikale Entscheidung getroffen – was gar nicht seine Art ist –, dann hätte er es mir vermutlich gesagt … Schließlich war ich bei diesem Projekt seine engste Mitarbeiterin», sagte Kate.

«Er hat mir erzählt, dass ihr euch abends treffen würdet. Welchen Eindruck hat er auf dich gemacht?»

«Hm, ein wenig seltsam war er schon. Ich fand, er sah älter aus und sehr besorgt – aber einen solchen Unsinn hätte ich ihm nicht zugetraut.» Sie standen in der kreisförmigen Halle mit den Fluren, die zu den einzelnen Labors führten und in denen ständig Forscher und Techniker in weißen Kitteln vorübergingen. Zum ersten Mal fiel Kate auf, dass sie alle gleich aussahen, vom Wissenschaftler bis hin zur studentischen Hilfskraft.

«Kam es dir nicht komisch vor, dass er dich zum Essen eingeladen hat?», fragte Virgil.

«Nein, weshalb?», entgegnete Kate ein wenig pikiert.

«Ich meine, Sirkar ist ja nicht gerade jemand, der viele private Kontakte pflegte. Soweit ich weiß, hat er auch keine Freundin, und daher ...»

«Es war einfach nur eine Einladung zum Abendessen.»

«Vielleicht wollte er dir ja auch etwas Wichtiges mitteilen?»

«Ich glaube nicht. Und jetzt entschuldige mich bitte, Virgil, ich muss los. Wir sehen uns heute Nachmittag. Und heute Abend könnten wir ja nach dem Dienst im Guy's Hospital vorbeischauen, was meinst du?»

«Das hatten Alan und ich auch schon überlegt. Wir können mein Auto nehmen.»

Kate war noch nie im Büro des Präsidenten gewesen. Seine Sekretärin ließ sie im Vorzimmer Platz nehmen, und um Punkt dreizehn Uhr öffneten sich die Rauchglastüren, und der Präsident höchstpersönlich kam heraus.

«Doktor Duncan, sehr erfreut», sagte Dan Hamid. Er war an die fünfzig Jahre alt, hatte dunkle Haare, einen olivfarbenen Teint und grüne Augen. Seine Gesichtszüge waren ebenmäßig und wohlproportioniert. Er trug einen klassisch geschnittenen dunkelblauen Anzug und bewegte sich sehr elegant, ohne affektiert zu wirken. Er reichte Kate die Hand und führte sie in sein Arbeitszimmer. Kate erblickte einen Hightech-Schreibtisch aus Metall, drei eingeschaltete Computer, vier auf leise geschaltete Fernsehmonitore, auf denen die Nachrichtensendungen von BBC, CNN, NBC und Al-Jasira liefen. An den teakholzgetäfelten Wänden hingen wertvolle Bilder.

«Ist das ein echter Chagall?», fragte Kate vor einem kleinformatigen Bild, auf dem blaue, märchenhaft anmutende Figuren im Nachthimmel über einer Stadt schwebten.

«Natürlich. Und wenn man bedenkt, wie viel wert er ist, habe ich ihn sogar recht günstig bekommen», sagte der Präsident nicht ohne Stolz. «Ich sehe, Sie verstehen etwas von Kunst», fügte er hinzu.

«Mein Vater verstand etwas davon, er war eine Zeitlang Teilhaber einer Galerie», erwiderte Kate.

In der Mitte des Raums stand ein Tisch, der für zwei Personen gedeckt war. Die Tischdecke war aus Leinen, das Besteck aus Silber. Daneben stand ein Servierwagen mit Vorspeisen.

«Wenn Sie möchten, können wir jetzt essen», sagte Hamid.

«Gern.»

Der Präsident drückte auf einen Knopf, und durch eine andere Tür, die neben einem antiken Holzregal kaum auffiel, kam ein schwarzgekleideter Kellner, der wortlos Aperitifs und Kaviartörtchen servierte.

«Mögen Sie Trüffel?», fragte Dan Hamid.

«Das habe ich nur einmal gegessen, mochte ich aber sehr.»

«Na, dann habe ich ja die richtige Wahl getroffen! Und jetzt lassen Sie uns einen kulinarische Reise durch einige Spezialitäten aus dem Piemont machen.»

Was das Piemont und seine Spezialitäten mit einem Mann zu tun hatten, der in Pakistan geboren und in London und New York aufgewachsen war, konnte Kate nicht ganz nachvollziehen. Doch sie schloss daraus, dass jemand mit Geld es auch verstand, das Leben zu genießen.

Als sie zu essen anfingen, sagte Kate zum Präsidenten:

«Das mit Professor Sirkar ist wirklich schlimm.»

«Ja, es war ein schrecklicher Schlag, auch für mich. Heute Morgen hätten wir ein wichtiges Treffen gehabt.»

Kate wusste nicht, wie sie sich verhalten sollte, ob sie zugeben sollte, dass sie ihn gestern Abend noch getroffen hatte, oder ob es besser wäre, Hamid einfach reden zu lassen. Sie entschied sich für einen Mittelweg.

«Fanden Sie Sirkars Verhalten nicht seltsam?»

«Nur zum Teil», erwiderte Hamid mit einem Lächeln. «Sehen Sie, Doktor Duncan, Sirkar ist ein ausgezeichneter Wissenschaftler, der beste auf seinem Gebiet. Aber in letzter Zeit schien er unausgeglichen ...»

«Das ist mir nicht aufgefallen.»

«Weil er ein sehr zurückhaltender Mensch ist. Jedenfalls fühle ich mich mitschuldig. Ich bin auch dafür verantwortlich, dass er so viel gearbeitet hat ...»

«Darf ich Sie fragen, weshalb das Projekt Titan so geheim war, dass nicht einmal die, die daran arbeiteten, wussten, worum es ging?»

«Was wollen Sie damit sagen?»

«Ein Jahr lang habe ich mit Sirkar zusammengearbeitet und von ihm genaue Arbeitsanweisungen erhalten. Aber ich wusste nie, worum es bei unserem Projekt eigentlich ging.»

«Das irritiert mich, Kate», sagte Dan Hamid leise. Er hatte sie zum ersten Mal beim Vornamen genannt, stellte sie fest.

«Warum, kam die Anweisung denn nicht von Ihnen?»

«Ganz und gar nicht. Wie Sie wissen, verlange ich äußerste Diskretion. Gewisse Entdeckungen müssen so lange wie möglich geheimgehalten werden, damit die Konkurrenz keinen Wind davon bekommt. Beim Projekt Titan hatte Sirkar jedoch völlige Handlungsfreiheit. Er verfügte über einen Stab von absolut loyalen Mitarbeitern. Was er Ihnen gesagt oder nicht gesagt hat, dafür ist allein er verantwortlich.»

«Trotzdem hat er mir gegenüber behauptet, Sie hätten das so angeordnet.»

Hamid schenkte ihr Weißwein nach, dann fügte er hinzu: «Glauben Sie mir, Kate. Ich habe damit nichts zu tun. Was Sie mir da sagen, ist der untrügliche Beweis dafür, dass der Professor Probleme hatte. Vielleicht fühlte er sich bedrängt und hielt den Druck, den seine Entdeckung auf ihn ausübte, nicht mehr aus.»

«Wissen Sie denn Bescheid? Wissen Sie, dass er ein Virus isoliert hat?»

«Ich weiß nur, dass er sämtliche Gewebeproben mitgenommen und seine Festplatte gelöscht hat, bevor er verschwunden ist. Und dass ich eine Million Pfund in dieses Projekt investiert habe und nun mit leeren Händen dastehe.»

«Und das Virus?»

«Sirkar hat geglaubt, er kann das Virus der Spanischen Grippe isolieren und dadurch zukünftige genetische Veränderungen des vor zwei Jahren in Asien aufgetauchten Vogelgrippe-Virus erklären. Er war überzeugt, einen Impfstoff entwickeln zu können.»

«Ich hatte den Eindruck, es ist ihm gelungen.»

«Ich auch. Aber die Geschehnisse zwischen gestern Abend und heute Morgen lassen mich zu dem Schluss kommen, dass dem nicht so ist.»

Der Präsident der Soniet Al war ein perfekter Gastgeber. Kate fühlte sich sofort wohl, und nach einer halben Stunde hatte sie beinahe vergessen, dass sie, die doch erst vor kurzem eingestellt worden war, gerade mit dem Chef eines multinationalen Konzerns, mit fünftausend Angestellten weltweit, zu Mittag aß. Hamid hatte etwas sehr Einnehmendes an sich.

«Vielleicht wissen Sie nicht, liebe Kate, weshalb unser Unternehmen, was den Umsatz angeht, weltweit an dritter Stelle steht und nicht an erster. Doch genau das ist meine Strategie: Einige unserer meistverkauften Medikamente kosten im Durchschnitt weniger als die der Konkurrenz. Ich habe mich dafür entschieden, weniger für Werbung auszugeben, denn nur so können wir das Preisniveau niedrig halten. Sie werden sich fragen, warum ich das mache. Darauf gibt es nur eine Antwort: Ich liebe die Menschen, anders wäre eine derartige Leistung nicht zu erbringen. Sehen Sie, Profitdenken sollte immer auch mit einer menschenfreundlichen Einstellung einhergehen – sonst wäre das, was wir tun, nichts wert. Bitte halten Sie mich nicht für verrückt oder besessen, ich glaube wirklich daran!»

Kate war hingerissen. Sie verzehrte gerade mit einem wertvollen Silberbesteck allerlei Köstlichkeiten, und allein von dem Geld für das Catering hätte man in Afrika oder Bangladesch zehn Kinder ein ganzes Jahr lang ernähren können. Dennoch hing sie an den Lippen dieses geheimnisvollen faszinierenden Mannes. An Sirkar und sein mysteriöses Verschwinden dachte sie überhaupt nicht mehr. Sie lauschte Dan Hamids Worten und nickte begeistert.

Als der Präsident ihr schließlich erläuterte, weshalb er sie eingeladen hatte, war sie schon völlig wehrlos und erst recht nicht auf Derartiges vorbereitet.

«Kate, Sie werden sich fragen, weshalb ich Sie hierherbestellt habe. Ich möchte Sie um etwas sehr Wichtiges bitten. Wie ich höre, sind Sie eine unserer besten Forscherinnen. Nun, ich hätte da eine schwierige Aufgabe für Sie. Vor kurzem haben wir eine Filiale in Astana, in Kasachstan, eröffnet. Ich möchte, dass Sie dort umgehend die Aufsicht über unsere Labors übernehmen. Ihr derzeitiges Gehalt wird verdoppelt, Sie haben ein Anrecht auf ein Aktienpaket der Soniet Al, und die Umzugskosten übernimmt natürlich die Firma.»

Ganz plötzlich war Kate wieder in der Wirklichkeit angelangt. Wie erstarrt saß sie auf dem Stuhl, kalter Schweiß brach ihr aus. Sie hatte das Gefühl, soeben aus einer Hypnose erwacht zu sein. Wie war das gleich nochmal? Der Präsident wollte, dass sie von heute auf morgen nach Kasachstan zog und ihr jetziges Projekt abbrach? Was für ein schrecklicher Tag: erst die Nachricht von Sirkars Unfall, dann das Angebot einer Beförderung, die eine radikale Wende in ihrem Leben nach sich ziehen würde.

«Ich … Ich danke Ihnen vielmals, aber ich …»

«Ich hoffe, Ihnen ist klar, dass wir Ihnen damit ein sehr großzügiges Angebot machen, es ist eine Gelegenheit, die Sie beim Schopf ergreifen sollten. Gewisse Dinge werden einem nur einmal im Leben angeboten, da sollte man nicht lange fackeln.»

«Ich wollte damit nicht sagen, das heißt, ich bin ganz durcheinander … Wissen Sie, ich habe ein sehr gravierendes privates Problem.»

«Ich weiß, was Sie meinen: Ihre Mutter leidet an einer neurodegenerativen Krankheit.»

«Wo… woher wissen Sie das?»

«Machen Sie sich deshalb keine Sorgen, Kate. Glauben Sie mir, uns liegt viel an Ihnen, und das umso mehr, wenn Sie unser Angebot annehmen. Ich versichere Ihnen, Ihre Mutter wird bestens versorgt sein, wir lassen sie in eine der besten Kliniken für chronisch Bettlägerige verlegen, die wir hier in London finanzieren. Außerdem werden wir bei ihr eine Webcam installieren.»

«Sind Sie denn sicher, dass ich für den Posten geeignet bin? Schließlich bin ich erst seit einem Jahr bei Soniet Al.»

«Das lassen Sie nur unsere Sorge sein. Sie leisten Großartiges. Sagen Sie zu, und Sie werden es nicht bereuen.»

Kate schwieg etliche Minuten, während der Präsident an einem Glas Barolo nippte, der mit Chinarinde aromatisiert war.

«Ich habe den Vertrag schon vorbereitet. Wenn Sie möchten, können Sie gleich unterschreiben», fügte er hinzu.

«Warum die Eile?»

«Man braucht Sie dort, und die Filiale ist äußerst wichtig für unsere Expansionspläne im Osten. Glauben Sie mir: Sie sind die Beste!»

«Einverstanden», sagte Kate mit einem leisen Seufzer. Ihr war schwindelig, was vielleicht von dem Wein kam – sie trank sonst nie Wein zum Mittagessen. Als sie aufstand, schwankte sie ein wenig.

«Einverstanden», wiederholte sie etwas lauter. «Wo soll ich unterschreiben?»

Der Präsident gab der Sekretärin Bescheid und führte Kate ins Vorzimmer hinaus. Dann nahm er ihre Hand und sagte: «Sie haben richtig entschieden, Kate.»

Zum ersten Mal hatte sie den Eindruck, dass in seinem Blick etwas Beunruhigendes lag. Doch das bildete sie sich wahrscheinlich nur ein. Sie unterschrieb und fuhr wieder ins Stockwerk C-4. Im Aufzug durchfuhr sie ein unheimlicher Gedanke: Innerhalb eines halben Tages mussten die wichtigsten Mitarbeiter des Projekts Titan ihre Forschungsarbeiten beenden. War das wirklich nur Zufall?

Sie trat heftig gegen die Wand des Fahrstuhls.

«Verdammt! Wie konnte ich nur so blöd sein!»

Als die Tür zur Seite glitt, sah sie Virgil und Alan, die bereits in Zivilkleidung waren.

«Ihr seid aber früh dran», sagte sie.

«Kate, der Zustand des Professors hat sich dramatisch verschlechtert. Wir müssen sofort ins Guy's Hospital, wenn wir ihn noch lebend sehen wollen!»

«Oh nein!», rief Kate. Dann brach sie in Tränen aus.

XV

Rom, 30. Juni

Seit einer Woche war das Leben für John Costa die Hölle. Jahrelang hatte er mit seinen Kollegen darüber gesprochen, immer wieder hatten sie Voraussagen gemacht, doch im Grunde seines Herzens hoffte er, dass *dieser* Augenblick nie eintreffen möge. Zum einen, weil er den Papst schätzte und ihn auf vielen Reisen begleitet hatte, zum anderen, weil er wusste, wie viel Arbeit auf ihn zukam.

Nun war der Augenblick doch ziemlich unerwartet gekommen. Nachdem der Papst zwei Tage lang mit dem Tod gerungen hatte, war er schließlich gestorben.

John war einer der Ersten, der in der Sala Clementina zusammen mit bekannten Persönlichkeiten dem Oberhaupt der Kirche die letzte Ehre erwies.

Nur ein paar Sekunden hatte er vor dem in dunkelrote Gewänder gehüllten Toten gestanden; die erstarrte Miene stand in seltsamem Widerspruch zu den zitternden Gesichtszügen, an die die Weltöffentlichkeit seit Jahren gewöhnt war. Nach einem Vierteljahrhundert war es unvorstellbar, dass ein anderer seinen Platz einnehmen könnte.

Eine Unmenge von Gläubigen war am Vortag auf der Beerdigung gewesen. Ein plötzliches Gewitter hatte den römischen Himmel verdunkelt, wahre Wasserfluten hatten sich über den Petersplatz ergossen, wodurch der Abschied nur noch trauriger geworden war. John hatte die Zeremonie vom Pressebereich aus mitverfolgt. Der Anblick der verstörten Gesichter der einhundertzehn Kardinäle in ihren durchnässten roten Gewändern hatte ihn berührt.

In wenigen Tagen würde das Konklave beginnen, und die Entscheidung würde nicht einfach sein. Es gab keinen starken Kandidaten, der mit einer klaren Mehrheit der Stimmen rechnen konnte. Zumindest war das Johns Eindruck nach einem Gespräch mit zwei amerikanischen Kardinälen, mit denen er befreundet war.

An jenem Tag, nachdem der Leichnam des Papstes für immer in drei ineinandergelegten Särgen versiegelt und in den vatikanischen Grotten beerdigt worden war, galt auf einmal die fieberhafte Aufmerksamkeit der Medien den Kandidaten für die Papstnachfolge.

Kurz nach eins – John hatte im Presseraum des Vatikans gerade einen Bericht über die möglichen Kandidaten geschrieben – klingelte sein Handy.

«John, ich bin's nochmal», kreischte Marc Jemmallo.

«Den ersten Artikel habe ich gerade gemailt, jetzt mache ich mich an den über …»

«Du, ich hab's mir anders überlegt», unterbrach ihn sein Chef.

«Was meinst du damit?»

«Ich habe den Eindruck, dass du dich in letzter Zeit zu einem Experten für Prophezeiungen gemausert hast, stimmt's?»

«Vergiss es, Marc. Das Konklave ist eine ernste Angelegenheit.»

«Schon, aber du könntest doch einen schönen Bericht darüber schreiben, wie laut der Prophezeiung der zukünftige Papst zu sein hat.»

«Na schön, aber ...», stammelte John.

«Was denn?»

«Ich wollte unbedingt etwas über die Papst-Kandidaten schreiben, weil sie in gewisser Weise im Zusammenhang mit den Prophezeiungen stehen.»

«Was soll das heißen?»

«Findest du es nicht seltsam, Marc, dass zwei der drei Kardinäle, die im letzten Monat gestorben sind, Kandidaten für die Papstnachfolge waren?»

«Wer sagt, dass es Kandidaten waren? Hatten sie etwa die Vorwahlen gewonnen?», erwiderte Jemmallo sarkastisch, denn für ihn waren die Tage vor dem Konklave vergleichbar mit den Vorentscheidungen der amerikanischen Präsidentschaftswahlen.

«Ach, lassen wir's gut sein», sagte John, dem in diesem Augenblick nicht nach Scherzen zumute war.

«Entschuldige, John. Jetzt mal im Ernst: Wenn es tatsächlich Kandidaten waren ... na ja, schon seltsam ... jedenfalls besagen die Statistiken ...» Marc hatte die Angewohnheit, laut zu denken, und neigte dabei zu wilden Gedankensprüngen.

«Marc, vielleicht hat die Sache ja doch ihr Gutes. Heute bekomme ich hoffentlich die Bestätigung, dass die drei Kardinäle, die in den letzten Wochen ums Leben kamen, im Januar ein geheimes Treffen mit dem Papst hatten. Es gibt da etwas, was sie verbindet», sagte er leise, damit niemand sie hörte.

«Sag schon!»

«Der gemeinsame Nenner ist die Prophezeiung von Fatima. Besser gesagt, jener Teil der dritten Prophezeiung, den der Heilige Stuhl noch nicht veröffentlichen wollte.»

«Verdammt! Bist du dir sicher?»

«Fast, noch nicht ganz, deshalb hab ich dir auch noch nicht davon erzählt.»

«John, das ist ja eine phantastische Geschichte! Wir stellen einen Bezug her zwischen den Prophezeiungen von Fatima, dem bevorstehenden Konklave und den drei mysteriösen Todesfällen!»

«Halt, nicht so schnell! Testore starb mit einhunderteins Jahren, zu Hause, im Bett. Sein Herz ist einfach stehengeblieben. Angesichts seines hohen Alters wird dabei wohl kaum jemand von einem ‹mysteriösen› Tod sprechen. Singh, der indische Kardinal, wurde von einem Lastwagen überfahren. Das kommt vor. Kardinäle bekommen nun mal keinen Geleitschutz, was in Mumbai natürlich besonders fatal sein kann. Und McAllen …, du weißt ja selbst, wie die Sache gelaufen ist, Marc, eine Komplikation bei der Narkose.»

«Du machst mir Spaß! Erst servierst du mir eine Bombennachricht, und dann dementierst du sie selbst. Ihr ‹Vatikaner› seid doch alle gleich!»

«Ich will keineswegs einen Rückzieher machen, Marc. Ich will dir nur eine sauber recherchierte Geschichte liefern.»

John beendete das Gespräch und entschuldigte sich bei seinen Kollegen, die alle mit ihren mehr oder weniger an den

Haaren herbeigezogenen Artikeln über die Papstnachfolge beschäftigt waren. Er stand auf, ging in einen Nebenraum, in dem er gerade ungestört war, und rief Monsignore Semprini an.

«Guten Tag, hier ist John Costa.»

«Der Monsignore ist nicht da!»

John erkannte die unverwechselbare Stimme der philippinischen Haushälterin, die sich seit vielen Jahren um einige Monsignori der römischen Kurie jenseits der vatikanischen Mauern kümmerte.

«Wissen Sie, wo er ist?»

«Es geht ihm nicht gut. Er ist ein paar Tage weggefahren, um sich auszuruhen.»

Seltsam, dachte John.

«Wer sind Sie, bitte?»

«Hier ist Costa, das hatte ich Ihnen doch gesagt.»

«John Costa von der Agentur Reuters?»

«Ja, genau der!»

«Der Monsignore hat einen Umschlag für Sie hinterlegt. Den soll ich Ihnen geben.»

«Ich komme sofort vorbei!», sagte John.

Er schlich sich aus dem Presseraum, denn er wollte vermeiden, dass man ihm womöglich folgte. Nur wenige Journalisten hatten so zuverlässige Informanten wie er, daher versuchten momentan einige Kollegen herauszufinden, was Johns nächstes Manöver sein würde.

Binnen fünf Minuten war John bei Monsignore Semprinis Haus angelangt. Er war besorgt um seinen Freund, der ihm so wichtige Hinweise geliefert hatte. Die Haushälterin überreichte ihm den Umschlag, wollte jedoch seinen Ausweis sehen. John hielt ihr zunächst seinen Presseausweis unter die Nase, doch die Frau ließ nicht locker, bis er seinen Personalausweis zeigte.

Sobald sie die Tür geschlossen hatte, blieb John im Innenhof des Palazzo dei Canonici Vaticani stehen und öffnete den Umschlag. Er enthielt einen an ihn adressierten Brief und zwei Fotografien. Zuerst las er die Zeilen in der markanten eleganten Handschrift von Monsignore Semprini.

Mein lieber John,
ich wollte das Hin und Her und das Gerede vor dem Konklave vermeiden, schließlich habe ich so etwas schon oft genug erlebt. Daher habe ich gesagt, es gehe mir nicht gut, und bin nach Fatima gereist, wo in diesen Tagen eine Wallfahrt meiner Diözese stattfindet. In dem Umschlag finden Sie ein paar Beweise für das, was ich Ihnen über das besagte Treffen im Januar erzählt habe. Wie immer verlasse ich mich auch diesmal auf Ihre Diskretion – und bin ja bislang noch nie enttäuscht worden. Vernichten Sie diesen Brief und den Umschlag, nachdem Sie alles gelesen haben. Außerdem möchte ich Sie bitten, die beiliegenden Dokumente keinesfalls zu kopieren oder abzufotografieren – man könnte womöglich herausfinden, woher sie stammen.

Gott segne Sie,
Monsignore Ernesto

Johns Herz klopfte wie verrückt, Schweißperlen standen ihm auf der Stirn. Er betrachtete die beiden Fotokopien. Das erste Blatt war ein Auszug aus einem Register mit der Überschrift: «Geheimarchiv der Glaubenskongregation». Darunter stand von Hand geschrieben: «Text der Prophezeiung von Fatima, übergeben heute, den 24. Januar – Archiv des Sant'Uffizio, Magazinbestand 13 / A, Protokoll-Nr. 051719 – an den Vertreter des Staatssekretariats auf Wunsch des Heiligen Vaters.» Darunter die Unterschrift des Archivars und ein Stempel. Das zweite Blatt Papier war ein Auszug aus dem Kalender des Präfekten des päpstlichen Hauses, der so etwas wie der Haushofmeister des Papstes war. Die Schrift war kaum zu entziffern: «24. Januar, 13.30 Uhr: Kardinäle Testore, Singh und McAllen.»

Bravo, mein lieber Semprini, wenn du jetzt hier vor mir stündest, würde ich dich abknutschen, flüsterte John und faltete die Blätter wieder sorgfältig zusammen. *Der Artikel ist so gut wie geschrieben!* Hastig verließ John den Palazzo und ging auf das Gittertor an der Piazza del Sant'Uffizio zu. Bei der Ecke am Deutschen Friedhof hätte er beinahe einen Geistlichen umgerannt, der ihm mit gesenktem Kopf entgegenkam.

«Verzeihung!», stammelte John, und als er den schwarzgekleideten Mann sah, rief er erstaunt: «Hochwürden, sind Sie das?», denn es war Kardinal Dante De Scalzi, der Präfekt des Höchsten Gerichts der Apostolischen Signatur, einer Art «Justizministerium» des Vatikans. Ein alter Bekannter des Journalisten und eine sichere und zuverlässige Quelle, wenn es darum ging, wichtige Nachrichten auf ihren Wahrheitsgehalt zu überprüfen.

«John, warum haben Sie es denn so eilig?», fragte der Kardinal.

«Ich muss sofort einen Artikel schreiben.»

«Und worüber?»

«Ein Bericht, der nicht direkt mit dem Konklave zu tun hat, aber ebenso interessant ist. Es geht um die Prophezeiung von Fatima und ein Treffen der Kardinäle Testore, Singh und McAllen – die ja mittlerweile alle tot sind.»

«Testore war sozusagen schon seit geraumer Zeit fällig, aber Singh und McAllen – was für ein Unglück! Das gesamte Heilige Kollegium ist erschüttert über ihren Tod.»

«Genau darüber will ich …»

«Wir müssen stets gewappnet sein, denn wir wissen ja nicht, wann der Herr an unsere Türe klopft. Wie ein Räuber in der Nacht wird Er kommen, und darauf müssen wir gefasst sein!», sagte der Kardinal.

«Wussten Sie, dass der Papst im Januar ausgerechnet Testore, Singh und McAllen bei sich empfangen hat?»

«Nein, das wusste ich nicht.»

«Und wussten Sie, dass genau an dem Tag der Leiter der Staatskanzlei aus dem Archiv des Sant'Uffizio den Prophezeiungstext von Fatima für den Papst holen ließ?»

«Nein, auch das wusste ich nicht – interessant! Doch warum sollte er das tun? Es ist doch schon alles gesagt worden.»

«Gehören Sie nicht zu denjenigen, die behaupten, ein Teil des Textes sei noch unveröffentlicht?»

«Also, John, ich muss doch sehr bitten! Sie werden wohl diese Geschichten nicht glauben! Übrigens, was wissen Sie über Lo Monaco?»

«Nichts Besonderes.»

«Ich würde mich gern mit Ihnen über ihn unterhalten, aber nicht hier und jetzt. Haben Sie heute Abend schon etwas vor?»

«Nein, noch nicht. Aber haben Sie denn Zeit, so kurz vor dem Konklave?»

«Sie wissen doch, ich gehöre zu keiner Seilschaft und nehme keine Einladungen von Kardinälen an. Nicht einmal die meines kolumbianischen Freundes Ferdinando Ramirez, der sich große Mühe gibt, damit sein Kandidat auf ein solides Paket an Stimmen zählen kann. Der Arme, in den letzten Jahren saß er immer nur vorm Computer, um die Verbrecherchroniken von Bogotà und Medellin zu verfolgen, anstatt zu den Versammlungen zu gehen – und jetzt, wo das Konklave bevorsteht, wird er auf einmal hyperaktiv!»

Es wäre bestimmt amüsant, mit De Scalzi essen zu gehen, dachte John. Zwei Stunden unter vier Augen, ein hervorragendes Essen und ein paar Flaschen guter Wein, dabei kam bestimmt ein aufschlussreicher Bericht über die Zeit vor dem Konklave heraus.

Schließlich sagte er: «Schön, dann sehen wir uns heute Abend. Aber erst so um neun, ich muss vorher noch schreiben ... Treffen wir uns auf der anderen Seite der Piazza, am Kiosk?»

«Einverstanden, John.»

PAPST WOLLTE VOR SEINEM TOD FALL FATIMA NEU AUFROLLEN. Mit dieser Headline hatte Reuters um sechs Uhr abends Johns Bericht ins Netz gestellt. John berief sich auf die beiden Dokumente, die er an diesem Tag erhalten hatte, und verwies auf das Treffen der drei Kardinäle, die über die Prophezeiungen von Fatima diskutiert hatten. Dass es dabei um die Enthüllung des geheim gehaltenen Teils ging, ließ John nur anklingen. Der Bericht wurde von italienischen und amerikanischen Nachrichtenmagazinen gedruckt. Nur am Rande hatte Costa den seltsamen Zufall erwähnt, dass ausgerechnet diese drei Kirchenfürsten in den letzten Wochen gestorben waren – und dann auch noch der Mann, der sie zu sich bestellt hatte.

John war zufrieden mit seiner Arbeit und schaltete den Computer aus. In dem Moment – wie immer am Ende eines Arbeitstages – spürte er, wie sehr ihm seine Tochter fehlte. «Gute Nacht, mein Schatz», sagte er und sah dabei das Foto an, das über seinem Schreibtisch hing. Er griff sein Jackett und wählte Marc Jemmallos Nummer.

«Heute Abend gehe ich mit einem Kardinal essen, ins Ristorante Arlù, Borgo Pio. Die Telefonnummer müsstest du haben, aber ich gebe sie dir sicherheitshalber noch einmal.»

«Warum lässt du nicht das Handy an?»

«Weil ich mich dann nicht in Ruhe unterhalten kann. Aber wenn es wichtige Neuigkeiten gibt oder du mich unbedingt sprechen musst, ruf dort an. 06–449785, okay?»

«Okay, John. Gratuliere übrigens zu deinem Scoop heute. Gerade rief mich der Chef an.»

«Frag ihn mal, warum er sich nie persönlich bei mir meldet.»

«Du weißt doch, wie er ist. Schönen Abend!»

«Ciao.»

Kardinal De Scalzi erwartete John bereits am Kiosk direkt hinter dem Säulengang. Der Journalist bemerkte, dass er das Brustkreuz und den Ring abgelegt hatte. Das kleine Lokal am Ende der Via di Borgo Pio gehörte zu Johns Lieblingsrestaurants. Der Besitzer wies ihm und seinem Gast einen Tisch in einer Nische zu, wo sie ungestört waren.

«John, ich wollte mit Ihnen über Lo Monaco sprechen», begann der Kardinal sofort das Gespräch, nachdem sie beide Tintenfisch und Kartoffeln mit schwarzen Oliven bestellt hatten.

«Also, ich und noch jemand anderes … wir begreifen einfach nicht, was er im Schilde führt.»

«Warum erzählen Sie mir das, Hochwürden?»

«Weil er sich zu sehr engagiert, und das in zu viele Richtungen. Es heißt, er setzt sich für die Kandidatur des Erzbischofs von Neapel ein.»

«Glauben Sie wirklich, Kardinal Tritti sei ein möglicher Kandidat?»

«Wissen Sie, was neulich ein wichtiger englischsprachiger Journalist zu mir gesagt hat? Er erinnere ihn an *a boiled potato without salt.*»

«Ist das die allgemein vorherrschende Meinung?»

«Das weiß ich nicht, aber ich glaube schon, dass die Gerüchte über seine Kandidatur vor allem der italienischen Presse zu verdanken sind. Seit Jahren heißt es dort, er sei ein möglicher Papst-Nachfolger.»

«Schon möglich. Allerdings verstehe ich nicht, warum Sie so erstaunt sind, dass Erzbischof Lo Monaco ihn unterstützt.»

«Das Seltsame daran ist: Während alle behaupten, Lo

Monaco unterstütze tatkräftig Trittis Kandidatur, hat mir ein Untergebener Lo Monacos – ein guter Freund – etwas wirklich Interessantes erzählt: Ausgerechnet Lo Monaco verbreitet ein Gerücht über den besorgniserregenden Gesundheitszustand des Kardinals von Neapel, das auch einige amerikanische Zeitungen in Umlauf gebracht haben.»

«Was denn, dieser Quatsch, er hätte Parkinson?»

«Ganz genau!»

«Aber die neapolitanische Kurie hat doch sofort dementiert.»

«Sie wissen doch, das heißt gar nichts! Als eine spanische Zeitung vor über zehn Jahren schrieb, der Papst habe Parkinson, hat die Pressestelle des Vatikans sofort dementiert. Heute wissen wir, dass er seit langem an dieser Krankheit litt. Als eine andere Tageszeitung schrieb, auch der berühmte Vorgänger Trittis leide daran, gab es ein Dementi. Fünf Jahre später nahm dieser Kardinal als Betroffener an einem internationalen Kongress zum Thema Parkinson teil. Daher, lieber John, erstaunt es mich, dass Sie den Presseberichten so viel Glauben schenken. Sie haben nichts als Zweifel gesät und nur dazu gedient, eine bereits schwache Kandidatur weiter zu unterhöhlen.»

«Aber wem arbeitet Lo Monaco zu?»

«Vor allem sich selbst. Ich denke, er will Staatssekretär werden.»

«Glauben Sie nicht, dass der neue Papst den jetzigen übernehmen wird?»

«Wenn er es tut, dann wohl nur für ein paar Monate.»

«Wen aber hat Lo Monaco im Visier?»

«Den Erzbischof von Mexico City, Martinez García!»

John blieb vor Staunen der Mund offen stehen. Zum zweiten Mal hörte er nun diesen Namen im Zusammenhang mit der Papstwahl, das erste Mal hatte ihn Professor Alberto Bassotto, der Experte für Prophezeiungen, erwähnt.

«Woher wissen Sie das so genau?»

«Sehen Sie mal hier ...» De Scalzi zog ein zerknittertes Blatt Papier aus der Tasche.

Costa las die Kopie eines maschinengeschriebenen Textes, der die Eigenschaften eines neuen Papstes zusammenfasste:

Es muss ein Mann sein, der fähig ist, die Kurie zu leiten und neu zu organisieren, indem er möglicherweise viele vertrocknete Äste entfernt. Er muss den Vatikan und Italien gut kennen. Er muss den großen Glaubensgemeinschaften in Lateinamerika etwas zu sagen haben. Er muss einen Schritt vorangehen im Dialog mit anderen Religionen, um einen Zusammenstoß mit dem Islam abzuwenden. Er muss mehrere Sprachen beherrschen und die nötige Energie zum Reisen haben. Er darf weder zu jung noch zu alt sein. John lächelte sarkastisch.

«Und wer, bitte schön, könnte diesem Steckbrief entsprechen?»

«Darum geht es gar nicht. Es geht darum, wie bedeutend dieses Dokument in den Verhandlungen vor dem Konklave ist. Und wer es verfasst hat.»

«Ich nehme an, Sie haben bereits eine Antwort ...»

«Was seine Bedeutung angeht, so ist diese sicher nicht zu unterschätzen, denn das Schreiben hat unter den Kardinälen bereits die Runde gemacht. Den Verfasser sollte man nicht unterschätzen, er ist ein echtes Genie.»

«Und sein Motiv?», fragte der Journalist, der sich mittlerweile über die großzügige Portion Tintenfisch mit Kartoffeln hergemacht hatte. De Scalzi dagegen schien gar nicht an seinem Essen interessiert.

«Sie haben sicherlich bemerkt, dass die Nationalität des Kandidaten nicht erwähnt wird. Ein geschickter Schachzug, denn so werden viele Kardinäle denken, sie selbst seien gemeint. Und doch ist alles ganz eindeutig ...»

«Sie haben noch nicht auf meine zweite Frage geantwortet: Wer hat es geschrieben?»

«Mein Freund, der für Lo Monaco arbeitet, ließ mir ein paar maschinengeschriebene Briefe zukommen. Sie wissen, dass ich Vorsitzender eines Gerichts bin, auch wenn es etwas *sui generis* ist. Kurz und gut, ich habe diese Briefe einem Gutachter vorgelegt. Selbstverständlich nicht ich selbst, sondern mittels eines Anwalts, den ich sehr gut kenne. Es kam dabei heraus, was ich vermutet hatte: Der Autor des Steckbriefs ist Lo Monaco.»

«Und was bezweckt er damit?», insistierte John.

«Auf den ersten Blick scheint diese Notiz sehr allgemein zu sein und auf viele Kandidaten zuzutreffen. Als sie in Umlauf kam, wurde dies sehr begrüßt, denn es gab mindestens sechs oder sieben Kardinäle, die dachten, sie wären mit dieser Beschreibung gemeint. Bei genauerer Betrachtung wird jedoch immer deutlicher, dass der einzige Kardinal, auf den all diese Punkte zutreffen, der Erzbischof von Mexico City ist.»

«Es fällt mir schwer, das zu glauben.»

«Ich will es Ihnen erklären. Wussten Sie, dass Kardinal Felipe Martinez García vor acht Jahren die Kurie von Mexico

City völlig neu strukturiert hat? Dass er innerhalb eines Jahres alle Amtsleiter ihrer Pflichten entbunden hat und noch dazu ihre Stellvertreter? Dass er die Bilanzen der Diözese ausgeglichen hat? Dass er bereits zehn Treffen zwischen verschiedenen Religionsgruppen in Nord- und Südamerika organisiert hat und bei den wichtigsten religiösen Würdenträgern Ägyptens, Irans und Saudi-Arabiens höchstes Ansehen genießt? Und in seinem Land so geschätzt wird, dass er durchaus Chancen auf das Präsidentenamt hätte?»

«Einiges davon war mir bekannt ... Aber erst jetzt, wo ich den Brief lese, kann ich die Puzzleteile zusammensetzen.»

«Genau das wollte der Verfasser dieses Steckbriefs, sprich: Lo Monaco.»

«Und Sie, Hochwürden, was halten Sie davon?»

«Ich halte Martinez García für sehr tüchtig und einen guten Priester. Doch was der Erzbischof da vorhat, missfällt mir. Jedenfalls sollten wir als Wahlberechtigte nicht auf die Erleuchtung des Heiligen Geistes warten. Zuweilen bedient er sich solcher Dinge, damit wir die bereits getroffene Wahl erkennen.»

Der Kardinal hatte sein Essen noch nicht angerührt, während auf Johns Teller schon gähnende Leere herrschte. Dem Journalisten gefiel diese Formulierung: Die bereits getroffene Wahl erkennen. Das war ein völlig anderer Standpunkt als der der Gläubigen. Das Konklave hatte nicht zu «wählen», sondern «herauszufinden», wer für diese Aufgabe bereits vorgesehen war.

«Dürfte ich das Dokument haben?»

«Lieber nicht. Aber Sie können es gerne noch einmal

durchlesen. Ich gehe mir kurz die Hände waschen, und wenn Sie wollen, können Sie sich unterdessen ein paar Notizen machen», flüsterte der Kardinal und zwinkerte John zu.

Als er wieder zurückkam, lag die Kopie bereits zusammengefaltet unter dem Glas des Kardinals.

«Ach, John, eines habe ich Ihnen noch gar nicht gesagt. Wissen Sie, wie Martinez García in Mexico City genannt wird?»

«Nein.»

«Der Kardinal von Fatima.»

XVI

Rom, 30. Juni

Die Meldung wurde abends in den Nachrichten gesendet. Alfonso Lo Monaco wollte gerade ausgehen, weil er mit sechs amerikanischen Kardinälen zum Essen verabredet war, aber er konnte sich nicht vom Bildschirm trennen.

«Oh mein Gott!», rief er aus und ließ sich in seinen Sessel sinken. Das Treffen des Papstes mit den Kardinälen, um über das Geheimnis von Fatima zu sprechen, war nun öffentlich bekannt und ließ sich nur schwerlich leugnen. John Costa hatte Wort gehalten und die Kopien der beiden Archiveinträge von Monsignore Semprini nicht veröffentlicht; allerdings hatte er ein paar harte Fakten zitiert, die keinen Zweifel ließen. Und wenn der Papst viereinhalb Jahre nach der Publikation der letzten Prophezeiung ein Geheimtreffen einberief, war ohnehin klar, dass noch nicht alles über Fatima gesagt worden war. Hinzu kam die Tatsache, dass innerhalb von drei Wochen besagte Kardinäle gestorben waren – kein Zweifel, dies deutete auf eine Intrige im großen Stil hin, und Erzbischof Lo Monaco hatte guten Grund zu der Annahme, dass dies erst der Anfang war.

Nervös zündete er sich eine Zigarette an, knöpfte das Kollar auf und starrte auf das Telefon. Was sollte er tun, seinen einflussreichen Freund anrufen oder lieber warten?

Das Klingeln des Telefons kam wie eine Erlösung und nahm ihm die Entscheidung ab.

«Hast du die Nachrichten gesehen?»

«Ja, ich …», stammelte Lo Monaco.

«Ich frage mich, wie es sein kann, dass Journalisten an den genauen Aktenvermerk eines Geheimdokuments aus dem Archiv der Glaubenskongregation kommen.»

«Das … das habe ich mich auch gefragt.»

«Ja, aber es gibt da einen kleinen Unterschied zwischen dir und mir. Meine Geheimaktionen landen nicht in den Nachrichten der halben Welt. Deine dagegen schon.»

«Wie es scheint, haben wir Feinde innerhalb der römischen Kurie.»

«Nicht wir, sondern *du*!», warf Lo Monacos Gesprächspartner ein.

«Hören Sie, Herr Präsident, ich möchte nicht …»

«Sei still! Noch einmal, Alfonso, du brauchst dir keine Sorgen zu machen, ich werde deine Fehler schon ausbügeln. Vergessen wir das Ganze! Die Welt wartet auf den neuen Papst und wird sich schon bald nicht mehr mit den fixen Ideen seines Vorgängers befassen. Habe ich nicht recht?»

«Sind Sie sicher?»

«Ja. Da können die noch so viel unken. Wenn du mir versicherst, dass die einzige Kopie dieses Textes in euren Archiven ruht, wird auch der Tod dieser drei Kardinäle bald vergessen sein. Außerdem wird keiner etwas beweisen können, glaub mir.»

«Was denn … beweisen?», fragte Lo Monaco.

«Lass gut sein. Sag mir lieber, wie es mit dem Konklave vorangeht.»

«Oh, bestens. Unser Kandidat ist ein richtiger Gottesmann.»

«Hauptsache, er hört mit diesem Gefasel von den Prophezeiungen auf, und vor allem sollte er den Dialog zwischen den Religionen in eine neue Phase führen.»

«Dafür haben wir genau den Richtigen.»

«Mit wie vielen Stimmen kann er rechnen?»

«Im Moment sind es fünfunddreißig. Ich hoffe aber, dass er bis zum ersten Wahlgang noch ein paar sichere Stimmen hinzugewinnt.»

«Wer sind seine Gegner?»

«Entschuldigen Sie, aber Sie können nicht die Papstwahl mit den amerikanischen Präsidentschaftswahlen vergleichen! Die Kardinäle sind alle tiefgläubig und handeln im Interesse der Kirche – zumindest glauben sie das.»

«Erspar mir deine Predigten, Lo Monaco. Wir kennen uns gut genug, und vor allem kenne ich *dich*!»

«Ich wollte damit nur sagen, dass man eine Papstwahl nicht verstehen kann, wenn man sie nur unter sozusagen politischen Gesichtspunkten betrachtet.»

«Und das heißt?»

«Dass es gut läuft. Ich bin der Einzige, dem es gelungen ist, eine organisierte Gruppe zur Unterstützung dieser Kandidatur zu organisieren. Die anderen fischen alle im Trüben, scheint mir.»

«Und Tritti, der Erzbischof von Neapel? Die englischsprachige Presse erwähnt ihn ständig.»

«Mein Eindruck ist, dass er nicht über fünf Stimmen hinauskommen wird.»

«Was ist von Staatssekretär Aldo Dasoni zu halten?»

«Er ist fast siebenundsiebzig und hatte nie eine Diözese. Nur seine allertreuesten Anhänger sind davon überzeugt, dass er es schaffen wird. Und dann hat er auch noch die eine oder andere Leiche im Keller», meinte der Erzbischof nicht ohne eine Spur von Bosheit.

«Nun sag schon, Alfonso, wer könnte uns denn gefährlich werden?»

«Im Augenblick niemand. Zwei der am höchsten gehandelten Kardinäle für die Papstnachfolge sind noch vor dem Konklave gestorben. In den Zeitungen werden etliche Namen genannt, darunter häufig der des Kardinals von Mexico City. Bis heute gilt er jedoch nicht als Favorit, und das ist gut so. Lassen Sie mich nur machen, vertrauen Sie mir …»

«Das tue ich ja, aber hüte dich davor, mein Vertrauen zu missbrauchen, Alfonso, ansonsten …»

«Sie brauchen nicht weiterzureden, Herr Präsident!»

Nach dem Essen mit Kardinal De Scalzi hatte Jon Costa eine viel klarere Vorstellung davon, wie das bevorstehende Konklave ablaufen würde. Dennoch hatte er nicht vergessen, auf welch großes Interesse die Nachricht von der dritten Prophezeiung gestoßen war. Anstatt, wie sonst vor dem Schlafengehen, noch eine Stunde fernzusehen und sich durchs Programm zu zappen, bis er schließlich bei einem Shoppingkanal landete, schaltete der Journalist erneut den Computer ein, um eine E-Mail an den Reuters-Korrespondenten in Neu-Delhi zu schreiben. Die Geschicke der berühmten Londoner Nachrichtenagentur in der indischen Hauptstadt leitete Adrian Miller, ein sympathischer Kollege, der etwa zur selben Zeit wie John bei Reuters angefangen hatte. Die beiden waren fast gleichaltrig und hatten sich während ihrer Ausbildung angefreundet. Miller lebte seit zehn Jahren in Indien und kannte sich in dem Land bestens aus. Zudem verfügte er über ein hervorragendes Netz von Informanten.

Lieber Adrian,
ich hoffe, es geht dir gut. Ich schreibe dir diese knappen Zeilen aus einem sehr aufgewühlten Rom, das sich auf den nächsten Papst vorbereitet. Ob du mir wohl alle Informationen zum Tod von Kardinal Singh aus Mumbai schicken könntest? Wurde eine polizeiliche Untersuchung eingeleitet, und hast du Zugriff auf entsprechende polizeiliche Akten? Gab es in der lokalen Presse Theorien, die von der offiziellen Version abweichen? Ich bräuchte diese Informationen, weil Singh einer der Favoriten für das Papstamt war.
Herzliche Grüße,
John.

Er klickte mit der Maus auf «Senden», und innerhalb weniger Sekunden erreichte seine Mail den Server von Reuters in Indien.

John überlegte, ob er Professor Bassotto anrufen sollte, weil er genauere Informationen über den Text der Nonne von Dresden haben wollte. Es war jedoch schon nach Mitternacht. Er beschloss, ins Bett zu gehen, und nachdem er Clarice' Foto geküsst hatte, griff er nach dem Buch *Die Geschichte von Fatima.* Er schlug das Kapitel auf, das den Biographien der beiden Hirtenkinder gewidmet war, die kurz nach den Erscheinungen in der Iria-Höhle gestorben waren, und begann zu lesen:

«Ende des Jahres 1918 erkrankten Francisco und Jacinta an der tödlichen Lungenseuche, der schrecklichen Spanischen Grippe, der so viele Menschen in Europa zum Opfer fielen. Francisco war so schwach, dass er nicht einmal mehr den Rosenkranz beten konnte. Er wusste genau, dass er sterben würde, denn diese Worte hatte die Muttergottes ausgesprochen, als sie ihm am 13. Juni 1917 erschienen war. ‹Ich möchte Euch bitten, uns in den Himmel mitzunehmen›, hatte Lucia sie im Namen der drei gebeten. ‹Jacinta und Francisco werde ich schon bald mit mir nehmen›, lautete die Antwort, ‹aber du musst noch eine Weile hierbleiben.› Trotz seiner Krankheit war Francisco stets fröhlich und wohlgemut. Als Lucia ihn fragte, ob er sehr leiden müsse, antwortete er: ‹Ja, aber das macht nichts, ich leide für unsern Herrn Jesus Christus, und außerdem komme ich ohnehin bald in den Himmel!› Im Februar 1919 verschlechterte sich sein Zustand so sehr, dass er ans Bett gefesselt war, doch Jacinta war immer bei ihm. Eines Tages riefen die beiden Kinder nach Lucia, die zu ihnen sagte: ‹Die Muttergottes war wieder bei uns und hat angekündigt, sie werde bald wiederkommen, um Francisco mit in den Himmel zu nehmen.› Francisco starb am 4. April 1919 im Alter von zehn Jahren und neun Monaten; Jacinta, die neun Jahre und elf Monate alt wurde, folgte ihm am 20. Februar 1920.»

Das kleine Buch glitt aus Johns Händen, ohne dass dieser es bemerkte. Die Nachttischlampe brannte noch. In jener Nacht hatte John Costa entsetzliche Albträume.

XVII

Coimbra, 1. Juli

«Guten Morgen, Pater.»

«Wie schön, Sie zu sehen.»

Monsignore Semprini wurde am Eingang der Kurie von dem schlichtgekleideten Priester empfangen. An diesem Morgen hatte sich der vatikanische Geistliche von der Pilgergruppe abgesondert und in aller Herrgottsfrühe den Bus von Lissabon nach Coimbra genommen. Eine halbe Stunde lang hatte er in der herrlichen romanischen Kathedrale gebetet, die 1118 fertiggestellt worden war. Vor dem modernen Altar, der so gar nicht zur Architektur passte, hatte er über einen Auszug aus der Apokalypse meditiert. Dann hatte er die Kathedrale verlassen und von einer Telefonzelle aus einen Besuchstermin bei dem Archivar und Bibliothekar der Diözese vereinbart. Es hatte keiner besonderen Überredungskünste bedurft: Als ehemaligem Sekretär von Kardinal Alfredo Ottaviani standen ihm alle Türen offen.

«Ich freue mich, dass Sie hier sind», sagte Pater Ernesto dos Santos und ließ seinen Gast auf einem wackeligen Stuhl Platz nehmen.

«Mein herzlichstes Beileid zum Tod Ihrer Tante», erwiderte Monsignore Semprini, um das Eis zu brechen.

«Die Muttergottes hatte zu ihr gesagt, sie werde ‹noch

eine Weile› auf Erden bleiben. Sie ist siebenundneunzig Jahre alt geworden ... da war sie wohlgerüstet für ihre letzte Reise.»

Semprini musterte aufmerksam das gutmütige Gesicht des Priesters, seine zerzausten weißen Haare, die Brille mit ihrem schiefen Gestell.

«Haben Sie Ihre Tante oft besucht?», fragte er.

«Nein. Sie wissen ja, dass nur Kardinäle sie besuchen durften, ohne den Heiligen Stuhl um Erlaubnis bitten zu müssen. Alle anderen mussten sich eine Art Passierschein ausstellen lassen. Alle außer mir. Manchmal bat sie selbst um die Einladung bestimmter Personen – wie damals bei Albino Luciani.»

«Ein Besuch, der ja richtig berühmt wurde», warf Semprini ein.

«Es war August 1977, und der Patriarch von Venedig leitete eine Pilgerreise nach Fatima und Coimbra. Als meine Tante erfuhr, dass er in der Stadt war, ließ sie ihn rufen. Er kam mit seinem Sekretär und bat diesen, zehn Minuten draußen zu warten.»

«Wenn ich mich recht erinnere, dauerte das Gespräch wesentlich länger.»

«Zwei Stunden, um genau zu sein. Der künftige Papst Johannes Paul I. kam ganz verstört von dieser Unterredung zurück.»

«Ja, es heißt, Lucia habe ihm vorausgesagt, dass man ihn zum Papst wählen und er nach dreiunddreißig Tagen sterben würde», bemerkte Semprini.

«Das war, glaube ich, nicht der Grund», sagte Pater Ernesto.

«Was meinen Sie damit?»

«Luciani war verstört, kein Zweifel, aber nicht wegen der Aussicht, zum Papst gewählt zu werden, was sich ja genau ein Jahr nach der Unterredung auch bewahrheiten sollte.»

«Soll das heißen, Ihre Tante hat ihm nicht gesagt, dass er Papst würde, und das nicht sehr lange?»

«Doch, das hat sie ihm gesagt. Aber nicht das dürfte Luciani verstört haben, er war sehr gefestigt im Glauben und unterwarf sich ganz dem Willen Gottes. Nein, ich denke, der wahre Grund war, dass er den Inhalt des dritten Geheimnisses von Fatima und die erklärenden Worte der Muttergottes erfahren hatte.»

Semprini saß angespannt da, die Hände auf die Knie gestützt, und knetete nervös den Stoff seines eleganten schwarzen Talars. Eine Weile lang sagte er gar nichts. Hatte Pater Ernesto ihm diese Information versehentlich oder absichtlich gegeben?

«Die Aussage der Muttergottes, dass ein weißgekleideter Bischof im Kugelhagel sterben werde, hat Johannes Paul I. also erschreckt?» Semprini, der auf seinem wackeligen Stuhl Blut und Wasser schwitzte, hatte die Frage erstaunlicherweise ganz nüchtern formuliert.

«Ganz genau», bestätigte Pater Ernesto.

«Es gibt also einen Teil der Prophezeiung, der noch nicht veröffentlicht wurde», tastete sich der vatikanische Geistliche vorsichtig weiter.

Pater Ernesto sah ihn durchdringend an, und er hatte das Gefühl, in einem Ozean zu versinken. In diesem Blick lag keine Falschheit, und er glaubte, ihm vertrauen zu können.

«Richtig. Und neben der Vision gibt es da auch noch Worte wie *palavrinhas* …»

«… die im Jahr 2000 veröffentlicht wurden.»

«Ich habe nie verstanden, weshalb. Meine Tante auch nicht. Als der Vatikan zu ihr Kontakt aufnahm und sie darüber informierte, dass der Heilige Papst beschlossen hatte, das dritte Geheimnis von Fatima zu enthüllen, dachte sie, man werde es vollständig veröffentlichen, sprich die Vision und die Interpretation der Jungfrau. Doch es kam anders …»

«Wussten Sie, dass der Papst vor ein paar Monaten seine Meinung geändert und beschlossen hat, auch den fehlenden Teil zu veröffentlichen?»

«Nein, das wusste ich nicht.»

«Im Januar hatte er eine Unterredung mit drei Kardinälen: Testore, Singh und McAllen. Alle drei rieten ihm, den Text in seiner Gesamtheit zu publizieren. Zunächst schien er ihrem Rat folgen zu wollen, doch dann entschied er sich um.»

«Von dem ersten Kardinal habe ich noch nie gehört. Die anderen beiden erwähnte meine Tante vor etwa einem Jahr einmal, mitten im Gespräch sagte sie unvermittelt: ‹Die Armen!› So etwas tat sie oft. Wenn man sich mit ihr über ganz alltägliche Dinge unterhielt, konnte es passieren, dass sie plötzlich innehielt und irgendetwas vor sich hin murmelte, als hätte sie eine innere Eingebung.»

«Und dabei war die Rede von der Invasion?» Monsignore Semprini unternahm einen letzten Vorstoß.

«Wo … woher wissen Sie das?»

«Kardinal Ottaviani hat mir davon erzählt; er las die Prophezeiungen zu Beginn der sechziger Jahre auf Weisung von Johannes XXIII. Ich selbst habe den Text nicht gesehen, aber er machte bewusst ein paar Andeutungen.»

«Ja, es war von einer Invasion die Rede.»

«Welcher Art?»

«Das wird nicht eindeutig gesagt, man muss interpretieren. Allerdings glaube ich, dass unser altes Europa in Gefahr ist und am Rand des Abgrunds steht. Davor hatte Albino Luciani Angst, mehr als vor seiner kurzen Amtszeit und dem Martyrium.»

«Warum Martyrium?»

«In der Vision von Fatima ist vom Martyrium der Päpste des zwanzigsten Jahrhunderts die Rede. Aber ich glaube nicht, dass damit unser soeben verstorbener Heiliger Vater gemeint ist.»

«Woher wollen Sie das wissen? Es gibt so viele Übereinstimmungen: Das Attentat ereignete sich am 13. Mai, der Vatikan selbst hat die dritte Prophezeiung so interpretiert.»

«Also, eine offizielle Interpretation hat es nie gegeben, und das ist auch richtig so. Das wäre ja noch schöner, wenn der Heilige Stuhl ‹authentische› Interpretationen von privaten Erscheinungen liefern würde. Jedenfalls bin ich überzeugt, dass Luciani als Märtyrer gestorben ist und der in der Vision beschriebene Papst erst noch kommen wird. Und ich glaube, uns erwarten Zeiten voller Leid und Angst, vor allem in Europa ...»

«Erzählen Sie mir mehr von dieser Invasion ...»

«Den Worten zufolge wird es eine geben, und zwar im Herzen Europas.»

«Eine militärische Invasion? Von wem denn?»

«Sie wissen ja, dass Fatima der Name der Tochter Mohammeds ist. Was glauben Sie, weshalb die Muttergottes ausgerechnet einen Ort dieses Namens gewählt hat, um ihre Botschaft einer moralischen Kehrtwendung zu übermitteln?»

«Es handelt sich also um eine Invasion vonseiten des Islam?»

«Vermutlich.»

«Und was haben die Blumen und der Adler damit zu tun?»

«Sie wissen wirklich einiges!» Pater Ernesto war beeindruckt.

«Auch das hat mir Ottaviani gesagt.»

«Die beiden Elemente sollen wohl auf den Papst verweisen, der in der Prophezeiung gemeint ist.»

«Woher kennen Sie den Inhalt des vierten Geheimnisses? Hat Ihre Tante davon gesprochen? Ich dachte, die einzige Kopie befinde sich im Archiv der Glaubenskongregation.»

«Es gibt eine handschriftliche Kopie meiner Tante, die sie all die Jahre heimlich aufbewahrt hat. Als sie im Sterben lag, übergab sie den Umschlag einer jungen Schwester, bevor Monsignore Lo Monaco ihre Dokumente durchstöberte und nach Rom schaffte. Und die gab ihn dann mir, da ihr das Kloster nicht sicher genug schien.»

«Haben Sie den Text noch?»

«Natürlich.»

«Und … könnte ich ihn lesen?», fragte Semprini ohne Umschweife. Nun war er fast am Ziel.

Pater Ernesto antwortete nicht. Er erhob sich, ging um den Schreibtisch herum und griff nach einer schwarzen Ledertasche, der er ein paar alte Zeitungen entnahm. In einer davon verbarg sich ein kleines Gebetbuch aus rotem Leder mit einem Messingschloss. Er öffnete es und zog einen Umschlag heraus. Wortlos gab er ihn Semprini und sah den Monsignore unverwandt an. Der nahm den Umschlag mit zitternden Händen entgegen. Gleich würde er die einzige Kopie der vierten Prophezeiung lesen, abgesehen vom Original, das der Vatikan verschlossen hielt. Pater Ernesto trat ans Fenster und beobachtete das rege Treiben der Leute, die an diesem Tag – es war Markt – den Platz bevölkerten.

Semprini faltete das Blatt auseinander und las den portugiesischen Text. Er beherrschte die Sprache gut. Die Schrift war eindeutig die von Schwester Lucia, wie er sie von ihren ersten Aufzeichnungen her kannte.

«Oh Gott!», rief er und wurde bleich. «Wir müssen etwas unternehmen!», schickte er mit angsterfülltem Blick hinterher.

«Ich bin überzeugt, meine Tante hätte einer Veröffentlichung dieser Texte zugestimmt. Wir müssen nur überlegen, wie …», sagte Pater Ernesto, während er wieder zum Schreibtisch hinüberging.

«Ich denke auch, dass das unsere Pflicht ist … Himmel, der Text ist so eindeutig! Hoffen und beten wir, dass der nächste Papst nicht der mit den Blumen und dem Adler ist.»

«Ja, Monsignore, lassen Sie uns beten. Ich bin jedoch überzeugt, dass sich die Prophezeiung bald erfüllen wird. Vielleicht hat sich der Papst deshalb dazu entschlossen, den Text endlich zu veröffentlichen.»

XVIII

Astana, 2. Juli

Seit zehn Minuten starrte Kate Duncan aus dem runden Fenster der Maschine. Ihr Blick verlor sich in den endlosen, menschenleeren Weiten. Die Boeing 737 der Air Astana war pünktlich, und eigentlich wäre es eine sehr angenehme Reise gewesen, hätte sie für Kate nicht so traurig begonnen. Sie konnte einfach die Szene nicht vergessen, die sie wenige Tage zuvor erlebt hatte. Ständig hatte sie Sebastian Sirkars reglosen Körper vor Augen, als Alan, Virgil und sie endlich allein mit ihm waren. Eine irreale Stille hatte sich über die Intensivstation des Guy's Hospital gelegt, die Apparate, die Professor Sirkar am Leben gehalten hatten, hatte man abgeschaltet, seine Arme und sein Gesicht waren von dem Gewirr aus Kabeln und Röhrchen befreit worden – wie eine alte Marionette hatte er ausgesehen, die man hinter den Kulissen vergessen hatte. Als die drei im Krankenhaus angekommen waren, war er noch am Leben gewesen, doch er hatte das Bewusstsein nicht wiedererlangt und nicht gesprochen. Das Herz des Menschen, den sie am Abend zuvor in einem ganz anderen Licht gesehen hatten, hatte aufgehört zu schlagen.

Vor dem Verlassen der Klinik hatte Kate darum gebeten, den Arzt und die Pflegerin zu sprechen, die Sirkar am Morgen in Empfang genommen hatten. Sie wollte wissen, was er zu ihnen gesagt hatte, bevor er das Bewusstsein verlor, ob sie die Spritze hatten untersuchen können, mit der sich der Professor das Virus und das Gegenmittel injiziert hatte. «Es tut mir leid, aber Doktor Stevens und die zuständige Krankenschwester haben ihren Dienst mittags beendet», hatte eine Sekretärin lapidar geantwortet, und Kate hatte beschlossen, es später noch einmal zu versuchen. Nachdem sie sich von ihren beiden Assistenten verabschiedet hatte, war sie nach Hause gefahren. Am nächsten Tag hatte sie einen Zug nach Manchester genommen und zwei Stunden lang neben ihrer Mutter gesessen, ihre Hand gehalten, obwohl sie das vermutlich nicht mitbekam. Kate hatte ihr erzählt, sie werde weit wegfahren, wegen der Arbeit, es sei eine Chance, die so bald nicht wiederkomme.

Vierundzwanzig Stunden hatten ihr genügt, um ihre Sachen zu packen, ihre Forschungsergebnisse auf einigen DVDs abzuspeichern und das Flugzeug in die Hauptstadt Kasachstans zu besteigen.

Als die Boeing nun landete, wurde ihr bewusst, wie weit weg sie von ihrer Welt war.

Kate war beeindruckt von dem modernen internationalen Flughafen mit der großen metallisch reflektierenden Kuppel, die sie an die Al-Aksa-Moschee in Jerusalem erinnerte. Überall Glas, Stahl und Marmor. Sie hatte das Gefühl, in der Zukunft gelandet zu sein. Ein Fahrer mit einem großen gelben Schild, auf dem «Doktor Kate Duncan, Soniet Al» stand, wartete auf sie. Er sprach ein wenig Englisch. Während sie die zwanzig Kilometer ins Zentrum zurücklegten, versuchte der Mann ein paarmal, mit seinem Fahrgast ins Gespräch zu kommen, doch sie verstanden sich nicht, und so beschränkten sie sich schließlich darauf, sich im Rückspiegel zuzunicken oder anzulächeln.

Sie erreichten das Hotel Okan Intercontinental, einen Wolkenkratzer aus rosa und grünem Marmor. «Vielleicht liegt es am Jetlag, aber ich komme mir hier vor wie in einem Märchen», sagte Kate zu dem Fahrer, der ein breites Lächeln aufsetzte, da er dachte, sie würde sich bei ihm für seine Dienste bedanken. Der Mann trug die beiden großen Samsonite-Koffer in die Eingangshalle, dann setzte er sich wieder in den Wagen und wartete.

Die Soniet Al hatte für ihre neue Mitarbeiterin vorübergehend eine Suite im besten Hotel von Astana reserviert. Kate war frühmorgens in London losgeflogen, und hier, an ihrem neuen Wohnort, ging die Sonne bereits unter. Für den Abend war ein Essen mit den Forscherkollegen der ein Jahr zuvor eröffneten Filiale geplant. Erschöpft ließ sich Kate auf das Doppelbett fallen. Eigentlich hätte sie sich freuen müssen – ein wichtiger Auftrag, neue Forschungsmöglichkeiten –, doch irgendwie hatte dies alles so gar nichts mit ihren persönlichen Zielen gemein. Warum hatte der Präsident sie hierherversetzt? Hatte etwa Sirkar sie empfohlen? Nein, das war nicht möglich. Sirkar hatte sie weiterhin als seine Assistentin haben wollen. Was für ein schrecklicher Zufall, dass sie ausgerechnet einen Tag nach dem Abendessen mit ihm befördert worden war! Eine halbe Stunde lang überlegte sie, ob sie das Dinner absagen sollte, entschied sich dann aber dagegen. Es wäre ein schlechter Anfang mit ihren neuen Mitarbeitern gewesen, von denen sie bislang nur die Namen kannte.

Sie duschte rasch und zog ein elegantes, hochgeschlossenes Kleid an, schließlich war sie in einem mehrheitlich muslimischen Land.

Es wurde ein netter Abend, und Kate dachte zwei Stunden lang nicht mehr an den Tod des Professors. Ihre neuen Kollegen und Assistenten waren allesamt jung und stammten aus Kasachstan, hatten aber ihr Studium an den besten Universitäten Amerikas absolviert.

In dieser Nacht machte Kate kein Auge zu. Mit der Regelmäßigkeit eines Uhrwerks stand sie jede Stunde auf, ging im Zimmer auf und ab und blieb schließlich vor der Minibar stehen. Sie aß Erdnüsse, einen fürchterlichen Schokoriegel – eine wahre Kalorienbombe –, eine Packung fettiger Kekse, trank ein Tonic Water, eine Cola und schließlich ein Fläschchen Wodka. Das Klingeln des Weckers erlöste sie aus diesem Albtraum. An ihrem ersten Tag wollte Kate in einem schlichten, eleganten hellgrauen Kostüm zur Arbeit gehen. Sie nahm ihre Tasche mit den vielen Unterlagen und ging nach unten zum Frühstücksraum. Als sie aus dem Fahrstuhl trat, begegnete sie Leonid, dem Chauffeur, der ihr, wie immer, zulächelte.

Der Sitz der Soniet Al war lediglich zwei Häuserblocks vom Hotel entfernt. Dass die Firma in einem neuen Gebäude residierte, hatte Kate schon vermutet, doch als sie es schließlich sah, verschlug es ihr die Sprache. Die breiten Glasfronten, die aus Sicherheitsgründen im Untergeschoss verborgenen Labors und der Park, der allerdings im Augenblick mehr Versprechen als Wirklichkeit war – all das erinnerte an die Londoner Zentrale. Nur die Form war anders, es war ein

Würfel von beträchtlichen Ausmaßen. Von außen hätte man ihn für ein Museum für Moderne Kunst halten können. Die Angestellten hatten sich in der Eingangshalle versammelt, und fast eine Viertelstunde lang musste Kate Hände schütteln – ein Überbleibsel aus sowjetischen Zeiten. Rasch wurde ihr bewusst, dass die hier vorherrschende Ausprägung des Islam, der die ursprünglich matriarchalische Nomadenkultur verdrängt hatte, recht eigenwillige Züge hatte. Einige junge Frauen waren wunderschön und alles andere als züchtig gekleidet; außerdem schien der muslimische Glaube dem Konsum von Wodka nicht im Weg zu stehen.

Kates wichtigste Mitarbeiter waren zwei junge Forscher, Amirzhan Bapi und Yermurat Qosanov, die perfekt Englisch sprachen und aktiv an den Forschungsprojekten des Mutterkonzerns teilnahmen. Kate besichtigte die Labors und ließ sich ihr neues Büro im obersten Stockwerk des «Würfels» zeigen, einen riesigen Raum, in dem nur ein überdimensionierter Schreibtisch mit Computer stand. Schon mittags war sie erschöpft. Um drei Uhr nachmittags bat sie darum, nicht gestört zu werden, und las als Erstes ihre E-Mails. Es waren ein paar Glückwünsche von Freunden und Kollegen aus London, und eine Nachricht von Virgil war dabei. Er hatte ihr an ihre private Mailadresse geschrieben.

Liebe Kate,
ich habe etwas erfahren, das dich vielleicht auch interessieren könnte. Ich habe mit einem Freund gesprochen, der die Computersysteme für Soniet Al liefert. Wusstest du, dass sich jemand an Sirkars Computer zu schaffen gemacht hat? Mein Freund war zufällig wegen eines Wa-

ckelkontakts an einem Netzkabel im Nebenzimmer von Sirkars Büro. Ein Mann, den er noch nie gesehen hatte, gab ihm die Anweisung, das System von Sirkars Computer neu zu installieren. Mein Freund sah sofort, dass jemand das Passwort umgangen, die Daten auf der Festplatte kopiert und fast vollständig gelöscht hatte …

Ich hoffe, es geht dir gut.

Kate schloss die Augen und dachte daran, wie sie sich während der Expedition nach Spitzbergen mit Virgil angefreundet hatte. Seine Mail beunruhigte sie zutiefst. Es hieß, der Professor habe die Gewebeproben und die Ergebnisse ihrer Forschungsarbeiten verschwinden lassen, bevor er sich das Virus und dann das Gegenmittel injizierte. Wieso hätte Sirkar das Passwort umgehen sollen? Auch dafür, dass er die Proben hatte verschwinden lassen, gab es keine Erklärung. Was also war geschehen?

Kate ließ ihre Arbeit für den frühen Nachmittag erst einmal liegen und rief die internationale Auskunft an. Kurz darauf hatte sie Jane Canergie, die Sekretärin von Sirkar, am Apparat.

«Hallo, Miss Canergie?»

«Ja bitte, mit wem spreche ich?»

«Mit Kate Duncan, der Assistentin von Professor Sirkar.»

«Ach, Sie sind es, guten Tag! Ich nehme an, Sie rufen im Auftrag des Professors an … Sagen Sie ihm, er möge sich noch ein wenig gedulden, ich habe eben erst angefangen, seine Dateien zu archivieren …»

Kate war schockiert. Die Sekretärin wusste noch gar nicht, was mit Sirkar passiert war. Allerdings war der Tod des Professors nirgendwo erwähnt worden, was den guten Beziehungen der Soniet Al zum Guy's Hospital zu verdanken war. Jane Canergie konnte also nicht wissen, dass der Mann, für den sie seit zwanzig Jahren arbeitete, plötzlich gestorben war.

«Ich muss Ihnen eine traurige Mitteilung machen, Miss Canergie ...», stammelte Kate.

«Was ist passiert?», fragte die Sekretärin erschrocken.

«Es tut mir so wahnsinnig leid ... aber Professor Sirkar ist gestorben. Es ist vor ein paar Tagen passiert, er ist ins Koma gefallen, und innerhalb weniger Stunden ...»

«Wie ist das möglich? Wir haben doch noch miteinander telefoniert ... Er war doch gar nicht krank!»

«Es war nicht vorauszusehen ... Wir sind alle fassungslos. Ich dachte, Sie wüssten Bescheid. Bitte entschuldigen Sie, aber ich rufe aus Kasachstan an, man hat mich dorthin versetzt ...»

«Keine Sorge. Und danke, dass Sie mich informiert haben.»

«Miss Canergie, ich verstehe, wie Ihnen zumute ist. Sirkar war eine Persönlichkeit, ein Genie, und immer aufrichtig. Er fehlt mir sehr, obwohl ich nur ein Jahr für ihn gearbeitet habe.»

«Ja, er war wirklich ein großartiger Mensch.»

«Hören Sie, es ist vielleicht nicht der richtige Augenblick dafür, aber ich wollte Sie etwas fragen», sagte Kate, der Virgils E-Mail nicht aus dem Kopf gehen wollte. «Der Umschlag, den ich Ihnen neulich gegeben habe ... das waren verschlüsselte Dateien, nicht wahr?», fügte sie hinzu, denn sie kannte Sirkars Gewohnheiten genau.

«Ja, das stimmt. Aber ich habe sie noch nicht archiviert.»

«Ich trage gerade alle Materialien über unser letztes Forschungsprojekt zusammen, und es wäre wirklich sehr nett von Ihnen, wenn Sie mir diese Daten schicken könnten.»

«Das tue ich gern. Der Professor hat Sie sehr geschätzt», sagte die Sekretärin, die mit den Tränen kämpfte.

«Wäre es möglich, sie mir per Post zu schicken?»

«Weshalb, wollen Sie sie denn verschlüsselt?»

«Ich verstehe nicht ...»

«Sie wissen doch, dass der Professor verschlüsselte Dateien benutzte, um sie vor unerlaubtem Zugriff zu schützen. Das machte er vor allem, wenn er Material zu versenden hatte. Hat man die Dateien aber erst einmal extrahiert und dekodiert, werden sie in normale Textdateien umgewandelt und sind daher nicht besonders umfangreich – ich könnte Sie Ihnen also auch mailen, wenn Sie wollen ...»

Kate zögerte. Dann siegte die Neugier über ihre Vorsicht.

«Dann schicken Sie sie mir per Mail, aber an meine private Adresse: kate.duncan@yahoo.com. Das ist sicherer.»

«Ich erledige es noch heute Abend. Wie spät ist es denn jetzt bei Ihnen?»

«Drei Uhr nachmittags.»

«Hier in London ist es erst acht.»

«Entschuldigen Sie vielmals, Jane, das hatte ich ganz vergessen ... Ich habe Sie doch hoffentlich nicht geweckt?»

«Nein, nein. Ich bin schon seit fünf Uhr morgens auf den Beinen.»

«Schön, dann warte ich also auf Ihre Mail. Alles Gute!»

«Hören Sie, Kate. Wo hat man ihn denn bestattet?»

«Ich weiß es nicht, ich musste vor dem Abflug noch

meine Mutter besuchen. Aber ich werde versuchen, es herauszufinden. Um ehrlich zu sein, bin ich gar nicht sicher, ob er schon bestattet worden ist. Meine Londoner Kollegen haben mir noch gar nichts erzählt.»

«Armer Professor Sirkar! Wenn man bedenkt, wie glücklich er über die Ergebnisse seines Forschungsprojekts war!»

«Ich denke an Sie, Jane», sagte Kate abschließend und legte auf.

Sie sprang von ihrem Stuhl auf und ging nervös im Zimmer auf und ab. Wenn der Professor seine Festplatte nicht gelöscht hatte, wer dann? Und vor allem wann? Kate wusste, dass Virgil nicht gerade mit den Hühnern aufstand. Die Mail, die er ihr geschrieben hatte, stammte vom Abend zuvor. Sie wollte jedoch keine Zeit verlieren, also setzte sie sich wieder und rief Virgil zu Hause an.

Das Telefon klingelte länger als eine Minute. Dann hob endlich jemand ab.

«Ha-hallo? Wer ist da?», hörte sie eine verschlafene, dumpfe Stimme sagen, die aus der Unterwelt zu kommen schien.

«Ich bin's, Kate. Entschuldige, dass ich so früh anrufe.»

«Das … das macht doch nichts. Wie geht's?»

«Tut mir leid, dass ich dich geweckt habe, aber ich muss dich was fragen, Virgil. Wann war dein Freund in Sirkars Büro, um ein Reset an dessen Computer durchzuführen?»

«Das weiß ich nicht. Es war sicher irgendwann morgens, aber genau weiß ich's nicht.»

«Könntest du ihn fragen und es mir dann an meine private Adresse mailen?»

«Na klar», sagte Virgil, der mittlerweile vollkommen

wach war. Kate war gerührt; diese Worte hatte sie so oft gehört, immer dann, wenn sie ihren Mitarbeiter im Stockwerk C-4 um etwas gebeten hatte.

Sie fand, dass ihr erster Arbeitstag schon viel zu lange gedauert hatte, und packte ihre Sachen. Am nächsten Tag würde sie mit dem neuen Forschungsprojekt beginnen.

Zurück im Hotel, beschloss sie, dort zu Abend zu essen und nicht mehr auszugehen. Um zehn lag sie schon im Bett, vier Stunden später schreckte sie aus einem Albtraum hoch. Sie hätte gerne weitergeschlafen, doch ihre Neugier war stärker. Sie schaltete den Laptop ein und rief ihre Mails ab. Jane Canergie hatte rasch hintereinander drei Nachrichten mit Anhang geschickt, offenbar die Ergebnisse von Sirkars Recherchen. Kate war ganz aufgeregt und wollte gerade ihre Post öffnen, als eine Mail von Virgil eintraf. In der Betreffszeile stand lediglich «Uhrzeit».

Liebe Kate,
ich habe meinen Freund gefragt. Ich glaube, er hat sich ein wenig erschreckt, als ich ihn so gelöchert habe, aber ich habe ihm versichert, dass niemand von unserem Gespräch erfahren wird. Er hat gesagt, es sei morgens um zehn Uhr geschehen.

Alles Liebe,
Virgil

In der Hoffnung, dass Virgil noch online war, antwortete Kate sofort:

Ich habe noch eine Bitte. Könntest du herausfinden, wann Sirkar in die Klinik gegangen ist? Und wann Soniet Al an jenem Morgen darüber unterrichtet wurde?

Sie schickte die Nachricht ab und lud dann die Dateien von Professor Sirkar herunter. Anschließend löschte sie die Mails von Jane Canergie und verließ das Internet. Sie wollte vermeiden, dass jemand «sah», was sie gleich herausfinden würde. Sie holte sich eine eisgekühlte Cola und begann, das Projekt Titan zu lesen. Auch in dieser zweiten Nacht in Kasachstan würde sie kein Auge zutun.

XIX

Rom, 5. Juli

Langsam und feierlich zog die Prozession durch die Basilika. Tausende von Gläubigen zu beiden Seiten des Mittelganges schauten zu, wie die hundertelf alten Männer mit den roten Paramenten und der weißen Mitra auf dem Kopf vorbeischritten. Schweigend musterten sie die besorgten Gesichter der Männer, denen der Schweiß auf der Stirn stand, vor Aufregung, aber auch wegen der Hitze jener Tage, die selbst die Mauern der Peterskirche nicht abhalten konnten. Wer würde der neue Papst sein? Diese Frage trieb alle um, Kardinäle wie auch Trauergäste jener Messe, mit der das Konklave begann, um den Nachfolger des Apostels Petrus zu wählen.

An diesem Morgen war John frühzeitig aufgestanden, weil er in der Via della Conciliazione für eine Live-Übertragung des australischen Fernsehens vor der Kamera gestanden hatte. Die Gegend um den Vatikan hatte sich in den letzten Tagen vollkommen verwandelt; überall waren Stative und Gerüste aufgebaut worden, standen Kameras und Scheinwerfer, um den jeweiligen Anchorman ins rechte Licht zu setzen. Tausende von Radio- und Fernsehkorrespondenten waren in die italienische Hauptstadt gereist. Als John den Petersplatz überquerte, musste er daran denken, was man ihm seit mindestens zehn Jahren vorbetete:

dass Rom immer nur dann das Zentrum der Welt ist und damit Italien im öffentlichen Interesse steht, wenn der Papst stirbt oder sein Nachfolger gewählt wird.

John wollte unbedingt am Gottesdienst teilnehmen, obwohl er ihn bequemer vor dem Fernseher hätte verfolgen können. Er war eine Stunde früher in der Kirche und sicherte sich einen guten Platz auf der für Journalisten reservierten Tribüne; von dort aus hatte man eine ausgezeichnete Sicht auf den Beichtaltar. Er sah die Kardinäle in Reih und Glied vorüberziehen, begleitet vom Gesang des Chores der Sixtinischen Kapelle. Er versuchte, Felipe Martinez García zu beobachten, was nicht einfach war, da der mexikanische Würdenträger vom englischen Kardinal Spencer und dem Italiener Maritati verdeckt wurde.

Staatssekretär Dasoni sah ungewöhnlich finster drein und wirkte nicht so stolz und selbstsicher wie sonst. John fiel der beinahe überhebliche Blick Trittis auf, der die Wahl schon in der Tasche zu haben glaubte; er sah De Scalzi, der ihm im Vorübergehen kurz zulächelte; des Weiteren den Vikar von Rom, Roberto Lanfranchini, der gedankenverloren neben dem Mailänder Erzbischof Ettore Colombi ging, einem weiteren Favoriten, trotz seiner vierundsiebzig Jahre. Kardinal Stefan Grolochowisz, der kurz vor seinem achtzigsten Geburtstag stand und somit gerade noch wahlberechtigt war, schritt am Ende der langen Prozession.

Wer wird wohl der neue Papst?, fragte sich John im Stillen und sah zu dem riesigen Standbild Don Boscos auf, der das Kirchenschiff dominierte und mit dem Zeigefinger auf einen ganz bestimmten Punkt nach unten deutete – der Legende nach wies er auf den nächsten Papst. Nur schade, dass er je nach Blickwinkel des Betrachters immer auf einen anderen Kandidaten zeigte und somit mehrere Personen in Frage kamen. Costa ließ sich trotzdem auf das Spiel ein: Mal deutete Don Bosco auf Martinez García, den Primas von Mexiko, der in der zweiten Reihe links neben dem Beichtaltar saß, mal auf Tritti. Dann wiederum auf einen Platz, der ... leergeblieben war! John schämte sich ein wenig, dass er so unkonzentriert war. Er zog seinen Block heraus und machte sich Notizen zu Grolochowisz' Predigt. Alle warteten gespannt auf eine Anspielung auf den möglichen neuen Papst.

Der Purpurträger machte ein angestrengtes Gesicht, er hatte tiefe Augenringe von einer schlaflosen Nacht, und auf seiner Stirn standen Schweißperlen. Er las nicht vom Blatt ab, denn er war einer der wenigen Geistlichen, die eine Rede auswendig hielten, auch wenn sie sie nur ein einziges Mal gelesen hatten.

«Auf uns lastet eine große Verantwortung», begann der Kardinal. Er zählte all die Übel auf, die auf die Welt hereinbrachen und die Einheit und Identität der Kirche bedrohten.

«Wie aber soll sich die Kirche präsentieren zu Beginn dieses neuen Jahrtausends voller Ungewissheit und dunkler Vorahnungen? Meine Brüder, soll sie eine kämpferische Kirche sein, die auf den Barrikaden der Geschichte die Werte verteidigt, an die sie glaubt? Diese Frage müssen wir uns stellen. Vielleicht ist der Moment gekommen, in dem wir das Steuer herumreißen sollten ...»

John betrachtete die Kardinäle, die alle angespannt und mit betroffener Miene lauschten. Es herrschte eine unwirkliche Stille in der Basilika. Mattes Licht drang durch die schmalen Fenster in der Kuppel und zerteilte die dicken Weihrauchwolken, die zu der mit Marmor und Gold verzierten Decke aufstiegen.

«Ich glaube, der Augenblick ist gekommen, um auf die kleinen ‹Inseln› aufmerksam zu machen, auf all die Gemeinschaften von Gläubigen, die durch ihre Lebensführung anderen Menschen die Einzigartigkeit des Christentums zeigen. Die Welt braucht Hoffnung. Liebe Brüder, gebt den Menschen diese Hoffnung!»

Grolochowisz beendete seine Predigt und wischte sich den Schweiß von der Stirn. Was hatte er mit diesen Worten sagen wollen?

«Nun, damit wären sowohl Tritti als auch Colombi aus dem Rennen», bemerkte Gianni Pepi, der langjährige Vatikanexperte einer Genueser Tageszeitung. John hatte denselben Eindruck.

«Was glaubst du, wer ist der zukünftige Papst, auf den Grolochowisz angespielt hat?», fragte John.

«Schwer zu sagen. Wäre er noch am Leben, würde ich sagen Singh, der Erzbischof von Mumbai …»

«Glaubst du, es läuft auf einen Italiener hinaus?», fragte Costa.

«Das ist der falsche Ansatz. Beim Konklave geht es nicht nur um den Kandidaten, sondern auch um kirchenpolitische Programme: Zuerst wird beschlossen, was die Kirche gerade braucht, dann werden entsprechende Kandidaten ausgesucht, die diese Linie vertreten könnten.»

«Und welche sind das deiner Meinung nach?»

«Die Beschreibung des Kardinaldekans passt meiner

Ansicht nach auf keinen Italiener. Der Kandidat muss mehr als ein guter Oberhirte sein, möglichst moderat, *politically correct*, ein Mann der Mitte ...»

«Es bleibt also spannend», sagte John.

Er konzentrierte sich wieder auf den Gottesdienst. Jetzt erst bemerkte er den Stellvertretenden Staatssekretär Alfonso Lo Monaco. Er trug eine violette Mozetta und saß rechts vom Altar, dort, wo die Würdenträger und Diplomaten des Vatikans platziert waren. Er schien sichtlich zufrieden, was John überraschte, doch dann fiel ihm ein, dass Grolochowisz' Worte Wasser auf seine Mühlen waren, sofern Kardinal De Scalzi recht hatte und Lo Monaco sich tatsächlich für die Wahl des mexikanischen Primas einsetzte.

Als die Messe vorbei war, schritten die Kardinäle andächtig aus der Kirche, und diesmal applaudierte die Menge der Gläubigen. Besonders Tritti und Colombi erhielten Beifall. Tritti grüßte und segnete die Menge, als wäre er schon Papst; Colombi dagegen errötete angesichts der Sympathiebekundungen. Und als Martinez García vorbeiging, entrollte eine Gruppe Mexikaner die mexikanische Flagge. John verließ den Petersdom als einer der Ersten, er wollte sofort mit der Reportage über den Gottesdienst beginnen.

In der großen Sakristei, am Seitengang der Basilika, legten die Kardinäle die roten Paramente ab, die der päpstliche Zeremonienmeister in weiser Voraussicht bereits vor fünf Jahren in größerer Stückzahl bestellt hatte.

Martinez García hatte seine Paramente auf den großen

Tisch gelegt und wollte, die Mitra unterm Arm, gerade gehen.

«Hochwürden!», rief Colombi, der Kardinal von Mailand.

«Ja bitte?»

«Hochwürden, ich wollte Sie fragen … Wie fanden Sie Grolochowisz' Predigt?»

«Ich fand sie sehr gut, nur hätte ich mir mehr Engagement für den Frieden zwischen den Religionen gewünscht.»

«Hallo, Mister Costa? Hier spricht Bassotto.» Der Experte für Prophezeiungen hatte die Gabe, immer im ungünstigsten Moment anzurufen.

«Professor Bassotto, was kann ich für Sie tun? Ich habe leider wenig Zeit, weil ich gerade an einem Artikel sitze.»

«Ich wollte nur wissen, wie die Stimmung im Konklave ist.»

«Ziemlich ungewiss, würde ich sagen. Auch wenn es Gerüchte gibt, dass man sich sehr für den mexikanischen Primas einsetzt.»

«Sehen Sie, ich hatte recht!»

«Mal abwarten – sie haben ja noch nicht gewählt. Das Konklave wird erst heute Abend eröffnet.»

«Ja, aber ich bin sicher, dass er es wird. Ich glaube, ich hatte ihm sogar einmal geschrieben, als er noch gar nicht zur Debatte stand.»

«Ich muss leider Schluss machen, ich würde sagen, wir hören voneinander», meinte John. Dann fiel ihm ein, dass ja der Bericht für den CNN anstand, und so stellte er dem Professor ganz unvermittelt eine Frage:

«Ach, Herr Bassotto, wie wird der neue Papst eigentlich heißen?»

«Na, Gregor XVII. natürlich!»

«Wieso natürlich?»

«Das hat Papst Johannes vorausgesagt.»

«Was?»

«Sie haben ganz richtig verstanden. Johannes XXIII., Angelo Roncalli, der ‹gute Papst› ...»

«Ich verstehe nicht ...»

«Um es kurz zu machen: Als ich apostolischer Nuntius in Istanbul war, vor Ausbruch des Zweiten Weltkriegs, schrieb der selige Roncalli göttlich inspirierte Prophezeiungen nieder.»

«Das glaube ich nicht!»

«Dann gehen Sie in ein Antiquariat und suchen Sie nach dem Titel *Die Prophezeiungen von Papst Johannes.* Es ist ein schmales Büchlein, herausgegeben von einem gewissen Gian Capri, einem esoterischen Schriftsteller.»

«Wie kann man nur einen solchen Unsinn glauben!», platzte John heraus.

«Ich habe nicht gesagt, dass Sie es glauben sollen! Sie wollten doch wissen, wie der neue Papst heißt und wer den Namen vorausgesagt hat. Machen wir es so: Vergessen Sie, was ich gesagt habe. Wenn in zwei oder drei Tagen der Papst gewählt ist und Leo, Pius, Johannes oder Paul – jedenfalls nicht Gregor – heißt, schulde ich Ihnen ein Essen im besten Fischrestaurant Ravennas. Ansonsten bekomme ich von Ihnen eine Flasche Jahrgangswein!»

«Einverstanden», sagte John gleich wieder besser gelaunt.

«Ich werde jetzt für Sie ein paar Kopien machen und Ihnen auch das Buch mit den Prophezeiungen schicken. Und wenn ich recht habe, können Sie in den nächsten Tagen daraus zitieren.»

«Gut! Ich danke Ihnen, Professor.»

John grübelte noch ein Weilchen – was er da gerade gehört hatte, war zu viel für ihn, der immer ziemlich allergisch auf alles, was mit Propheten und Prophezeiungen zusammenhing, reagierte. Er schrieb rasch den Artikel über Grolochowisz' Predigt zu Ende und suchte noch vor der Mittagspause Material für einen Bericht für den CNN zusammen: statistische Daten, den Steckbrief des neuen Papstes. Als er im Netz nach kuriosen Meldungen suchte, stieß er auf eine englische Website mit Wetten für die Papstwahl. *Das ist einen Artikel wert!*, sagte er zu sich selbst. Er fand sogar die Wettquote, die auf den Namen des neuen Papstes gesetzt war. Plötzlich fuhr er auf seinem Stuhl zusammen: Ganz oben auf der Liste, folglich auf dem Platz mit dem niedrigsten Einsatz, stand der Name Gregor XVII.

XX

Rom, 6. Juli

John, bist du wach?»

Marc Jemmallos Stimme dröhnte in seinen Ohren wie Kanonendonner. Als der Leiter des römischen Reuters-Büros versuchte, ihn um acht Uhr morgens zuerst übers Handy, dann auf dem Festnetz zu erreichen, hatte John noch tief und fest geschlafen.

«Marc! Weißt du, wie viel Uhr es ist?», fragte John, der sich bemühte, möglichst ruhig zu bleiben.

«Also, wann wird jetzt endlich der Papst gewählt?»

«Woher soll ich das wissen? Ich bin doch nicht im Konklave!»

«Ja gut, aber wie ist die Lage?»

«Ich weiß es nicht! Okay? Ich-weiß-es-nicht!»

«Weißt du wenigstens, wie er heißen wird?», fragte Marc, der offensichtlich unter Stress stand und dem das Chaos der letzten Tage schwer zu schaffen machte.

«Gregor XVII.»

«Woher weißt du das?»

«Ich weiß es eben, und damit basta!», schnitt John ihm das Wort ab. Dasselbe hatte er am Abend zuvor in der Live-Sendung fürs CNN auch gesagt.

«Wie lange dieses Konklave dauern wird, weiß keiner», fügte er rasch hinzu.

«Gibt es denn wenigstens eine Vermutung?»

John wusste, Marc würde so lange nicht aufhören, bis er ihm nicht ein paar Brocken hingeworfen hätte.

«Genaues weiß keiner, aber alle erfahrenen Beobachter gehen davon aus, dass es in Anbetracht der großen Verwirrung, in der dieses Konklave eröffnet wurde, mindestens zwei oder drei Tage dauern wird. Reicht dir das?»

«O. k., John. Frohes Schaffen! Und entschuldige, wenn ich …» Bevor er den Satz zu Ende sprechen konnte, hatte John längst aufgelegt.

John dachte, er habe seinem Chef, der kurz vor einem Nervenzusammenbruch zu stehen schien, zwei völlig aus der Luft gegriffene Antworten gegeben, doch innerhalb weniger Stunden stellte sich heraus, dass er mit der einen direkt ins Schwarze getroffen, mit der anderen allerdings völlig danebengelegen hatte.

Nur in Pyjamahose, streifte John auf der Suche nach etwas Essbarem durch die Wohnung. Heute würde die Putzfrau nicht kommen, im Kühlschrank herrschte gähnende Leere, abgesehen von einem Stück altem Käse, der sicherlich nicht das ideale Frühstück war. Er rief unten in der Bar an und bestellte einen doppelten Espresso und ein paar gefüllte Croissants; keine fünf Minuten später stand das Frühstück vor ihm auf dem Tisch. Was sollte er sich heute wieder aus den Fingern saugen? Mittlerweile hatten sich die Kardinäle im Konklave eingeschlossen. Der Tag würde mit Warten auf die Rauchfahne vergehen. Ein erster Wahlgang hatte am Vorabend stattgefunden, gleich nach Beginn des Konklaves. Gegen 19.30 Uhr war dichter schwarzer Rauch aus dem kleinen Kamin der Sixtinischen Kapelle aufgestiegen, das Zeichen dafür, dass noch kein Ergebnis erzielt worden war, dass keiner der Gewählten die seit Jahrhunderten erforderliche Zweidrittelmehrheit erhalten hatte. Diesmal kamen erschwerend einige Neuerungen hinzu, denn die vor zehn Jahren vom Papst verordneten Regeln sahen vor, dass die wahlberechtigten Kardinäle in die neue Residenz Santa Marta übersiedelten, eine Art Luxushotel innerhalb der vatikanischen Mauern. Man befürchtete, dass die Unterbringung in modernen, bequemen Zimmern mit eigenem Bad – als Ablösung der spartanischen Zellen im Palazzo Apostolico, von denen manche nicht einmal fließendes Wasser hatten – das Konklave unnötig in die Länge ziehen könnte.

Johns Küchenboden war übersät mit Mappen. Auf jeder stand mit blauem Filzstift der Name eines Kandidaten für das Amt des Papstes. John nahm die Mappe von Martinez García zur Hand und schlug sie auf. Sie enthielt Zeitungsausschnitte, ein paar Interviews der letzten Jahre, ein ausführliches Porträt über den Anwärter aus der fortschrittlichen französischen Zeitschrift *Golias* und einige Agenturmeldungen. Ganz hinten befand sich noch ein Interview der Online-Zeitschrift *El Sol de Mexico* anlässlich der Veröffentlichung des dritten Geheimnisses von Fatima:

«Ich bin zutiefst davon überzeugt, dass das Geheimnis von Fatima die schmerzliche Geschichte unserer Zivilisation begleitet hat und immer noch begleitet. Es wäre ein Fehler, es als etwas Abgeschlossenes anzusehen, das der Vergangenheit angehört. Ich glaube, die Erscheinung der Muttergottes ist ein Zeichen der Hoffnung und des Friedens, ein allumfassender Aufruf zu Buße und Umkehr. Dieser Aufruf gilt nicht nur uns Katholiken, sondern allen Menschen, die guten Willens sind, und vor allem allen Gläubigen jedweder Religion. Wie schön wäre es, wenn sich Fatima – so lautet ja auch der Name der Tochter Mohammeds – in einen universellen Begegnungsort der Religionen verwandelte.»

John war überrascht. Zum einen ließ der mexikanische Kardinal zwischen den Zeilen erkennen, dass er mit der offiziellen Interpretation durch den Heiligen Stuhl nicht übereinstimmte. Zum anderen sah er Fatima im Licht eines Friedens zwischen den Weltreligionen, was ein durchaus neuer Interpretationsansatz war.

Während John darüber nachdachte, was er seinen Chefs heute «servieren» sollte, saßen nur wenige hundert Meter entfernt einige alte, rotgewandete Männer in ihren unbequemen Sesseln unter Michelangelos *Jüngstem Gericht* und schrieben den Namen ihres Kandidaten für die Nachfolge Petri auf weiße Kärtchen.

Am Vorabend hatte das Konklave noch für eine Überraschung gesorgt. Nie hätte die Welt erfahren, was hinter den verschlossenen Türen geschehen war, hätte nicht Bruno Lucarelli, der Vatikanexperte des italienischen Fernsehens, sechs Wochen später in einer internationalen Zeitschrift für Politik das geheime Tagebuch eines Kardinals veröffentlicht, in dem die Ergebnisse der einzelnen Wahlgänge aufgelistet waren.

Die von Alfredo Lo Monaco so klug eingefädelte Strategie war aufgegangen. Zum großen Erstaunen aller hatte jener erste Abend ein Ergebnis gezeitigt, mit dem niemand gerechnet hatte: Der mexikanische Primas hatte dreiunddreißig Stimmen erhalten; Ettore Colombi, der Erzbischof von Mailand, zwanzig, der Rest war zu vernachlässigen. Acht Stimmen waren an Lanfranchini gegangen, den Vikar von Rom, und fünf an Staatssekretär Dasoni. Tritti – nach Aussage der Medien der Favorit – hatte sich mit drei Stimmen begnügen müssen.

Und nun? Was würden die tun, die keinen Papst aus Lateinamerika wollten?

Als die Kardinäle am nächsten Morgen in Kleinbussen von der Casa Santa Marta zum Cortile di San Damaso gefahren wurden, hüllten sie sich in Schweigen. Gespannt warteten alle auf das Ergebnis des zweiten Wahlgangs, nachdem der erste so überraschend ausgegangen war.

Um 10.30 Uhr wurde das Ergebnis verkündet: Martinez García war nun bei 51 Stimmen angelangt, Colombi bei immerhin 32, Tritti dagegen verharrte bei drei, Dasoni bei fünf, während die Stimmen Lanfranchinis offensichtlich dem mexikanischen Kardinal zugefallen waren.

Gleich darauf erfolgte der dritte Wahlgang. Colombi machte einen zerknirschten Eindruck, als wären ihm die vielen Stimmen unangenehm, die ihn zur einzigen ernst zu nehmenden Alternative zu dem Mexikaner machten. Das Ergebnis bestätigte Martinez Garcías ersten Erfolg, obwohl auch Colombi einen leichten Zuwachs zu verzeichnen hatte: Der Mexikaner lag jetzt bei 65 Stimmen, der Mailänder bei 40; die übrigen Stimmen verteilten sich auf immer weniger Einzelkandidaten, bei den fünf Stimmen für den Staatssekretär blieb es jedoch nach wie vor.

Mittags um halb eins sahen die dreitausend Menschen auf dem Petersplatz erneut dichte schwarze Rauchwolken aus der Sixtinischen Kapelle aufsteigen.

«Das scheint sich in die Länge zu ziehen», murmelte John, der auch auf dem Petersplatz gewesen war, dann kurz im Presseraum des Vatikans vorbeigeschaut hatte und nun beschloss, in die Redaktion zu gehen, wo er den Nachmittag über arbeiten wollte, da er mittlerweile sicher war, dass auch dieser Tag vergehen würde, ohne dass es den Kardinälen gelänge, einen neuen Papst zu wählen.

Das Konklave konnte in zwei Richtungen enden: Entweder wurde der Mexikaner rasch gewählt, oder es konnte sich als Kompromisslösung ein Drittbewerber aus dem ersten Wahlgang gegen die beiden Kontrahenten García und Colombi durchsetzen.

Als John in der Redaktion ankam, war er völlig verschwitzt und außer Atem. Die Klimaanlage lief auf vollen Touren, und durch den großen Temperaturunterschied hätte er fast einen Kreislaufkollaps bekommen.

«Wann wird endlich unser Papst gewählt?», fragte Marc Jemmallo.

«Heute ganz bestimmt nicht», versicherte ihm John und ließ sich in den Gästesessel vor dem Schreibtisch seines Chefs sinken.

Als er sich wieder ein wenig erholt hatte, schaltete er den Computer ein und las seine E-Mails. Sofort stach ihm eine Nachricht von Adrian Miller ins Auge, dem Korrespondenten der Reuters in Neu-Delhi.

Lieber John,
du wolltest doch Informationen über den Unfall, bei dem Kardinal Singh ums Leben kam. Es war nicht einfach, unter anderem deshalb, weil die Untersuchungen noch laufen. Jedenfalls habe ich Folgendes herausgefunden:
1) Der Wagen des Kardinals fuhr mit normaler Geschwindigkeit, die Straße war frei.
2) Das Auto war fahrtüchtig, es wies keine Spuren von Manipulation auf.
3) Sein langjähriger Fahrer war weder durch Krankheit noch durch Alkohol beeinträchtigt.
4) Singhs Auto wurde von einem Lastwagen gerammt, der dann verschwunden ist. Der Fahrer des LKWs hatte also keinen Schwächeanfall, sondern war allenfalls eingenickt und hat sich dann aus dem Staub gemacht.
5) Die Polizei in Mumbai hat noch nicht herausgefunden, ob es sich um einen Unfall oder einen Anschlag handelte.
Liebe Grüße,
Adrian

P.S.: Da vermutlich sowieso kein Inder Papst werden kann, hoffen wir, dass es wenigstens ein Amerikaner wird …

Die Nachricht seines Freundes bestätigte John in seiner Vermutung. Er vergaß das Konklave und das Warten auf die Rauchfahne, die für 19 Uhr vorgesehen war, und kramte das angesammelte Material über die verstorbenen Kardinäle hervor. Im selben Moment öffnete zwei Kilometer entfernt, in der Sixtinischen Kapelle, einer der Kardinäle, die mit der

Stimmenauszählung beauftragt worden waren, eine der zwei silbernen Urnen mit den soeben abgegebenen Wahlzetteln.

Die Wahlberechtigten konnten kaum ruhig auf ihren Stühlen sitzen, so gespannt waren sie. Wie würde der erste Wahlgang dieses Nachmittags ausgehen? Würde es wieder zu keiner Entscheidung kommen? Vielen standen diese Fragen regelrecht ins Gesicht geschrieben. Die Kardinäle saßen mit gezücktem Bleistift da, um die einzelnen Ergebnisse zu notieren.

Ohne zu ahnen, was hinter den Mauern des Petersdoms vor sich ging, las John noch einmal die Artikel über den Tod der Kardinäle Singh und McAllen durch.

Zeitgleich ließ der Stimmenauszähler immer wieder einen einzigen Namen verlauten: Martinez García.

Um 17.15 Uhr, als der Name des mexikanischen Kardinals zum vierundsiebzigsten Mal ertönt war, setzte ein langer Applaus ein. Kardinal Felipe Martinez García, der Erzbischof von Mexico City, war mit sechsundachtzig Stimmen gewählt worden. Colombi, der beim letzten Wahlgang am Vormittag noch vierzig Stimmen erhalten hatte, war nun bei nur achtzehn angelangt; die übrigen Stimmen verteilten sich auf ein paar weitere Kandidaten. Da saß er nun, der neue Papst, die Hände vors Gesicht geschlagen. Der Zeremonienmeister wurde gerufen, und der Kardinal, der das Amt des Kämmerers innehatte, fragte den Gewählten, ob er die Wahl zum Bischof von Rom annehme. Die Antwort kam umgehend. Martinez García stand auf und sagte mit fester Stimme: «Accepto.» Dann wurde er gefragt, welchen Namen er annehmen wolle: «Quomodo quis vocari?»

Wieder antwortete er umgehend: «Gregorius.» Papst Gregor XVII. war nun also im Vollbesitz seiner Macht. Die Kollegen im Konklave staunten, mit welcher Selbstsicherheit er, geleitet vom Zeremonienmeister, auf die sogenannte *camera lachrimatoria* zuging, jenen mit rotem Damast ausgestatteten Raum, in dem die Papstgewänder bereitlagen. Martinez García wählte das Gewand in der mittleren Größe, das ihm perfekt passte. Keine fünf Minuten später erschien er wieder in der Sixtinischen Kapelle, die weiße Kalotte gab einen lebhaften Kontrast zu seiner dunklen Hautfarbe ab. Bevor der Mexikaner die Ehrerbietung und den Treueschwur der Kardinäle, die ihn soeben gewählt hatten, entgegennahm, hielt er eine kurze Ansprache: «Ich habe mir diese Aufgabe nicht ausgesucht, aber ich nehme sie gerne an, denn in Eurem Willen zeigt sich der Wille des Herrn, der uns leitet, auch in diesen schwierigen Zeiten. Ich vertraue auf Euer Gebet – seid bei mir, unterstützt mich! Ich habe den Namen Gregor nicht deshalb gewählt, weil ich meine Verbundenheit mit den verehrten Kollegen, die sich so nannten, ausdrücken möchte. Nein, ich habe Gregor gewählt, weil es der Name meines Großvaters war, den Feinde der Kirche töteten, weil er während der Christenverfolgungen im Mexiko der zwanziger Jahre ausgerufen hatte: ‹Es lebe Christus, der Herr und König!› Mein größtes Anliegen in diesem Amt wird sein, die Religionen zum Frieden aufzurufen und möglichst viele Begegnungen mit Gläubigen anderer Religionen zu ermöglichen, denn nur so wird die Welt vor der Katastrophe gerettet werden …»

John war über seinen Unterlagen eingeschlafen. Ein paar Kollegen saßen noch im Raum, knapp neben ihm zappte sich Marc Jemmallo mit einer Fernbedienung durch sämtliche Kanäle. Plötzlich bekam er einen Anruf auf dem Handy.

«Wir haben einen neuen Papst!», schrie eine Fernsehjournalistin auf dem Petersplatz.

«Verdammter Mist!», brüllte Jemmallo.

Costa war plötzlich hellwach.

«John! Du schläfst, und dabei haben wir längst einen neuen Papst!»

«Was? Was redest du denn da? Es ist doch viel zu früh für die Rauchfahne!»

«Bei dir ist wohl eine Sicherung durchgebrannt, schau mal da, der Rauch, und er ist weiß!»

Plötzlich unterbrachen alle Sender ihre Programme und schalteten zu ihren Sondernachrichten. Der weiße, fast durchsichtige Rauch stieg in den blauen Sommerhimmel Roms. Die Menschen strömten scharenweise auf den Petersplatz. Die Glocken von Sankt Peter ließen ihr Festgeläut ertönen.

John wählte eine Telefonnummer.

«Ich bin's. Na, wer ist es geworden?»

«Es ist kein Italiener», antwortete die Stimme am anderen Ende der Leitung leise.

«Wer ist es denn?»

«Auch kein Europäer.»

«So sagen Sie doch schon, wer es ist!»

«Der Mexikaner, glaube ich.»

«Glauben Sie, oder sind Sie sicher?»

«Nicht hundertprozentig, aber ...»

«Aber was?», drängte John seinen Gesprächspartner.

«... aber ich weiß, dass Don Jorge Sandoval, der Sekretär des mexikanischen Primas, nicht per Handy erreichbar ist.»

«Und was bedeutet das?»

«Das könnte bedeuten, dass man ihn schon in die Sixtinische Kapelle gerufen hat.»

«Der Name ...?»

«Gregor, wie es scheint.»

John legte auf, schrieb ein paar Zeilen und stellte sie ins Netz: Vatikanischen Quellen zufolge sei Martinez García der neue Papst, und er werde sich Gregor XVII. nennen.

Zehn Minuten später verkündete der Kardinaldiakon sein *Habemus Papam*. Es dauerte noch einen Augenblick, dann trat Gregor auf den Balkon, während eine Gruppe mexikanischer Gläubiger das Lied *Cielito lindo* anstimmte und wie wild die mexikanische Fahne schwenkte.

John Costa war völlig erschöpft, aber auch glücklich über seinen Scoop und weil er am Vortag dem CNN erzählt hatte, welchen Namen der neue Papst annehmen würde. Er schloss die Augen und flüsterte: «Ein Teufelskerl, dieser Bassotto! Er hatte recht mit seinen seltsamen Prophezeiungen.»

Während der neue Papst noch auf dem Balkon stand und der jubelnden Menge den Segen erteilte, rieb sich ein Geistlicher auf der anderen Seite des roten Vorhangs höchst zufrieden die Hände. Es war Alfonso Lo Monaco.

XXI

Rom, 7. Juli

Am Vorabend hatte Gregor XVII. nicht mit den Kardinälen in der Casa Santa Marta gegessen. Er hatte dort nur kurz vorbeigeschaut und sich dann in sein Zimmer zurückgezogen, um seine erste Botschaft *Urbi et Orbi* vorzubereiten. Dem Stellvertretenden Staatssekretär Lo Monaco hatte er seinen Gruß entboten und ihn gebeten, am nächsten Morgen um sieben Uhr bei ihm vorstellig zu werden.

«Ihre Heiligkeit, Monsignore Lo Monaco ist da», sagte der Sekretär des Papstes, nachdem er an die Tür des kleinen Salons geklopft hatte.

«Herein!», sagte Gregor XVII.

Lo Monaco war perfekt gekleidet, sein goldenes Kreuz schillerte auf der Brust, er hatte eine neue Kalotte aufgesetzt. Nun kniete er vor dem Papst nieder, der ihn sofort aufstehen ließ.

«Hochwürden, ich habe beschlossen, Sie zum Staatssekretär zu ernennen, anstelle von Kardinal Dasoni, der bereits vor vier Jahren bei meinem Vorgänger die Kündigung eingereicht hatte.»

Lo Monaco stand mit gesenktem Kopf da. Damit hatte er gerechnet. Viele der Kardinäle, die gleich zu Beginn des Konklaves für den mexikanischen Erzbischof gestimmt hatten, hatten diesem zu verstehen gegeben, dass es für ihn, der von außerhalb der römischen Kurie kam, wichtig war, sich mit einer Schar zuverlässiger Mitarbeiter zu umgeben, die mit den Gepflogenheiten des Vatikans vertraut waren. Jeder von ihnen hatte im geeigneten Augenblick den Namen Lo Monacos fallenlassen, der aufgrund seiner langen Erfahrung in den Reihen der vatikanischen Diplomaten am besten für das Amt des «Premierministers des Vatikans» geeignet zu sein schien. Martinez García hatte den Vorschlag angenommen und sein Einverständnis signalisiert.

«Heiliger Vater, ich weiß wirklich nicht, wie ich Ihnen danken soll für das Vertrauen, das ...»

«Die Nominierung wird heute bekanntgegeben. Ich möchte Sie auch bald ins Kardinalskollegium aufnehmen, anlässlich des ersten Konsistoriums, das ich abhalten werde. Und es gibt einige Fragen, über die ich mit Ihnen sprechen möchte. Können wir uns heute Nachmittag um fünf treffen?»

«Wie Ihre Heiligkeit wünschen», entgegnete der Geistliche und verneigte sich dabei immer wieder.

«Hochwürden», sagte der Papst daraufhin, «wir beide werden uns häufig sehen und viel zusammenarbeiten. Wenn Sie sich jedes Mal so oft verbeugen, werden Sie bald Rückenbeschwerden haben!»

Lo Monaco sah ein, dass er es mit seinen Katzbuckeleien ein wenig übertrieben hatte. Eilig verließ er das Zimmer, draußen stieß er mit dem Kardinal Dasoni zusammen.

«Mein lieber Lo Monaco, wie sehr ich mich für Sie freue – und für mich. Der Gedanke, den neuen Papst nicht mehr erleben zu dürfen, wäre mir unerträglich gewesen. Ich bin alt und sehr, sehr müde. Außerdem wäre es gut, wenn die Altersgrenze von fünfundsiebzig Jahren wieder beachtet würde und man nicht so viele Ausnahmen machte, es ist schließlich ein kanonisches Gesetz.»

Lo Monaco nahm die Hand seines Vorgängers und neigte den Kopf, um den Ring zu küssen, doch Dasoni ließ es nicht zu.

«Hochwürden, ich danke Ihnen von Herzen für alles, was Sie in all den Jahren für mich getan haben.»

«Schon gut, Alfonso. Wir haben immer gut zusammengearbeitet, auch wenn ich einer Generation angehöre, die anders erzogen wurde und daran gewöhnt ist, die Befehle des Papstes auszuführen, anstatt ihn zu beraten. Geben wir den Jüngeren eine Chance! Als ich gestern Abend von Gregor XVII. die Neuigkeit erfuhr, meinte ich, eine bessere Wahl hätte er gar nicht treffen können. Nein, wirklich!»

Es war kurz vor acht, und Lo Monaco hatte sich noch nicht einmal ein Frühstück gegönnt. Vor der Messe in der Sixtinische Kapelle wollte er nicht ins Büro, sondern kurz nach Hause; dort angekommen, wählte er sofort eine Handynummer.

«Hier ist Lo Monaco.»

«Sehr gut, ausgezeichnet! Wir haben einen neuen Papst ...»

«... der mich soeben zu seinem Staatssekretär ernannt hat!»

«Hervorragend. Unser Plan funktioniert also wie am Schnürchen. Was wird der neue Papst der Stadt Rom und der Welt sagen ... wie heißt es gleich so schön?»

«*Urbi et orbi.*»

«Genau!»

«Er wird erklären, dass er sein Pontifikat unter die Schutzherrschaft der Madonna von Fatima stellen wird, dass er vor allem den Frieden unter den Religionen fördern will und so bald wie möglich ein großes weltweites Treffen der verschiedenen Glaubensvertreter einberufen wird.»

«Großartig! Die Begegnung der Religionen, das ist wirklich großartig. Aber sag mal, was hat denn diese Geschichte mit Fatima zu tun?»

«Der neue Papst verehrt die Madonna von Fatima zutiefst.»

«Hör mal, Lo Monaco, das bedeutet aber nicht, dass nach all dem, was wir getan haben …»

«*Wir?*»

«… was *ich* getan habe! Dass nach all dem jetzt auf einmal dieser Mexikaner daherkommt und das letzte Geheimnis enthüllt, oder?»

«Ich glaube nicht, dass das geschehen wird. Vor allem, weil Gregor XVII. gar nicht weiß, dass dieser Text existiert, und außerdem hat er genug anderes zu tun. Ansonsten würde ich schon dafür sorgen, dass er seinen Mund hält – das ist mir schließlich bei seinem Vorgänger auch gelungen, oder?»

«Ja, aber er war ein alter Mann, der an den Rollstuhl gefesselt war – dieser hier ist noch verhältnismäßig jung und im Vollbesitz seiner geistigen und körperlichen Kräfte …»

«Ich dagegen war bis gestern noch Stellvertretender Staatssekretär, jetzt aber bin ich als Staatssekretär die Nummer eins!»

«Dann sieh zu, dass du dich auch wie die Nummer eins benimmst. Wir dürfen uns keine Fehler erlauben!»

«Natürlich nicht …»

«Ach, Lo Monaco, fast hätte ich's vergessen …»

«Was denn?»

«Gratuliere, dass ein mexikanischer Kardinal zum Papst gewählt worden ist und du gleich einen Tag später zum Staatssekretär ernannt wurdest!»

«Ich danke Ihnen», sagte Lo Monaco abschließend, der beim Blick auf die Uhr feststellen musste, dass er viel zu lange telefoniert hatte. Er zog sich um, legte ein violettes Gewand an, eine Tunika und die Mozetta, wählte ein anderes Brustkreuz, eines, das schon Papst Johannes getragen hatte, und dann eilte er geschwind zur Messe, die der neue Pontifex in der Sixtinischen Kapelle abhielt.

John hatte in der vergangenen Nacht kein Auge zugetan. Zunächst hatte er bis vier Uhr morgens gearbeitet, Berichte und Kommentare über die Wahl des neuen Papstes geschrieben, und als er schließlich nach Hause kam, war er so aufgekratzt gewesen, dass er keinen Schlaf gefunden hatte. Also hatte er geduscht und sich erneut an die Arbeit gemacht.

Er war der Erste im Presseraum des Vatikans. John rief die Website des Heiligen Stuhls auf, gab sein Passwort ein und konnte endlich die erste Botschaft des neuen Papstes lesen, die vor einer Stunde verkündet worden war.

Zwei Stellen fand er besonders interessant:

«Wir stellen unser schwaches menschliches Dasein unter den Schutz der Madonna von Fatima, der wir uns ganz besonders verbunden fühlen. Wir wollen uns ihrer mütterlichen Hilfe anheimstellen, um zu verhindern, dass sich die Geschehnisse des vergangenen Jahrhunderts wiederholen, als sich Ideologie und Hass gegen die Menschheit, gegen jeden einzelnen Menschen, richteten. Wir wollen, liebe Brüder und Schwestern, dass der Morgen des neuen Jahrtausends, den wir gerade erleben, zum Morgenrot des Friedens für alle Menschen wird. Daher werden wir alle Bemühungen unseres hochverehrten Vorgängers weiterführen. Wir wollen den Dialog der Religionen untereinander wiederaufnehmen und uns selbst, den Heiligen Stuhl und die gesamte Kirche, in den Dienst eines großen weltweiten Friedensprojekts stellen. Jeder Gläubige sei hiermit aufgerufen, sich mit vereinten Kräften für das Wohl der Menschheit einzusetzen. Schluss mit Kriegen! Schluss mit Rassismus und Hass auf andere Ethnien! Schluss mit Morden und Gewalt derjeniger, die Gottes Namen missbrauchen, um Unterdrückung und Terrorismus zu rechtfertigen! Wir bitten den Heiligen Geist, in dessen Diensten wir stehen, uns bei unseren ersten Schritten zu begleiten. Möge er uns die Kraft geben, neue Methoden zu ersinnen, um den Frieden zu sichern und die Wunden der gespaltenen Menschheit zu heilen. Möge die Religion, der Glaube an Gott, immer stärker für Einigung, Freundschaft, friedliches Miteinander und Brüderlichkeit stehen!»

John war schockiert über den engen Bezug der Rede zu Fatima. Er griff nach dem Telefon und rief Bassotto an.

«Entschuldigen Sie, Professor Bassotto, dass ich so früh störe ...»

«Keine Sorge, lieber Costa, ich sitze schon seit fünf Uhr am Schreibtisch.»

«Darf ich Ihnen ein paar Stellen aus der Predigt von Gregor XVII. vorlesen?»

«Sehen Sie, ich hatte recht mit dem Namen!»

«Und nicht nur mit dem Namen …»

«Weshalb?»

«Ich werde Ihnen ein Stück vorlesen. Sie werden selbst sehen, es ist darin von Fatima die Rede.»

«Ich hatte Ihnen ja gesagt, dass der mexikanische Erzbischof der Kardinal von Fatima ist und nun der Papst von Fatima wird.»

«Da ist noch etwas», sagte John.

«Nur zu!»

«Der neue Papst hält es für seine wichtigste Aufgabe, den Frieden zwischen den Weltreligionen zu fördern.»

Bassotto stieß einen Seufzer aus.

«Das habe ich mir schon gedacht», murmelte er besorgt.

«Was genau haben Sie sich gedacht, Professor?»

«Lesen Sie meine Bücher, da steht alles drin! Ich bin überzeugt davon, dass mit dem neuen Papst auch die Zeit des großen Leidens für die Menschheit anbricht … Eine schwere Prüfung … Das Leben des Pontifex selbst ist in Gefahr. Nun kommen die Jahre des Antichristen, das Zeichen des Tieres … Übrigens, haben Sie gesehen, was in Deutschland passiert? Und im Iran?»

John hatte nichts von den mysteriösen Andeutungen des Professors verstanden – ein dunkles, dramatisches, ja katastrophales Bild.

«Wir sprechen uns sicher bald», sagte der Journalist, als er sah, dass die Direktübertragung der ersten Messe des neuen Papstes begann.

«Gern, und vergessen Sie nicht, was ich Ihnen gesagt habe», ermahnte ihn Bassotto.

Costa zog das Buch über Prophezeiungen aus der Schublade, das der Professor vor etlichen Jahren veröffentlicht hatte. Er schlug die Seite auf, wo die Hypothese aufgestellt wird, dass der nächste Papst aus Mexiko komme. Er las weiter, denn bislang hatte er den nächsten Abschnitt nicht beachtet. Es war von der Ankunft des Antichristen, die – Prophezeiungen des Nostradamus zufolge sowie weiterer Gestalten dieser seltsamen Welt – exakt mit der Wahl Papst Gregors und dem Ausbruch von Unruhen in einigen deutschen Städten zusammenfallen sollte. Tatsächlich kam es seit etwa zwei Wochen in Außenbezirken Berlins zu bürgerkriegsähnlichen Auseinandersetzungen zwischen jungen Immigranten und der Polizei. Jede Nacht wurden Hunderte von Autos zerstört oder angezündet; alles hatte mit dem Tod zweier junger Männer begonnen, die bei einer Verfolgungsjagd versehentlich von der Polizei erschossen worden waren. Costa las auch, was Bassotto über den Iran geschrieben hatte, dass nämlich von dort eine große Revolution der islamischen Völker gegen die «europäischen Kreuzritter» ausgehen werde. Der iranische Präsident hatte verkündet, die Nukleartests wiederaufzunehmen, das Land war von großen Unruhen erschüttert.

«Sollte dieser alte Fuchs wirklich in allem recht behalten haben?» John sah auf dem Bildschirm, wie der Papst die Sixtinische Kapelle betrat und an den Kardinälen vorbeischritt, die ihn tags zuvor gewählt hatten. Doch gleich wandte sich der Journalist wieder Bassottos Buch zu.

Neugierig las er den Abschnitt, in dem es hieß, ein weiteres Anzeichen für das bevorstehende große Leid sei der Versuch des Papstes, den Frieden zwischen den Religionen zu befördern und eine neue Weltorganisation ins Leben zu rufen. War das ein Zufall? Wie hatte er nur fünf Jahre vorher all das voraussehen können?

Und wenn er nun recht hat?, fragte sich John, als zeitgleich Gregor XVII. den lateinischen Text seiner Botschaft zu lesen begann. Wie eigentümlich das Latein von einem Lateinamerikaner doch klang! John verbannte die beunruhigenden Gedanken an die Zukunft der Menschheit und verfolgte den Gottesdienst im Fernsehen. Auf seinem müden, angespannten Gesicht machte sich jedoch echtes Entsetzen breit.

XXII

Astana, 7. Juli

Kate Duncan sah zerstreut die Nachrichten, in denen von der Wahl des mexikanischen Papstes berichtet wurde, und vertiefte sich dann wieder in die Dateien, die sie auf ihren Laptop kopiert hatte. Sie hatte sie zunächst auf dem USB-Stick gespeichert, dann auf eine CD-ROM kopiert, so konnte sie sie offline lesen und war gegen allzu neugierige Schnüffler gefeit. Es war ein kostbarer Schatz, den die Sekretärin von Professor Sirkar ihr da aus London geschickt hatte, ein Schatz, von dem nur die beiden Frauen wussten.

Jede der Dateien trug einen seltsamen Namen, der wohl durch das Betriebssystem bestimmt war, weder Titel noch Inhalt konnten verändert oder gelöscht werden. Es waren griechische Worte, ob Alt- oder Neugriechisch, konnte Kate nicht sagen:

Ὃς ἂν τὴν ἑρμηνεί αν τῶν λόγων τούτων εὕρῃ θανάτου οὐ μὴ γεύσηται.

Sie studierte sie aufmerksam und versuchte, ihren Sinn zu erraten, doch es hatte keinen Zweck.

Was sie dagegen sehr gut verstand, waren der Text und die Zahlen, die der Professor sich notiert hatte. Sirkar war es in den unterirdischen Labors von Soniet Al gelungen, ein tödliches Virus namens Titan H7N1 zu isolieren, das viel gefährlicher als das Spanische-Grippe-Virus war. Die schreckliche Krankheit, der 1918 Seeleute aus Spitzbergen sowie Millionen weiterer Menschen zum Opfer gefallen waren, hatte eine Sterblichkeitsrate von einem Prozent, das von Sirkar entdeckte Virus dagegen von fünfzig Prozent. Kate schauderte, denn die genannten Daten schienen aus Experimenten an Menschen zu stammen. Wo hatte man diese Experimente durchgeführt?

Der Professor schilderte die außerordentliche Anpassungsfähigkeit des Virus, das von Geflügel auf Menschen überging und sich durch zahllose Mutationen in eine gefährliche Waffe verwandeln konnte. Kate versuchte zu verstehen, unter welchen Umständen es isoliert worden war, und begriff endlich den Sinn der Experimente an den Plasmiden, die sie für Sirkar durchgeführt hatte. Dabei war das infektiöse Gen N7 gegen normale Gene ausgetauscht worden. Aufmerksam las sie das kurze Vorwort, das der Wissenschaftler vierundzwanzig Stunden vor seinem Tod verfasst hatte:

Dieses Forschungsprojekt, für das sich der Präsident von Soniet Al, Dan Hamid, nachdrücklich eingesetzt hat, nahm seinen Anfang im August 2003, gleich nachdem in Thailand ein neues Vogelgrippevirus entdeckt worden war. In unseren Labors halten wir eine Waffe unter Verschluss, die mehr Schaden anrichten kann als die Atombombe. Es ist uns gelungen, in Rekordzeit einen Prototyp dieses Virus synthetisch herzustellen und einen «intelligenten» Impfstoff zu erzeugen, der in der Lage ist, auch auf viele Abwandlungen des ursprünglichen Stammes zu reagieren. Neben dem schlafenden

Mörder bewahren wir sein Gegenmittel auf. Soniet Al kann ein Vermögen damit machen, wenn sie es in großem Rahmen vermarktet.

Kate beschloss, sich einen Tag freizunehmen, rief ihre Sekretärin an und teilte ihr mit, sie werde heute zu Hause bleiben, weil sie sich nicht wohl fühle. Sofort stürzte sie sich wieder auf die Dokumente, die sie sich zugegebenermaßen auf illegale Weise beschafft hatte. Außer ihr und Miss Canergie wusste niemand von ihrer Existenz. Obwohl sie monatelang Seite an Seite mit dem Professor gearbeitet hatte, leuchtete ihr nicht ein, wie es möglich war, einen «intelligenten» Impfstoff zu erzeugen, der sich an die unvorhersehbaren Mutationen des Virus anpasste. Sie verstand zwar Sirkars Methode, denn in den letzten zwanzig Jahren hatte er eine riesige Datenbank über die genetische Beschaffenheit diverser weltweit auftretender Viren erstellt, doch ihr war nicht klar, mittels welcher Technik es ihm gelungen war, einen Impfstoff mit solchen Anpassungsfähigkeiten auszustatten. Jedes Mal, wenn sie ein neues Fenster öffnete, tauchte der rätselhafte griechische Satz vor ihr auf:

Ὃς ἂν τὴν ἑρμηνεί αν τῶν λόγων τούτων εὕρῃ θανάτου οὐ μὴ γεύσηται.

Kate kopierte die Textstelle in eine Mail an einen ehemaligen Schulkameraden, der sich gerade als Forscher in Oxford mit griechischer Literatur befasste.

«Hoffentlich kannst du mir weiterhelfen», flüsterte sie,

während sie auf die Maus klickte und damit die Mail nach England abschickte.

Sirkars Dokumente hatten sie beunruhigt. Warum hatte ihr der Professor nie erzählt, was es mit dem Forschungsprojekt auf sich hatte? Um sich gegen einen Angriff des Killervirus zu wappnen, hatten die Wissenschaftler der Soniet Al etwas vollkommen Neues und Entsetzliches kreiert; sie hatten ein Monster erschaffen, um es anschließend zerstören zu können. Sie waren der Natur zuvorgekommen und dabei ein unkalkulierbares Risiko eingegangen. Während Kate all die Daten, Tests und Berichte überflog, begann sie einige rätselhafte Äußerungen ihres Chefs zu verstehen und auch seine übertriebene Vorsicht, was die Sicherheit der Projektmitarbeiter betraf.

Auf Seite dreiundvierzig des Berichts hielt Kate inne, dort wurden die Auswirkungen des Impfstoffs beschrieben – dann begriff sie endlich.

«Virgil, bist du wach?», fragte Kate.

«Jetzt ja», antwortete eine tiefe Stimme aus London.

«Hast du etwas vom Guy's Hospital gehört?»

«Ja, ich habe inzwischen mit der Krankenschwester gesprochen, mit dieser Mrs. Arroyo.»

«Und, was hat sie gesagt?»

«Dass Sirkar schon so gut wie tot war, als er um 9.30 Uhr bei ihnen eingeliefert wurde. Er lag in tiefem Koma.»

«Wer hat ihn hingebracht?»

«Zwei Männer in Anzug und Krawatte. Einer der beiden fiel der Krankenschwester besonders auf, weil er so kräftig gebaut und resolut war. Gekleidet waren sie wie Broker aus der City, von ihrer Statur erinnerten sie aber eher an Marinesoldaten. Sie erzählten, sie hätten den Professor in der Nähe des Krankenhauses auf dem Gehsteig gefunden – er habe sich gerade eine Spritze verabreicht und darum gebeten, eingeliefert zu werden. Lauter unzusammenhängendes Zeugs habe er geredet, irgendwas wie: ‹Jetzt haben sie endlich den Beweis, dass es funktioniert.› Sie haben ihn der Schwester überlassen und sind dann wenige Minuten später wieder gegangen.»

«Hat man ihre Namen nicht aufgenommen?»

«Nein, und falls doch, weiß sie sie nicht. Der Chef der virologischen Abteilung wollte sofort das Krankenblatt haben.»

«Virgil, da stimmt was nicht, glaubst du nicht auch?»

«Irgendwie schon.»

«Vor allem die Uhrzeiten ...»

«Wie meinst du das?»

«Wenn Sirkar um halb zehn im Guy's Hospital im Koma lag, wie können da bereits um zehn die Daten auf seinem Computer im Büro gelöscht worden sein? Woher wussten die so früh, was passiert war?»

«Vielleicht wurden sie vom Guy's Hospital informiert.»

«Überleg doch mal! Selbst wenn der Direktor des Guy's Hospital um zwanzig vor zehn bei Soniet Al angerufen und mitgeteilt hätte, dass Sirkar im Sterben liegt, wie kann es da sein, dass seine Daten bereits zehn Minuten später vollständig gelöscht waren? Die Leute von der EDV sind doch keine Supermänner!»

«Und wenn der Professor am Abend zuvor seine Daten selbst gelöscht hat?»

«Kann sein. Dann musst du mir aber erklären, weshalb auch der Arbeitsspeicher gelöscht wurde, nachdem jemand, der das Passwort nicht kannte, mehrmals versucht hatte, sich einzuloggen. Glaubst du, Sirkar litt an Gedächtnisschwund?», fragte Kate.

«Du hast recht, das ist seltsam.»

«Und da ist noch etwas anderes, Virgil ...»

«Was denn?»

«Das Virus.»

«Was für ein Virus?»

«Das Virus, das Sirkar sich angeblich selbst injiziert hat, um allen zu beweisen, dass sein Gegenmittel wirkt.»

«So haben es die zwei Männer aber den Ärzten bei der Einlieferung erzählt!»

«Ich darf leider nicht deutlicher werden, aber nehmen wir einmal an, ich hätte den Beweis dafür, dass Sirkar bereits alle notwendigen Experimente durchgeführt hatte, auch die Versuche an Menschen, was ihm dank der freundlichen Hilfe des Guy's Hospital mit seinem weltweiten Netz von menschlichen Versuchskaninchen auch gelungen sein könnte. Nehmen wir außerdem an, dass die Ergebnisse dieser Tests allesamt positiv waren und bestens dokumentiert.»

«Wenn das so wäre, wieso hätte er sich dann das Virus und das Gegenmittel injizieren sollen?»

«Bravo, Virgil! Du weißt also, worauf ich hinauswill.»

«Aber was heißt das denn nun?»

«Das heißt, jemand hat Sirkar aus dem Weg geräumt, um sich seine Entdeckung unter den Nagel zu reißen. Und weil wir das wissen, sind wir auch in Gefahr.»

Am anderen Ende der Leitung starrte Virgil durch die Balkontür auf eine Straßenlaterne, die im Dunkel der Nacht in dichten, hellen Nebel gehüllt war. Er bekam es mit der Angst zu tun.

«Hör zu, Virgil. Ab sofort müssen wir anders miteinander kommunizieren. Ich rufe dich nicht mehr zu Hause an.»

«In Ordnung.»

Während des Telefonats mit Virgil hatte Kate sich bemüht, möglichst ruhig und entschieden zu wirken. Aber nachdem sie den Hörer aufgelegt hatte, lief sie zitternd im Zimmer auf und ab. Rasch zog sie sich an, ging nach draußen und setzte sich in die Sonne. Zehn Minuten später betrat sie ein Internetcafé, das von einem aserbaidschanischen Paar geführt wurde.

Sie mietete ein Satellitentelefon und wählte eine Nummer auf der Rückseite einer alten Kreditkarte, die sie in einem Geheimfach ihrer Handtasche aufbewahrte.

«Hier ist Kate Duncan.»

«Kate! Wie schön, von dir zu hören! Wie geht es dir?»

«Ganz gut, Bob, ich kann mich nicht beklagen.»

Bob Hammer war ein Freund, den sie vor ein paar Jahren im Fitnessstudio kennengelernt hatte. Sie waren eine Zeitlang zusammen ausgegangen und hatten dann festgestellt, dass ihr Verhältnis wohl nie über eine Freundschaft hinausgehen würde. Trotzdem trafen sie sich noch ab und zu und verbrachten die Abende damit, sich von ihrer Einsamkeit zu erzählen. Zunächst hatte Hammer ihr erzählt, er arbeite in der Passabteilung der amerikanischen Botschaft in London. Doch als sie sich besser kannten, hatte er ihr gestanden, dass er FBI-Agent bei einer Antiterroreinheit war und Verdächtige beschatte, die England in Richtung USA verließen.

«Wo steckst du denn? Vorgestern habe ich mehrmals versucht, dich zu erreichen.»

«Bob, ich musste nach Kasachstan ...»

«Und was machst du da?»

«Ich wurde befördert, ich leite jetzt die Filiale in Astana.»

«Seit wann?»

«Seit wenigen Tagen. Bitte entschuldige, aber ich hatte keine Zeit mehr, mich bei dir zu melden.»

«Hauptsache, es geht dir gut, und du bist glücklich!»

Kate ließ ein paar Sekunden verstreichen, bevor sie reagierte. Es rührte sie immer, wenn Bob das zu ihr sagte. Was hieß das eigentlich, wenn es einem gutging und man glücklich war? Konnte man wirklich glücklich sein, oder gab es nur kurze Augenblicke des Glücks? Jedenfalls freute sie sich über Bobs Äußerung. Da gab es jemanden, dem daran lag, dass es ihr gutging.

«Also, ehrlich gesagt ... brauche ich deine Hilfe – deine professionelle Hilfe!»

«Wenn ich dir helfen kann, werde ich das tun. Bist du in Schwierigkeiten?»

«Könnte man so ausdrücken. Hör zu, ich bräuchte Informationen über den Tod Professor Sebastian Sirkars.»

«Deinen Chef bei Soniet Al? Wann ist er denn gestorben?»

«Vor einer Woche.»

«Davon hat man ja gar nichts gehört! In den Zeitungen stand nichts ...»

«Vergiss die Zeitungen, Bob! Tatsache ist, dass der Professor kurz vor seinem Tod eine wichtige Entdeckung gemacht hat. Es ging um ein tödliches Virus.»

«Erzähl mir alles, was du weißt!», forderte der FBI-Agent sie auf, denn er war hellhörig geworden und witterte ein chemisches oder bakteriologisches Attentat. Sein Tonfall hatte sich schlagartig geändert, als wäre durch Kates Worte dem Mosaik, dessen Gesamtbild bislang nur undeutlich zu erkennen war, ein entscheidendes Steinchen hinzugefügt worden.

«Bob, ich würde dir gern ein paar Sachen zuschicken. Hast du eine private Mailadresse?»

Kate notierte sich die Adresse und verabschiedete sich. Dann verfasste sie einen kleinen Bericht über die bisherigen Geschehnisse: Sirkars seltsamer Tod, das Ergebnis seiner Forschungsarbeiten, die Vorkommnisse bei Soniet Al, das Gespräch mit Dan Hamid, der sie überredet hatte, London zu verlassen.

Bob und sie hatten vereinbart, in einer Woche wieder zu telefonieren.

XXIII

London, 7. Juli

Die Stahltür glitt lautlos zur Seite. Schweigend betrat der Mann mit dem weißen Turban den bunkerähnlichen unterirdischen Hochsicherheitstrakt. Obwohl sich der Raum mehrere Meter unter der Erde befand, war er mit großen Fenstern ausgestattet, die auf einen Garten mit einem Teich hinausgingen. Alles war künstlich, wirkte aber erstaunlich echt.

Der Mann mit dem Turban schritt langsam durch den Raum, trat an den ovalen Tisch aus massivem Eichenholz, um den zwölf Personen saßen, und setzte sich in den Sessel an der Stirnseite. Er trug eine weite weiße Tunika und wedelte nervös mit einem Fliegenfänger aus einem Stock mit Lederfransen. Er war zwischen dreißig und vierzig Jahre alt. Ein dichter schwarzer Vollbart rahmte sein Gesicht ein, er hatte stechend grüne Augen. Offensichtlich flößte er allen Anwesenden tiefen Respekt ein. Viele von denen, die hier saßen und ihn ansahen, wussten nichts über seine Vergangenheit und hätten allenfalls sagen können, dass er außerhalb von London wohnte und eine Art Guru pakistanischer Herkunft war.

Der Mann, der rechts von ihm saß und ein kostbares orientalisches Gewand trug, erhob sich, um den Gast im Namen aller zu begrüßen.

«Lord Mahatma, wir versichern dir aufs Neue unseren unbedingten Gehorsam …»

Der Vorsitzende dieser mysteriösen Versammlung reagierte nicht.

«Lord Mahatma, alles läuft nach Plan. Bald, schon sehr bald, wird deine Flagge überall wehen, und deine Macht wird sich über die gesamte Alte Welt erstrecken. Die Zeit der Rache ist gekommen! Die vier Städte, von denen aus die Invasion starten wird, sind nun bekannt. Niemand rechnet damit. Sie wird einschlagen wie aus heiterem Himmel. Die Heere werden ihr nicht standhalten können, die Regierungen die Kontrolle verlieren, es wird ein einziges Chaos sein. Nur du kannst den Frieden wiederherstellen, und mit dem Frieden beginnt auch deine Herrschaft. Es wird keine Staatengrenzen mehr geben. Wer überleben will, wird sich dir unterwerfen müssen.»

«Wie läuft es in den Vereinigten Staaten?», fragte beinahe unhörbar der Mann mit dem Turban, während er weiterhin auf das künstliche Panorama vor dem Fenster starrte.

«Bestens. Der Vorschlag wird nächste Woche von der Kommission diskutiert. Wir sind sicher, dass er angenommen wird. Unser Produkt ist fertiggestellt, es steht uns in millionenfacher Anfertigung zur Verfügung.»

«Und was könnt ihr mir über den neuen Sohn der Witwe berichten?»

«Auch die Wahl ist ganz nach unseren Wünschen verlaufen. Er hat bereits verkündet, dass er sich vor allem für den Frieden unter den Religionen einsetzen wird.»

«Wird er sich unterwerfen?»

«Das glaube ich nicht. Aber solange er mitspielt, lassen wir ihn am Leben. Einer unserer Leute arbeitet jetzt für ihn. Hast du dir übrigens schon überlegt, wann du das nächste Mal öffentlich auftreten willst?»

«Ich glaube, es ist Zeit für einen Besuch in Amerika, in New York ...»

«Wir müssen eine Gelegenheit finden.»

«Es gibt schon eine: die große Versammlung ‹Charismatischer Christen›.»

«Wirst du zu ihnen sprechen?»

«Nein, wie sonst auch, werde ich nichts sagen. Sie sollen mich nur kurz zu sehen bekommen und sich mein Gesicht einprägen, damit sie mich erkennen, wenn es so weit ist.»

«Wenn alles vollendet ist, wenn deine, wenn unsere Macht absolut ist.»

«Wer die Interpretation der geheimen Worte kennt, wird den Tod nicht schmecken», sagte der Mann mit dem Turban abschließend und stand auf, um wieder dorthin zu verschwinden, von wo er gekommen war, hinter die Stahltür.

Der Mann rechts von ihm begann erneut zu reden. Er schien nun, da die mysteriöse Person den Raum verlassen hatte, gelöster.

«Jetzt kommt der schwierigste Teil unseres Projekts. Ich erwarte, dass jeder von euch seine Mission erfüllt.» Dabei blickte er zu einem etwa fünfzigjährigen, elegant wirkenden Ägypter, dem Assistenten des UNO-Generalsekretärs.

«Wir sind bereit, absolut! Zunächst wird die Organisation die Religionen der Welt zusammenführen. Sobald die

Invasion beginnt, wird sie spezielle Aufgaben übernehmen. Das Wichtigste ist, dass der Papst mitspielt.»

«Das wird er, Tarek, verlass dich drauf.»

Zur selben Zeit versuchte Pater Ernesto in der Seminarbibliothek von Coimbra angestrengt, eine Website zu finden.

Mehrmals gab er «Lord Mahatma» als Suchbegriff ein, doch die Seiten, die er fand, stellten ihn nicht zufrieden, es waren allesamt Informationen, die er schon kannte. Er wollte schon aufgeben, als er doch noch die richtige Seite fand. Sie stammte von einem älteren englischen Journalisten, der als Pressesprecher für einen internationalen Pharmakonzern gearbeitet hatte und nun die seltsamen öffentlichen Auftritte eines ebenso seltsamen Menschen dokumentierte – eines knapp vierzigjährigen Anglopakistani, der stets weißgekleidet war und einen Turban trug.

«Hab ich dich endlich!», rief der alte Priester aus und scrollte die Liste mit den Informationen zu den Auftritten des Mannes herunter.

Fotos gab es keine von dem geheimnisvollen Guru, mit Ausnahme eines kurzen Videos von einem interreligiösen Treffen 1998 in Nairobi. Darin schritt er, mit einem Fliegenfänger wedelnd, durch einen Saal, in dem zahlreiche Personen auf dem Boden saßen, auch Nonnen und eine Frau, die Gebete aufsagte. Bei seinem Eintreten hatte die Menge jubelnd «Jesus!» ausgerufen.

«Ihn erwarten Hebräer, Christen, Moslems, Buddhisten, Hindus – die Stunde seiner Rückkehr ist nahe», hieß es in mehreren Sprachen auf der Website.

Es folgte eine beeindruckende Liste von «Erscheinungen» – der Guru hatte sich in folgenden Städten gezeigt: Tlacote, Mexiko, Asunción, Paraguay, im deutschen Nordenau und im indischen Nadana. Auf allen Kontinenten war er aufgetreten, stets ohne Vorankündigung und nur für wenige Minuten, höchstens eine Viertelstunde. Er tauchte bei religiösen Zusammenkünften von Christen, Moslems, Buddhisten und Hindus auf, immer schweigend. Einige behaupteten, nach seinem Erscheinen werde das Wasser in der Umgebung magnetisch und habe heilende Wirkung.

Pater Ernesto wusste sehr wohl zwischen üblicher Scharlatanerie und professionellem Betrug zu unterscheiden, und diese Person beunruhigte ihn zutiefst.

«Am Tag der Erscheinung», hieß es auf der Website, «wird er weltweit auf allen Fernsehbildschirmen auftauchen, alle Augen werden auf ihn gerichtet sein. Wir werden sein Gesicht sehen, doch er wird nicht sprechen. Seine Gedanken, seine Ideen, sein Auftrag an die Menschheit, mehr Gerechtigkeit, Liebe und weltweiten Frieden zu schaffen – all das wird er uns auf dem Weg der Telepathie übermitteln. Jeder wird es in seiner eigenen Sprache hören können. Auf diese Weise wird Lord Mahatma noch einmal der ganzen Welt das Pfingstwunder der Christen bescheren. Dann wird sich seine Energie – das göttliche Prinzip, die Energie der Liebe – mit gewaltiger Kraft ausbreiten und in die Herzen der gesamten Menschheit strömen. Er hat gesagt: ‹Alle werden es spüren, und es wird sein, als umarmte ich die ganze Welt.› Im selben Augenblick werden auf dem gesamten Erdball Tausende von Menschen geheilt werden, und wir können sagen: Lord Mahatma ist der Weltenherrscher, er ist gekommen zum Heil aller Völker und Religionen. Unsere Reaktion auf diese Erfahrung wird von entscheidender Bedeutung für die Zukunft unseres Planeten sein. Lord Mahatma wird uns vor die Wahl stellen: Entweder machen wir so weiter wie bisher und zerstören uns selbst, oder wir akzeptieren das Prinzip der Einheit und beginnen mit der Erschaffung einer neuen Zivilisation der Liebe. Die Christen sehen in ihm Christus und erwarten sehnlichst seine Wiederkehr. Die Hebräer sehen in ihm den Messias, die Hindus Krishna, die Buddhisten Maitreya Buddha und die Moslems Imam Mahdi.»

Pater Ernesto saß lange Zeit nachdenklich vor dem Bildschirm. «Hoffen wir, dass es nur ein schlechter Scherz ist», seufzte er leise vor sich hin. Insgeheim befürchtete er aber, dass dem nicht so war. Vor allem ein Satz hatte ihm Angst eingejagt, der einzige Satz, der tatsächlich aus Lord Mahatmas Lehre stammte: «Wer die Interpretation dieser Worte kennt, wird den Tod nicht schmecken.» Als er ihn vor wenigen Tagen zum ersten Mal gelesen hatte, hatte er ihn nicht richtig verstanden, zu geheimnisvoll war er ihm vorgekommen. Jetzt aber hatte er verstanden.

«Hier ist Pater Ernesto aus Coimbra ...»

«Mein Lieber, wie geht es Ihnen?»

«Gut! Sagen Sie, was hat es mit dem neuen Papst auf sich, Monsignore?»

«Ich kenne ihn nicht gut, aber ich weiß, dass er ein Mann Gottes ist, und das muss uns genügen, nicht wahr, Pater?», antwortete Monsignore Semprini.

«Ich wollte Ihnen etwas sagen ...»

«Ich bin ganz Ohr.»

«Erinnern Sie sich an den Satz: ‹Wer die Interpretation der geheimen Worte findet, wird den Tod nicht schmecken›, den wir im Text gefunden haben?»

«Natürlich!»

«Wir haben nie darüber geredet ... Haben Sie darüber nachgedacht?»

«Nein, aber Sie, wie mir scheint!», antwortete der Geistliche des Vatikans mit einer Spur von Ungeduld in der Stimme.

«Allerdings! Ich glaube, es handelt sich um eine Zeitangabe, eine Art Losung, um den Moment der großen Prüfung und der Erscheinung anzuzeigen.»

«Was für eine Erscheinung, Pater Ernesto?»

«Die Erscheinung des Antichristen!»

«Woher wollen Sie das wissen?», fragte Monsignore Semprini, nun deutlich interessierter.

«Ich habe es auf einer Website gelesen.»

«Und damit geben Sie sich zufrieden?»

«Durchaus, wenn auf dieser Website eine Art Guru präsentiert wird, der wie durch Zauber plötzlich auftaucht und sich auf den weltweiten Frieden zwischen den Religionen beruft. Halten Sie das nicht für einen interessanten Zufall?»

«Na ja, das schon, weil dieser Satz ...»

«Und doch kann es kein Zufall sein! Ich glaube, es ist das Zeichen, auf das wir warten: Die Prophezeiung erfüllt sich, und die Welt ist nicht informiert, wie es sich die Muttergottes erbeten hatte, sondern völlig ahnungslos.»

Semprini antwortete nicht. Nachdenklich saß er da, den Hörer ans Ohr gepresst.

«Monsignore, sind Sie noch dran?», fragte der Neffe von Schwester Lucia.

«Doch, doch … Ich überlege nur, wie … Geben Sie mir mal die Internetadresse. Vielleicht sollten wir als Erstes die Presse auf diese Seite aufmerksam machen.»

«Das halte ich für keine gute Idee!»

«Was schlagen Sie dann vor?»

«Könnten Sie nicht den Papst um eine Audienz bitten und ihm die Situation darlegen? Soweit ich weiß, ist ihm sehr viel an Fatima gelegen …»

«Ja, aber er tut das auf seine Art, glauben Sie mir. Außerdem ist jetzt nicht der richtige Moment. Gregor XVII. ist gerade erst gewählt worden, es gibt viel zu tun, er muss offizielle Delegationen empfangen, muss sich im Lateran einrichten.»

«Aber es handelt sich schließlich um einen Notfall!»

«Ich werde es versuchen, das verspreche ich Ihnen. Aber auf mich wird keiner hören, ich bin nur ein alter, pensionierter Beamter der päpstlichen Kurie.»

«Sie müssen es versuchen!»

«Geben Sie mir die Adresse, ein Freund soll mir die Website ausdrucken. Wissen Sie, ich stamme aus einer anderen Epoche, für mich ist die Welt der Informatik mysteriöser als die Prophezeiung der Apokalypse!»

«Hier, schreiben Sie auf: www.lordmahatma.org.»

«Danke! Und alles Gute!»

XXIV

London, 9. Juli

Binnen weniger Stunden hatte Bob Hammer alle Informationen beisammen, die Kate niemals allein in Erfahrung gebracht hätte. Als Verantwortlicher für die Anti-Terror-Einheit bei der US-Botschaft in London hatte Hammer Zugang zu Datenbanken der amerikanischen und englischen Geheimdienste.

Selbstverständlich durfte er die Dokumente nicht weitergeben, aber er teilte seiner Freundin schriftlich mit, was er herausgefunden hatte.

Meine liebe Kate,
ich habe ein bisschen für dich recherchiert.
Erstens hat Soniet Al die WHO über den Tod Professor Sirkars informiert, ohne zu erwähnen, wie, wo und wann er erfolgt ist. Sie hat jedoch mitgeteilt, dass er selbst kurz vor seinem Tod Teilergebnisse seiner Forschungsarbeiten vernichtet hat. Soniet Al hat eingeräumt, dass Sirkar Experimente mit dem Vogelgrippe auslösenden Virus durchgeführt hat, sie behaupten aber, es sei nichts Konkretes dabei herausgekommen.

Zweitens ist Präsident Dan Hamid das einzige Mitglied des Verwaltungsrats der Soniet Al. Dank eines dichten Netzes von Off-Shore-Gesellschaften ist er auch

Hauptaktionär der Six&Six, einer Firma im Silicon Valley, die sich auf die Produktion von hochkomplizierten Mikrochips verlegt hat. Diese Firma, die bis vor fünf Jahren recht erfolglos war und Grafikkarten produzierte, bekam plötzlich eine Finanzspritze in Milliardenhöhe von Firmen aus Saudi-Arabien und begann an einem geheimen Projekt zu arbeiten, das bei der US-Regierung auf großes Interesse gestoßen zu sein scheint. Das Produkt ist noch nicht offiziell vorgestellt worden, aber ich weiß mit Sicherheit, dass es sich um einen Mikrochip handelt, der unter die Haut implantiert wird und alle Informationen über die jeweilige Person sowie ihre medizinischen und versicherungstechnischen Daten enthält.

Drittens: Dan Hamid ist nicht nur ein guter Geschäftsmann, ein erfolgreicher Unternehmer an der Spitze einer der wichtigsten internationalen Pharmakonzerne, der Hilfsprogramme in der Dritten Welt unterhält, Medikamente zu vergünstigten Konditionen liefert und Prophylaxeprogramme in diesen Ländern unterstützt. Er ist auch ein tiefreligiöser Mensch, der einer dem Sufismus nahestehenden Gruppe namens «Brüder des Imam Mahdi» angehört. Es handelt sich um eine ziemlich exklusive, friedfertige Sekte, die die Rückkehr eines nicht genauer bezeichneten Messias erwartet. In den vergangenen Monaten haben ihre Anhänger jedoch eine ungewöhnliche Aktivität an den Tag gelegt, die einige Experten der CIA mit dem wiedererwachten Herrschaftsanspruch des Iran in Verbindung bringen. Das sind jedoch nur Vermutungen.

Viertens habe ich herausgefunden, dass sämtliche

Telefone und Server bei Soniet Al überwacht werden, was in Anbetracht der jüngsten Fälle von Industriespionage nur allzu verständlich ist. Sicherheit ist dort so hochgeschrieben, dass es ihnen gelungen ist, ein raffiniertes Abschirmungssystem zu installieren, gegen das sogar der Spionage-Satellit Echelon nichts ausrichten kann – du hast sicher davon gehört.

Und als Letztes habe ich in Erfahrung gebracht, dass Dan Hamid über ein kleines Privatheer verfügt, das Soniet Al, aber auch seinem eigenen Schutz dient. Es wird von einem ehemaligen Geheimdienstagenten der DDR geleitet, einer wenig vertrauenswürdigen Person.

Ich hoffe, ich konnte dir mit diesen Informationen weiterhelfen. Ich bleibe am Ball.

Du schuldest mir ein Abendessen!

Bob

Hammer speicherte den Brief auf seinem USB-Stick und löschte ihn auf dem Computer. Am nächsten Morgen würde er ihn von seinem Laptop zu Hause mailen. Er packte die Tageszeitungen und ein Dossier über fünf gesuchte Terroristen ein, die mit dem Attentat in der Londoner U-Bahn in Zusammenhang gebracht wurden. Dann schaltete er den Computer aus und zog sein Jackett an. In dem Augenblick klingelte das Telefon, das fast den ganzen Tag über stumm geblieben war.

«Bob Hammer?»

«Ja, mit wem spreche ich?»

«Richard Hastings.»

«Hast du Neuigkeiten für mich?», fragte Hammer den

Informanten, der sich hinter diesem erfundenen Namen verbarg.

«Ja, ich hab was … eine Verschiebung heißer Ware. Drauf und dran, England in Richtung USA zu verlassen.»

«Nicht konventionelle Waffen?»

«Genau!»

«Wann?»

«In den nächsten drei Tagen, von London aus.»

Bob wusste nicht, wer sich hinter dem geheimnisvollen Informanten verbarg, der seit etlichen Jahren für das FBI arbeitete. Aber er war sicher, dass seine Mitteilungen hundertprozentig stimmten, das hatte sich schon mehrmals erwiesen.

Hammer rief vom Handy aus seinen Chef in Washington an. Alarm wurde aber lediglich an den neuralgischen Punkten in London ausgelöst – der Hinweis war leider zu vage. Für Mitternacht wurde eine Zusammenkunft des inneren Kreises der Antiterror-Einheit einberufen. Nach dem Telefonat ging Bob hinaus, um ein wenig Luft zu schnappen und einen Happen zu essen.

Er mochte Fast-Food-Restaurants nicht besonders, aber wenn ihn der Hunger packte, waren sie ihm noch lieber als ein Pub. Er stellte sich an, um ihn herum waren nur lärmende Schulkinder und eine spanische Touristengruppe, und fünf Minuten später konnte er endlich seine Bestellung aufgeben. Er nahm einen Salat, einen Chicken-Burger und einen Orangensaft und suchte sich einen Tisch mit Blick auf die Straße. Er liebte es, andere zu beobachten, die Passanten vorbeigehen zu sehen und zu raten, wie alt sie wohl waren und was für einen Beruf sie hatten – mit Kate hatte er dieses Spiel oft gespielt.

Während er auf seinen Burger wartete, dachte er an die Informationen, die er für sie zusammengetragen hatte, und an ihre Bedenken. Ihr überstürzter Umzug nach Kasachstan hatte ihn überrascht. Auch wenn Kate nur eine Freundin war, so stellte sie doch einen festen Bezugspunkt in seinem Leben dar, und nun spürte er beinahe körperlich, dass sie weit weg war, und fühlte sich noch einsamer.

Nachdem er sein bescheidenes Mahl verzehrt hatte, blieb er noch eine Weile sitzen und starrte auf die Straße. Doch diesmal blieben seine dunkelbraunen Augen an keinem der extravagant gekleideten Passanten in der North Audley Street hängen, die ein Stück weiter den Grosvenor Square kreuzte, wo die US-Botschaft lag. Dann beschloss Bob endlich, wieder ins Büro zu gehen. Es würde eine lange Nacht werden – für ihn würde die Dunkelheit jedoch früher als erwartet einbrechen.

Er verließ das Fast-Food-Restaurant, den unverwechselbaren Geruch von Frittieröl in den Kleidern. Ein warmer Lufthauch umfing ihn, drinnen war es wegen der Klimaanlage sehr kühl gewesen. Langsam ging er in Richtung Büro. Neben einer Tür sah er einen Penner am Boden sitzen, der trotz der Hitze einen zerschlissenen schwarzen Mantel trug.

«He, mein Freund», sagte der Mann zu ihm.

Bob blieb stehen.

«Gib mir ein bisschen Kleingeld, dann kann ich mir auch einen Hamburger kaufen.»

Hammer wollte schon weitergehen, als der Penner plötzlich aufsprang.

«Gibst du mir nichts zu essen … Bob?», flüsterte der Mann.

Sein ausdrucksloser Blick und die für einen Obdachlosen ungewöhnlich glatte Haut waren das Letzte, was Bob Hammer wahrnahm, während eine Messerklinge in seinen Bauch drang und das Blut wie eine Fontäne hervorspritzte.

Ebenso rasch, wie er aufgetaucht war, verschwand der Penner wieder um die Ecke.

Bob Hammer, FBI-Agent mit der Kennnummer 199166, lag leblos auf dem Pflaster, keine hundert Schritte von seinem Büro am Grosvenor Square entfernt.

Kate hatte beschlossen, sich eine kleine Auszeit zu nehmen. In den letzten Tagen war zu viel passiert, und nach den Entdeckungen, die sie gemacht hatte, bekam sie es langsam mit der Angst zu tun. Sie rief im Büro an und sagte, sie müsse sich einigen medizinischen Untersuchungen unterziehen, ließ sich einen Termin in einer Privatklinik in Astana geben und teilte der Zentrale der Soniet Al in London mit, aus gesundheitlichen Gründen könne sie leider erst in zehn Tagen wieder zur Arbeit gehen. Übers Internet buchte sie auf den Namen Kate Duncan einen Flug nach London für den kommenden Mittwoch. Dann buchte sie einen weiteren Flug auf den Namen Katherine Dancan für den Folgetag. Ihrer Sekretärin sagte sie am Telefon, wenn sich ihr Zustand nicht bessere, müsse sie zur Behandlung nach London fliegen, und teilte ihr die Daten des ersten Fluges, den sie gebucht hatte, mit. Während sie überlegte, wie sie das Datum ihres tatsächlichen Abflugs geheim halten könnte, ertönte das Signal einer neu eingegangenen Mail auf ihrem Notebook.

Hoffentlich ist es Bob … hoffentlich hat er etwas herausgefunden …, dachte sie.

Doch es war eine E-Mail aus Oxford. Sie stammte von dem Freund, den sie um eine Übersetzung des griechischen Satzes gebeten hatte, welcher auf jeder Seite von Professor Sirkars Titan-Projekt auftauchte.

Liebe Kate,
entschuldige die Verspätung, aber ich bin gerade mit der Herausgabe der homerischen Hymne an Aphrodite beschäftigt, und vor lauter Bücherstapeln kann ich mich kaum noch in meiner Wohnung bewegen.

Ich habe mir deinen Satz mal genauer angesehen. Es handelt sich um eine wenig bekannte und erforschte Stelle aus dem Thomas-Evangelium, einen apokryphen Text, der aus hundertvierzehn Sprüchen Jesu besteht, ohne historischen Kontext, eingeleitet meist nur durch den Satz «Jesus sagt». Dieses Evangelium ist nur in der koptischen Übersetzung überliefert, wie sie im Codex II von Nag Hammadi steht.

Allerdings existieren auch ein paar Auszüge auf Griechisch, insbesondere der Papyrus von Oxyrinchus 654, der wahrscheinlich auf die Mitte des dritten Jahrhunderts zurückgeht. Der Satz, den du mir geschickt hast, entstammt dieser Papyrusrolle. Hier ist die genaue Übersetzung:

«Dies sind die geheimen Worte, die / Jesus zu Lebzeiten sprach und die Judas aufschrieb / der auch Thomas genannt wird. Und er sprach: ‹Wer die Interpretation dieser Worte findet / wird den Tod nicht schmecken.›»

Die Übersetzung der Textstelle, die du mir geschickt

hast, steht in Anführungszeichen. Vielleicht kannst du mit dem Rest auch etwas anfangen. Das Thomas-Evangelium ist ein gnostischer Text, deshalb ist dort die Rede von «geheimen Worten».

Seit der Antike gibt es viele Wissenschaftler, die sich auf die Interpretation der geheimen Worte verlegt haben. Viele von ihnen bringen den Text mit der Apokalypse in Zusammenhang. Mehr kann ich dir allerdings nicht sagen, weil ich kein Exeget bin.

Ich hoffe, ich konnte dir weiterhelfen.

Herzliche Grüße,

William.

Kate las die E-Mail mehrmals, sie war verwirrt. Was für einen Zusammenhang konnte es zwischen den griechischen Worten und Sirkars Forschungsarbeiten geben? Und warum standen sie auf jeder Seite seines Berichts über die Tests mit dem neuen Virus?

Hoffentlich meldet Bob sich bald, sagte sie sich.

Genau in dem Augenblick wurde Bob Hammers lebloser Körper auf die metallene Bahre des Instituts für Pathologie gelegt.

XXV

Rom, 10. Juli

Gregor XVII. segnete Gläubige, Touristen und all die Neugierigen, die sich hinter den Absperrungen drängelten. Der neue römische Bischof kam gerade von der Basilika von San Paolo fuori le Mura zurück, wo er betend vor den Reliquien des Apostels der Heiden niedergekniet war. Als der Konvoi mit dem Papst und seinem Gefolge in die Via della Conciliazione einfuhr, war es schon fast dunkel. Eine kleine Menschenansammlung wartete auch auf der Piazza Pio XII., an der Grenze zwischen dem staatlichen Rom und dem Vatikanstaat. Hinter einer Absperrung stand ein alter Priester in schwarzem Talar und wischte sich mit einem großen Taschentuch den Schweiß von der Stirn. Gregor XVII. bemerkte ihn sofort.

«Heiliger Vater, denken Sie an Fatima!», rief Monsignore Semprini dem Papst zu.

«Ich denke jeden Tag an die Worte der Muttergottes in der Cova da Iria», gab der Papst lächelnd zurück, während er Hände schüttelte und Kinder segnete.

«Ich war Sekretär von Kardinal Ottaviani, ich soll Ihnen das hier geben», sagte der alte Monsignore und drückte dem Pontifex einen kleinen zusammengefalteten Zettel in die Hand.

Gregor XVII. sah ihn fragend an. Was wollte der verschwitzte Priester, der sich da an die metallene Absperrung drängte?

«Heiliger Vater, lesen Sie das hier, rasch!», sagte Monsignore Semprini.

Der Papst wurde mit einem Mal ernst. Er stieg wieder ins Auto, winkte ein letztes Mal der Menge zu, dann faltete er den Zettel auseinander, den er seinem Sekretär nicht hatte geben wollen:

Eure Heiligkeit, ich beschwöre Sie: Versuchen Sie, das Geheimnis von Fatima zu lesen! Ein paar Textstellen sind noch nicht veröffentlicht worden. Bitte lesen Sie die Passagen aufmerksam durch und tun Sie sie der Welt kund. In tiefer Demut, einer Ihrer Söhne.

Der Papst ließ sich keinerlei Regung anmerken, achtete darauf, dass der Staatssekretär den Zettel nicht zu lesen bekam, faltete ihn wieder zusammen und steckte ihn in den linken Ärmel.

Als sie im Vatikan angekommen waren, verabschiedete sich Gregor XVII. von jedem Mitglied seines Gefolges, auch von den Zeremonienmeistern und seinen Leibwächtern. Dann wandte er sich an Lo Monaco.

«Begleiten Sie mich noch einen Augenblick hinauf?»

«Natürlich, Eure Heiligkeit.»

Sie betraten den Aufzug, doch der Papst sagte nichts, denn ein Diener stand daneben.

Sobald sie in der Wohnung waren, noch bevor Gregor XVII. die dunkelrote Seidenmozetta und die päpstliche Stola abgelegt hatte, sagte er zu seinem «Premierminister»:

«Was hat es mit dem vierten Geheimnis von Fatima auf sich?»

Lo Monaco war völlig überrumpelt, fing sich aber sofort wieder.

«Heiliger Vater, ich hätte mit Ihnen in ein paar Tagen darüber gesprochen, wenn es etwas ruhiger ist ...»

«Dann ist es also wahr, dass ein Teil des Geheimnisses noch nicht enthüllt wurde?»

«Ja, das stimmt. Es handelt sich um Erläuterungen der Muttergottes zu der Vision, dass der Papst wie tot zu Boden stürzen soll.»

«Der tatsächlich tot zu Boden stürzt», korrigierte ihn der Pontifex.

«Genau ...»

«Und wieso wurde dieser Text nicht – wie der andere auch – im Juni 2000 veröffentlicht?»

«Ihr Vorgänger wollte es nicht. Im Grunde handelt es sich weniger um Erläuterungen als vielmehr um eine ziemlich düstere Prophezeiung, in der von einer Invasion die Rede ist.»

«Ich wünsche sie zu lesen!»

«Natürlich, Eure Heiligkeit. Wie gesagt, ich hätte Sie schon noch darauf angesprochen ...»

«Ich wünsche den Text auf der Stelle zu lesen!»

«Aber ... um diese Uhrzeit? Er liegt doch im Geheimarchiv des Heiligen Offiziums, außerdem bräuchten wir einen Übersetzer.»

«Ich kann sehr gut Portugiesisch, schließlich war ich zehn Jahre Missionar in Brasilien! Und dank Ihrer Erfahrung sind Sie sicherlich in der Lage, das kleine Problem mit der Uhrzeit zu lösen», sagte der Papst mit einem leichten Grinsen.

Lo Monaco verließ augenblicklich die Residenz des Papstes, kehrte in sein Büro zurück und führte zwei Telefonate; für das erste benutzte er sein privates Handy.

«Herr Präsident, hier ist Lo Monaco.»

«Ja, was gibt's?»

«Ein Problem …»

«Und zwar?»

«Der Papst … er will die vierte Prophezeiung lesen.»

«Wieso das denn? Wer hat ihm davon erzählt?»

«Ich weiß es nicht, aber er hat plötzlich danach gefragt. Mir bleibt keine andere Wahl!»

«Alfonso, du kannst nicht auf einmal unsere Pläne in den Wind schießen! Sieh zu, dass er sie nicht zu lesen bekommt, oder wenn doch, dann soll er den Text sofort wieder in sein verdammtes Archiv zurückbringen! Haben wir uns verstanden?»

«Ist … ist gut. Ich tue mein Möglichstes, aber …»

«Es gibt kein Aber, Alfonso! Wir dürfen uns keine Fehler erlauben!»

«In Ordnung.»

«Ruf mich gleich an, wenn du weißt, wie es gelaufen ist.»

Der Staatssekretär zitterte vor Angst. Vor seinem geistigen Auge blitzten die Gesichter der Kardinäle Singh und McAllen auf, seit Wochen erschienen sie ihm in seinen Albträumen.

Er fürchtete, genauso zu enden wie sie.

Er nahm den Hörer ab und wählte die Nummer des Sekretärs der Glaubenskongregation.

«Hier ist Lo Monaco.»

«Ja, bitte?»

«Der Papst will auf der Stelle das Kuvert mit dem Geheimnis von Fatima. Er will den ganzen Packen, verstehen Sie, auch den kleinen Umschlag!»

«Aber, es ist neun Uhr abends!», erwiderte der Erzbischof, ein treuer Salesianer aus dem Piemont, der sich nicht lange mit Höflichkeitsfloskeln aufhielt.

«Ich habe Ihnen doch gesagt, der Papst will ihn auf der Stelle!»

«Ich muss doch erst den Archivar erreichen ...»

«Sie haben eine Viertelstunde Zeit.»

Zwanzig Minuten später stieg ein junger Monsignore keuchend in die dritte Etage des Apostolischen Palasts zum Büro des Staatssekretärs hinauf. Er hatte ein Köfferchen bei sich, das mit zwei Schlössern gesichert war.

Lo Monaco stand bereits an der Tür.

«Sie müssen zuerst unterschreiben, Hochwürden.»

«Dazu ist keine Zeit.»

«Ich muss aber die Anweisungen des Sekretärs der Glaubenskongregation befolgen!»

«Und ich die des Papstes!»

«Das geht aber nicht, Sie müssen sich erst ins Register eintragen.»

«Lassen Sie das meine Sorge sein! Ich verspreche Ihnen, ich trage mich gleich morgen früh ein. Und jetzt gehen Sie bitte, denn Gregor XVII. wartet schon.»

Der Archivar zog sich zurück, war aber von dem Versprechen des Staatssekretärs nicht recht überzeugt.

Lo Monaco stieg mit dem Köfferchen zur Wohnung des Papstes hinauf.

Gregor XVII. saß allein am Esstisch. Der Fernseher war eingeschaltet, gerade lief auf BBC ein Dokumentarfilm über Wüstentiere. Papst Martinez García aß lustlos einen Teller gekochtes Gemüse und rohen Schinken.

«Heiliger Vater, hier bin ich!», sagte Lo Monaco, worauf der Papst den Blick von einer Klapperschlange abwandte, die gerade über den Sand kroch.

«Lassen Sie mich lesen», erwiderte Gregor XVII. und schaltete den Fernseher mit der Fernbedienung aus.

«Bitte sehr, hier ist der Text der Vision ...»

«Den kenne ich schon.»

«Und das ist der Extrazettel mit den Worten, welche die Muttergottes gleich darauf sagte ...»

Der Papst las die wenigen Zeilen, erst einmal, dann noch ein zweites Mal. Er schwieg eine Weile, die Augen halbgeschlossen.

«Hier ist ja von mir die Rede!», rief er plötzlich.

«Vielleicht ... Man könnte es so verstehen. Aber Sie müssen zugeben, die Botschaft ist nicht unbedingt eindeutig – die Namen der Städte etwa, die Symbole.»

«Ja, das stimmt. Trotzdem ...»

«Heiliger Vater, darf ich Sie daran erinnern, dass Ihr Vorgänger in seiner offiziellen Interpretation des dritten Geheimnisses auf bereits Vergangenes anspielte.»

«Ich weiß, ich weiß.»

«Er zog daher auch eine Veröffentlichung dieses Textes in Betracht und beriet sich mit drei Kardinälen.»

«Wissen Sie, mit wem?»

«Ich ... nein! Das müsste der damalige Sekretär wissen. Ich weiß nur, dass der Papst nach diesem Gespräch das Geheimnis doch nicht veröffentlichen wollte – er befürchtete, man könne es missverstehen.»

«Und wie denken Sie darüber? Droht uns tatsächlich diese Invasion, die allem Anschein nach vom Islam ausgeht?»

«Heiliger Vater, meine persönliche Meinung ist: Ich bin gegen die Veröffentlichung des Textes. Was soll die Kirche denn ihren Gläubigen sagen? Dass die Muttergottes vorhersieht, binnen kurzer Zeit werde Europa von muslimischen Heeren erobert? Obwohl die weltpolitische Situation derzeit ziemlich kritisch ist, werden Sie zugeben, dass es sich doch um eine recht unwahrscheinliche Hypothese handelt …»

«Da haben Sie recht. Ich glaube jedoch, dass der Papst, von dem hier die Rede ist …, dass ich das bin, meinen Sie nicht?»

«Wie kommen Sie darauf?»

«‹Wenn der Vikar meines Sohnes aus dem Land des Adlers und der Blumen kommt›», las Gregor XVII. «Der Adler taucht auf der mexikanischen Flagge auf!»

«Und die Blumen?» Lo Monaco hoffte, dem Papst mangele es an Intuition.

«Na, das sind die Blumen des Hügels Tepeyac, die Maria mitten im Winter erblühen ließ, damit der Indio Juan Diego dem ungläubigen Bischof Don Zumarraga einen Beweis für das Erscheinen der Muttergottes liefern konnte. Juan Diego steckte sie in seinen Umhang, seine *tilma*, und nachdem er einige Stunden gewartet hatte, ließ er sie zu Füßen des Erzbischofs fallen. Durch ein Wunder hatte sich das Antlitz der Madonna von Guadalupe auf dem Umhang abgezeichnet – der vom Bischof geforderte Beweis.»

«Ja, aber es ist nicht gesagt ...»

«Wie auch immer, Hochwürden, ich stimme mit Ihnen und der von meinem Vorgänger getroffenen Entscheidung überein. Diesen Text jetzt zu veröffentlichen hätte wenig Sinn.»

«Es könnte ein Zeichen des Himmels sein, dass jetzt gerade Sie auf dem Stuhl Petri sitzen. Vielleicht können Sie als Papst des Friedens und des Dialogs zwischen den Religionen diese Invasion verhindern.»

«Wissen Sie, welches die Stadt des Augustinus ist?»

«Nein», log der Staatssekretär.

«Hochwürden, bitte bringen Sie diesen Text wieder zurück. Ich werde mir überlegen, ob wir ihn nicht lieber vernichten. Ich will mein Pontifikat nicht unter den Auspizien einer derart düsteren Prophezeiung beginnen. ‹Die Söhne Mohammeds werden sich zur Invasion rüsten› ... Finden Sie die Formulierung ‹rüsten› nicht seltsam?», fragte der Papst, der schon wieder neugierig das vergilbte Blatt Papier durchlas.

«Ja, es ist seltsam, wie so viele andere Dinge, die mit diesem Geheimnis zu tun haben», sagte Lo Monaco.

Gregor XVII. steckte das Blatt wieder in den Umschlag und versiegelte das Kuvert.

«Was heute Abend geschehen ist, bleibt unter uns, in Ordnung?»

«Wie Ihre Heiligkeit wünschen ...»

«Ach ja, versuchen Sie doch herauszufinden, wer die drei Kardinäle waren, die mein Vorgänger zu sich bestellt hatte, um über die Veröffentlichung der Prophezeiung zu sprechen.»

Lo Monaco deutete eine Verneigung an und verließ das Esszimmer mit der kostbaren Fracht in den Händen. Den Text wollte er erst einmal bis morgen früh behalten.

Wenige hundert Meter entfernt saß John Costa nach einem anstrengenden Arbeitstag mit seinem Freund in einem Fischrestaurant im Borgo Pio. Costa hatte Alberto Bassotto gebeten, nach Rom zu kommen, weil er selbst in der ersten Zeit von Papst Gregors Pontifikat die Stadt nicht verlassen konnte. Sie saßen draußen, unterhielten sich angeregt und nippten hin und wieder an einem Glas mit eisgekühltem Wein.

Der Journalist dankte Bassotto für seine Hilfe während des Konklaves – alle hatten mitbekommen, dass der Vatikan-Experte von Reuters als Einziger den Namen und die Nationalität des neuen Papstes erraten hatte.

Plötzlich vibrierte Johns Handy in der Innentasche seines Jacketts, er entschuldigte sich bei seinem Gast.

«Hier ist Monsignore Semprini …»

«Wie schön, von Ihnen zu hören, Monsignore! Wie war Ihre Pilgerfahrt nach Coimbra?»

«Costa, ich habe nicht viel Zeit. Ich muss Sie so schnell wie möglich sprechen. Nur so viel: Die Wahl des mexikanischen Papstes wurde schon prophezeit, und zwar in dem Teil der noch nicht veröffentlichten Geheimnisse von Fatima, dort, wo von der Invasion die Rede ist.»

«Ich … ich verstehe. Aber woher wissen Sie, dass …»

«Das erkläre ich Ihnen alles morgen.»

«Gut, ich rufe Sie dann an», sagte der Journalist und steckte das Handy wieder ein.

«Schlechte Nachrichten?», erkundigte sich Bassotto, der ungeduldig das Ende des Gesprächs abgewartet hatte, um sich auf die Spaghetti stürzen zu können, die bereits dampfend vor ihnen standen.

«Nein, es war nur ein Hinweis. Ein Freund von mir, der Zugang zu den innersten Kreisen des Vatikans hat, meinte, in einem noch nicht veröffentlichten Teil des Geheimnisses von Fatima werde die Ankunft eines mexikanischen Papstes erwähnt.»

Bassotto hörte schweigend zu und vergaß darüber weiterzuessen.

«Außerdem wird behauptet, eine islamische Invasion stehe bevor.»

«Das hatte ich Ihnen ja schon gesagt!»

«Professor, ein Buch zu schreiben und darin Nostradamus zu interpretieren ist das eine. Wenn dieselbe Nachricht aber in der Prophezeiung von Fatima steht, ist das etwas ganz anderes.»

«Da haben Sie recht, aber es wundert mich nicht. Prophezeiungen muss man immer parallel lesen und nach Übereinstimmungen suchen. In einem 1976 veröffentlichten Buch wurden die Wahl Gregors und seine Marienverehrung vorausgesagt.»

«Hören Sie, Professor, das sind ja alles ganz spannende Themen, aber auch ziemlich vage. Wie soll ich daraus einen guten Artikel stricken?»

«Beginnen Sie damit, das in Frage zu stellen, was der Vatikan erklärt hat, nämlich dass die Vision aus dem dritten Geheimnis alles ist, was es zu veröffentlichen gab.»

«Das habe ich ja zum Teil schon vor dem Tod des Papstes getan. Wegen des Artikels haben wir uns überhaupt erst kennengelernt, wissen Sie das nicht mehr?»

«Doch, doch. Aber jetzt müssen Sie wissenschaftlich an die Sache herangehen.»

«Das heißt?»

«Vor allem müssen Sie den Text der ersten und zweiten Prophezeiung heranziehen. Dann die Erklärung des Sekretärs der Kongregation der Glaubensdoktrin, die dieser nach einem Gespräch mit Schwester Lucia dos Santos verfasst hat: ‹Sie verleiht erneut ihrer Überzeugung Ausdruck, dass sich die Vision von Fatima – sprich: das dritte Geheimnis – vor allem auf den Kampf zwischen Kirche und Kommunismus bezieht und das entsetzliche Leid der gläubigen Christen im zwanzigsten Jahrhundert beschreibt.› Schön, all das wird bereits im zweiten Teil erwähnt, erinnern Sie sich? Klar ist also, dass die Interpretation zur Vision des Papstes, der tot – und eben nicht *wie* tot – zu Boden fällt, noch fehlt. Sie haben doch so einen guten Draht zum Vatikan, könnten Sie nicht eine Kopie dieses Textes besorgen?»

Die Naivität des Professors machte John sprachlos. Dass man ausgerechnet einem Journalisten das bislang unveröffentlichte Geheimnis von Fatima anvertrauen würde, war doch sehr abwegig.

«Ich werde es versuchen», sagte John, wohl wissend, dass es unmöglich war. «Was glauben Sie, wie die islamische Invasion eigentlich aussehen wird?», fragte er dann.

«Die Situation im Iran beunruhigt mich, außerdem wäre da noch der internationale Terrorismus. Ich glaube jedoch, dass es sich hier um etwas anderes handelt, wieso, kann ich

Ihnen nicht sagen. Wir sollten die esoterischen muslimischen Sekten im Auge behalten. Und dann ist da ja auch noch der Antichrist.»

«Ja, natürlich ...»

John löffelte den Zucker vom Boden der Espressotasse. Er verlangte die Rechnung und begleitete seinen Gast zum Hotel Sant'Anna, keine fünfzig Meter weit entfernt.

«Wahrheit kann etwas sehr Gefährliches sein, John, vergessen Sie das nicht! Es gibt Geheimnisse, die Machthaber nur ungern preisgeben», sagte Bassotto und schüttelte John die Hand.

Der Himmel war voller Sterne, die Schwüle des Tages war nun einer angenehmen Kühle gewichen. John blieb auf der Piazza stehen und blickte zur Kuppel von Sankt Peter auf, die von Scheinwerfern beleuchtet wurde. Dann sah er zum Fenster des päpstlichen Arbeitszimmers hinüber, in dem noch Licht brannte. *Warum habe ich mich nur auf diese Geschichte eingelassen?*, fragte er sich.

XXVI

Rom, 11. Juli

«Hallo, hören Sie, Herr Präsident?» Lo Monaco konnte seine Genugtuung kaum verbergen.

«Was gibt's?»

«Alles in Ordnung. Ich konnte den Papst überzeugen. Er wird das vierte Geheimnis nicht veröffentlichen!»

«Bravo, Alfonso! Ich wusste, dass ich mich auf dich verlassen kann. Obwohl ich, ehrlich gesagt, schon langsam anfing zu zweifeln. Wie hast du das geschafft?»

«Es war einfacher als gedacht. Im Grunde ist er von alleine darauf gekommen. Er möchte sein Pontifikat nicht mit derart düsteren Prophezeiungen und unheilvollen Prognosen beginnen. Sein wichtigstes Ziel ist ein großes Treffen der Vertreter aller Weltreligionen.»

«Hervorragend!»

«Ich denke, er wird das bald öffentlich bekannt geben», sagte Lo Monaco.

«Hm, wir sollten ihn vielleicht allmählich mit Lord Mahatma bekannt machen.»

«Mit wem?»

«Ach, nichts, Alfonso. Mach du nur deine Arbeit, du wirst ja auch gut bezahlt!»

«In Ordnung, Herr Präsident.»

«Eines wollte ich dich noch fragen ...»

«Bitte!»

«Was hättest du getan, wenn der Papst beschlossen hätte, den Text zu veröffentlichen?»

«Ich weiß nicht, das heißt, ich hatte mir schon etwas ausgedacht. Ich hätte das Dokument vernichtet, sobald es wieder in meine Hände gelangt wäre.»

«Und wie hättest du das erklärt?»

«Ich hätte behauptet, ich sei im Büro überfallen worden, und hätte eine dieser Fatima-Sekten dafür verantwortlich gemacht, Sie wissen schon, die von dem kanadischen Priester, diesem Gruber ...»

«Ein wenig kompliziert, findest du nicht?»

«Sie haben recht, Herr Präsident. Doch ich war mir ziemlich sicher, dass sich der Papst gegen eine Publikation entscheiden würde.»

«Und was passiert jetzt mit dem Schriftstück?»

«Offiziell kehrt es ins Archiv der Glaubenskongregation zurück. In den Giftschrank.»

«Und inoffiziell?»

«Inoffiziell ... Nun, ich werde lediglich das Kuvert zurückgeben, und zwar mit dem Text der Vision und dem Umschlag mit dem vierten Geheimnis, aber ohne die Interpretation. Die behalte ich selber – man weiß ja nie.»

«Alfonso, wenn du die Sachen wieder abgegeben hast, wirst du dieses verdammte Blatt mit dem Geheimnis vernichten!»

«Ähm, sind Sie sicher? Ich ... ich weiß nicht, ob ...»

«Vernichte es, habe ich gesagt! Das ist ein Befehl!»

«In Ordnung! Ich werde es tun, Herr Präsident, auch wenn ...»

«Dieser Text ist eine Gefahr für uns, eine Waffe in den Händen unserer Feinde! Du musst ihn auf der Stelle vernichten! Jetzt gleich!»

«Ich ... ich werde tun, was Sie von mir verlangen, Herr Präsident», wiederholte er zitternd – noch nie hatte der Präsident so deutlich zu ihm gesprochen.

«Das hoffe ich – für dich!», sagte er und legte auf.

Lo Monaco fischte das Blatt mit der vierten Prophezeiung aus der Tasche seines rotgefütterten Talars. Seine Hände waren schweißnass vor Aufregung. Die Wohnung lag in völligem Dunkel und war totenstill. Immer wieder las er die Worte, erforschte jede Einzelheit, als wolle er sie sich für alle Zeiten einprägen. Nur wenige Menschen hatten das Privileg gehabt, dieses Dokument zu lesen. Er ging in die Küche, nahm ein Feuerzeug und zündete das alte, trockene Blatt an einer Ecke an; blitzartig ging es in Flammen auf. Eine der kostbarsten und wichtigsten Prophezeiungen der Menschheit wurde zu Asche.

Der Staatssekretär hatte einen Befehl ausgeführt. Doch mit einem Mal wurde ihm bewusst, dass er zu weit gegangen war und dass es kein Zurück mehr gab. Bevor er endlich einschlief, weinte er lange und heftig.

John hatte kein Auge zugetan in jener Nacht, doch daran waren nicht die Prophezeiungen oder Enthüllungen des Geheimnisses von Fatima schuld. Nach dem Treffen mit Bassotto war er gleich nach Hause gegangen und hatte den Computer eingeschaltet. Seine Ex-Frau hatte ihm eine Mail geschickt. Seit drei Tagen hatte John nicht mehr mit seiner Tochter Clarice sprechen können, und nun erklärte

Rosemary ihm, weshalb: Ihrer Meinung nach bringe der enge Kontakt zwischen ihm und Clarice – auch wenn er nur telefonischer Art sei – das Mädchen aus dem Gleichgewicht, denn es warte allzu sehnsüchtig auf die Anrufe aus Übersee.

Wir brauchen ein wenig Ruhe, John, um hier wieder Fuß zu fassen.

«Geh zum Teufel!», hatte John gebrüllt. An *sein* Gleichgewicht, daran, dass auch *er* Fuß fassen musste, dachte keiner – nicht einmal er selbst. Seine Wohnung war stickig, sie hatte sich im Lauf des Tages aufgeheizt; er hatte Verdauungsprobleme, wahrscheinlich, weil er sich so sehr aufgeregt hatte. Ständig musste er an Clarice denken, und die Fotos, die er überall in der Wohnung aufgehängt hatte, waren kein Trost, sondern ließen ihn den Verlust nur umso stärker spüren. «Sag mir, was ich falsch gemacht habe», flüsterte er, als sein Blick auf das Gesicht des kleinen Mädchens fiel.

Erst gegen sieben Uhr, als die Stadt allmählich erwachte, war John eingeschlafen – eine halbe Stunde später riss ihn das Läuten des Telefons aus dem Schlaf.

«Hier ist Semprini.»

«Mo... Monsignore, was verschafft mir die Ehre ...»

Der Geistliche bemerkte sofort, dass er den Journalisten geweckt hatte.

«Entschuldigen Sie bitte, dass ich Sie wachgeklingelt habe, aber ich muss dringend mit Ihnen sprechen, wie ich gestern schon sagte.»

John war noch immer nicht aufnahmefähig, konnte aber immerhin entgegnen: «In einer halben Stunde in der Bar San Pietro.»

Dreißig Minuten später betrat John, einigermaßen passabel gekleidet, die Bar. Er sah sich um, konnte aber den Monsignore nirgendwo entdecken, also ging er nach draußen, um dort auf ihn zu warten. Nach ein paar Minuten zupfte ihn jemand am Ärmel, John drehte sich um, und der Geistliche stand vor ihm – in einem grauen Anzug.

«John, ich bin's. Ich sitze dahinten», sagte er und deutete auf einen kleinen Tisch in der Ecke.

«Monsignore, wie sehen Sie denn aus? Ich habe Sie noch nie in Zivil gesehen.»

«Dreißig Jahre hatte ich den jetzt nicht mehr an. Damals war ich im Auftrag des Kardinals Ottaviani in geheimer Mission unterwegs gewesen.»

John traute seinen Augen nicht: Er war so sehr an den Talar gewöhnt, dass es ihm geradezu absurd erschien, Semprini in normaler Kleidung zu sehen. Nichts wies darauf hin, dass hier ein Priester saß. John nahm Platz und bestellte einen Cappuccino und ein gefülltes Croissant. Der Monsignore hatte nur einen Espresso genommen; er wirkte nervös und trommelte ständig mit den Fingern auf die Tischplatte.

«Also, erzählen Sie ... was haben Sie in Coimbra entdeckt?»

«Ich habe den unveröffentlichten Teil des Geheimnisses von Fatima gelesen.»

«Wie haben Sie das geschafft?»

«Es gibt nicht nur den Text, der im Vatikan aufbewahrt wird. Schwester Lucia dos Santos hatte eine zweite Abschrift verfasst und sie all die Jahre aufbewahrt. Vor ihrem Tod vertraute sie das Dokument einer Schwester an, die wiederum gab es Pater Ernesto, dem Neffen der Seherin.»

«Und er hat Ihnen den Text zu lesen gegeben?»

«Ja.»

«Konnten Sie ihn abschreiben?»

«Nein, das war nicht möglich … Aber hören Sie, John: Dieser Text muss unbedingt veröffentlicht werden, alle Gläubigen dieser Welt sollen von seinem Inhalt erfahren. Wir müssen alles tun, um das zu erreichen.»

«Was ist mit dem Papst? Er ist doch ein Anhänger von Fatima. Könnte er nicht entscheiden, dass der Text veröffentlicht wird?»

«Ich habe schon einen Versuch in dieser Richtung unternommen. Mal sehen …»

«Haben Sie mit ihm gesprochen? Konnten Sie ihn treffen?»

«Nein, dafür fehlen mir die Beziehungen, und der Papst hat sicher Besseres zu tun, als einen alten Geistlichen wie mich zu empfangen. Ich hoffe aber, ich konnte ihm trotzdem die Botschaft übermitteln.»

«Und was kann ich nun tun?»

«Fahren Sie nach Coimbra, und gehen Sie zu Pater Ernesto. Sagen Sie ihm, ich hätte Sie geschickt. Sie werden sehen, es lohnt sich. Der Neffe von Schwester Lucia hat ein paar interessante Dinge herausgefunden … über die größeren Zusammenhänge.»

«Immer diese größeren Zusammenhänge! Was meinen Sie damit? Ich habe Ihnen vertraut, in den letzten Wochen habe ich mich in die bizarre Welt der Prophezeiungen gestürzt, mich mit Leuten getroffen, mit denen ich bis vor einem Monat noch nicht einmal einen Kaffee getrunken hätte, ich habe Weissagungen geglaubt, für die sich kein normal denkender Mensch ernsthaft interessieren würde …»

«Geben Sie jetzt nicht auf, John, machen Sie weiter! Wir brauchen Sie!»

«Wer ist wir?»

«Wir, die Kirche, die Gläubigen.»

«Halten Sie es wirklich für notwendig, diese düsteren Prophezeiungen über eine islamische Invasion und die Leiden des Papstes zu veröffentlichen?»

«Veröffentlichen heißt ja auch warnen, und es heißt, Marias Wunsch nachzukommen, denn sie wollte sicher nicht, dass ihre Worte in einem Tresor im Vatikan verschwinden. John, zu dem Text gehört sogar eine Art Landkarte, aus der ersichtlich wird, von wo die Invasion ausgeht!»

«Monsignore, Sie wissen, wie sehr ich Sie schätze, aber wie können Sie derzeit von einer islamischen Invasion sprechen? Es stimmt, im Irak sterben tagtäglich viele Menschen, das Land ist zu einer Brutstätte des Terrorismus und der Guerillakrieger geworden. Und dass der neue iranische Präsident möchte, dass aus seinem Land eine Atommacht wird, stimmt auch. Aber deshalb gleich von einer Invasion zu sprechen, halte ich für übertrieben. Glauben Sie nicht, die Sache könnte nach hinten losgehen und wir würden uns womöglich blamieren?»

«Machen Sie sich deswegen keine Sorgen, John. Ich will nur, dass Sie Ihre Arbeit machen, und zwar gut. Selbst wenn es sich bei dem Text nur um einen Kinderreim handelte, wäre immerhin die Tatsache, dass man ihn geheim gehalten hat, eine Meldung wert. Und überlegen Sie doch mal, weshalb sich der verstorbene Papst gegen eine Publikation entschieden hat.»

«Vielleicht, weil er sich nicht lächerlich machen wollte, wenn er von einer islamischen Invasion in Europa spricht.»

«Aber der Papst wollte ihn ja veröffentlichen! So hatten es ihm die Kardinäle Testore, Singh und McAllen ja auch geraten – haben Sie die drei schon vergessen?»

«Ganz im Gegenteil! Ich habe sogar Nachforschungen angestellt und herausgefunden, dass die Umstände, unter denen der Erzbischof von Mumbai ums Leben kam, alles andere als geklärt sind.»

«John, ich fürchte, es gibt da jemand sehr Mächtigen, der großes Interesse daran hat, die Prophezeiung geheim zu halten ...»

«Jemand aus der römischen Kurie?»

«Vielleicht, aber nicht nur. Monsignore Lo Monaco war es, der den vorigen Papst davon überzeugt hat, sie nicht zu veröffentlichen.»

«Wie kam es eigentlich zur Kandidatur von Lo Monaco für das Amt des Staatssekretärs?»

«Ich weiß es nicht. Eigentlich ist er aus dem Nichts aufgetaucht. Doch dass es mit seiner Wahl so schnell ging, heißt, dass es bereits eine Vereinbarung gegeben hat oder Lo Monaco bei der Wahl Gregors XVII. seine Hände im Spiel hatte.»

«Kannten sich die beiden?»

«Ich weiß es nicht. Wahrscheinlich schon.»

«Warum sollte Lo Monaco den früheren Papst davon überzeugt haben, den Text nicht zu veröffentlichen?»

«Das kann ich mir auch nicht erklären. Vielleicht, weil es

nicht ratsam gewesen wäre. Er hätte sich lächerlich machen können, wie Sie ja selbst gesagt haben.»

Semprini hatte nun seine typisch verschlossene Miene aufgesetzt, und John wusste, mehr Informationen würde man nicht aus ihm herauskriegen, und so hakte er auch nicht weiter nach.

«Also, was muss ich tun?», fragte er den Geistlichen.

«Fahren Sie so bald wie möglich nach Portugal. Ich werde dafür sorgen, dass sich Ihnen die richtigen Türen öffnen.»

«Na gut, hoffentlich nützt es etwas», sagte Costa und stand auf.

«Diesmal zahlen Sie. Ich hatte nur einen Espresso», und weg war er. John blickte ihm nach, es war nicht zu übersehen, wie unwohl er sich in seinem Anzug fühlte. Allein die Tatsache, dass er ihn trug, hieß, dass er zum ersten Mal seit vielen Jahren wirklich Angst hatte.

«Marc, hier ist John!», rief der Journalist ins Telefon und freute sich, dass diesmal er es war, der seinen Chef aus dem Schlaf riss.

«Herrgott nochmal, was willst du denn um diese Uhrzeit?», fragte Marc Jemmallo.

«Marc, ich hab da was an der Angel … Scheint ein ziemlich großer Brocken zu sein!»

«Schieß los.»

«Es handelt sich um das dritte Geheimnis von Fatima, um den Teil, der noch nicht veröffentlicht wurde. Ich glaube, ich könnte darankommen – nicht schlecht, oder? Reuters publiziert den Text, den der Vatikan zensiert hat, in seiner vollen Länge.»

Als Marc das hörte, begannen seine müden und geröteten Augen vor Freude zu glänzen. Er war eben doch ein Vollblutjournalist. Obwohl er sich nichts anmerken ließ, entging John nicht, dass er ins Schwarze getroffen hatte.

«Na schön, dann geh der Sache mal nach. Wie lange brauchst du?»

«Eine Woche.»

«Ausgerechnet jetzt, wo der Papst neu im Amt ist! Wer soll da über den Vatikan schreiben? Soll ich mich an andere Agenturen wenden?»

«Reg dich nicht so auf, ich sagte dir doch, es ist wichtig! Wir werden einen weltweiten Scoop landen!»

«Na schön ...»

«Ach, Marc, ich muss übrigens nach Portugal – genehmigt?»

«Was denn? Wieso nach Portugal? Liegt das Dokument nicht in Rom?»

«Das kann ich dir jetzt nicht erklären. Er ist hier ... aber auch dort. Jedenfalls komme ich nur ran, wenn ich nach Coimbra fahre.»

«Obwohl die alte Nonne tot ist? Wie willst du das denn anstellen, wirst du sie auf dem Friedhof interviewen?»

Wie immer gerieten sie sich schon nach dreißig Sekunden in die Haare.

«Nein, Marc, aber ich habe einem Medium einen Haufen Geld versprochen, wenn es schwört, die Person zu kennen, in deren Gestalt Schwester Lucia wiedergeboren wurde. Es ist ein Mechaniker aus Porto, der seit dem Tod der Seherin Sanskrit spricht und ständig Rosenkränze betet.»

«Was redest du denn da? Das glaubst du doch wohl selbst nicht!»

«War nur ein Scherz! Vertrau mir bitte. Hab ich dich je enttäuscht?»

«Ehrlich gesagt: ja – und zwar schon öfter!»

«Marc, hör mir genau zu: *Du kannst mich mal!*»

«O. k., du kannst fahren, von mir aus auch nach Portugal. Aber wenn du mit leeren Händen wiederkommst, suche ich mir einen neuen Vatikan-Experten!»

John beschloss, am nächsten Morgen zu fliegen. Er buchte einen Flug und ein gutes Hotel in Coimbra. Während er die neuesten Nachrichten aus den USA online las, erhielt er eine neue Mail – Absender unbekannt.

Hallo, Papa!
Mama will nicht, dass ich dich anrufe, wir können aber trotzdem miteinander reden, weil wir hier in der Schule einen Internetanschluss haben. Wenn wir Informatik haben, werde ich dir schreiben.

Love you,
Deine Clary

Als John das las, schossen ihm Freudentränen in die Augen. Er antwortete sofort, obwohl er wusste, dass sie ihre Mail schon vor Stunden abgeschickt hatte.

Er schrieb:

LOVE YOU TOO, HONEY!

Dann drückte er auf «Senden».

XXVII

Astana, 12. Juli

«Warum antwortet er nicht?» Kate hatte vergeblich versucht, Bob Hammer von ihrem Hotelzimmer aus zu kontaktieren. Sie hatte ihm mehrere E-Mails geschickt und ihn auf seinem Handy angerufen – vergebens. Seine Büronummer besaß sie nicht, weil sie wusste, dass Bob dort nicht gerne privat angerufen wurde. Allmählich machte sie sich Sorgen – noch nie war es vorgekommen, dass sie ihn um Informationen gebeten und nicht innerhalb von achtundvierzig Stunden eine Antwort bekommen hatte.

«Warum antwortest du nicht, Bob?», sagte sie noch einmal und checkte weiterhin alle fünf Minuten ihre Mails. Auch von Virgil hatte sie schon seit ein paar Tagen nichts gehört. Kate war sich mittlerweile sicher, dass es mit Sirkars Tod etwas Seltsames auf sich hatte, und tief in ihrem Inneren war sie überzeugt, dass der Leiter des Projekts Titan wegen seiner Entdeckungen umgebracht worden war.

Endlich meldete sich Virgil.

«Hallo, Kate!»

«Gott sei Dank, Virgil, wie geht's dir?»

«Ganz okay.»

Kate hörte deutlich, dass in Virgils Stimme Angst mitschwang.

«Was ist los?», fragte sie.

«Na ja, hier geschehen seltsame Dinge ...»

«Was denn?»

«Rupert Colombo, der rechte Arm des Präsidenten, hat mich zu sich beordert.»

«Dieser Irre ...»

«Ja, genau. Er hat mich in sein Büro kommen lassen und mir einen Haufen Fragen zu Sirkar gestellt. Außerdem wollte er wissen, inwieweit ich Einblick in die Recherchen hatte.»

«Und, was hast du gesagt?»

«Na, die Wahrheit natürlich. Ich wusste ja nichts, oder fast nichts, über das Projekt Titan. Dann hat er mich richtiggehend verhört und sich haargenau erzählen lassen, was auf Spitzbergen passiert ist. Ich habe die Wahrheit gesagt, aber dann ...»

«Was dann?»

«Na ja, dann hat er nach dir gefragt. Ob und seit wann ich dich kenne und wann ich zum letzten Mal mit dir telefoniert hätte. Ich meinte, zuletzt hätte ich nach deiner Ankunft in Kasachstan mit dir gesprochen. Er hat mich auch nach deinem Verhältnis zu Sirkar gefragt, ob ihr was miteinander gehabt hättet. Und dann fing er plötzlich an, über Industriespionage zu reden, dass man jedes noch so unwichtige Detail aus der Forschungsarbeit des Professors sammeln und verschlüsseln müsse.»

«Das heißt, sie haben mich im Verdacht.»

«Gehst du im Moment ins Büro?»

«Nein, ich habe mich ein paar Tage krankschreiben lassen.»

«Kate, da ist noch was ... Ich habe wieder mit meinem

Freund aus der Technikabteilung gesprochen. Er hat zufällig entdeckt, dass alle Telefonate, die bei Soniet Al geführt werden, gespeichert werden.»

«Verdammt!», zischte Kate.

«Und nicht nur das! Warst du Weihnachten vor zwei Jahren schon in der Firma?»

«Nein, noch nicht.»

«Dann wirst du dich an den wunderschönen Kugelschreiber mit Titankappe nicht erinnern, den der Präsident allen Mitarbeitern geschenkt hat.»

«Doch, ich erinnere mich. Als ich eingestellt wurde, hieß es, es sei ein Weihnachtsgeschenk gewesen, aber ich hätte auch ein Anrecht darauf.»

«Hast du ihn ständig bei dir?», fragte Virgil.

«Normalerweise schon, in meiner Handtasche. Er schreibt wirklich gut.»

«Hm, er kann sogar mehr als das!»

«Was meinst du damit, Virgil?»

«Das war das Zweite, was mein Freund entdeckt hat. In der Titankappe befindet sich ein Chip, eine Art Transponder, mit dem man über Satellit geortet werden kann ...»

«Soll das heißen, die bei Soniet Al wissen immer, wo wir sind?»

«Wenn wir den Stift bei uns haben, ja.»

«Virgil, das ist eine extrem wichtige Information! Bist du jeden Tag in der Firma?»

«Na klar!»

«Lass uns in Kontakt bleiben. Ich komme bald nach London. Aber diesen verdammten Stift verstecke ich irgendwo in einer Klinik für Reiche, wo die Parteibonzen eine Entziehungskur machen oder ihre Depressionen behandeln lassen …»

«Okay, aber sei vorsichtig.»

«Darauf kannst du dich verlassen.»

Kate kramte in ihrer Handtasche nach dem Kugelschreiber, dem Firmengeschenk, und steckte ihn in ein Plastiktütchen, das sie mit Klebstreifen versiegelte. Dann rief sie im Personalbüro der Soniet Al in London an. Eine der Sachbearbeiterinnen meldete sich.

«Hier ist Doktor Duncan.»

«Wie geht es Ihnen? In der Niederlassung in Astana hieß es, Sie hätten gesundheitliche Probleme …»

«Ja, das stimmt, es ist vielleicht etwas Ernstes. Mir ist in letzter Zeit immer schwindelig. Heute Abend gehe ich in die Astana City Clinic. Sagen Sie dem Präsidenten, dass sich die Arbeit hier gut anlässt, ich aber leider ein paar Tage pausieren muss.»

«Natürlich, Doktor Duncan. Wie lange werden Sie denn in der Klinik bleiben?»

«Mindestens eine Woche.»

«O. k., ich wünsche Ihnen alles Gute.»

«Danke.»

Kate zog sich rasch an, entnahm dem Safe im Schrank alles Geld, das sie hatte, und rief ein Taxi; zwanzig Minuten später stand sie vor der Klinik. Sie hatte eine große Reisetasche bei sich, die voll schmutziger Wäsche war. Wer sie kommen sah, mit schleppendem Gang, schmerzverzerrtem Gesicht und dunkler Sonnenbrille, hätte sie zweifelsohne für krank gehalten. Sie betrat die Klinik und bat darum,

Doktor Poliakov zu sprechen, einen jungen Assistenzarzt der Abteilung für Infektionskrankheiten, den sie bei dem Geschäftsessen am ersten Abend kennengelernt hatte; er war ein externer Mitarbeiter der Soniet Al.

Der junge Mann im weißen Kittel und mit etlichen Krankenakten unter dem Arm erkannte sie sofort wieder.

«Guten Tag, Frau Doktor Duncan, wie schön, Sie zu sehen!», sagte er in perfektem Englisch.

«Ich brauche Ihre Hilfe», raunte Kate ihm verschwörerisch zu.

Er sagte nichts, legte einen Finger auf die Lippen und gab ihr ein Zeichen, ihm zu folgen. Sie gingen durch ein Labyrinth endloser Flure und erreichten nach fünf Minuten eine winzige Abstellkammer.

«Das ist meine geheime Nische, in die ich mich flüchte, wenn ich mal ein wenig Ruhe brauche. Erzählen Sie, was kann ich für Sie tun?», sagte Doktor Poliakov.

«Sie müssen es unbedingt für sich behalten, mindestens einen Monat lang. Versprechen Sie mir, mit niemandem darüber zu reden. Unsere Firma möchte, dass sich die Leute, die eine leitende Funktion übernehmen, zunächst eine genaue Vorstellung von ihrer Arbeit und den tatsächlichen Anforderungen eines Forschungsprojekts machen; deshalb muss ich ein paar Wochen inkognito bleiben. Ich habe den Kollegen meiner Abteilung gesagt, es ginge mir nicht gut und ich müsse wegen Schwindelanfällen hier in der Klinik behandelt werden. Die meisten Labortechniker und übrigen Angestellten haben mich bisher nur flüchtig gesehen. Ich möchte mich also, als Putzfrau verkleidet, ein paar Stunden unerkannt in der Firma aufhalten, um die Arbeitsbedingungen zu beurteilen, ohne dass mir dabei meine Sekretärin oder mein Stellvertreter in die Quere kommt.»

«Verstehe, das ist wichtig – und auch amüsant, was Sie da vorhaben! Aber inwieweit kann ich …»

«Ich möchte Sie um einen großen Gefallen bitten: Könnten Sie so tun, als würde ich hier stationär behandelt? Wenn zum Beispiel jemand anruft, müssten Sie sagen, dass ich in der und der Abteilung liege …»

«Also, ich weiß nicht, ob ich …»

«Bitte, es ist wirklich wichtig! Sie würden mir damit einen großen Gefallen tun.»

«Na schön. Ab heute Abend werden Sie in der Abteilung für Infektionskrankheiten behandelt. Wir geben an, dass Sie die Symptome einer … noch nicht identifizierten Krankheit haben. Ich lasse Sie sieben Tage unter Quarantäne stellen, dann kann man Sie auch nicht besuchen.»

«Phantastisch, Doktor Poliakov, Sie sind ein wahrer Freund! Ich werde mich so bald wie möglich revanchieren.»

«Machen Sie sich deswegen keine Gedanken, Doktor Duncan. Ich bewundere Ihre Arbeitseinstellung. Wenn Sie wüssten, wie dringend wir hier Leute wie Sie bräuchten!»

«Gut, ich muss jetzt gehen. Gibt es einen Hinterausgang?»

Poliakov wies ihr den Weg; bei den Toiletten bat Kate ihn, kurz zu warten. Sie holte den Kugelschreiber aus dem Tütchen und steckte ihn hinter einen Spiegel, dann nahm sie die Sonnenbrille ab, zog das Tuch vom Kopf und lockerte ihr Haar. Als Doktor Poliakov sie so sah, konnte er einen bewundernden Blick nicht unterdrücken. Kate lächelte, als sie an den Chip dachte, der von nun an ihre Anwesenheit in der Klinik in Astana signalisieren würde. Sie schüttelte dem Arzt die Hand und ging rasch nach draußen.

«In wenigen Minuten werden wir auf dem Flughafen Heathrow landen. Wir bitten die Passagiere, das Rauchen einzustellen und die Sicherheitsgurte anzulegen.» Die Ansage, die von einem nervigen Pfeifton und einem tiefen Brummen begleitet wurde, riss Kate aus dem Schlaf. Sie hatte beinahe den gesamten Flug über geschlafen und spürte nun, dass ihr Magen knurrte. Als die Stewardess ein letztes Mal die Sicherheitsgurte überprüfte, fragte Kate sie, ob sie etwas zu essen haben könne.

«Sie haben leider geschlafen, als wir mit dem Essen vorbeikamen, und wir wollten Sie nicht wecken.»

«Ein Brötchen würde mir schon reichen.»

«Das geht nicht, wir landen gleich.»

Kate gab nach. Sie schaute durchs Fenster in die Londoner Nacht hinaus. Es war elf Uhr abends, der Flug aus Astana kam pünktlich an. Sie räkelte sich, klappte den Taschenspiegel auf und blickte in ihr verschlafenes Gesicht. Sie freute sich auf zu Hause, hatte aber gleichzeitig ein ungutes Gefühl, das noch zunahm, je mehr sie sich der Stadt näherte, die sie erst vor ein paar Tagen verlassen hatte. Sie hatte keinem von ihrem Flug nach London erzählt, bei Soniet Al glaubten alle, sie werde in einer Klinik in Kasachstan behandelt – dasselbe würde ja auch der Zentralcomputer des Pharmakonzerns vermelden, dank des kleinen Empfängers in dem Kugelschreiber, der nun hinter einem Toilettenspiegel der Klinik steckte.

Niemand wusste von Kates Ankunft. Sie hatte die Buchung mit ihrem leicht veränderten Namen nochmals geändert. Nur eine Kontrolle beim Einwanderungsbüro am Flughafen Astana hätte den Betrug aufdecken können, aber es war unwahrscheinlich, dass die Soniet Al so einflussreich war.

Kate hatte keine Lust, um diese Uhrzeit die U-Bahn zu nehmen, und rief ein Taxi. Fünfundvierzig Minuten später stand sie vor ihrem Haus. In ihrer Wohnung angekommen, traf sie fast der Schlag, als sie sah, dass das Schloss aufgebrochen worden war. Misstrauisch trat sie ein; man hatte ihr kleines «Nest» vollkommen auf den Kopf gestellt: Die Sofas waren aufgeschlitzt, Schubladen entleert, Bilder und Drucke von den Wänden gerissen worden. Sie lief in die Küche, und auch dort bot sich ihr dasselbe traurige Bild. So leise wie möglich schlich sie ins Schlafzimmer, das ebenfalls an ein Schlachtfeld erinnerte. Sie packte ein paar Kleidungsstücke ein und verließ die Wohnung sofort wieder. Auf der Straße schaltete sie das Satellitenhandy ein; es dauerte etwa eine Minute, bis eine Verbindung zustande kam.

«Hallo, hier ist Kate.»

«Wo bist du?»

«In London.»

«Sehen wir uns morgen?»

«Ich brauche für heute Nacht einen Platz zum Schlafen.»

«Kein Problem … Aber warum schläfst du nicht zu Hause?»

«Würde ich ja gern, aber diese Dreckskerle haben meine Wohnung durchwühlt …» Als Kate das sagte, bemerkte sie, dass sie gar nicht wusste, wer diese «Dreckskerle» waren.

Waren es die Sicherheitskräfte von Präsident Dan Hamid gewesen, die nach den Forschungsergebnissen von Professor Sirkar suchten? Hatte sich jemand seine Entdeckung unter den Nagel reißen wollen? Oder waren es ganz gewöhnliche Einbrecher gewesen?

«Und? Kann ich zu dir kommen?»

«Na klar!», erwiderte Virgil, der in den letzten Wochen zu einem wahren Freund geworden war.

Sie nahm ein Taxi und betrat verstört die Wohnung ihres ehemaligen Assistenten.

«Schalt mal den Computer ein, ich will dir was zeigen», sagte sie und zog einen USB-Stick aus der Tasche. «Und zieh bitte das Internetkabel heraus.»

Eine Stunde lang las Virgil die Forschungsergebnisse Sirkars, er verschlang sie regelrecht, dann fragte er nach der Bedeutung des griechischen Satzes oben auf jeder Seite.

«Das ist eine tödliche Waffe», stellte er fest.

«Findest du es nicht seltsam, dass Soniet Al noch nicht begonnen hat, den Impfstoff in riesigen Mengen zu produzieren?»

«Stimmt, das sollten sie tun. Ist ja auch eine wahre Goldgrube!»

Kurz darauf waren sie eingeschlafen, der Computer war noch eingeschaltet.

Um 7.30 Uhr klingelte wie üblich Kates Wecker. Sie öffnete die Augen und hatte Mühe, sich zu orientieren. Sie wollte mit dem Zug nach Manchester fahren, auch wenn es für ihre Mutter vermutlich gar keinen Unterschied machte, ob sie da war oder nicht. Sofort fiel ihr wieder Bob Hammer ein, sie wollte ihn unbedingt erreichen und zum Essen einladen. *Hoffentlich geht er endlich mal ran*, dachte sie, als sie seine Nummer wählte.

«Hallo», sagte eine tiefe, unsichere Frauenstimme.

«Hier ist Kate Duncan. Ist Bob zu sprechen?»

«Nein, er ... er ...» Die Frau brach in Tränen aus. Es dauerte mehrere Sekunden, bis sich schließlich eine Männerstimme meldete.

«Hallo, wer spricht da?»

«Hier ist Doktor Kate Duncan, ich wollte Bob sprechen.»

«Ich bin Avery Hammer, Bobs Vater. Bob ist ... nicht da, er ist ... tot.»

«Tot? Was? Wann ist das passiert?», rief Kate.

«Vor drei Tagen, in der Nähe der Botschaft, mittags. Er war kurz etwas essen und wurde von einem betrunkenen Obdachlosen niedergestochen. Er war fast auf der Stelle tot.»

«Das ... das tut mir leid, Mr Hammer. Ich bin eine enge Freundin von Bob. Gerade bin ich aus Kasachstan zurückgekehrt und versuche seit Tagen vergeblich, ihn zu erreichen.»

«Mir tut es leid, dass ich Ihnen diese betrübliche Nachricht übermitteln muss, Dr. Duncan. Wir sind letzte Nacht aus den USA gekommen und sind jetzt hier, in seiner Wohnung. Morgen ist die Beerdigung.»

«Ich werde kommen.»

«Sie ist um zehn, im Brompton Oratory in der Brompton Road.»

«Die Kirche kenne ich, danke. Sagen Sie, Mr. Hammer, dürfte ich Sie um einen Gefallen bitten?»

«Natürlich.»

«Ich würde Bob gern ein letztes Mal sehen.»

«... Ja ... gut ... Haben Sie heute Vormittag Zeit?»

«Ja.»

«Wir gehen um elf ins St. Thomas Hospital, wo er aufgebahrt ist.»

«Dann komme ich auch dorthin», sagte Kate. Im Stillen fügte sie hinzu: Mama, du musst leider noch ein paar Tage warten.

Virgil fuhr meistens mit dem Auto zur Arbeit; diesmal machte er einen Umweg, um Kate zur Klinik zu bringen. Die Zeitungen hatten über den Mord, nur wenige Meter von der amerikanischen Botschaft entfernt, berichtet. Einem kurzen Zeugenverhör zufolge handelte es sich bei dem Täter um einen betrunkenen Stadtstreicher, der mit der Brieftasche des FBI-Agenten davongerannt und zwei Häuserblocks weiter von einem Auto überfahren worden war. Er sei auf der Stelle tot gewesen. Bob wurde als einfacher Angestellter der Visumsbehörde angegeben. Die Autopsie durch einen Vertrauensarzt des FBI hatte ergeben, dass Bob durch einen einzigen Messerstich umgekommen war. Es bestand kein Zweifel, dass er Opfer eines gewöhnlichen Gewaltverbrechens war.

Nur Kate konnte noch immer nicht fassen, dass ihr Freund, an den sie sich wenige Tage zuvor hilfesuchend gewandt hatte, tot war. Sie erkannte seine Eltern sofort, die sich in enger Umarmung gegenseitig stützten. Bobs Mutter sah ihrem Sohn sehr ähnlich. Kate stellte sich vor und folgte ihnen dann in den Raum, in dem der Leichnam aufbewahrt wurde. Sie konnte ihre Tränen nicht zurückhalten, blieb aber in einer Ecke stehen, um durch ihre Anwesenheit die stumme Trauer der Hammers um ihren einzigen Sohn nicht zu stören.

Fast eine halbe Stunde standen sie schweigend da. Am Ausgang überreichte ein Wächter Bobs Vater eine Plastiktüte.

«Mr Hammer, hier sind ein paar persönliche Gegenstände, die Ihr Sohn bei sich hatte.»

Avery bedankte sich; seine Frau konnte allein den Anblick der Tüte nicht ertragen. Bobs Vater sah Kate fragend an.

«Würden Sie bitte mal hineinschauen?»

Kate nahm die Tüte und breitete den Inhalt auf einem Stuhl aus: einen Schlüsselbund, zwei Stifte, einen gelben Marker, ein Taschentuch mit dem Monogramm B.H., eine schwarze Swatch-Uhr, die Kundenkarte für die Videothek. Was fehlte, war die Brieftasche, die der Obdachlose gestohlen und die die Polizei der amerikanischen Botschaft übergeben hatte.

Kates Blick fiel sofort auf den gelben Marker. Ein bedeutungsloser Gegenstand, wie es schien, nicht aber für Kate – bei einem Abendessen vor sechs Monaten hatte Bob selbst sie eingeweiht. Er hatte ihn auf einem Lehrgang in Hongkong gekauft; er sah aus wie ein gewöhnlicher Marker, und man benutzte ihn auch so, aber wenn man den hinteren Teil abschraubte, verbarg sich darin ein USB-Stick mit viel Speicherplatz. Niemand außer ihr, so hatte Bob ihr erklärt, wusste von diesem kleinen Geheimnis, auch nicht seine Kollegen im Büro.

«Mister Hammer, ich muss jetzt gehen. Wir sehen uns morgen bei der Beerdigung. Darf ich Sie um ein kleines Andenken bitten?»

«Aber gern, was möchten Sie denn haben?»

«Vielleicht den gelben Marker.»

«Oh, natürlich, nehmen Sie doch auch die Uhr. Er hing sehr an ihr, wir haben sie ihm vor drei Jahren zu Weihnachten geschenkt. Er würde sich sicher freuen, wenn er wüsste, dass Sie sie jetzt besitzen.»

Mrs Hammer hatte noch kein einziges Mal aufgesehen, sie schluchzte ununterbrochen. Kate nahm Uhr und Marker von dem schwarzen Plastikstuhl und ging. Sie musste an die frische Luft und einmal tief durchatmen, am liebsten hätte sie ihre Verzweiflung laut hinausgeschrien.

Sie nahm ein Taxi und fuhr zu Virgil nach Hause. Dort angekommen stürzte sie zum Computer und schloss den Speicherstick an. Ein Foto war darauf und ein Text: «Memorandum für Kate». Sie las die Notizen durch, die ihr Freund verfasst hatte, kurz bevor ein als Obdachloser verkleideter Mann ihn umgebracht hatte.

Kate war schockiert von den Lügen, die Soniet Al der WHO da auftischte. Vor allem aber entsetzte sie, wie sehr Dan Hamid seine Mitarbeiter unter Kontrolle hatte – der Beweis für Virgils Vermutung.

XXVIII

Coimbra, 13. Juli

Für John Costa war das Hotel Quinta das Lagrimas ein königlicher Palast. Das Gebäude aus dem achtzehnten Jahrhundert war in typisch portugiesischem Stil erbaut und lag etwas außerhalb der Stadt. Der Journalist hatte es sich wegen des hübschen Teichs ausgesucht, auf den die Zimmer auf der Rückseite hinausgingen, aber auch wegen des gut ausgestatteten Weinkellers, in dem Kenner so manche Rarität finden konnten. Der Tag war klar und hatte so gar nichts von dem schweren Dunst, der sich bereits frühmorgens über Rom legte. Costa hatte einen sehr frühen Flug nach Lissabon genommen und war schon mittags mit dem Auto, das er am Flughafen gemietet hatte, an seinem Zielort angekommen.

In aller Ruhe nahm er jetzt die Sachen, die er so eilig in den Koffer gepackt hatte, heraus. Jedes Mal, wenn er verreiste und seine Reisetasche öffnete, musste er an seine Frau denken, vielmehr an seine Ex-Frau. Sie hatte vor seiner Abreise immer kontrolliert, ob auch nichts fehlte: Wäsche, Medikamente, Notizblock, Stifte, Kabel für Computer, Handy und Fotoapparat und mindestens eine Krawatte.

John hatte keinen Hunger, er hatte zu Hause gefrühstückt, dann ein zweites Mal am Flughafen und im Flugzeug auch nochmal. Er vertrat sich ein wenig die Beine im Park, der zum Hotel gehörte, stattete dem großen Pool einen Besuch ab, der um diese Uhrzeit leer war. Dann ging er wieder auf sein Zimmer. Es war besonders groß, mit Eichenparkett und antik anmutenden Möbeln. Um drei rief er Pater Ernesto dos Santos in dessen Dienststelle im Archiv der Diözese an.

«Sind Sie gut angekommen? Wie war die Reise?», fragte der Priester in gebrochenem Englisch.

«Alles bestens, vielen Dank.»

«Können Sie heute Nachmittag bei mir vorbeischauen?»

«Natürlich, deshalb bin ich ja hier.»

«Gut, ich werde Ihnen einen sehr interessanten Menschen vorstellen. Passt es Ihnen in einer Stunde? Vor dem Eingang zum Bischöflichen Palast, Rua do Brasil 3069.»

Leicht genervt legte John auf. Er hatte gehofft, er müsse mit seinen Recherchen erst am nächsten Tag beginnen, um vorher die Stadt, die er kaum kannte, ein wenig zu erkunden. Doch vielleicht war es besser, sofort an die Arbeit zu gehen. Er zog ein blaues Leinenjackett an, ging nach unten, ließ sich ein Taxi rufen und stand zwanzig Minuten später vor dem Bischofspalast. Er hatte noch Zeit und schlenderte vor den weißen Gebäuden auf und ab; der Himmel war von einem strahlenden, beinahe stechenden Blau. Er musste an den Mai 2000 denken, als der Papst die beiden Hirtenkinder Francisco und Jacinta seliggesprochen und sein Staatssekretär die dritte Prophezeiung enthüllt hatte. Ein denkwürdiger Tag – allerdings ein Arbeitstag. John war als einziger Journalist von Reuters dabei gewesen, aber nicht mit der Maschine des Papstes geflogen, sondern hatte die Gelegenheit genutzt und sich mit seiner Frau ein paar Tage Urlaub in Lissabon und Umgebung gegönnt.

Er war ganz in Gedanken versunken, als er plötzlich eine Stimme hinter sich hörte.

«Sie müssen John sein!»

Der Journalist drehte sich um und sah Pater Ernesto, den Neffen von Schwester Lucia; der rundliche, etwas ungepflegte Mann war ihm auf Anhieb sympathisch.

«Wie haben Sie mich erkannt?»

«Es gibt nicht so viele Menschen, die vor dem Bischofspalast auf und ab schlendern», sagte Pater Ernesto lachend und fügte dann hinzu: «Monsignore Semprini meinte, ich könne Ihnen vertrauen, und das werde ich auch. Ich hoffe, ich kann Ihnen behilflich sein, den Prophezeiungstext in seiner ganzen Länge zu veröffentlichen.»

«Was glauben Sie, weshalb der Vatikan ihn unter Verschluss hält?»

«Ich weiß es nicht, vielleicht ist der richtige Moment noch nicht gekommen, schließlich handelt es sich ja um ... doch lassen wir das. Kommen Sie, ich möchte Ihnen jemanden vorstellen, Pater Hans Eisenbach.»

«Wer ist das? Ich habe noch nie von ihm gehört.»

«Er ist Jesuit, der sich schon sein ganzes Leben lang mit der Apokalypse beschäftigt, vor allem mit Gematrie.»

«Was ist das, Gematrie?»

«Die Methode, mit der man für ein Wort einen Zahlenwert ermittelt, indem man jedem Buchstaben eine bestimmte Zahl zuordnet und diese dann addiert. Viele Völker haben diese Kunst praktiziert.»

«Und was hat das mit dem Geheimnis zu tun?»

«Das wird Ihnen Pater Eisenbach erklären.»

Ohne ein weiteres Wort ging Pater Ernesto auf das Pfarrhaus am anderen Ende des Platzes zu. Die beiden Männer stiegen zwei steinerne Treppen hinauf zu Pater Ernestos Wohnung. Sein Arbeitszimmer war vollgestopft mit Büchern, in der Mitte war lediglich Platz für einen kleinen Schreibtisch und eine Liege, auf der der siebenundachtzigjährige Pater Eisenbach schlief. Er war groß, hager, hatte weißes wuscheliges Haar – und er beherrschte sechs Sprachen.

«Ich habe Sie erwartet, wir haben viel zu tun», sagte der Pater zu John gewandt.

«Ehrlich gesagt, weiß ich nicht, was Sie damit meinen», erwiderte der Journalist.

«Sie wollen einen Artikel oder ein Buch schreiben, und wir wollen, dass der Prophezeiungstext an die Öffentlichkeit kommt, vor allem aber, dass die islamische Invasion gestoppt wird», sagte Pater Eisenbach und blickte zu seinem Kollegen.

«Finden Sie nicht, dass ich den Text erst einmal lesen sollte?»

«Ich selbst habe ihn erst vor fünf Tagen gelesen. Er hat mir die Augen geöffnet, weil er sich in größere Zusammenhänge einfügt …»

Als Costa diese beiden Worte hörte, die zu einer Art Mantra in seinen Unterredungen mit Monsignore Semprini geworden waren, gab er auf. Er musste seinen beiden Gastgebern freie Hand lassen; schweigend wartete er, dass der Jesuit weitersprach.

«Kennen Sie die Legende von Coimbra?»

«Nein, bislang noch nicht», erwiderte John.

«Ich erkläre Ihnen kurz, worum es geht: Einer festverankerten Tradition des schiitischen Islam zufolge wird eines Tages der Messias der Moslems namens Mahdi auf Erden erscheinen – dies wird seit dem zehnten Jahrhundert prophezeit. Einige Muslime glauben, er sei bereits erschienen, andere warten noch darauf, dass er sich offenbart. Das Geheimnis der Wiederkehr des Mahdi ist in einem Kodex verschlüsselt, dem sogenannten Coimbra-Kodex, der deshalb so heißt, weil man ihn hierherbrachte, um ihn vor der Zerstörung zu bewahren. Die darin enthaltene Prophezeiung stammt von einem Würdenträger am Hof des Kalifen Ali, aufbewahrt wurde sie anscheinend zunächst in Mekka, dann in Damaskus und schließlich in Bagdad. Mit dem Untergang des Arabischen Reiches 1258 wurde der Text nach Spanien gebracht und dann endgültig nach Portugal.»

«Und wo befindet er sich jetzt?», fragte der Journalist ungeduldig.

«Er wurde nie gefunden, und sein Inhalt ist unbekannt. Um das Jahr 1300 hat nämlich jemand den Text in einem lateinischen Kodex versteckt – eben dem Kodex von Coimbra!»

«Und was genau ist der Kodex von Coimbra?»

«Ein prächtig verzierter Text mit der Apokalypse des Johannes, auf Pergament aus dem frühen vierzehnten Jahrhundert.»

«Und der arabische Text ist nicht erkennbar? Wie ist das möglich?»

«Als ich den richtigen Kodex endlich gefunden hatte, habe ich ihn lange studiert. Glauben Sie mir, darin findet sich nicht einmal eine Spur von Arabisch, sondern nur der lateinische Text der Apokalypse. Man weiß, dass im Kodex von Coimbra, beziehungsweise seinem geheimen Subtext, von einer islamischen Invasion die Rede ist, und man weiß auch, dass es seit tausenddreihundert Jahren eine esoterische muslimische Sekte gibt, die sich auf diesen Text beruft. Wir kennen nur die ersten Worte: *Wer die Interpretation dieser Worte findet, wird den Tod nicht schmecken.* Sagt Ihnen das etwas?»

«Leider nein», erwiderte John frustriert.

«Es ist ein Satz aus dem Thomas-Evangelium, einem apokryphen, esoterischen Text aus dem zweiten oder dritten Jahrhundert, bestehend aus hundertvierzehn Sprüchen Jesu.»

«Soll das heißen, die geheime Prophezeiung von Coimbra zitiert eines der Evangelien?»

«Ganz richtig! Das sollte Sie nicht weiter verwundern, die Schiiten glauben, Ali, der Schwiegersohn Mohammeds und Ehemann von dessen Tochter Fatima, sei von Mohammed eingeweiht worden, und zwar durch jene ‹leuchtende himmlische Substanz›, wie sie jeder Imam traditionellerweise weitergab und dadurch zu einer Art lebender Gottheit wurde. Die Imamiten oder Zwölfer-Schiiten waren insgesamt zwölf und hielten sich bis zum Jahr 878. Dann scheint die Dynastie sich in die besagte Sekte geflüchtet zu haben, um in Gestalt des Mahdi wiederaufzutauchen, wenn das Ende der Welt gekommen ist.»

«Und was hat das mit Fatima zu tun?», fragte John, dem der Kopf schon schwirrte.

«Ich habe Ihnen ja gesagt, dass der Ort, an dem die Muttergottes erschien und von Umkehr und Zukunft der Menschheit sprach, genauso heißt wie die Tochter Mohammeds, die Gattin Alis. Fatima kommt vom arabischen *Fâtimal* und bedeutet: ‹diejenige, die die Kinder entwöhnt›. Denken Sie an die drei Hirtenkinder, aber auch an uns alle, an die arme, verwirrte Menschheit, die verzweifelt ihren Weg sucht. Stellen Sie sich vor, der Sinn der Botschaft läge darin, uns zu warnen, uns darauf hinzuweisen, welch schwere Zeiten uns bevorstehen, uns zu ermahnen, durch den Glauben endlich erwachsen zu werden. Außerdem ist in dem noch nicht veröffentlichten Teil von einer islamischen Invasion die Rede. Und der Geheimbund, der sich auf den Kodex von Coimbra beruft, wartet nur deshalb auf das Erscheinen des Mahdi, um Europa zu erobern. Doch da ist noch etwas …»

«Noch etwas? Was denn noch?»

«Nun, ich glaube, dass Mahdi der Antichrist ist, die Verkörperung des Bösen.»

John verschlug es die Sprache. Was konnte er den Worten des alten Jesuiten entgegensetzen? Er sah zu Pater Ernesto hinüber, der finster und besorgt dreinblickte.

«Ich glaube, für heute ist es genug», sagte dieser zu Pater Eisenbach. «Wir kommen morgen wieder, wenn John den Inhalt des Geheimnisses gelesen hat.»

Selten war John so dankbar gewesen, an die frische Luft zu dürfen. Er genoss das Kindergeschrei und das Stimmengewirr der Leute in den Cafés. Nach dieser düsteren, schrecklichen Geschichte war die Rückkehr in die Normalität eine wahre Erlösung.

«Sie werden heute Abend wahrscheinlich allein sein

wollen und sich entspannen. Wir sehen uns morgen früh um neun. Dann können Sie endlich das lesen, woran Ihnen so sehr gelegen ist», sagte Pater Ernesto.

XXIX

London, 14. Juli

Kate wollte nicht, dass Virgil Parker, der sie bei sich aufgenommen hatte, in ihr Vorhaben miteinbezogen wurde; schließlich ging er jeden Morgen in die Labors der Soniet Al und war daher viel stärker irgendwelchen Kontrollen ausgeliefert. Daher beschloss sie, ihm nichts von dem Memorandum zu erzählen, das Bob Hammer aufgezeichnet hatte und in dessen Besitz sie gekommen war. Bevor sie schlafen ging, hatte sie eine Kopie davon auf ihrem USB-Stick gespeichert, das Original auf Virgils Computer aber gelöscht. Außerdem hatte sie ein Foto ausgedruckt, das ebenfalls auf Bobs Marker war: ein Mann um die fünfzig, mit kurzen blonden Haaren, der aussah wie ein Marinesoldat.

Am nächsten Morgen stand sie früh auf. Sie hatte eine fast schlaflose Nacht mit Albträumen hinter sich. Ein schrecklicher Verdacht quälte sie: War Bob Hammer umgebracht worden, weil er seine Nase in die Angelegenheiten der Soniet Al gesteckt hatte?

Kate machte extra starken Kaffee, dazu ein paar Eier mit Speck und Toast. Sie würde ihre Mutter heute wieder nicht besuchen. Ihr blieb nur noch wenig Zeit, der fingierte Klinikaufenthalt in Astana würde bald enden.

«Aufstehen, Virgil! Frühstück ist fertig!», rief sie und riss dabei die Tür zu seinem Schlafzimmer auf.

«Komme schon», brummte Virgil, der sich zur Abwechslung mal ganz gerne von einer Frauenstimme wecken ließ anstatt, wie sonst, durch das metallische Klingeln des Weckers.

Während sie Eier, Speck und Toast aßen, legte Kate das Foto auf den Tisch.

«Virgil, weißt du, wer das ist?»

«Na klar», antwortete er gelassen, was Kate stutzig machte.

«Sag schon.» Sie war beunruhigt.

«Ich hab ihn nur einmal gesehen, aber das Gesicht werde ich nie vergessen. Er heißt Jim Harris, bestimmt nicht sein richtiger Name. Er ist Security-Chef bei Soniet Al. Seltsamer Mensch, keiner kennt ihn privat, und man sieht ihn so gut wie nie.»

«Warum sollte Jim Harris nicht sein wirklicher Name sein?»

«Weil er einen starken deutschen Akzent hat, Englisch ist nicht seine Muttersprache, trotz seines Nachnamens.»

«Wie kommt es, dass ich ihn noch nie gesehen habe?»

«Er verlässt die Kontrollzentrale auf C-5 nur selten.»

«Hör mal, Virgil, wie hieß die Krankenschwester im Guy's Hospital, die Dienst hatte, als Sirkar eingeliefert wurde?»

«Die Krankenschwester? Arroyo. Warum fragst du?»

«Ach nichts, ich hatte nur so eine Idee …»

«Bitte pass auf!»

«O. k., versprochen.»

Kate zog sich rasch an und nahm ein Taxi. An jenem Morgen herrschte auf Londons Straßen nur wenig Verkehr, und kurze Zeit später stieg sie vor dem Guy's Hospital aus. Sie erkannte den Nebeneingang wieder, vor dem ein kleines Grüppchen Obdachloser anstand, um sich medizinischen Experimenten zu unterziehen und davon wieder ein paar Wochen leben zu können.

Sie trat durch den Haupteingang und fragte nach Schwester Arroyo. Es hieß, sie habe gerade ihre Nachtschicht beendet, aber wenn Kate ein paar Minuten warten wolle, werde sie Mrs Arroyo sicher gleich treffen.

Kate konnte sich noch nicht einmal setzen, als eine Frau mit unverkennbar lateinamerikanischen Zügen, einen Kittel unterm Arm, die Halle durchquerte.

«Mrs Arroyo?»

«Ja …? Wer sind Sie?»

«Katherine Smith, Security Agent der Soniet Al», sagte Kate und hielt ihr rasch den Dienstausweis hin.

«Was wollen Sie von mir?», fragte die Krankenschwester misstrauisch.

«Nichts Wichtiges, nur eine Formsache. Unser Präsident hat mich beauftragt, die Person ausfindig zu machen, die vor ein paar Tagen Professor Sirkar auf der Straße gefunden und dann hierhergebracht hat. Wir wollten uns nur bei demjenigen mit einer kleinen Aufmerksamkeit bedanken …»

«Ich weiß nicht, wen Sie meinen, hier kommen jeden Tag so viele Leute her …», erwiderte die Krankenschwester.

«Bitte, versuchen Sie doch, sich zu erinnern! Ich meine den Wissenschaftler, der bereits im Koma lag, als er hier eingeliefert wurde, nachdem er sich ein Virus injiziert hatte», sagte Kate.

«Ich … ich weiß es nicht. Ich weiß nicht, wie der Mann heißt, der ihn hergebracht hat», stammelte die Krankenschwester.

«Macht ja nichts. Aber vielleicht können Sie mir sagen, ob es der Mann hier auf diesem Foto war?»

«Ja, ich glaube schon … Doch, das ist er, ganz bestimmt.»

«Tausend Dank! Sie waren mir eine große Hilfe!»

«Keine Ursache – das ist mein Job», sagte die junge Frau und verließ, sichtlich ermüdet von der Nachtschicht, das Krankenhaus.

Kate fuhr mit der U-Bahn nach Hause. Sie schaltete den Computer ein, um ihre Mails abzurufen, und fand eine neue Nachricht von William Garrison, ihrem Schulfreund, der jetzt Forscher in Oxford war.

Liebe Kate,
ich hoffe, du konntest mit dem, was ich dir neulich gemailt habe, etwas anfangen. Ich habe noch ein paar weitere Sachen herausgefunden, die ich ziemlich bemerkenswert finde. Wusstest du, dass der griechische Satz aus dem Thomas-Evangelium für einige schiitische muslimische Gruppen von großer Bedeutung ist? Darauf bin ich zufällig gestern Abend bei einem Essen mit meinem Kollegen Paul Khoury gestoßen. Er ist Libanese, unterrichtet Religionsgeschichte und ist spezialisiert auf den islamischen Messianismus. Wir kamen auf die apokryphen Texte der

Bibel zu sprechen. Er sagte, es gebe eine Stelle im Thomas-Evangelium, die für den Islam sehr wichtig geworden sei. Ich wurde hellhörig. Zufällig hatte ich den griechischen Text, den du mir gemailt hattest, noch in meiner Tasche. Er las ihn, und stell dir vor, es ist genau diese Passage!

Du bist doch nicht etwa zu einer Gruppe esoterischer Islamisten übergelaufen? Ich weiß jetzt, dass dieser Satz eine Art Erkennungszeichen für eine Sekte ist, die sich auf den Kalifen Ali beruft, den Schwiegersohn Mohammeds. Diese Gruppe wartet auf das Erscheinen eines Messias, des sogenannten Mahdi, der die Moslems zum Sieg führen soll. Es heißt, er hüte ein Geheimnis namens «Die Prophezeiung von Coimbra». Solltest du tatsächlich einer Sekte angehören – pass auf dich auf!

Herzliche Grüße,
William

Seltsam, dachte Kate: Der Satz, der immer wieder in Professor Sirkars Aufzeichnungen auftauchte, verweist auf eine Gruppe esoterischer Islamisten? Ihr fiel ein, dass in Bob Hammers Memorandum davon die Rede war, dass Dan Hamid einer muslimischen Sekte angehörte – da schloss sich also der Kreis. Aber Kate begriff noch nicht, was das zu bedeuten hatte! Vor allem war ihr nicht klar, was Sirkar mit alldem zu tun hatte.

Virgil wirkte verstört, als er abends nach Hause kam.

«Kate, heute ist etwas Seltsames bei der Arbeit passiert», sagte er, nachdem er von innen abgeschlossen hatte. Er zitterte und sah immer wieder durch den Spion an der Tür, als ob ihm jemand gefolgt war. Dann ging er ans Fenster, hob die Gardine ein wenig an und kontrollierte die Straße. So ging es mindestens noch zweimal, bis er sich endlich setzte und erzählte.

«Nach der Mittagspause wurden wir plötzlich in den Konferenzsaal im Untergeschoss gebeten, der Präsident persönlich hatte das veranlasst. Alle waren versammelt, Forscher, Labortechniker, Angestellte, Sekretärinnen, die Leute vom Marketing ...»

«Waren die von der Security auch dabei?»

«Ja, sogar Jim Harris ... das war ganz seltsam, irgendwie hatte ich das Gefühl, er schaute mich die ganze Zeit an, ausgerechnet mich. Irgendwann kam er zu mir und begrüßte mich mit einem Grinsen. Er fragte, wie es mir geht und ob ich dich gesehen hätte.»

«Und was hast du geantwortet?»

«Dass ich dich seit deiner Versetzung nach Kasachstan nicht mehr gesehen habe.»

«Was hat man euch während der Konferenz gesagt?»

«Dan Hamid wirkte sehr angespannt, er sagte, es seien etliche Forschungsergebnisse verschwunden, die für die weitere Entwicklung von Soniet Al von entscheidender Bedeutung seien. Er fragte ganz explizit, ob jemand etwas von Professor Sirkars Recherchen mitbekommen habe und dabei helfen könne, sie zu rekonstruieren.»

«Und zu mir meinte er, Sirkars Projekt hätte zu keinem Ergebnis geführt! Wie ist das möglich? Hat er noch mehr gesagt?», fragte Kate.

«Nein, aber er meinte noch, dass ab sofort die Sicherheitsvorkehrungen noch einmal verschärft werden, und entschuldigte sich bereits im Voraus für die Unannehmlichkeiten, die daraus entstehen.»

«Was soll denn da noch kommen? Es gibt doch schon überall Videokameras, und jeder Angestellte hat einen Stift mit einem integrierten Chip bei sich, mit dessen Hilfe die Firma ihn jederzeit lokalisieren kann.»

«Kate, da ist noch etwas ... Hamid hat von dem neuen Vizepräsident erzählt: einen Anglopakistani, ziemlich jung, noch keine vierzig ... Er soll vier Filialen in vier verschiedenen europäischen Städten aufbauen ...»

«Weiß man schon, in welchen Städten?»

«Nein, aber das werden wir wohl bald erfahren.»

«Hör mal, Virgil, hast du schon mal von der Six&Six gehört?»

«Nein, was ist das?»

«Eine amerikanische Firma, die Mikrochips entwickelt und produziert.»

«Und warum fragst du?»

«Sieht so aus, als werde sie von Hamid kontrolliert ...»

«Ich weiß nicht, was das alles soll. Ich weiß nur, dass der Typ von gestern ziemlich finster dreinblickte. Und dann noch Jim Harris, der mich die ganze Zeit so musterte, das hat mir Angst eingejagt.»

«Hm, ich will dich ja nicht noch mehr beunruhigen, Virgil, aber ich habe heute Morgen auch etwas herausgefunden.»

«Was denn?»

«Erinnerst du dich an die Krankenschwester Mrs Arroyo?»

«Klar.»

«Ich war im Krankenhaus, habe sie am Ende ihrer Schicht abgepasst und ihr dasselbe Foto gezeigt wie dir ...»

«Das von Harris?»

«Genau. Sie sagte, er sei einer der Männer, die Sirkar auf der Straße gefunden hätten. Findest du es nicht seltsam, dass ausgerechnet der Security-Chef von Soniet Al ihn gefunden hat?»

«Wenn man außerdem bedenkt, dass wenige Minuten nach Sirkars Einlieferung sein Computer geknackt und sämtliche Daten gelöscht wurden, gibt es eigentlich nur eine logische Schlussfolgerung: Der Professor wurde von der Security unseres Konzerns getötet.»

«Zu dem Schluss bin ich auch gekommen.»

In der Nacht hatten sie beide schreckliche Albträume.

Um drei Uhr, als die Stadt noch in tiefes Dunkel gehüllt dalag, hielt Kate es nicht mehr im Bett aus. Sie stand auf, zog die Schiebetür des Durchgangszimmers zu, um Virgil nicht zu stören, der seinerseits sehr unruhig schlief, und schaltete den Computer ein. William Garrisons Nachricht hatte sie neugierig gemacht.

«Vielleicht kann ich mich durch diese esoterischen Spinnereien ein wenig ablenken», sagte sie zu sich und schlürfte eine lauwarme Cola. Geduldig wartete sie, bis Virgils Computer hochgefahren war, um im Netz etwas über den «Kodex von Coimbra» zu finden. Sie stieß auf die Website eines verrückten amerikanischen Pseudo-Mystikers, Ronny Rolando, der behauptete, die Muttergottes erscheine ihm jede Woche und an jedem ersten Freitag im Monat zeigten sich bei ihm Wundmale. Unter den wenigen Texten war einer, der das Ende der Welt heraufbeschwor: *Sie glaubten nicht an Fatima, nun wird sie das Joch des Kodex von Coimbra bekehren!*

«Etwas kümmerlich, mein lieber Ronny», raunte sie ihrem virtuellen Gesprächspartner zu. Vergeblich suchte sie nach weiteren Informationen; auf ein paar muslimischen Websites, die es auch in einer englischen Version gab, glaubte sie das griechische Zitat gefunden zu haben. Doch damit erschöpften sich ihre Recherchen auch schon. Die einzige, kümmerliche Spur waren die fanatischen Äußerungen von Ronny Rolando mit den Wundmalen. Irgendwann sank ihr Kopf auf die Tastatur, und sie schlief ein, der Computer war noch eingeschaltet. Als Virgil sie ein paar Stunden später so sah, weckte er sie nicht. Sie schien den Schlaf bitter nötig zu haben.

«Kate! Kate!» Virgils Stimme schien von einem anderen Stern zu kommen. Das Telefon, direkt neben ihrem Ohr, hatte sie aus dem Schlaf gerissen.

«Kate, hör zu, du bist in Gefahr!» Virgil sprach leise, er war ganz aufgewühlt.

«Kate! Pack deine Sachen zusammen! Verlass meine Wohnung, sofort! Wir treffen uns zum Mittagessen, erinnerst du dich an das My Old Dutch in der High Holborn Road?»

«Klar!»

«Dann treffen wir uns dort um eins. Sei pünktlich! Lass das Handy ausgeschaltet und nimm den Akku raus. Zieh auch das Modemkabel aus dem Computer. Bis später – und pass auf, dass dich keiner sieht!»

«Virgil, du bist ja richtig hysterisch!»

«Mach, was ich dir sage! Vertrau mir.» Und damit legte er auf.

Kate starrte benommen auf den Bildschirm. Es war ein herrlich sonniger Tag, das Licht drang durch alle Ritzen ins Zimmer. Vorsichtig trat sie ans Fenster und hob den Vorhang, ohne die Gardinen beiseitezuziehen. Sie hätte gerne geduscht, überlegte es sich jedoch anders. Ein paar Minuten später war sie fertig, ihre Sachen hatte sie in den kleinen Rollkoffer gepackt, der Laptop steckte in der schwarzen Tasche. Die letzten Wochen waren hart gewesen: Sirkars Tod, seine Rechercheergebnisse, ihre überstürzte Versetzung nach Kasachstan, die Informationen, die sie von Bob Hammer erhalten hatte, schließlich sein tragischer Tod.

Sie hatte Virgils Anweisungen genauestens befolgt und den Akku aus ihrem Satellitenhandy genommen, obwohl sie sicher war, dass das Gerät, das sie in Astana gemietet hatte, nicht lokalisiert werden konnte. Dann hatte sie eine große Sonnenbrille aufgesetzt und die Haare auf eine für sie untypische Weise hochgesteckt – so hätten sie nicht einmal ihre Freunde erkannt, wenn sie ihr auf der Straße begegnet wären.

Kate nahm die U-Bahn und war viel zu früh am vereinbarten Treffpunkt. Sie musterte das alte Schild des holländischen Restaurants, in dem man Omelettes mit allen nur denkbaren Füllungen essen konnte. Es war noch nicht besonders viel los, umso mehr Leute waren auf der Straße zu sehen.

Sie trat ein und fragte nach einem Tisch für zwei Personen. Eine Viertelstunde lang las sie die Speisekarte durch – fast jedes Gericht erinnerte sie an jemanden, einen Freund, einen Studien- oder Arbeitskollegen. Schließlich bestellte sie als Vorspeise eine große Käse- und Gemüseplatte. Endlich kam Virgil herein, oder war es nur sein Geist? Er war völlig durch den Wind, setzte sich, beugte sich zu ihr und sprach leise auf sie ein – als der Kellner ihn so sah, wartete er noch mit der Bestellung.

«Kate! Sie wissen, dass du nicht in Astana, sondern in London bist. Sie suchen nach dir …»

«Woher weißt du das?»

«Heute Morgen, als ich ins Labor kam, wurde ich zum Security-Chef Jim Harris bestellt, ich hatte mich noch nicht einmal umgezogen. Es war das erste Mal, dass er mich zu sich rief, und jetzt weiß ich auch, warum er mich gestern so gemustert und sich nach dir erkundigt hat. Als ich sein Büro betrat, fragte er mich gleich, ob ich dich in den letzten Tagen gesehen hätte.»

«Was du hoffentlich verneint hast!»

«Natürlich, keine Sorge. Ich meinte, ich hätte vor vier Tagen mit dir gesprochen, da hättest du mir von deinen gesundheitlichen Problemen und der Einlieferung in die Klinik erzählt.»

«Und?»

«Er meinte, du seist gar nicht in der Klinik und die Soniet AI fürchte, du seist zur Konkurrenz übergelaufen und könntest wichtige Betriebsgeheimnisse verraten.»

«Wie haben die das bloß herausgekriegt …»

«Ist doch egal, sie wissen es, basta! Und die Tatsache, dass sie mich herbestellt und mich nach dir gefragt haben, beweist, dass sie noch einiges mehr wissen.»

«Glaubst du, sie könnten dir gefolgt sein?»

«Nein, weil ich zum Telefonieren raus bin. Ich hab gesagt, ich bräuchte ein Ersatzteil fürs Elektronenmikroskop. Dann ist mir ein Trick eingefallen, den ich einmal bei einer besonders eifersüchtigen Freundin angewendet habe. Sie glaubte, ich würde mich in der Mittagspause immer mit einer anderen treffen ...»

«Und das stimmte auch noch, was?»

«Ja, das stimmte. Jedenfalls merkte ich eines Tages, dass sie mir bis zu Soniet Al gefolgt war und sich ins Café gegenüber setzte. In der Mittagspause verließ ich mit einem Sandwich in der Hand die Firma und ging zum Ayurvedic Centre. Du erinnerst dich sicher an das große Gebäude, zwei Blocks von unserer Zentrale entfernt?»

«Das Kaufhaus, in dem man lauter orientalische Parfüms und Kosmetika kaufen kann?»

«Genau. Es hat vier Ein- und Ausgänge. Ich kaufte also ein Massageöl, tauchte in der Menge unter und verließ das Gebäude auf der anderen Seite, während sie vor dem Eingang stehen geblieben war. So kam ich in den Genuss meiner, ähm, ‹Massage›. Abends sagte ich zu ihr, ich hätte eine Überraschung, und schenkte ihr das Massageöl. Seitdem ließ sie mich in Ruhe, und ich konnte ungestört meine Mittagspause genießen.»

«Und das hast du heute auch so gemacht?»

«Ja, obwohl ich nicht hundertprozentig sicher bin, dass mir niemand gefolgt ist. Ich habe im Gehen ein Sandwich gegessen, dann bin ich ins Kaufhaus gegangen und auf der anderen Seite wieder hinaus.»

«Hoffen wir, dass alles gutgeht!»

«Du musst London sofort verlassen!»

«Warum?»

«Ich glaube, sie wissen mehr über dich, als dir lieb ist.»

«Ich muss eine Probe aufs Exempel machen, Virgil. Hast du ein paar Münzen?»

«Ja, hier.»

Kate stand auf und ging zu der Telefonzelle vor dem Restaurant. Sie wählte die Nummer von Miss Canergie, Sirkars Sekretärin, der er vor seinem Tod alle seine geheimen Dokumente anvertraut hatte. Eine ihr unbekannte Frauenstimme nahm ab.

«Ich würde gern mit Miss Canergie sprechen, ich bin eine frühere Kollegin von ihr», sagte Kate und versuchte, ihre Stimme zu verstellen.

«Wir würden auch gerne mit ihr sprechen, Miss, wir suchen sie nämlich auch», sagte die Frau.

«Was meinen Sie damit?»

«Meine Tante ist seit drei Tagen verschwunden, ganz plötzlich, ohne jemandem Bescheid zu geben.»

«Vielleicht macht sie ein paar Tage Urlaub», versuchte Kate die Situation zu entschärfen.

«Nein, das glaube ich nicht. Wer nimmt schon seinen Laptop und tausend Aktenordner mit in den Urlaub?»

«Ich hoffe, sie taucht bald wieder auf.»

«Ja, hoffentlich! Wie, sagten Sie, war Ihr Name, Miss?»

«Claire, ich bin eine alte Freundin.» Damit legte Kate auf.

Sie ging wieder ins Restaurant, soeben hatte der Kellner zwei riesige gefüllte Omelettes serviert.

«Du hast recht, Virgil. Ich glaube, sie wissen, dass ich im Besitz von Professor Sirkars Forschungsergebnissen bin. Was soll ich nur tun?»

«Du musst auf der Stelle London verlassen und am besten auch gleich England!»

«Und wo soll ich hin? Ich kann doch nicht zurück nach Kasachstan!»

«Geh irgendwo hin, wo sie nicht mit dir rechnen. Und vor allem halte dich fern von Flughäfen!»

Kate nahm einen großen Bissen von dem Omelette. Gedankenverloren starrte sie eine Weile vor sich hin. Dann rief sie plötzlich: «Nach Portugal, nach Coimbra!»

Virgil betrachtete sie. Trotz ihres sorgenvollen Gesichts sah sie wunderschön aus.

«Darf ich dir das hier schenken und dir eine gute Reise wünschen?»

«Danke, Virgil», sagte Kate und nahm ein weißes Tütchen mit einem Fläschchen Massageöl entgegen.

XXX

Rom, 15. Juli

Sie sollten heute mal den Fernseher einschalten, Herr Präsident!»

«Ach wirklich, Lo Monaco?»

«Wenn Sie Zeit haben, ja. Achten Sie auf die Worte des Papstes beim *Angelus*!»

«Gute Nachrichten für uns?»

«Das kann man wohl sagen! Überraschenderweise kommt uns auch die UNO zu Hilfe.»

«Von überraschend kann keine Rede sein», tönte es barsch aus dem Apparat.

«Na dann … also …», stammelte der Geistliche, der sich vergeblich darum bemühte, einmal nicht der Fußabstreifer des Präsidenten zu sein.

«Keine Sorge, ich seh's mir an!» Damit war das Gespräch beendet.

Zur gleichen Zeit saß Gregor XVII. an seinem Schreibtisch und las die kurze Rede durch, die er gleich vor den Gläubigen auf dem Petersplatz halten würde, um sein gewaltiges Vorhaben zu verkünden. Der Papst hatte den steifen Kragen noch nicht umgelegt, sondern trug nur einen schlichten weißen, nicht ganz zugeknöpften Talar. Immer wieder ging er die vier Seiten durch, die das Staatssekretariat auf seine Anweisung hin in großer Schrift hatte ausdrucken lassen.

Die dunklen Augen des Pontifex sahen einen Moment von den Papieren auf und blickten zu dem Kruzifix aus Holz über dem Schreibtisch.

«Ich glaube fast, ich muss es tun», flüsterte er. Er stand auf, nahm die Blätter und legte den Kragen an. Auf dem Platz wartete eine riesige Menschenmenge auf ihn. Und am nächsten Tag würde er in sein Ferienquartier in Castelgandolfo reisen.

«Liebe Brüder und Schwestern», begann Gregor XVII., am Fenster seines Arbeitszimmers stehend, seine Rede, «ich habe euch etwas mitzuteilen. Ich wollte, dass mein Pastorat der universalen Kirche im Zeichen des Friedens und der Einheit beginnt, obwohl in der Welt alles darauf hindeutet, dass wir uns in eine andere Richtung bewegen. Wir Katholiken, wir Christen verschiedener Konfessionen, wir Gläubigen auf der ganzen Welt tragen eine große Verantwortung: Wir müssen beweisen, dass Gott Liebe ist, dass er nicht Hass oder Krieg, Gewalt oder Diskriminierung will. Wir müssen laut bekennen: Verbrechen und Unrecht, Terrorakte und Massaker dürfen nicht im Namen Gottes begangen werden. Um der Welt zu zeigen, worin die wahre Bestimmung von uns Gläubigen liegt, habe ich die Führer aller Weltreligionen zu einem großen Treffen in Jerusalem am 10. September eingeladen. Zu meiner großen Freude darf ich euch auch mitteilen, dass an diesem Tag eine neue Organisation ins Leben gerufen wird, die zum Ziel hat, den Dialog zwischen den Religionen zu fördern. Diese Organisation, die von der katholischen Kirche und dem Bischof von Rom voll und ganz unterstützt wird, steht unter der Schirmherrschaft der UNO. Vertrauen wir diese neuen Friedensbemühungen der Muttergottes an, der Jungfrau Maria, die in den vergangenen Jahrzehnten schon so oft die Menschheit zur Umkehr angehalten hat!»

Die Menge auf dem Petersplatz applaudierte, ohne dabei die Tragweite der Ankündigung des Papstes zu ermessen. Den Journalisten dagegen war dies nicht entgangen, doch sie hatten die Rede auch schon eine halbe Stunde zuvor lesen dürfen. In den Redaktionen der Tageszeitungen glühten die Telefonleitungen – eine willkommene Abwechslung in der allgemeinen sonntäglichen Schläfrigkeit.

In seinem Büro in Rom hatte Chefredakteur Marc Jemmallo die Klimaanlage auf höchste Stufe gestellt. Er fluchte, weil er John Costa nicht erreichte, dann endlich hatte er Glück.

«John, du machst dir einen schönen Lenz in Portugal, während hier in Rom die Post abgeht und ich nicht weiß, wer darüber berichten soll!»

«Was ist los?», fragte der Journalist.

«Ach, nicht der Rede wert ... Der Papst hat nur ein Treffen der Führer aller Weltreligionen im September in Jerusalem angekündigt!»

«Wie bitte?»

«Ja, du hast richtig gehört. Wie weit bist du mit dem dritten oder vierten Geheimnis von Fatima?»

«Läuft alles prima, vielleicht habe ich den Text schon heute Abend in Händen.»

«Hör mal, John, ich will dir deinen Scoop nicht madig machen, aber du könntest mir doch wenigstens einen kleinen Artikel über die heutige Papstrede schreiben? Möglichst einen Hintergrundbericht mit Kommentar, um die Ankündigung besser verständlich zu machen.»

«Ja, Marc, in Ordnung …», lenkte John ein, er kannte diese Art von Anfragen nur allzu gut. Bei wichtigen Ereignissen kam unweigerlich die Bitte: ‹Könntest du einen Hintergrundbericht schreiben?›

«John, versuch mal, mehr über diese neue Organisation unter der Schirmherrschaft der UNO herauszufinden, wer sie leitet, zum Beispiel.»

«In Ordnung, Marc. Aber jetzt lass mich bitte arbeiten.»

Von seinem Hotelzimmer aus ging Costa sofort ins Internet. Eigentlich wollte er sich ja auf den bis dato unveröffentlichten Teils des dritten Geheimnisses von Fatima vorbereiten, doch jetzt musste er gezwungenermaßen seinen üblichen Job machen. Vorher rief er noch Pater Ernesto dos Santos an, mit dem er sich für den Nachmittag verabredet hatte, und bat ihn, das Treffen auf den Folgetag zu verschieben. Der Pater nahm es ihm nicht übel, er schien es nicht eilig zu haben, den Text zu enthüllen, den seine Tante ein halbes Jahrhundert zuvor verfasst hatte und der nun – nachdem das Exemplar im Vatikan vernichtet worden war – den einzigen Beweis für die Botschaft von Fatima darstellte.

Zur selben Zeit diskutierte im Vatikan Papst Gregor mit Roberto Lanfranchini, dem Kardinalvikar der Stadt Rom. Vor ihnen stand je ein Becher Zitronensorbet mit frischen Früchten aus einem Karmeliterkloster auf Sizilien.

«Hochwürden, bitte lesen Sie diesen Brief hier, ich möchte wissen, was Sie davon halten», sagte der Papst und blickte dabei seinen Sekretär an, worauf dieser aufstand und kurz darauf mit einem Blatt in Händen wiederkehrte.

Unter dem aufmerksamen, fast bangen Blick des Pontifex las der Kardinal den Brief:

An Seine Heiligkeit
Papst Gregor XVII.

Ihre Heiligkeit, gleich zu Beginn Ihres Pontifikats haben Sie die Welt zu Brüderlichkeit und Frieden aufgerufen. Ihr Appell richtete sich vor allem an die Menschen, die in den einzelnen Ländern dieser Erde Glaubensgemeinschaften leiten. Erlauben Sie mir, Ihnen ein Projekt vorzustellen, das die Vereinten Nationen auf Geheiß des Generalsekretärs durchführen. Es handelt sich um eine neue repräsentative Organisation, die sämtliche Religionsführer der Erde mit einschließt und dazu beitragen wird, den Hass zwischen den Religionen zu mindern. Ihr Entschluss, sich diesbezüglich zu engagieren, war für uns wie ein Zeichen des Himmels. Deshalb möchten wir Sie herzlich dazu einladen, unserer Organisation beizutreten. Hier einige Informationen:
1) Der provisorische Name der neuen Organisation lautet: «Gott, Liebe und Frieden. Ständige Versammlung der Religionen der Welt.» Sie wird ihren Sitz im UNO-Hauptgebäude in New York haben. Mindestens einmal pro Jahr wird eine Vollversammlung stattfinden.
2) Während des ersten Jahres, in dem die Statuten ausgearbeitet und festgelegt werden, übernimmt Lord Mahatma, vulgo Lucius Jacob Godrha, aus Islamabad

gebürtig, aber seit vielen Jahren in London ansässig, den Vorsitz. Er hat eine Gebetsschule gegründet, deren Ziel es ist, die Differenzen zwischen Christen, Juden, Muslimen, Hinduisten und Buddhisten aus dem Weg zu räumen.
3) Während der Phase der Ausarbeitung und Festlegung der Statuten wird Dan Hamid, Präsident des internationalen Pharmakonzerns Soniet Al, der sich stets für den Dialog zwischen den Religionen und Dritte-Welt-Ländern eingesetzt hat, Geschäftsführer der Versammlung.
Wir hoffen inständig, Heiliger Vater, dass entweder Sie oder einer Ihrer hochrangigen Vertreter dieser vielversprechenden Organisation beitritt.
Für den Generalsekretär der Vereinten Nationen
Dr. Tarek Ben Mohammar,
Stellvertretender Generalsekretär

«Nun, Hochwürden, was halten Sie davon?» Erwartungsvoll sah der Papst zu Lanfranchini.

«Was soll ich Ihnen sagen, Heiliger Vater? Auf dem Papier scheint es sich um eine lobenswerte Initiative zu handeln. Allerdings sollten wir vielleicht noch abwarten und überprüfen … vielleicht auch erst einmal herausfinden, wer diese Leute sind. Ehrlich gesagt habe ich noch nie von ihnen gehört.»

«Ich verstehe Ihre Vorsicht, aber …»

«Eure Heiligkeit, machen Sie sich doch einmal bewusst, was für eine Botschaft da übermittelt wird: eine Religion sei wie die andere, es gebe keine Unterschiede, sondern es komme lediglich darauf an, miteinander in Frieden zu leben; im Grunde gebe es keine Wahrheit, sondern nur ein unbestimmtes religiöses Gefühl, das auf ganz unterschiedliche Wesenheiten gerichtet sei ... Ich fürchte, die Grundlagen des christlichen Glaubens und die Einzigartigkeit unseres Herrn Jesus Christus als Retter der Menschheit stehen auf dem Spiel.» Die letzten Worte sprach der Kardinal beinahe feierlich, als wäre er stolz darauf, seine Gedanken so genau auf den Punkt gebracht zu haben.

Der Papst erhob sich vom Tisch und begann im Raum auf und ab zu gehen. Mehrmals schien er etwas sagen zu wollen, doch die Worte blieben ihm in der Kehle stecken. Der Kardinal hatte mit seinen Einwänden eindeutig ins Schwarze getroffen.

Lanfranchini rührte sich nicht und starrte auf ein kleines Gemälde aus dem sechzehnten Jahrhundert, auf dem der heilige Augustinus abgebildet war.

«Ich verstehe ja Ihre Einwände, Hochwürden. Aber ich bin sicher, dass die Begegnung der Religionen von Gott gewollt ist. Ich werde Ihnen die Vorbereitungen übertragen, dann besteht nicht die Gefahr des Synkretismus. Um unsere Gläubigen nicht zu erschrecken oder zu verwirren, werde ich mich um eine klare Ausdrucksweise bemühen. Dabei brauche ich Ihre Hilfe und Ihre Unterstützung.»

«Die Ihnen auch sicher ist, so wahr Sie Petrus-Nachfolger sind!», erwiderte der Kardinal sichtlich erleichtert, denn er hatte seine Meinung äußern können und den Papst vor den Risiken einer solchen Unternehmung gewarnt – er hatte seine Pflicht getan. Nun lag die Entscheidung bei der höchsten Autorität, und nachdem diese ihren Willen kundgetan hatte, hatte sich der Kardinal zu beugen.

«Ich danke Ihnen für das Essen, Heiliger Vater!»

«Ich muss Ihnen danken für Ihre Hinweise», entgegnete Gregor XVII.

Kardinal Lanfranchini war schon an der Tür angelangt, als der Papst ihn noch einmal rief: «Ach, Hochwürden! Fast hätte ich es vergessen ...»

«Bitte, Heiliger Vater», erwiderte der Geistliche, der wieder umgekehrt war.

«Versuchen Sie doch bitte, etwas über diese Leute in Erfahrung zu bringen, die uns der UN-Generalsekretär genannt hat.»

«Wie Eure Heiligkeit wünschen», sagte Lanfranchini und deutete eine Verneigung zum Zeichen der Ehrerbietung an.

John schrieb gerade seinen Kommentar zu Ende und freute sich schon, im Pool ein paar Bahnen zu schwimmen – im Grunde kam es ihm gar nicht so ungelegen, dass seine Recherchen zu den Prophezeiungen von Fatima verschoben worden waren.

Gerade als er den Artikel abschicken wollte, klingelte sein Handy.

«John, gut, dass ich Sie erreiche, erinnern Sie sich an mich?»

Und ob er sich erinnerte! Es war Monsignore Emanuele Cortina, der Delegierte des Heiligen Stuhls bei den Vereinten Nationen, ein alter Freund, den er vor vielen Jahren in New York kennengelernt hatte.

«Natürlich erinnere ich mich, Hochwürden, wie geht es Ihnen?»

«Oh, gut. Aber wie geht es Ihnen? Und Rosemary und Clarice?»

«Ach … ganz gut, Gott sei Dank!», antwortete John, der keine Lust hatte, vor dem Geistlichen seine Eheprobleme auszubreiten.

«John, haben Sie gehört, was der Papst heute verkündet hat?»

«Und ob!»

«Und? Was halten Sie von der neuen Vollversammlung der Religionen unter der Ägide der UNO?»

John begriff, dass der Monsignore Redebedarf hatte. Er wusste schon, wie man ihn behandeln musste; wenn er Fragen stellte, wollte er eigentlich, dass man ihm selbst welche stellte, damit er etwas erzählen konnte.

«Weiß man schon, wer diese neue Organisation leiten soll?», fragte Costa.

«Offiziell nicht, aber inoffiziell. Hier in New York redet man von nichts anderem.»

«Nun sagen Sie schon, wer es ist!»

«Es sind zwei Männer, die eher unbekannt sind: Der eine soll als Präsident die Organisation während des ersten Jahres leiten, er ist Anglopakistani, eine Art Frömmler, und spricht ständig von der Rückkehr des Messias. Er nennt sich Lord Mahatma, heißt aber in Wirklichkeit Lucius Jacob Godrha. Der andere ist Präsident eines internationalen Pharmakonzerns und wäre für die Organisation zuständig, ein gewisser Dan Hamid, seit ein paar Jahren steht er an der Spitze der Soniet Al und hat sich insbesondere für die Bekämpfung von Aids und die kostenlose Verteilung von Arzneimitteln in der Dritten Welt eingesetzt.»

«Sind das zuverlässige Informationen?», fragte John, um seinen Gesprächspartner ein wenig zu provozieren.

«Nicht mehr und nicht weniger als die, die ich Ihnen bisher immer gegeben habe», antwortete Erzbischof Cortina streng.

«Na schön, Monsignore, ich danke Ihnen herzlich für Ihren Anruf! Sie haben mir sehr geholfen!»

«Nichts zu danken, John. Und besuchen Sie mich mal, wenn Sie nach New York kommen.»

John öffnete erneut die Datei mit seinem Artikel, schrieb ihn zur Hälfte um und fügte die Namen des Präsidenten und des Sekretärs der Vollversammlung der Religionen ein. Dann schickte er den Text an die Agentur, damit er umgehend ins Netz gestellt werden konnte. Reuters war die erste und einzige Agentur, die Godrhas und Hamids Identität bekannt gab.

Anschließend ging Costa nach draußen und schwamm eine halbe Stunde lang im Pool. Dann verbrachte er ein paar Stunden auf einem Liegestuhl und las eines der Bücher über Prophezeiungen, die er von Professor Bassotto bekommen hatte. Gerade hatte er einen Cuba Libre bestellt, als Jemmallo ihn auf dem Handy anrief.

«Was ist denn, Marc?», sagte John leicht genervt.

«Ich wollte dir nur gratulieren, auch vonseiten der Chefetage. Wir waren die Einzigen, die die Namen veröffentlicht haben. Du bist der Größte, John!»

«Danke, aber ich würde mich jetzt lieber wieder dem widmen, weshalb ich eigentlich hier bin», erwiderte John professionell. Dabei dachte er überhaupt nicht an die Prophezeiung von Fatima, sondern an das Abendessen im Restaurant A Cozinha, in der Rua das Azeiteiras, wo er einen Platz reserviert hatte und ihn eine familiäre Atmosphäre und die besten Spezialitäten des Landes erwarteten, zubereitet von der wunderbaren *Señora Maria.*

XXXI

Coimbra, 16. Juli

Der x-te Scoop, den sich die Agentur Reuters dank der hervorragenden Kontakte Ihres Vatikanexperten gesichert hatte, prangte auf den Titelseiten aller Tageszeitungen, zusammen mit dem Bericht über die Ankündigung Gregors XVII. An diesem Morgen stand John früh auf, ein plärrender Säugling im Nachbarzimmer hatte ihn geweckt. Der Journalist trat auf den breiten Balkon hinaus und atmete tief die reine Morgenluft ein. Die Bäume im Garten und der Teich, dessen Wasser sich durch eine sanfte Meeresbrise kräuselte, waren in seltsames Licht getaucht. Er hatte es nicht eilig an diesem Tag, der sich als Wendepunkt in seiner Karriere erweisen könnte; mit Pater Ernesto war er erst für zehn Uhr verabredet.

«Kommen Sie, John, kommen Sie herein, ich habe Sie erwartet», rief Schwester Lucias Neffe ihm zu. Er bat den Journalisten in sein Arbeitszimmer und schloss hinter sich ab, nachdem er ein Schild an der Tür angebracht hatte, das die Besucher über eine vorübergehende Schließung des Archivs in Kenntnis setzte. John bemerkte, dass sogar der Telefonstecker aus der Dose gezogen war. Die Fensterläden waren noch nicht einmal geöffnet, und obwohl es ein strahlender Morgen war, brannte im Zimmer Licht.

«Mein lieber Freund, heute ist also der große Tag.»

John versuchte seine Aufregung hinter einer Maske der Gleichgültigkeit zu verbergen. Mit einem Blick bedeutete ihm Don Ernesto, den Umschlag mit dem Geheimnis zu öffnen; der Journalist rieb seine feuchten Hände an der Hose trocken und faltete dann das Blatt auseinander. Die schwarze Tinte und die Schrift ähnelten dem Text mit der Vision von Fatima, die der Heilige Stuhl im Jahr 2000 publiziert hatte.

Immer wieder las Costa die fünfundzwanzig Zeilen auf Portugiesisch, doch er verstand recht wenig. Er schwieg, sah den Priester fragend an, und Pater dos Santos begriff sofort. Vorsichtig, beinahe ehrerbietig, nahm er das Blatt entgegen. Keiner der beiden in dem Raum mit den hohen Wänden konnte ahnen, dass sie das einzige Exemplar mit den Worten der Marienerscheinung in Händen hielten, nachdem der im Vatikan aufbewahrte Text ja verbrannt worden war.

«Ich werde es für Sie übersetzen», sagte der Priester.

John bemerkte, wie sein Kiefer leicht zitterte und seine Zähne zum Klappern brachte. Nervös griff er nach seinem Notizblock, doch der Stift glitt ihm aus der Hand.

«Machen Sie sich keine Sorgen, John, genauso muss es meiner Tante ergangen sein, als ihr aufgetragen wurde, den Text des dritten Geheimnisses aufzuschreiben.»

Costa nickte ein wenig beschämt. Er war doch ein erfahrener Journalist, der durch nichts zu erschüttern war! Und doch hatte er den Eindruck, dass er seine Gefühle gerade nicht beherrschen konnte.

Wie gelähmt saß er da, seine Nerven waren zum Zerreißen gespannt, doch die aufgestaute Energie konnte sich nicht entladen.

Dann endlich begann Pater Ernesto mit ruhiger Stimme jene Zeilen zu lesen, die noch kein Papst hatte veröffentlichen wollen:

In Portugal wird immer der wahre Glaube herrschen, denn meine Kinder werden an mein unbeflecktes Herz glauben, doch an vielen anderen Orten wird der Glaube verlorengehen, und die große Apostasie wird die Schrecken der Verzweiflung auch in die Kirche hineintragen.

Wenn der Vikar meines Sohnes aus dem Land des Adlers und der Blumen kommen wird, wo viele Christen verfolgt und zu Märtyrern werden, wird er den Frieden unter den Völkern und den Gläubigen verkünden.

Dann werden sich die Söhne Mohammeds zur Invasion rüsten. Dies wird die Stunde der Trauer und der Tränen sein, meine Kinder, denn ihr wolltet nicht die Aufforderung zur Umkehr hören, und Satan hat sich von seinen Ketten befreit. ‹Wer die Interpretation dieser Worte findet, wird den Tod nicht schmecken›, dies wird das Zeichen sein, das euch das Fürchten lehrt.

Aus der Stadt des Augustinus, wo ich meine blutigen Tränen vergieße, aus dem alten dalmatinischen Hafen, wo ich als Heilige Jungfrau von Ploce verehrt wurde, aus der Stadt, wo mein lieber Grignon die Gesetze der Weisheit lehrte, und aus der Stadt, in der sich Mottlau und Radunia kreuzen, werden sie kommen, um Tod und Zerstörung zu bringen.

Es wird der Beginn eines großen Krieges sein, und wenn die Welt nicht bereut und sich eines Besseren besinnt, wird sie vom Schrecken überrollt werden und unter die Herrschaft des Tieres geraten, das sich jeder Seele bemächtigen möchte.

Feuer und Rauch werden vom Himmel fallen, die Wasser der Ozeane werden die Kontinente überschwemmen, und Millionen von Menschen werden sterben.

Als Schwester Lucias Neffe seine Übersetzung beendet hatte, schwieg er und wartete auf eine Reaktion von John. Der Journalist jedoch saß nur gedankenversunken da.

«Also, um ehrlich zu sein ... ich bin etwas enttäuscht», sagte er schließlich.

«Warum?»

«Nun, diese Hinweise auf eine Invasion, sie kommen mir ziemlich zusammenhanglos und kryptisch vor. Was ist die Stadt des Augustinus? Und die Heilige Jungfrau ... wie sagten Sie ...? Von Ploce? Von der Stadt des Bischofs Grignon habe ich nie etwas gehört. Und die beiden slawischen Namen kenne ich auch nicht.»

«Sie haben gehört, dass es sich um eine islamische Invasion handelt und dass hier von einem *Zeichen* die Rede ist, das auf den Satz im gnostischen Thomas-Evangelium verweist – er ist gewissermaßen zu einem Erkennungszeichen für eine Gruppe muslimischer Esoteriker geworden. Dieser Satz müsste der Beginn eines uralten muslimischen prophetischen Textes sein, der irgendwo im Kodex von Coimbra versteckt ist. Und in dem Dokument mit den Worten der Heiligen Jungfrau befindet sich eine Art Landkarte, sie verweist auf vier ganz spezielle Städte ...»

«Na gut, aber auf welche?»

«Die erste ist Civitavecchia. Im Text heißt es: ‹Aus der Stadt des Augustinus, wo ich meine blutigen Tränen vergieße.› Erzählen Sie mir nicht, Sie hätten dabei nicht an die weinende Statue aus Gips gedacht! …»

«Ehrlich gesagt, nein», antwortete der Journalist.

«Sie müssen wissen, im Ortsteil Pantano – nur wenige hundert Meter von der Stelle entfernt, an der 1995 die blutigen Tränen austraten – steht eine kleine Kirche; sie ist dem heiligen Augustinus geweiht, und man erzählt sich folgende Legende: Augustinus von Hippo zerbrach sich während eines Strandspaziergangs den Kopf über die Bedeutung der Heiligen Dreieinigkeit. Plötzlich sah er ein Kind, das mit einer Muschel Wasser aus dem Meer schöpfte und in ein kleines Loch schüttete, das es in den Sand gegraben hatte. Augustinus fragte, was es denn da tue. Das Kind antwortete: ‹Bevor du das Wunder der Dreieinigkeit begriffen hast, werde ich längst das gesamte Wasser des Meeres in dieses kleine Loch geschüttet haben.› Die erste Invasion geht also vom Hafen von Civitavecchia aus.»

«Und die zweite Stadt?»

«Das ist Dubrovnik in Dalmatien, im heutigen Kroatien.»

«Woraus schließen Sie das?»

«Das ist nicht schwierig: ‹Aus dem alten dalmatinischen Hafen, wo ich als Heilige Jungfrau von Ploce verehrt wurde.› Dazu muss man die Geschichte dieser herrlichen Stadt ein wenig kennen: 1225 gelangten die Dominikaner dorthin und richteten sich in der Jakobskirche ein. Drei Jahre später erhielten sie als Schenkung der adeligen Familie Palmotic die Kirche zur Heiligen Jungfrau einschließlich der umliegenden Gärten im Stadtteil Ploce. An dieser Stelle wurde im sechzehnten Jahrhundert eine neue große Kirche erbaut, die noch heute zu besichtigen ist. Die zweite Stadt ist also Dubrovnik. Und ich möchte Sie noch darauf hinweisen, dass nur hundertvierzig Kilometer von der dalmatinischen Hafenstadt entfernt ein Ort liegt, der bis in die frühen 1980er Jahre vollkommen unbekannt war.»

«Und zwar?»

«Medjugorje.»

«Wo es die Marienerscheinungen gab?»

«Genau. Finden Sie es nicht bemerkenswert, dass es in zwei der vier genannten Städte zu Marienerscheinungen gekommen ist beziehungsweise dass Marienstatuen Tränen vergossen haben?»

«Durchaus.»

«Auch bei den anderen beiden Städten spielen Häfen eine Rolle. Also: *Die Stadt, wo mein lieber Grignon die Gesetze der Weisheit lehrte.* Hier ist die Lösung fast schon zu einfach. Grignon de Monfort, der Autor der *Abhandlung über die wahre Marienverehrung* – er lebte von 1673 bis 1716 –, verbrachte viele Jahre in der französischen Hafenstadt La Rochelle. In einer Art prophetischen Schrift hatte er verkündet, die letzten Tage stünden ganz im Zeichen Marias, die sich mehr und mehr um eine orientierungslose, sündige Menschheit kümmere.»

«Das wäre also die dritte Stadt», sagte John leicht ungeduldig.

«Auch die vierte Stadt ist kein Geheimnis: ‹*wo sich Mottlau und Radunia kreuzen*›. Wieder eine Hafenstadt, diesmal in Polen, nämlich Danzig.»

Überrascht zog Costa die Augenbrauen hoch.

«Auch an dieser Stelle ist der Text weder schwer verständlich noch kryptisch oder esoterisch: Es sind einfache, genaue Angaben, die heutzutage jeder, der eine halbe Stunde im Internet recherchiert, verstehen kann. Das Zentrum der polnischen Hafenstadt wird nämlich von den Mottlau und Radunia genannten Kanälen gekreuzt. Aber es gibt zwei erstaunliche Dinge, sind sie Ihnen nicht aufgefallen?»

«Was denn?»

«Erstens handelt es sich um vier Hafenstädte, in Italien, Kroatien, Frankreich und Polen – damit wäre das alte Europa umrissen. Außerdem handelt es sich um vier Städte mit einem eindeutigen Marienbezug: tränende Statuten, Erscheinungen, Verehrung …»

«Entschuldigen Sie, Pater Ernesto, aber was hat Danzig damit zu tun?»

«Erinnern Sie sich nicht an die Solidarnosc-Bewegung? Damals hatte es der Bürgermeister geschafft, einige Grundrechte der Arbeiter einzufordern, ohne dass Blut vergossen wurde.»

«Doch – und?»

«Dann wissen Sie sicherlich auch noch, dass vor den Danziger Fabriktoren das Bild der Jungfrau von Tschenstochau gehisst wurde, die Schwarze Madonna, der sich der letzte Papst so verpflichtet fühlte. Nun, auch in diesem Fall war Maria, die Beschützerin, die die Menschen anflehten, ein Zeichen für Schutz und Frieden.»

«Und was hat der ‹Vikar›, der aus ‹dem Land des Adlers und der Blumen› kommen soll, zu bedeuten?»

«Haben Sie das nicht verstanden?»

«Um ehrlich zu sein, nein ...»

«Hier wird der mexikanische Papst prophezeit.»

«Entschuldigen Sie, aber der Zusammenhang leuchtet mir nicht ein.»

«Erinnern Sie sich an Guadalupe?»

«Natürlich, ich war in Mexico City, als der Papst den Indio Juan Diego heiligsprach.»

«Der Adler ist das zentrale Symbol der mexikanischen Flagge, und die Blumen sind die von Juan Diego aufgelesenen Rosen, die mitten im Winter blühten – der Beweis für die Echtheit der Marienerscheinung.»

«Dann glauben Sie also, dass sich die Prophezeiung von Fatima ausgerechnet in unseren Tagen erfüllt?»

«Ich fürchte, ja. Und genau deshalb haben wir beschlossen, sie Ihnen mitzuteilen. Sie sind Journalist, und wir wollen, dass diese Nachricht publiziert wird.»

«Wenn man bedenkt, dass der neue Papst eine ganz andere Linie verfolgt, eine des Vertrauens ...»

«Ja, ich habe gestern das Angelus-Gebet gehört.»

«Ich musste arbeiten – und habe die Namen der Verantwortlichen der neuen Vollversammlung unter den Religionsführern bekannt gegeben.»

«Das ist mir entgangen. Wer ist es?», fragte Pater Ernesto.

«Eine Art Guru, der sich Lord Mahatma nennt, und der Präsident eines internationalen Pharmakonzerns.»

«Wa... was haben Sie gesagt, John?»

Der Priester war kreidebleich geworden, Schweißperlen bedeckten seine Stirn. Er sah höchst verstört aus und erinnerte den Journalisten an die drei Hirtenkinder, die gerade die Vision der Hölle gesehen hatten, wie eines der wenigen Fotos von damals bezeugt.

XXXII

Coimbra, 17. Juli

Das Flugzeug von Paris nach Lissabon war gelandet, ohne dass Kate aufgewacht war, als die Maschine den Boden berührte. Schon lange hatte sie nicht mehr so fest geschlafen. Am Nachmittag zuvor war sie in den Hochgeschwindigkeitszug gestiegen, der unter dem Ärmelkanal hindurch nach Paris fährt. Sie hatte einen leicht veränderten Namen gewählt, um bei einer Zufallskontrolle nicht aufzufliegen.

Sie mietete einen roten brandneuen Polo und fuhr sofort in Richtung Coimbra. Ein Hotel hatte sie nicht gebucht – es war eine verzweifelte Flucht ins Nirgendwo.

Kate plagte ein schlechtes Gewissen, weil sie es nicht mehr geschafft hatte, ihre Mutter zu besuchen. Ständig hatte sie deren ausdrucksloses Gesicht vor Augen, während sie langsam auf der Autobahn dahinfuhr. Um die Mittagszeit erreichte Kate Coimbra, und gleich am Ortseingang fiel ihr das große Schild des Hotels Quinta das Lagrimas auf. Sie hatte ein nettes Sümmchen in Dollarscheinen bei sich, das Virgil ihr aus seinem «Notvorrat» geliehen hatte – einem Geheimfach in der alten Nussholztruhe, die in einer Ecke seines Wohnzimmers als Minibar fungierte.

Kate war fasziniert von dem Teich und der Vegetation rings um das Gebäude aus dem achtzehnten Jahrhundert.

Wie weit weg waren das Londoner Chaos und die irreale Ansammlung von Wolkenkratzern aus Glas und Stahl! Sie bekam ein Zimmer im ersten Stock mit Blick auf den Park und stellte sich dort zuerst einmal unter die Dusche, wo sie gleich eine Viertelstunde blieb, so wohltuend war der warme Wasserstrahl. Dann ließ sie sich aufs Bett fallen, in den weißen Morgenmantel des Hotels gehüllt, und wollte nur noch schlafen – doch ein heftiges Magenknurren erinnerte sie daran, dass sie vor allem etwas essen musste. Rasch zog sie sich eine weiße Bluse und khakifarbene Shorts an, verzichtete aber auf den BH, während der Siesta würde ihr vermutlich ohnehin niemand über den Weg laufen. Sie verließ das Zimmer, hüpfte die breite Holztreppe nach unten und ehe sie sich's versah, stieß sie mit jemandem zusammen und lag auch schon am Boden.

«Verzeihung ... Verzeihung», stammelte sie.

Der Mann, mit dem sie zusammengeprallt war, war ebenfalls hingefallen. Er sah sympathisch aus, sein Alter war schwer zu schätzen, er hatte Geheimratsecken, duftete nach Rasierwasser und trug eine seltsame Feldjacke aus Leinen. Kate bemerkte, dass er nicht gerade einen stählernen Körper hatte, doch ihr gefiel sein Gesicht, es war vom Leben gezeichnet. Man hätte ihn wohl nicht als gutaussehend bezeichnet – eher als interessant.

«Verzeihen Sie, *eu sou pesaroso*», sagte auch er in einem Mischmasch aus amerikanischem Englisch und Portugiesisch.

«Macht doch nichts», sagte Kate und stand auf.

Unwillkürlich ließ John Costa den Blick über ihren schlanken, wohlgeformten Körper gleiten. Er hoffte, es fiel nicht zu sehr auf, dass er ihr eine Sekunde zu lang auf die Bluse geschaut hatte, die ihre noch leicht feuchten Brüste bedeckte. Kates erschreckte Augen faszinierten ihn, sie erinnerten ihn an ein Beutetier, das gleich von einem wilden Tier verschlungen würde. Er fürchtete, dass er mit seinem Blick genau diese Wirkung auf sie ausgeübt hatte.

«Es ist alles in Ordnung, tut mir leid, es ist meine Schuld. Ich war ganz in meine Lektüre versunken.» Tatsächlich war der Boden übersät mit allen möglichen Zetteln, Blättern und ein paar Büchern zum Thema Fatima. Kate wusste nicht, ob sie einen ausgeprägten Instinkt hatte oder Menschen besonders gut einschätzen konnte – aber dieser Mann flößte ihr Vertrauen ein.

«Ich bin übrigens Kate Duncan.»

«Und ich John Costa; ich arbeite für die Nachrichtenagentur Reuters.»

Warum müssen Journalisten immer gleich mit ihrem Beruf prahlen?, dachte Kate. In diesem Fall handelte es sich jedoch nicht um eine Eroberungsstrategie; John war tatsächlich fasziniert und hatte das Erstbeste gesagt, was ihm eingefallen war. Sie hatten sich mittlerweile erhoben, doch John war noch immer wie erstarrt, mit seinem verlegenen, ja fast dümmlichen Lächeln, aber genau das machte ihn in Kates Augen nur noch sympathischer.

«Ich bin gerade angekommen und verbringe hier ein paar Tage Ferien. Wie ich sehe, beschäftigen Sie sich mit Fatima.»

«Ja, das stimmt. Sie sind … du bist also auch Journalistin?»

«Nein, ich bin Paläopathologin.»

«Was bedeutet das?», fragte John.

«Ich beschäftige mich mit den Spuren, die Krankheiten in der Vergangenheit hinterlassen haben … Auf diese Weise hofft man, neue Heilmittel zu entwickeln.»

«Ah, also eine Art medizinische Archäologin …», sagte John lächelnd und verlor sich ganz in Kates Blick. Mit einem Mal waren seine Ex-Frau und alles andere vergessen. Was er gerade spürte, ging über die rein körperliche Anziehung hinaus, zumindest schien es ihm so.

«Wie ich sehe, beschäftigen Sie sich mit der Prophezeiung von Fatima», wiederholte Kate, der das Ganze peinlich war, dennoch hatte der Mann ihre Neugier geweckt.

«Deswegen bin ich hier», sagte Costa.

«Aber wir sind doch hier in Coimbra!», entgegnete Kate mit einem Lächeln auf den Lippen.

«Hier hat bis vor kurzem das letzte der drei Hirtenkinder gelebt, denen 1917 die Muttergottes erschien», erklärte John.

Kate tat so, als interessierte sie sich für dieses Thema, stellte jedoch fest, dass sie ihr Gegenüber viel spannender fand. Dieser Mann war so anders als diese Business-Leute in der Londoner City und die Wissenschaftler in den Labors, die es fertigbrachten, einen ganzen Tag auf ein Reagenzglas zu starren und nicht zu bemerken, wer neben ihnen saß.

Sie beschloss, die Initiative zu ergreifen, denn John wirkte so hilflos, dass er wohl nie etwas unternommen hätte.

«Ich wollte gerade eine Kleinigkeit essen – leisten Sie mir Gesellschaft? Dann können wir uns weiter über Fatima und Ihre Recherchen unterhalten.»

«Ja, großartig. Danke! Und entschuldigen Sie bitte nochmals. Ich habe übrigens auch … großen Hunger.» Das stimmte nicht, denn bevor er auf sein Zimmer gegangen war, um die Unterlagen zusammenzusuchen, hatte er eine Riesenportion *Gaspacho alentejana* – kalte Gemüsesuppe mit Kümmelwurst und Brot – verdrückt.

Als John nun schon wieder den Speisesaal mit Blick auf den Teich betrat, fürchtete er, der Kellner würde ihn gleich fragen, warum John noch einmal esse, doch der erfasste augenblicklich die Situation und empfahl John gefüllte Calamari. Kate entschied sich für Gaspacho.

«Arbeitest du gern als Journalist?», fragte Kate ganz ungezwungen, als unterhielte sie sich mit einem alten Freund.

«Ja, sehr gern. Ich liebe meine Arbeit!»

«Und womit beschäftigst du dich genau?»

«Ich bin der Vatikanist von Reuters.»

«Was heißt das?»

John hatte nicht bedacht, dass das Wort *Vatikanist* schon bei italienischen Journalisten kaum gebräuchlich war; wie seltsam musste es erst für Leute aus anderen Ländern klingen!

«Ich beschäftige mich mit dem Vatikan, dem Papst, verfolge, was sich in puncto Religion tut …»

«Aha! Und das ist so spannend?», fragte Kate ganz unverblümt.

«Doch, ich finde schon. Es ist ein ganz anderes Umfeld als das meiner Kollegen, die mit Politik oder Lokalnachrichten zu tun haben. Der Vatikan ist eine Welt für sich, abgeschottet, mit eigenen Gesetzen.»

«Wie kommst du an die Informationen ran?»

«Es gibt offizielle Bulletins, man kann es auch mit Interviews versuchen. Aber die eigentlichen Infos kriegt man auf anderen Wegen ...»

«Was heißt das?»

«Zum Beispiel hat der neue Papst Gregor XVII. kürzlich eine große Friedenskonferenz aller Religionen in Jerusalem angekündigt.»

Kate sah John an, ohne ihm richtig zuzuhören. Er hätte ihr genauso gut die Einkaufsliste oder das Telefonbuch vorlesen können.

«Er sprach auch von der Gründung einer neuen Organisation unter dem Deckmantel der UNO, welche die Aktivitäten der Religionen auf der ganzen Welt koordinieren soll – eine Art UNO-Vollversammlung der Weltreligionen.»

Kate nickte und nippte an ihrem köstlichen Weißwein. Weshalb wohl fand sie diesen Mann, den sie gerade erst kennengelernt hatte, so sympathisch und attraktiv?

«Die Namen der Leiter dieser neuen Organisation wurden nicht genannt. Mir hat ein Anruf genügt, und schon wusste ich sie.» John verschwieg, dass es nur durch Zufall zu dem Gespräch mit dem vatikanischen Gesandten gekommen war, und vor allem dass nicht er angerufen hatte, sondern angerufen worden war.

«Und so konnte Reuters die Namen des Präsidenten und des Generalsekretärs in aller Welt verbreiten.»

Ohne sie richtig zu genießen, aß Kate ein paar Löffel ihrer Suppe und machte ein interessiertes Gesicht dabei.

«All das habe ich aber nicht vom Büro, sondern von diesem Hotel aus erledigt, weil ich eine Woche lang hier bin, um etwas über den Codex von Coimbra herauszufinden.»

«Den Codex von Coimbra!» Dies Stichwort rüttelte Kate endlich wach. Hatte nicht ihr ehemaliger Schulfreund William Garrison, der Forscher aus Oxford, davon erzählt? Dieser Codex von Coimbra hat also mit den Prophezeiungen von Fatima zu tun? Plötzlich war Kate in höchster Alarmbereitschaft, und sie begann, dem Journalisten zu misstrauen. *Wie dumm von mir!*, dachte sie bei sich, *vielleicht ist er ein Spion von Soniet Al …*

«Was ist denn der Codex von Coimbra?», fragte sie möglichst gleichgültig.

«Ein berühmter prophetischer Text, der nie gefunden wurde, obwohl manche glauben, er sei in einem Buch aus dem Mittelalter mit dem Text der Apokalypse verborgen. Irgendwie steht er im Zusammenhang mit einer Gruppierung esoterischen Muslime, die sich auf Mohammeds Schwiegersohn Ali beruft.» Das kam Kate durchaus bekannt vor.

«Diesen Codex würde ich gerne sehen», sagte Kate nachdenklich.

«Ich kriege ihn heute Nachmittag. Wenn du willst, kannst du ja mitkommen», sagte John, der instinktiv Vertrauen zu der jungen Frau gefasst hatte. «Er wird in der Bibliothek des Bischofspalastes aufbewahrt, aber ein Jesuiten-Pater, der sich eingehend mit ihm befasst hat, stellt ihn mir freundlicherweise zur Verfügung, so lange ich will …» Sogleich bereute John seine Einladung, im Grunde wusste er ja nichts über Kate. Vielleicht war sie von der Konkurrenz?

«Gern! Ein wenig Ablenkung wird mir nicht schaden», sagte sie.

John wurde bewusst, dass er wieder einmal den üblichen Fehler gemacht hatte: Er hatte zu viel geredet und nur über sich. Damit hatte er Kate jede Möglichkeit genommen, etwas von sich zu erzählen. Er hatte sie nicht einmal gefragt, wo sie arbeitete.

«Kate, entschuldige, wir Journalisten reden zu viel, vor allem über uns – eine alte Berufskrankheit. Als stünden wir im Mittelpunkt und nicht die Nachrichten, über die wir berichten. Erzähl mal was von dir!»

«Da gibt's nicht viel zu erzählen ... Ich arbeite in London für einen internationalen Pharmakonzern, seit kurzem leite ich eine neue Niederlassung in Astana, Kasachstan.»

«Da war ich auch schon», unterbrach John, der an seine Reise im Gefolge des Papstes im Oktober 2001 denken musste.

«Jetzt bin ich hier, weil ich mich ein wenig erholen muss. In letzter Zeit war mein Leben ein wenig ... stressig.»

«Dann bist du hier genau richtig. Sag mal, wie heißt der Konzern, für den du arbeitest?»

«Soniet Al. Wir sind der drittgrößte Pharmakonzern der Welt. Unser Spezialgebiet ist ...»

«Was hast du gesagt? Du arbeitest für Soniet Al?»

«J... ja», stammelte Kate besorgt. Hätte sie ihren Arbeitgeber lieber nicht erwähnen sollen? Hatte ihr Virgil nicht eingeschärft, vorsichtig zu sein? Der Mann, der ihr da in dem halbleeren Hotelrestaurant gegenübersaß, war ein Unbekannter, und obwohl sie das Gefühl hatte, ihm vertrauen zu können, wusste sie nichts über ihn.

«Unglaublich, was für ein Zufall!», rief Costa aus.

«Wie meinst du das?»

«Weißt du, dass der Präsident der Soniet Al, Dan Hamid, Generalsekretär der neuen UNO-Organisation der Religionen wird?»

«Nein, das wusste ich nicht ... Ich war lange unterwegs, im Zug, im Flugzeug, und habe keine Zeitung gelesen ...»

«Das ist ja eine schicksalhafte Begegnung! Erzähl mir von deinem Chef! Wer ist er? Woher kommt er? Stimmt es, dass er einer seltsamen islamischen Gruppierung angehört? Und dass er einen guten Draht zu den Vereinten Nationen hat? Schon erstaunlich, dass ihm, einem Manager der Pharmaindustrie, die Führung einer weltweiten Religionsorganisation anvertraut wird!»

Kate schien diese Flut von Fragen zu erschrecken, und Costa musste sich eingestehen, dass er schon wieder übers Ziel hinausgeschossen war: «Entschuldige, aber wenn es um meine Arbeit geht, bin ich nicht zu bremsen ... vermutlich wie du, wenn du ein neues Virus entdeckst.»

«Dan Hamid habe ich nur ein einziges Mal persönlich getroffen. Er ist ein sehr netter Mensch, aber schwer einzuschätzen. Über seine Vergangenheit weiß ich nichts, außer dass er dieser muslimischen Gruppe angehört und sich im Kampf gegen Aids engagiert, vor allem in Afrika. Mehr kann ich nicht sagen, auch nicht, ob er Kontakte zu den Vereinten Nationen hat.»

John sah nachdenklich aus, er versuchte, seine Gedanken zu ordnen.

«Glaubst du, die muslimische Gruppierung, der dein Chef angehört, hat irgendetwas mit der Prophezeiung von Coimbra und dem Codex zu tun?»

«Hm ... ich weiß nicht, ob ...» Kate war unschlüssig, ob

sie das, was sie von ihrem Freund in Oxford erfahren hatte, sagen sollte. Wie zufällig blickte sie auf den Stapel Zeitungen auf Johns Stuhl; ganz oben lag die *New York Times* vom Vortag, auf der Titelseite prangte John Costas Name.

«Ich habe gehört, dass Hamids Gruppe einen bestimmten Satz als Erkennungszeichen verwendet. Es soll sich um eine Passage auf Griechisch aus einem apokryphen Evangelium handeln.»

John sagte nichts, sondern sah sie durchdringend an. Er kämpfte gegen seine innere Stimme, die ihm riet, sich nicht mit Prophezeiungen und Geheimnissen aufzuhalten, sondern lieber diese unerwartete Begegnung zu genießen.

«Ein bestimmter Satz? Was denn für einer?»

«Ich weiß ihn nur ungefähr auswendig: *Wer die Interpretation dieser Worte findet, wird den Tod nicht schmecken.*»

John zuckte zusammen. Wortlos griff er nach seinem Notizblock, in den er den übersetzten, noch nicht veröffentlichten Teil der Prophezeiung geschrieben hatte. Er verglich das soeben Gehörte mit seinen Notizen. Beides stimmte überein. Dan Hamid gehörte also zu der Sekte, die die Wiederkehr des Messias erwartete und wusste, wo die Prophezeiung des Codex von Coimbra verborgen war.

Kate war verwirrt. Was wie ein harmloser Zusammenstoß in einem Hotel begonnen hatte und sich zu einem netten Liebesabenteuer hätte entwickeln können, wurde nun zu einer ernsten Angelegenheit. Allerdings kannte John Kates wahre Geschichte noch nicht.

Er bestand darauf, das Essen für sie beide zu bezahlen, und ließ es auf die Rechnung seines Zimmers setzen. Sie verabredeten sich für vier Uhr nachmittags, und als sie die Treppe hinaufging, sah er ihr verstohlen nach.

Beide fühlten sich zueinander hingezogen, doch sie waren klug genug, einem Fremden nicht blind zu vertrauen. Für Kate war es ziemlich leicht, die Identität des Mannes herauszufinden, mit dem sie in der Hotelhalle zusammengestoßen war. An der Rezeption fragte sie, ob sie kurz ins Internet dürfe – das Suchwort «John Costa» brachte zahlreiche Einträge, es gab sogar eine persönliche Website mit seiner Biographie, einer Liste mit seinen Veröffentlichungen und einem Verweis auf seine wichtigsten Scoops. Etliche Fotos zeigten ihn neben dem Papst oder in einer Konferenz. Es gab keinen Zweifel daran, wer er war und was er machte – kein Mensch konnte eine derart große Menge an Daten und Informationen ‹kreieren›, um sich eine falsche Identität zuzulegen.

Nur ein Stockwerk höher hatte auch John ein paar Nachforschungen angestellt – ihm wollte das Bild der jungen Frau einfach nicht aus dem Kopf gehen. Er musste unbedingt sichergehen, dass es sich nicht um eine Journalistin einer anderen Agentur handelte, die ihn nur aushorchen wollte. Daher telefonierte er mit einer Kollegin aus London, die ihm umgehend die gewünschten Informationen lieferte: Kate Duncan arbeitete tatsächlich bei Soniet Al und war vor kurzem damit beauftragt worden, ein Forschungsprojekt in der kasachischen Filiale des Unternehmens zu leiten. Es gab sogar online einen Artikel aus den *Caspian Business News* mit einem Foto von ihrem ersten Arbeitstag. Das war sie, eindeutig.

In ihren jeweiligen Zimmern stießen sie beide einen Seufzer der Erleichterung aus.

XXXIII

Coimbra, 17. Juli

Kate war noch immer verwirrt. Was sollte sie nun tun? Konnte sie John Costa vertrauen, ihrer weiblichen Intuition und den auf die Schnelle recherchierten Informationen aus dem Netz Glauben schenken? Bislang hatte sie sich nie in ihrem Gefühl getäuscht, aber es gab immer ein erstes Mal … Sie beschloss, einstweilen noch abzuwarten. Eine Viertelstunde vor dem vereinbarten Zeitpunkt ging sie in die Halle, bestimmt würde John schon auf sie warten – und so war es auch. Er saß auf einem unbequemen roten Brokatsofa und überprüfte gerade seine Kleidung. Statt der Feldjacke trug er nun ein weißes Hemd mit Jackett. Unwillkürlich blieb Kate stehen und betrachtete ihn gerührt. Er wirkte wie ein Teenager bei seiner ersten Verabredung, der sorgfältig auf jede Kleinigkeit achtet, damit ja nichts schiefgeht.

«John …»

«Kate …»

«Entschuldige bitte, aber ich kann jetzt nicht mitkommen, ich fühle mich nicht gut und bin noch ziemlich müde von der Reise. Können wir unser Treffen auf morgen verschieben?»

«In … in Ordnung. Ich gehe trotzdem zu Pater Eisenbach, aber wenn du willst, warte ich noch bis morgen und sehe mir dann mit dir zusammen den Codex von Coimbra an.»

«Danke, aber nimm bitte keine Rücksicht auf mich, wenn du ihn dir schon heute anschauen möchtest. Morgen komme ich auf jeden Fall mit.»

«Prima, und ...» John blieben die Worte im Hals stecken.

«Und?»

«Ach nichts, ich wollte nur sagen, falls es heute Abend nicht so spät wird, könnten wir ja zusammen essen gehen. Ich kenne hier in der Nähe ein recht hübsches Restaurant.»

«Melde dich, wenn du wieder zurück bist, und dann sehen wir», sagte sie, da sie ihn nicht gleich enttäuschen wollte.

«Okay, danke. Vielen Dank. Na dann ... tschüs.»

Kate ging wieder die Treppe nach oben, blieb an einem Fenster im Flur stehen und sah John nach, der rasch in sein Auto stieg. Der Mann gefiel ihr, so viel stand fest.

Auf ihrem Zimmer versuchte sie vom Festnetz aus Virgil auf dem Handy zu erreichen. Von einem Freund hatte er eine Prepaid-Card bekommen und konnte daher nicht lokalisiert werden.

«Virgil, ich bin's!»

«Kate! Wie geht's dir? Wo steckst du?»

«In Portugal, in Coimbra. Was gibt's Neues?»

«Es passieren weiterhin seltsame Dinge. Hast du gehört, dass Dan Hamid den Vorsitz ...»

«... der neuen UNO-Organisation übernimmt, ja, das habe ich gehört.»

«Hier sind alle völlig durch den Wind. Anscheinend

steht eine wichtige Ankündigung bevor, eine neue Anti-AIDS-Kampagne oder so ...»

«Was weißt du über den neuen Vizepräsidenten und die Niederlassungen?»

«Das scheint alles miteinander zusammenzuhängen. Und noch was: Ein Freund aus der Verwaltung hat mir die vier Städte genannt ...»

«Sag schon!»

«Ist die Verbindung sicher? Ich möchte nicht wegen Industriespionage angeklagt werden.»

«Ich rufe vom Hotelzimmer aus an, das Hotel habe ich mir erst hier vor Ort gesucht. Also, schieß los!»

«Civitavecchia, eine Hafenstadt vor den Toren Roms; Dubrovnik; La Rochelle und Danzig.»

«Das sagt mir nichts.»

«Mir auch nicht, aber diese vier Hafenstädte würden sich hervorragend für eine Invasion in Europa eignen.»

«Findest du diese Entscheidung nicht seltsam? Eigentlich haben wir doch schon eine wichtige Filiale in Kontinentaleuropa, nämlich in Paris ...»

«Ja, das stimmt. Mir ist es auch ein Rätsel, aber die Firmenspitze wird mit Sicherheit daran festhalten. Und da ist noch etwas ...»

«Was denn?»

«Es hat seltsame Anweisungen gegeben ...»

«Und die wären?», fragte Kate ungeduldig.

«Sie haben Geflügel in Riesenmengen gekauft, insbesondere Enten ...»

«Das wird der übliche Nachschub für die Labors sein, oder?»

«Nein, dafür sind es zu viele. Vor allem Zugvögel wurden gekauft, und die ganze Operation hat sogar einen Namen.»

«Und zwar?»

«Operation Euhantas.»

«Was bedeutet das?»

«Ich habe keinen blassen Schimmer.»

«Hast du Beweise?», fragte Kate, die schon anfing, wie ein Detektiv zu denken.

«Nein, ein Freund hat es mir erzählt, er hat die entsprechenden Faxe gesehen.»

«Schön, versuche so viele Beweise wie möglich zu sammeln. Aber sei ja vorsichtig! Ich würde mir ewig Vorwürfe machen, wenn dir etwas zustieße.»

«Und du pass auch auf dich auf! Vergiss nicht, Portugal ist schließlich nicht unerreichbar.»

Don Ernesto und Pater Eisenbach warteten bereits in einem Raum der bischöflichen Bibliothek auf John, dem Lesesaal für uralte Folianten und Codices. Ringsum standen riesige Vitrinen mit den kostbarsten Stücken der Sammlung. John hatte nun alle Informationen für seinen Scoop beisammen: Er würde den Text der Prophezeiung von Fatima ins Netz stellen und ihn damit Redaktionen auf der ganzen Welt zugänglich machen. Allerdings hatten sowohl der Neffe Schwester Lucias als auch der Jesuit ihm noch einiges zu sagen. Für ihn war dieses nachmittägliche Gespräch ein kleines Opfer, das er bringen musste, um den Abend mit der großartigen jungen Frau, die er eben erst kennengelernt hatte, zu verbringen.

John bemerkte sofort die besorgten Gesichter der beiden Geistlichen.

«Was Sie hier vor sich sehen, ist der Codex von Coimbra mit der Apokalypse des Johannes», sagte der Jesuit und deutete auf einen großen, in Leder eingeschlagenen Band mit zahlreichen schwarzangelaufenen Metallschließen.

«Es ist ein kostbares Buch, doch bevor Sie es aufschlagen, sollten Sie wissen, dass uns der Name Lord Mahatma nicht unbekannt ist», fügte Don Ernesto hinzu.

«Ich hoffe, Sie missverstehen uns nicht oder halten uns für verrückt, aber wir möchten mit Ihnen über die Zahl 666 reden, die Zahl des Teufels, des Antichristen, die oft mit Nero in Verbindung gebracht wurde», sagte Eisenbach.

«Diese Hypothese ist nicht haltbar, da die griechischen Konsonanten als Abkürzung für Kaiser Nero mit NRWN QSR wiedergegeben wurden anstatt mit NRN KSR. Im Hebräischen werden ja nur die Konsonanten notiert, die Vokale merkte man sich einfach. In der hebräischen Numerologie ist der alphanumerische Wert der betreffenden Konsonanten, also NRWN QSR, folgender: N gleich fünfzig plus r gleich zweihundert plus w gleich sechs plus n gleich fünfzig plus q gleich hundert plus s gleich sechzig plus r gleich zweihundert – ergibt sechshundertsechsundsechzig. Tatsächlich aber muss man NeRon QuSaR auf der Basis der hebräischen Konsonanten kalkulieren, also NRN KSR. Das Ergebnis ist dann neunhundert. Der numerologische Wert Kaiser Neros ist also neunhundert, nicht sechshundertsechsundsechzig.»

«Aber das ist noch nicht alles …», fuhr Eisenbach fort. «Da die Apokalypse auf Griechisch und nicht auf Hebräisch geschrieben wurde, muss ein korrektes numerologisches Urteil auf dieser Sprache basieren. Ganz zu schweigen von der Tatsache, dass Ende des ersten Jahrhunderts, als die Apokalypse geschrieben wurde, zwar Kirchenverfolgungen stattfanden, aber nicht unter Nero – er war damals bereits über zwanzig Jahre tot –, sondern unter Kaiser Domitian. Finden Sie es nicht seltsam, dass ein bereits verstorbener Kaiser als Inbild des Teufels angeführt wird?»

John nickte, ohne zu begreifen, worauf der alte Jesuit hinauswollte. Er sah nur, wie dieser mit seinen dürren Armen herumfuchtelte, als wollte er imaginäre Geister verscheuchen.

«Die 666 wurde auch mit Mohammed und sogar mit Stalin in Verbindung gebracht. Sie wurde Mussolini, Hitler und Franco zugeschrieben. Doch ich möchte Ihnen etwas von Irenäus erzählen.»

«Dem Bischof von Lyon?», fragte John.

«Genau. Er war ab dem Jahr 177 Bischof von Lugdunum, dem heutigen Lyon, und starb als Märtyrer. Er war der erste christliche Theologe, der an einer globalen Synthese des Christentums arbeitete und erbittert gegen den Gnostizismus kämpfte. Irenäus ist der bekannteste Numerologe unter den Kirchenvätern; er versuchte, den Namen des Tieres aus der Apokalypse des Johannes anhand des griechischen Alphabets herauszufinden, und kam zu folgendem Ergebnis: Euhantas, Lateinos und Teitan oder Titan. Allerdings schrieb er klugerweise, es sei weniger gefährlich, auf die Erfüllung der Prophezeiung zu warten, als Vermutungen anzustellen, denn ein und derselbe Name könne viele verschiedene Abwandlungen beinhalten.»

«Da kann ich dem Märtyrer nur zustimmen», bemerkte John nicht ohne Ironie.

«Machen Sie sich nicht lustig, John», ermahnte ihn Pater Ernesto, «es handelt sich hier um eine äußerst ernste Angelegenheit. Es gibt weitere Prophezeiungen, denen zufolge sich der Antichrist erstmals 1998 gezeigt haben soll ...»

«Und?», fragte John.

«1998 ist dieser Lord Mahatma, dem die Vereinten Nationen die Leitung ihrer neuen Organisation anvertrauen wollen, zum ersten Mal auf der Bildfläche erschienen.»

«Pater Ernesto! Sie wollen doch nicht behaupten, dass sich hinter der UNO der ... der Antichrist verbirgt!»

«Ich behaupte gar nichts, ich sehe mir nur die Fakten an. Die ganze Nacht habe ich nichts anderes getan, an Schlaf war gar nicht zu denken! Dieser Dan Hamid, der künftige Generalsekretär der Vollversammlung der Religionen, ist Präsident eines international agierenden Pharmakonzerns, nicht wahr?»

«Absolut richtig, Don Ernesto, aber ich verstehe nicht ...»

«Ich habe es erst auch nicht verstanden, aber dann habe ich im Internet recherchiert ...»

«Sie dürfen dem Internet nicht blind vertrauen ...»

«Das Internet hat damit nichts zu tun! Ich habe mir die Website der Soniet Al angesehen, so heißt der internationale Pharmakonzern doch, oder?»

«Ja.»

Der Priester ging zu dem einzigen Computer im Lesesaal. Das Gerät wirkte ziemlich veraltet, so dass John sich fragte, ob es sich überhaupt noch einschalten ließ. Doch es ließ sich tatsächlich unter seltsamem Sirren hochfahren.

«Gehen Sie ins Internet», wies Pater Ernesto den Journalisten an.

Dieser gehorchte, obwohl ihm nicht klar war, worauf die beiden schwarzgewandeten Geistlichen mit ihren numerologischen Exkursen und apokalyptischen Befürchtungen hinauswollten.

«Und dann auf die Homepage von Soniet Al», sagte Pater Ernesto.

Die Verbindung war zwar nicht die schnellste, doch nach einiger Zeit tauchten auf dem Bildschirm der prägnante Schriftzug von Soniet Al und das Gebäude der Londoner Zentrale auf.

«Also, was steht da?», fragte der Priester.

«Soniet Al», erwiderte John und starrte auf die Buchstaben, die um sich selbst kreisten.

«Gut. Stehen Sie jetzt auf, und betrachten Sie das Spiegelbild auf der Vitrine», bat Don Ernesto.

John tat, wie ihm geheißen. Er stand auf und drehte sich zu dem Schaukasten, in dem kostbare alte Lektionare mit Miniaturen aufbewahrt wurden. Sein Blick fiel auf die perfekte Zeichnung eines unbekannten Miniaturmalers, der vor siebenhundert Jahren gelebt hatte. Die Farben und das Gold wirkten noch immer ganz lebendig.

«Betrachten Sie nicht den Codex in der Vitrine, sondern das Spiegelbild des Computers auf der Scheibe!»

Costa blickte verständnislos darauf. Dann verglich er das Spiegelbild mit dem Schriftzug auf dem Computer – endlich begriff er.

«Soniet Al … *lA teinoS*», sagte er.

«Lateinos! Genau!»

«So … wird der Antichrist bezeichnet», rief John aufgeregt, dem das Spielchen mit dem Spiegelbild Spaß gemacht hatte, der nun aber, nachdem das Rätsel gelüftet war, leicht enttäuscht war.

«Was glauben Sie, was das bedeutet?», fragte er und ließ gleichzeitig durchblicken, dass ihn das Ganze gar nicht so sehr beeindruckte.

«Es bedeutet, dass dank eines seltsamen Zufalls der Präsident der neuen UNO-Organisation der Religionen Juden, Christen, Moslems, Buddhisten und Hindus aussöhnen will, dass er den Namen Lord Mahatma trägt und immer vor großen Menschenmassen auftritt, obwohl man so gut wie nichts über ihn weiß. Ausgerechnet 1998 tauchte er erstmals auf. Der Generalsekretär dieser neuen UNO-Organisation ist der Präsident eines internationalen Pharmakonzerns, der einen abstrusen Namen hat. Wenn man den Namen rückwärtsliest, stellt man fest, dass es sich um eine der möglichen Bezeichnungen für den Antichristen handelt …»

«Ja und?», fragte Costa.

«Dann würde man auch verstehen, was das Zeichen des Tieres ist.»

«Das Zeichen?»

«Darf ich Ihnen eine Textstelle vorlesen, die auch im Codex von Coimbra enthalten ist?»

«Bitte sehr!»

«Es handelt sich um das Ende des dreizehnten Kapitels aus der Offenbarung des Johannes. Hier, hören Sie: *Und ich sah ein zweites Tier aufsteigen aus der Erde; das hatte zwei Hörner wie ein Lamm und redete wie ein Drache. Und es übt alle Macht des ersten Tieres aus vor seinen Augen, und es macht, dass die Erde und die darauf wohnen das erste Tier anbeten, dessen tödliche Wunde heil geworden war. Und es tut große Zeichen, sodass es auch Feuer vom Himmel auf die Erde fallen lässt vor den Augen der Menschen; und es verführt, die auf Erden wohnen, durch die Zeichen, die zu tun vor den Augen des Tieres ihm Macht gegeben ist; und sagt denen, die auf Erden wohnen, dass sie ein Bild machen sollen dem Tier, das die Wunde vom Schwert hatte und lebendig geworden war. Und es wurde ihm Macht gegeben, Geist zu verleihen dem Bilde des Tieres, damit das Bild des Tieres reden und machen könne, dass alle, die das Bild des Tieres nicht anbeteten, getötet würden. Und es macht, dass sie allesamt, die Kleinen und Großen, die Reichen und Armen, die Freien und Sklaven, sich ein Zeichen machen an ihre rechte Hand oder an ihre Stirn und dass niemand kaufen oder verkaufen kann, wenn er nicht das Zeichen hat, nämlich den Namen des Tieres oder die Zahl seines Namens. Hier ist die Weisheit! Wer Verstand hat, der überlege die Zahl des Tieres; denn es ist die Zahl eines Menschen, und seine Zahl ist sechshundertsechsundsechzig.* Fällt Ihnen nichts auf?»

«Um ehrlich zu sein, nein», antwortete John.

«Die letzten Worte: *Es macht, dass sie allesamt, die Kleinen und Großen, die Reichen und Armen, die Freien und Sklaven, sich ein Zeichen machen an ihre rechte Hand oder an ihre Stirn und dass niemand kaufen oder verkaufen kann, wenn er nicht das Zeichen hat.* Was würden Sie sagen, wenn ich Ihnen erzählte, dass der Präsident der Soniet Al –

vielmehr der *Lateinos* – auch einer Fabrik vorsteht, die implantierbare Mikrochips produziert, welche die amerikanische Regierung zu Überwachungszwecken anwenden wird?»

«Ich würde Sie für paranoid halten – es sei denn, Sie überzeugen mich vom Gegenteil!»

«Die Informationen sind geheim, man könnte aber durchaus an sie herankommen», sagte Pater Ernesto.

«John, nun kennen Sie das wahre Geheimnis von Fatima und den größeren Zusammenhang», warf Eisenbach ein.

«All dies führt uns wieder zum Codex von Coimbra … Doch bislang ist es weder Pater Eisenbach noch mir gelungen, ihn zu entschlüsseln», sagte der Neffe Schwester Lucias abschließend.

«Und Sie meinen, dass es mir gelingen wird?»

«Wir wissen es nicht, John. Bringen Sie jetzt erst einmal den Text des Geheimnisses in Umlauf. Dann sehen wir weiter.»

XXXIV

Coimbra, 17. Juli

Nach dem Gespräch mit den beiden Priestern war John Costa verwirrt.

Er hatte sich ein paar Notizen gemacht, wollte sich aber nun wieder dem Geheimnis von Fatima widmen. Kaum hatte er sein Handy eingeschaltet, klingelte es auch schon.

«Und? Hast du was herausgefunden?»

Marc Jemmallos Stimme klang zuweilen nervtötend und aufdringlich. John versuchte dennoch, höflich zu antworten.

«Ja, ich habe genügend Material, ich brauche nur noch ein paar Stunden, um es zu sortieren. Morgen schicke ich dir drei oder vier Artikel, und der noch unveröffentlichte Teil des Geheimnisses wird auch dabei sein. Marc, das ist eine heiße Geschichte! Es ist von einer islamischen Invasion in Europa die Rede ...»

«Verdammt! Das wird den neuen Papst aber nicht besonders freuen, wo er sich doch so für den Dialog zwischen den Religionen einsetzt!», kommentierte der Reuters-Chef der römischen Niederlassung in einem Tonfall falscher Fürsorge.

«Tu nicht so, Marc, ich seh dich doch förmlich vor mir, wie du dir die Finger ableckst wegen dieser Story ...»

«Na ja, es ist ja auch 'ne große Sache! Und wie immer

bist du der Beste … Also, morgen krieg ich was geliefert, aber nicht nach zehn, okay? Das wird ein echter Knüller!»

«In Ordnung. Aber ich muss noch ein paar Tage länger hierbleiben, ich habe noch etwas anderes gefunden, das dir gefallen wird!»

«Keine Sorge, wenn du mir morgen lieferst, was du angekündigt hast, kriegst du deine fünf Tage Sonderurlaub in Portugal.»

«Danke, Marc!»

Voller Vorfreude auf fünf Tage in Coimbra mit Kate legte John auf.

Als er sein Hotelzimmer betrat, sah er, dass der Anrufbeantworter blinkte. Er drückte auf den Knopf, um ihn abzuhören, und erkannte sofort die Stimme Kate Duncans:

«Hallo, ich bin's. Melde dich, wenn du wieder da bist. Wir wollten doch zusammen essen gehen, oder?»

John rief umgehend zurück.

«Hallo, hier ist John, ich hab eben deine Nachricht gehört.»

«Schön! Und, was machen wir heute Abend?»

«Wir gehen essen bei Dom Pedro in der Avenida Emidio Navarro 58 …»

«Wo ist das?»

«In der Altstadt. Wir können mit meinem Auto fahren.»

«Einverstanden. Wann?»

«Um acht. Passt dir das?»

«Perfekt.»

John hielt noch den Hörer in der Hand und dachte über das Gespräch nach, das er gerade geführt hatte. *Wie schön, dass ich eine so unkomplizierte Frau kennengelernt habe,* dachte er. Ihm fiel wieder ein, dass im letzten Jahr seiner Ehe allein die Wahl eines Restaurants zu Streit geführt hatte.

Kate und John waren beide vor acht Uhr in der Eingangshalle, wie zwei Schüler vor einem Abschlussball.

«Darf ich dir sagen, dass du wunderschön aussiehst?», rief er, bereute es aber augenblicklich.

Kate reagierte jedoch positiv. «Wenn du das wirklich findest, darfst du es auch sagen!», erwiderte sie mit einem strahlenden Lächeln. «Und, was hast du Neues über den Kodex von Coimbra herausgefunden?»

«Eher wenig. Die beiden Priester, mit denen ich mich getroffen habe, beschäftigen sich seit Jahren damit und haben noch immer nichts Nennenswertes entdeckt. In dem alten Folianten steht nur der griechische Text der Apokalypse des Johannes. Dafür haben sie mir alles Mögliche über den Antichristen erzählt, über das Tier mit der Zahl sechshundertsechsundsechzig ...»

«Und das soll mit der Prophezeiung von Fatima zusammenhängen?»

«Angeblich ja, und der Codex von Coimbra auch, aber vielleicht nur deshalb, weil er mit dem Bibeltext übereinstimmt. Hör mal, darf ich dich was fragen?»

«Natürlich.»

«Weißt du, ob Dan Hamid, dein Chef, auch eine Fabrik für Mikrochips besitzt?»

«Woher weißt du das? Ich meine ... offiziell darf ich das nicht wissen, aber ein Freund, der leider vor kurzem gestorben ist, hat mir davon erzählt.»

«Pater Ernesto dos Santos und der Jesuit Hans Eisenbach sind davon überzeugt, dass auch das mit dem Text der Apokalypse zusammenhängt, in dem von dem Tier mit der Zahl sechshundertsechsundsechzig die Rede ist.»

«Wie bitte? Das ist nicht dein Ernst!»

«Sie haben noch mehr erzählt – es hat mit dem Namen ‹Soniet Al› zu tun.»

«Ach ja? Was denn?»

«Wenn du ihn rückwärtsliest, was kommt dabei heraus?»

«Weiß nicht, hab ich noch nie ausprobiert.» Kate zog ihren Firmenausweis aus der Tasche und las den Namen von hinten nach vorn: «L-a-t-e-i-n-o-s.»

«Lateinos ist einer der drei Namen, der dem Kirchenvater Irenäus von Lyon zufolge für Antichrist steht.»

Kate brach in schallendes Gelächter aus – das Ganze war zu absurd – und steckte John an. Er hakte sich bei ihr unter, und sie verließen das Hotel. Es war ein herrlicher Abend, die Luft für Juli angenehm lau. In den kleinen Gässchen der mittelalterlichen Altstadt von Coimbra wimmelte es von Touristen.

«Deine Freunde glauben also, mein Boss arbeitet für den Teufel!», sagte Kate.

«Mehr oder weniger ...»

«Entschuldige, John, du hast von drei Namen gesprochen ... welche sind die beiden anderen?», fragte Kate.

«Da muss ich nachschauen», sagte er und zerrte seinen Notizblock aus der engen Innentasche seines Jacketts – im Hotel hatte er ihn nicht lassen wollen, schließlich hatte er die Übersetzung des dritten Geheimnisses von Fatima darauf notiert.

«Warte mal ...», sagte er und blätterte in seinen Aufzeichnungen.

Kate machte sich schon auf die nächste Überraschung gefasst.

«Die beiden anderen sind Euhantas und Titan», sagte John in gespielt feierlichem Ton. Aber diesmal stimmte Kate nicht mit ein, sondern war wie versteinert.

«Was hast du gesagt? Euhantas und Titan?»

«Ja, warum? Sagt dir das irgendwas?»

«Na, und ob!», rief Kate erschrocken.

«Was denn ...?»

«Titan ist der Name des Projekts, das mein direkter Vorgesetzter, Professor Sebastian Sirkar, für Soniet Al geleitet hat, bis er vor wenigen Wochen starb. Und Euhantas ist der Name einer neuen Operation, die meine Firma gerade erst in die Wege geleitet hat.»

Nun verdüsterte sich auch Johns Gesicht. Im ersten Fall mochte es sich ja noch um einen bloßen Zufall handeln, doch davon konnte nun nicht mehr die Rede sein. Er versuchte, die Informationen in seinem Kopf zu ordnen, während er Arm in Arm mit der Frau durch die Stadt schlenderte, die sich immer enger an ihn zu schmiegen schien – ein Umstand, der ihm ganz und gar nicht missfiel.

«Sieht so aus, als würde Soniet Al tatsächlich ihren Projekten den Beinamen des Antichristen geben!», bemerkte John. «Allerdings begreife ich nicht, was das mit dem dritten Geheimnis zu tun haben soll – mit der islamischen Invasion in Europa.»

«Warum glaubst du, dass es mit Soniet Al und dem Präsidenten der Firma zu tun hat?»

«Im Text ist von einem *Zeichen* die Rede, das auf den Satz aus dem Thomas-Evangelium verweist.»

«Du meinst den Satz, den ich in Professor Sirkars Forschungsergebnissen entdeckt habe?»

«Ganz genau: ‹Wer die Interpretation dieser Worte findet, wird den Tod nicht schmecken.›»

«Aber woher wussten meine Chefs, dass die Passage auch im Geheimnis von Fatima steht?»

«Keine Ahnung, aber es ist ja nicht gesagt, dass sie es wissen. Tatsache ist, dass dieser Satz eine Art Erkennungszeichen für die islamische Gruppe darstellt, die auf die Rückkehr des Mahdi wartet. Verstehst du? Es ist keine Enthüllung, die im Geheimnis von Fatima enthalten ist, sondern ein Zeichen, anhand dessen man erkennen kann, wann sich die Prophezeiung erfüllen wird. Und genau das ist die Verbindung zum Codex von Coimbra.»

«Halt! Woraus leitest du das ab?», fragte Kate.

«In esoterischen muslimischen Kreisen ist bekannt, dass dieser Satz ein Hinweis auf den Geheimtext im Codex von Coimbra ist.»

«Jetzt verstehe ich überhaupt nichts mehr», sagte Kate.

Die beiden waren in der Avenida Emidio Navarro angekommen, vor ihnen leuchtete schon das Schild des Restaurants Dom Pedro.

«Ja, ich bin auch ganz durcheinander. Jedenfalls glaube ich, dass deine Firma etwas im Schilde führt. Wusstest du, dass der letzte Papst vor ein paar Monaten den bislang noch nicht publizierten Teil des Geheimnisses veröffentlichen wollte und sich zu diesem Zweck mit drei Kardinälen beriet? Leider starben alle drei noch vor dem Konklave, und von einer Veröffentlichung war nie mehr die Rede – ein weiterer besorgniserregender Zufall!»

«Ich weiß ja auch nicht, John ... Natürlich beunruhigen mich die Vorkommnisse bei Soniet Al ganz gewaltig; in gewisser Weise musste ich ja fliehen. Ich war Professor Sirkar sehr eng verbunden, und die Tatsache, dass seine Forschungsergebnisse verschwunden sind, hat mich stutzig gemacht. Aber deswegen gleich von einer islamischen Invasion in Europa zu sprechen, finde ich etwas weit hergeholt. Wer soll denn da einmarschieren? Das iranische Heer vielleicht? Das ist doch Unsinn!»

«Also, im Geheimnis von Fatima werden auch die vier Städte erwähnt, von denen aus der Angriff gegen Europa erfolgen soll.»

«Welche sind das?»

«Lass gut sein, Kate, wir wollen uns doch einen schönen Abend machen, oder?»

Sie betraten das Restaurant und setzten sich an den Tisch, den John zwei Stunden zuvor reserviert hatte. Die Atmosphäre war romantisch, antik anmutende Laternen strahlten an die weißen Wände des Lokals, auf dunklen Holzregalen standen lauter alte Flaschen. Ein korpulenter Kellner mit Schnurrbart zeigte gerade einem amerikanischen Ehepaar ein riesiges Tablett mit fangfrischem Fisch. Ab und zu lugte eine Frau unbestimmbaren Alters aus der Küche und kontrollierte mit strengem Blick, ob ihre Kreationen auch richtig aufgetragen wurden.

Sie bestellten *sopa de marisco*, eine Suppe aus Krustentieren, mit Weißwein gekocht und serviert. Kate erzählte, wie sie zur Paläopathologie gekommen war und von der

Krankheit ihrer Mutter. Im Gegenzug erzählte er ihr von seinen Eheproblemen und wie sehr ihm seine Tochter Clarice fehlte.

«Was unternehmen wir denn jetzt wegen des Codex von Coimbra?», fragte John.

«Ich möchte ihn sehen! Mir ist da eine Idee gekommen – heute Nachmittag habe ich ein wenig recherchiert und bin auf ein interessantes Detail gestoßen: Einer der berühmtesten Kopisten und Miniaturmaler dieser Stadt hatte arabische Wurzeln, er war Konvertit ... Vielleicht war er ja der Autor des Kodex von Coimbra!»

«Ich kann dir nicht ganz folgen ...»

«Mitten in der Oberstadt liegt die Velha Universidade, die Alte Universität, die 1290 gegründet wurde. Sie beherbergt eine der schönsten Bibliotheken der Welt im Barockstil. Ich will sie unbedingt sehen. Wenn deine Bekannten, die sicherlich mehr von alten Sprachen und geheimen Codices verstehen als wir, nichts entdeckt haben, scheint es mir sinnlos, den Text direkt anzugehen. Wir sollten ihn lieber einkreisen.»

Die militärische Metapher gefiel John sehr, obwohl er nicht verstand, worauf Kate hinauswollte.

«Gibt es Informationen über den Autor?», fragte Kate.

«Wenn du damit den Kopisten meinst, der den Codex abgeschrieben und illustriert hat, dann eher nein, das heißt, ich weiß es nicht. Don Ernesto und Pater Hans haben ihn nicht erwähnt. Ich werde sie danach fragen.»

«Gut. Ich schaue morgen in der Bibliothek vorbei. Und du?»

«Morgen Vormittag muss ich für Reuters arbeiten, damit

um zwölf Uhr Greenwicher Zeit die gesamte Welt den echten Text des Geheimnisses von Fatima kennt», sagte John.

«Gut, ich gehe in die Bibliothek, und du arbeitest. Nachmittags können wir uns dann dem Codex von Coimbra widmen.»

«Ich bin dabei. Allerdings sollten wir uns nicht allzu viele Hoffnungen machen. Wie willst du in wenigen Stunden etwas entdecken, über das sich Forscher jahrelang vergeblich den Kopf zerbrochen haben?»

«Alle Entdeckungen entstehen aus Intuition.» Kate sprach aus ihrer Erfahrung als Forscherin.

«Aus Intuition ... oder Glück!», ergänzte John und dachte dabei an seine beruflichen Erfolge.

Die *sopa de marisco* mit ihren Fisch- und Brotstücken war so nahrhaft, dass sie danach zum typisch portugiesisches Dessert aus Milch und Reis übergingen. Zum Abschluss genehmigten sie sich einen alten Portwein.

Als sie das Lokal verließen, kam vom Ozean eine Brise, die trotz der vierzig Kilometer Entfernung spürbar war. Kate fror ein wenig, also zog John sein Jackett aus und legte es ihr um die Schultern. Arm in Arm kehrten sie zum Hotel zurück. Wer sie sah, musste sie für ein Paar auf Hochzeitsreise halten.

Der Nachtportier im Hotel Quinta das Lagrimas empfing sie mit einem Lächeln. Keiner der beiden bemerkte den Mann mit dem kahlrasierten Schädel, der im Halbdunkel an der Bar saß und sie beobachtete.

Gemeinsam gingen sie die Treppe nach oben. Johns Herz pochte wie wild. Was würde nun passieren? Er begehrte sie, sehr sogar ... Wie würde sie wohl reagieren, wenn er sie noch auf sein Zimmer einlud? Er fürchtete, alles zu verpatzen, wollte aber auch nicht wie ein Versager dastehen.

Sie blieben auf dem Treppenabsatz stehen. Eine Terrakottavase mit Trockenblumen stand auf einer alten Truhe aus dem achtzehnten Jahrhundert.

«Ich danke dir für den schönen Abend!», sagte sie.

«*Ich* danke *dir.*»

Sie stand da und sah ihn an – als würde sie auf etwas warten.

Er wusste immer noch nicht, ob er sie auf sein Zimmer bitten oder sie küssen sollte. Dann schloss sie die Augen und öffnete leicht die Lippen. Es war ein langer, leidenschaftlicher Kuss, ihre Hände fanden zueinander und sie umarmten sich. Keiner von ihnen wusste, wie viel Zeit vergangen war, als sich ihre Lippen voneinander lösten.

«Es war schön, John. Sehr schön. Gute Nacht», sagte sie, gab ihm einen letzten Kuss auf die Wange und ging auf ihr Zimmer. John blieb vor der Truhe stehen, ganz benommen vor Glück. Er hatte davon geträumt, mit ihr ins Bett zu gehen, aber im Grunde war ihm etwas viel Schöneres zuteil geworden: der Kuss einer faszinierenden Frau.

«Hier ist Harris ...»

«Ja, bitte?»

«Ich habe sie gefunden.»

«Dann tu was!»

«Vielleicht haben wir uns getäuscht ...»

«Weshalb?»

«Na ja, sie ist mit einem Mann zusammen, ich kenne ihn

nicht, dem Akzent nach ein Amerikaner. Ich habe sie Arm in Arm gesehen. Vielleicht hat sie sich alles nur ausgedacht, damit sie zu ihm kann!»

«Bist du sicher, dass sie es war?»

«Sie konnte mich nicht sehen, aber ich habe sie sofort erkannt. Sie war an den Mann geschmiegt, ungefähr vierzig Jahre alt. Ich glaube, die beiden wollen einfach nur Spaß haben. Jedenfalls wird sie wegen ihres fingierten Krankenhausaufenthalts gefeuert. Trotzdem glaube ich nicht, dass da noch mehr dahintersteckt.»

«Ich trau der Sache nicht. Bleib, wo du bist, und behalt sie im Auge! Wir sprechen uns morgen.»

«In Ordnung», sagte der Security-Chef der Soniet AI und legte auf.

XXXV

Rom, 18. Juli

In Windeseile verbreitete sich die Nachricht auf der ganzen Welt. Noch bevor die großen Networks sie veröffentlichten, lag sie schon ausgedruckt auf Monsignore Lo Monacos Schreibtisch. Ein Mitarbeiter des Staatssekretariats hatte sie ihm gebracht.

«DIE BEUNRUHIGENDE WAHRHEIT DES VIERTEN GEHEIMNISSES VON FATIMA»
von John Costa (Reuters)

Der Vatikan hat im März 2000 nicht das ganze Geheimnis von Fatima enthüllt: Es fehlt der Teil, in dem die Muttergottes der Seherin Schwester Lucia dos Santos zufolge die Vision des «weißgekleideten Bischofs» beschreibt, der zusammen mit den anderen Christen zum Märtyrer wird. Die Agentur Reuters ist nun in den Besitz des Schriftstücks der Seherin gekommen, das heimlich im Vatikan aufbewahrt, aber nie publiziert wurde. In der Prophezeiung wird die Wahl eines mexikanischen Pontifex vorausgesagt, außerdem ist dort von einer islamischen Invasion die Rede. Den drei Hirtenkindern ließ die Heilige Jungfrau während der Erscheinung auch eine Art Landkarte zukommen, auf der vier Städte erscheinen, die von der

Invasion betroffen wären: Civitavecchia, Dubrovnik, La Rochelle und Danzig.

Darauf folgte die vollständige Version des Geheimnisses. In einigen kleineren Artikeln hatte John etwas über die Geschichte des Manuskripts erzählt und sämtliche Argumente aufgeführt, die die Vermutung nahelegen, dass noch zwei weitere Texte an das dritte Geheimnis geknüpft sind: einer mit dem Text der Vision, der zweite mit der Interpretation derselben.

Wie versteinert saß Lo Monaco da und las die Agenturmeldungen. Wie hatte der Journalist einen Text lesen und veröffentlichen können, den er selbst zuvor eigenhändig zerstört hatte? Einen Text, der im Archiv der Glaubenskongregation verwahrt worden war? Auf die Idee, dass es eine Abschrift geben könnte, kam der Staatssekretär nicht. Er war überzeugt, nach Schwester Lucias Tod die Situation vollkommen im Griff gehabt zu haben. Wären noch irgendwelche Schriftstücke gefunden worden, hätte man ihn sofort in Kenntnis gesetzt. Das Klingeln seines Handys riss ihn aus seinen Gedanken.

«Erklär mir mal bitte, wie das passieren konnte! Das kommt dich teuer zu stehen!» Der Präsident war außer sich vor Wut und brüllte aus voller Kehle. Lo Monaco, der immerhin der erste Minister des Heiligen Stuhls war, hörte verängstigt zu wie ein Erstklässler, der eine Schimpftirade seiner Lehrerin über sich ergehen lässt.

«Ich ... ich ... versichere Ihnen ...», stammelte er hilflos. Sein Gesprächspartner war jedoch nicht zu beruhigen.

«Diese Nachricht ist eine Katastrophe für uns! Jetzt werden alle sofort herausfinden wollen, wie die drei Kardinäle umgekommen sind! Wie konnte das passieren?»

«Den Text habe ich eigenhändig vernichtet ... entweder hat ihn jemand vorher gelesen ...», sagte der Geistliche.

«Red keinen Unsinn! Reuters hat den kompletten Text des Originals zitiert, der stammt nicht aus zweiter oder dritter Hand. Jemand hat ihn gelesen, verstehst du? Jemand hat uns verraten! Und jetzt sag mir mal, wie wir das wieder geradebiegen wollen! Diese Nachricht wird um die Welt gehen – ach was, sie ist schon um die Welt gegangen!»

«Lassen Sie mich überlegen ... Ich könnte ein offizielles Dementi des Vatikans veröffentlichen.»

«Wie willst du eine Tatsache dementieren?»

«Das ginge, es gibt schließlich keinen Beweis dafür, dass der Text je existiert hat.»

«Wie kannst du dir da so sicher sein?», fragte der Präsident, der sich allmählich ein wenig zu beruhigen schien.

«Ich habe ihn eigenhändig zerstört, in meiner Wohnung. Er ist vor meinen Augen verbrannt. Zuvor hatte ich mich rückversichert, dass es keine weiteren Kopien gibt, weder im Vatikan noch in Coimbra.»

«Und wie erklärst du dir dann das Ganze?»

«Ich werde es herausfinden. Zuerst aber müssen wir den Fehler ausbügeln.»

Der Diplomat des Vatikans hatte die Situation wieder im Griff.

«Na gut, aber beeil dich! Für alles, was aufgrund dieser katastrophalen Meldung unsere Operation behindert, bist allein du verantwortlich!»

«Lassen Sie mich nur machen», sagte Lo Monaco und

beendete das Gespräch. Er musste rasch handeln und das Schlimmste verhindern.

Er rief Don Eduardo Cartagena, den Leiter des Vatikanischen Pressebüros, auf dem Handy an. Es war ausgeschaltet, also versuchte er es auf dem Festnetz und ließ sich mit dem Vizechef verbinden.

«Hier ist Lo Monaco.»

«Hochwürden, haben Sie gesehen? Das Geheimnis ... angeblich gibt es noch einen weiteren Text. Wir haben schon zig Anrufe von Zeitungen und Fernsehsendern aus der ganzen Welt erhalten.»

«Wo ist Don Edoardo?»

«Er ist nicht in Italien, er lehrt zurzeit an der Universität von Navarra ...»

Da fiel es auch Lo Monaco wieder ein: Er selbst hatte ihm ein Empfehlungsschreiben für die Gastprofessur geschrieben!

«Hören Sie mir genau zu: In ein paar Minuten erhalten Sie ein Schreiben, das Sie augenblicklich ins Netz stellen! Vergewissern Sie sich, dass alle, die gerade an dem Thema arbeiten, es zitieren werden! Habe ich mich deutlich genug ausgedrückt?»

«Oh, absolut, Hochwürden, absolut. Ich warte also ...»

«Hervorragend!», sagte Lo Monaco und legte auf.

Lo Monaco öffnete eine neue Datei auf seinem Computer und schrieb das Dementi:

Die Pressestelle des Heiligen Stuhls distanziert sich von der heute Morgen von einer internationalen Presseagentur ver-

breiteten Nachricht bezüglich eines angeblichen «Vierten Geheimnisses» von Fatima. Sie versichert darüber hinaus, dass der von der Agentur publizierte Text weder im Archiv der Glaubenskongregation noch in einem anderen Archiv vorliegt, denn es gibt kein «Viertes Geheimnis», und die Behauptung der Nachrichtenagentur, ein zusätzlicher Text werde im Vatikan aufbewahrt, entbehrt jeder Glaubwürdigkeit. Das einzig existierende «Geheimnis» ist auf Anordnung des Heiligen Vaters im Juni 2000 beim Verlag Libreria Editrice Vaticana erschienen. Es ist bedauerlich, wenn jetzt, in diesem für die Menschheit so wichtigen Moment, da der Heilige Stuhl den interreligiösen Dialog auf allen Ebenen fördern will und der Heilige Vater Gregor XVII. soeben ein Treffen der Weltreligionen in Jerusalem angekündigt hat, gefälschten Dokumenten Glauben geschenkt wird, deren katastrophale Prognosen die Gläubigen nur verunsichern werden.

Lo Monaco las den Text noch einmal aufmerksam durch, und ohne auch nur ein Komma zu ändern, schickte er ihn mit höchster Dringlichkeitsstufe ab. Nach wenigen Minuten hatte ihn das Pressebüro ins Netz gestellt.

Nur eine Viertelstunde lang hatte sich Marc Jemmallo im Glanz der Komplimente und Glückwünsche sonnen dürfen, als ihn die Stellungnahme des Vatikans erreichte.

Er wählte Johns Nummer.

«Hast du schon gehört?»

«Was denn?», fragte der Journalist, der gemütlich auf seinem Balkon im Hotel Quinta das Lagrimas saß und soeben den Computer heruntergefahren hatte.

«Der Vatikan hat dementiert. Sie behaupten, der Text sei

erfunden und in den Archiven werde nichts Derartiges aufbewahrt.»

«Nein, unmöglich! Glaub mir, ich …»

«Lies erst mal das Dementi, dann reden wir weiter! Und ruf mich gleich zurück. Diesmal will ich nicht die Kastanien für dich aus dem Feuer holen!»

Typisch, dachte John, man kann seine Sache tausend Mal gut machen, doch sobald etwas schiefgeht, steht man allein da! Er schaltete den Computer wieder ein, ging auf die Website des Vatikans und las das Dementi.

«Das ist doch nicht möglich!», war sein einziger Kommentar.

Er griff zum Telefon und wählte Monsignore Semprinis Nummer.

«Hallo, hier ist John, John Costa.»

«John, wie schön, von Ihnen zu hören! In Coimbra scheint ja alles bestens gelaufen zu sein, wie ich aus dem Radio erfahren habe. Glückwunsch, mein Lieber! Sind Sie schon wieder in Rom?»

«Nein, Monsignore. Ich bin noch in Portugal. Haben Sie denn noch nichts von dem Dementi gehört?»

«Von welchem Dementi?»

«Die Pressestelle des Vatikans hat gerade dementiert, dass der Text des vierten Geheimnisses in den Archiven des Vatikans aufbewahrt wird.»

Die Worte des Journalisten wurden mit einem langen Schweigen beantwortet.

«Das verstehe ich nicht. Lassen Sie mir ein wenig Zeit … ich muss darüber nachdenken», sagte der betagte Geistliche schließlich und legte auf.

Zur gleichen Zeit klingelte nur wenige Meter von Johns Hotelzimmer entfernt ein weiteres Handy – das von Jim Harris, dem Security-Chef der Soniet Al.

«Jim, ich brauche deine Hilfe.»

«Ich bin in Coimbra, Boss …»

«Vergiss Kate Duncan und ihre Liebschaften. Komm sofort zurück nach London, das heißt, nein, flieg direkt nach Rom! Ich brauche alle Informationen über einen Journalisten namens John Costa. Er arbeitet für Reuters und hat vor ein paar Stunden einen Geheimtext aus dem Vatikan veröffentlicht. Ich muss wissen, wie er das gemacht hat und wer seine Gewährsleute sind. Verstanden?»

«Ja. Ich nehme sofort die erste Maschine.»

«Pater Ernesto! Pater Ernesto!» Johns Stimme überschlug sich beinahe. Er stand vor dem Archiv der Diözese und pochte gegen die schwere Holztür.

«Komme ja schon … Um diese Uhrzeit ist eigentlich geschlossen!», erwiderte der alte Priester, der mittags für gewöhnlich nur ein wenig Obst aß und sich ansonsten dem Studium seiner Codices widmete.

«Pater Ernesto! Ich bin's, John!»

«John! Sie hätten doch anrufen können …»

«Es ist etwas Unangenehmes passiert! Der Vatikan bestreitet die Authentizität des vierten Geheimnisses.»

Der Priester öffnete die Tür. «Das war zu erwarten, wenngleich ich nicht verstehe, wie sie dazu kommen. Ich bin mir sicher, dass sie eine Abschrift des Textes mit demselben Datum wie auf der Notiz, die uns vorliegt, bekommen haben», sagte er.

«Was soll ich nun tun? Soll ich meine Quellen preisgeben?»

«John, Sie wissen, dass das nicht möglich ist! Stellen Sie sich vor, was geschehen würde, wenn man erfährt, dass Schwester Myriam den Text ihrer Tante an mich weitergegeben hat!»

«Ich könnte ja sagen, ich sei in den Besitz eines Manuskripts der Seherin gekommen.»

«Wenn Sie nicht weiter erläutern, wie, dann ja.»

«Könnten Sie mir nicht eine Fotokopie überlassen?»

«Ich glaube nicht, dass ...»

«Bitte, es wäre äußerst wichtig!»

«Na ja, in Anbetracht des Dementis ... von mir aus. Einen Moment.» Der Priester zog aus der Innentasche seines Jacketts den vergilbten Umschlag und verschwand kurz hinter einer winzigen Tür. Als er wiederkam, hielt er eine Kopie des Textes von Schwester Lucia in den Händen.

«Hier, bitte.»

«Vielen Dank, Pater Ernesto!» Hastig verließ John den Bischofspalast und eilte zu seinem Hotel.

Kaum wieder auf seinem Zimmer, schrieb er einen neuen Artikel:

«Die Nachrichtenagentur Reuters nimmt das Dementi des Vatikans zur Kenntnis, hält aber an dem fest, was sie vor einigen Stunden veröffentlicht hat: Die Agentur verfügt über eine Kopie des handschriftlichen Textes von Schwester Lucia dos Santos, der seinerzeit auch an den Vatikan gesandt wurde. Reuters bestätigt außerdem, dass vor einigen Monaten der damals amtierende Papst das Dokument veröffentlichen wollte, nachdem er sich mit drei Kardinälen beraten hatte. Welchen Zweck hätte ein solches Treffen haben sollen, wenn im Jahr 2000 bereits der ganze Text bekannt gewesen wäre?»

«Marc, hier ist John.»

«Und?»

«Wir haben eine Fotokopie des handschriftlichen Textes von Schwester Lucia!»

«Bist du sicher, dass es keine Fälschung ist?»

«Ich habe das Original gesehen, Schwester Lucia hat es einer Novizin und die hat es dem Neffen der Seherin gegeben – meine Informationsquelle!»

«Sehr gut. Lass uns das Dokument ins Netz stellen!»

«Ich weiß nicht, ob das angebracht wäre ... Ich schicke dir erst mal meinen neuen Artikel, und dann sehen wir weiter. Mach dir keine Sorgen – wir sind auf der sicheren Seite.»

In den Nachrichten waren soeben der Hinweis auf den noch fehlenden Text der Prophezeiung von Fatima sowie das knappe Dementi des Vatikans gesendet worden. Papst Gregor XVII. fiel der Löffel, mit dem er gerade ein Fruchteis verspeiste, vor Schreck aus der Hand. Er rief seinen Sekretär.

«Jorge!»

«Hier bin ich, Eure Heiligkeit.»

«Ruf sofort den Staatssekretär!»

Zehn Minuten später kam Alfonso Lo Monaco keuchend hereingestürmt. Er wollte gerade den Vatikan verlassen, als die Schweizergarde ihn aufhielt.

«Hier bin ich, Heiliger Vater», sagte er mit leicht erstaunter Miene, als wäre in den vergangenen Stunden nichts Wichtiges passiert.

«Haben Sie die Nachrichten gesehen?», fragte der Papst.

«Nein, leider nicht.»

«Erzählen Sie mir nicht, Sie wüssten nichts über das Geheimnis von Fatima!»

«Ach so, ja … diese Behauptung von Reuters …»

«Und, was sagen Sie dazu? Wie kann es sein, dass sie in den Besitz des Textes gekommen sind?»

«Das kann ich mir auch nicht erklären.»

«Dann erklären Sie mir wenigstens, wie es möglich ist, dass der Heilige Stuhl eine hundertprozentig korrekte Meldung mit dürren Worten dementiert!»

«Eure Heiligkeit, die Entscheidung haben wir zusammen mit dem Pressebüro getroffen. Wir hatten keine andere Wahl.»

«Oh doch! Es ist mir ein Rätsel, wie die Journalisten an den Text gekommen sind, der, soweit ich weiß, im Tresor unserer Archive schlummert, aber ich kann es nicht hinnehmen, dass ein solch heftiges Dementi veröffentlicht wird, wo es sich doch um eine eindeutig wahre Meldung handelte! Habe ich mich klar ausgedrückt?» Dabei schlug Gregor XVII. kräftig mit der Faust auf den Tisch. Und dann kam die Bitte, die der Staatssekretär unter allen Umständen hatte vermeiden wollen.

«Würden Sie mir bitte den Text bringen?»

«So… sofort, Eure Heiligkeit.»

«Gut, ich warte!»

In Panik verließ Erzbischof Lo Monaco die päpstlichen Gemächer. Wie sollte er dem Papst erklären, dass das Dokument gar nicht mehr existierte? Er ging in sein Büro, bat den Archivar, die gesamte Akte zum Geheimnis von Fatima heraufzubringen, aber nicht ihm, sondern direkt dem Papst auszuhändigen.

Lo Monaco rechnete genau aus, wie lange es dauern würde, und traf zwei Minuten vor dem Archivar in der Wohnung des Papstes ein.

«Wo ist es?», fragte Gregor XVII.

«Gleich, Eure Heiligkeit ... es kann sich nur noch um Minuten handeln ...»

Der Archivar wurde von dem Schweizergardisten, der den Eingang bewachte, hereingelassen und betrat mit der Akte unter dem Arm den Raum.

«Hier, Eure Heiligkeit», sagte Lo Monaco und nahm dem Archivar die Akte ab. Er schlug den Deckel auf, nahm die beiden Umschläge heraus und öffnete den kleineren, der bis vor ein paar Tagen noch den Text des Geheimnisses enthalten hatte. Er spielte seine Rolle perfekt.

«Aber ... hier ist gar nichts drin!», sagte er mit aufgerissenen Augen und sah zu dem Archivar, der die Szene mit einem fragenden Blick verfolgte.

«Wie kann das sein?», schickte Lo Monaco hinterher.

«Ich weiß es nicht», stammelte der Archivar.

«Was ist passiert? Wo ist der Text der Prophezeiung?», rief der Papst aufgebracht.

«Er war hier drin ... und jetzt ist er weg!»

«Sehen Sie in den anderen Umschlägen nach!»

Lo Monaco hantierte ein wenig in den Unterlagen, sah die Papiere durch, doch von dem besagten Text keine Spur.

«Es tut mir leid, Eure Heiligkeit. Er ist verschwunden!»

«Hochwürden, unterbrechen Sie augenblicklich Ihre Arbeit, und widmen Sie sich ausschließlich diesem Problem:

Ich will wissen, warum der Text verschwunden ist, wo er jetzt ist, ob er aus Versehen falsch archiviert wurde oder ob er gestohlen wurde. Finden Sie heraus, wer die Akte zuletzt konsultiert hat. Ich will die ganze Wahrheit, und zwar nicht erst in drei Monaten! Haben Sie verstanden?» Seine Worte hatte er ausschließlich an Lo Monaco gerichtet, ohne ein einziges Mal zu dem Archivar hinüberzusehen, der peinlich berührt danebenstand.

«Sicher, Eure Heiligkeit!»

«Sie können jetzt gehen!»

Lo Monaco und der Archivar verließen das Esszimmer des Papstes. Bevor die Tür hinter ihnen ins Schloss fiel, war erneut die kräftige Stimme des Papstes mit dem unverwechselbaren spanischen Akzent zu hören.

«Lo Monaco! Kommen Sie nochmal zurück!»

Widerwillig machte der Erzbischof kehrt und stand wieder vor Gregor XVII.

«Hören Sie mal, es ist doch seltsam: Da dementiert der Vatikan so mir nichts dir nichts die Nachricht von Reuters und behauptet, in unseren Archiven befinde sich kein derartiger Text; wenige Stunden später stellt sich heraus, dass dem tatsächlich so ist! Wer das Dementi in Auftrag gegeben hat, schien bereits zu wissen, dass sich der Text nicht mehr im Vatikan befindet. Sie werden sich erinnern, dass ich den Text zu lesen wünschte, was ich ja dann auch tat. Ich habe kein phänomenales Gedächtnis, aber ich weiß noch genau, dass die von der Agentur publizierte Version ziemlich genau mit der übereinstimmt, die ich in Händen hatte ... Wie erklären Sie sich das?»

«Wollen Eure Heiligkeit damit andeuten, dass ich ...»

«Ich will gar nichts andeuten, Lo Monaco. Ich habe Ihnen präzise Fragen gestellt und will nun auch präzise Antworten, und zwar sofort!»

Lo Monaco ging wieder in sein Büro. Er tätigte ein paar Anrufe bei der Polizei und beim Vatikanischen Pressebüro, und schon hatte er die jüngsten Aufenthaltsorte von John Costa herausgefunden. Er erließ eine rasche Dienstanweisung, um herauszufinden, wer im letzten Monat den Journalisten angerufen hatte. Schon am Nachmittag erhielt er die ersten Antworten. Monsignore Ernesto Semprini! *Gut! Sehr gut!*, sagte Lo Monaco zu sich selbst. Nun hatte er einen Sündenbock, den er Gregor XVII. nennen konnte.

Genau im selben Moment stieg Jim Harris in die Maschine nach Rom, um John Costa zu beschatten – auch das würde Staatssekretär Lo Monaco zugutekommen. Harris wusste nicht, dass der Mann, den er in Kate Duncans Armen gesehen hatte, genau der Journalist von Reuters war, den er suchte – ein glücklicher Umstand, der John und Kate noch ein paar ruhige Stunden gönnte.

«Wo warst du?», fragte John Kate, die gerade ins Hotel zurückgekehrt war.

«In der Biblioteca Joanina. Es war großartig! Ich habe den barocken Uhrenturm besichtigt, den höchsten Punkt der Stadt. Und du, was hast du gemacht?»

«Mein Tag war ziemlich heftig. Ich habe das vierte Geheimnis von Fatima ins Netz gestellt, gleich darauf hat der Vatikan alles dementiert.»

«Oh, das tut mir leid!»

«Macht nichts, an so etwas bin ich gewöhnt. Außerdem habe ich ja Beweise in der Hand. Und du, hast du was herausgefunden?»

«Das erzähle ich dir beim Abendessen. Passt es dir in einer Stunde?»

«Wunderbar!»

Eine Dreiviertelstunde später trafen sie sich in der Hotelhalle; sie hatten es beide vor Sehnsucht kaum ausgehalten. John begrüßte Kate mit einem Kuss auf die Stirn.

«John ... das geht alles so schnell», sagte Kate leise, während sie sich bei ihm unterhakte.

«Sag jetzt bitte nichts», meinte er und sah sie dabei mit den Augen eines Kindes an, das gerade das schönste Geschenk der Welt erhalten hat.

«Erzähl, was hast du herausgefunden?»

«Etwas ziemlich Interessantes. Der alte Archivar der Universität war sehr hilfsbereit, er ist schon pensioniert, kommt aber jeden Tag in die Bibliothek, um die Studenten zu unterstützen. Er hat mich gleich auf einen portugiesischen Text aus dem sechzehnten Jahrhundert verwiesen, der hier in Coimbra aufbewahrt wird.»

«Was ist das für ein Buch?», fragte John, während sie das Hotel ohne ein bestimmtes Ziel verließen. Es war schwül, der Himmel wolkig.

«Eine Art Chronik mit Anekdoten zu Personen, die der Stadt in den letzten zwei Jahrhunderten zu Ruhm verholfen haben.»

«Bist du dort auf den Codex von Coimbra gestoßen?»

«Nicht direkt, aber eines fand ich bemerkenswert: Ein

Mönch namens Fulgenzio, ein berühmter Miniaturist, er war Konvertit, wurde von einem portugiesischen Schiff aufgegriffen und hierhergebracht. In der Mitte des vierzehnten Jahrhunderts war er der meistkopierte Miniaturist Coimbras und ganz Portugals. Seine Zeichnungen faszinierten auch den König und den Bischof.»

«Meinst du, er könnte der Autor des Codex von Coimbra sein?»

«Wenn er es wäre, hätte man eine Erklärung dafür, weshalb dieser Text den Passus enthält, der für die islamische Sekte, die die Rückkehr des Mahdi erwartet, so wichtig ist. Es könnte aber auch bedeuten, dass alle Forscher, die sich bislang mit dem Codex beschäftigt haben, auf der falschen Fährte waren.»

«Warum?»

«Weil sie den Geheimcodex immer in dem griechischen Text aus der Apokalypse gesucht haben; dass er sich dort gar nicht befinden könnte, haben sie nicht einmal in Erwägung gezogen.»

«Und wo sollte er sonst verborgen sein?»

«In den gemalten Miniaturen.»

XXXVI

Rom, 19. Juli

Das Treffen war drei Tage vorher anberaumt worden, es musste geheim bleiben. Dan Hamid und Lord Mahatma landeten auf dem Flughafen Ciampino mit einem Privatflugzeug der Soniet Al. Eine Limousine mit abgedunkelten Scheiben wartete auf dem Rollfeld, und ein Wagen der italienischen Polizei gab ihnen Geleit bis zum Cortile di San Damaso, innerhalb der vatikanischen Mauern, wo sie vor zehn Uhr ankamen. Der Präsident des Pharmakonzerns trug einen dunkelblauen Anzug mit einer eleganten grauen Krawatte. Er versuchte, gelassen zu wirken, war aber ziemlich nervös wegen der bevorstehenden Audienz. Der Mann, der ihn begleitete, trug ein schlichtes weißes Gewand und einen Turban. Nicht einmal bei dieser Gelegenheit wollte er sich von dem seltsamen Fliegenfänger trennen, den er immer bei sich hatte. Die beiden Gäste wurden vom Leiter der Präfektur des päpstlichen Hauses empfangen. Es gab keine Ehrengarde, alles lief völlig anonym ab. Noch bevor Dan Hamid und Lord Mahatma in die Privatbibliothek des Papstes geführt wurden, gesellte sich Monsignore Lo Monaco zu ihnen. Er stellte sich vor, obwohl er beiden durchaus bekannt war. Dann zog er sich zurück, damit Papst Gregor XVII. ihn nicht sah.

Der Papst erwartete seine Gäste am Eingang zur Bibliothek. Ein offizieller Fotograf war nicht zugegen, wie sonst immer, auch ein Dolmetscher nicht, denn der Pontifex sprach perfekt Englisch.

«Freut mich, Sie kennenzulernen. Wir werden also zusammenarbeiten …»

«Es ist uns eine große Ehre, schon so kurz nach Ihrer Amtseinführung im Vatikan empfangen zu werden», sagte der Präsident der Soniet Al und verbeugte sich leicht, während er dem Papst die Hand schüttelte.

Lord Mahatma blieb stumm und beschränkte sich auf ein Nicken. Gregor XVII. musterte ihn aufmerksam.

«Ich weiß wenig über das, was Sie tun, erzählen Sie doch bitte mal ein wenig von sich», bat er ihn und deutete dabei auf zwei mit weißem Brokat überzogene Polstersessel, die vor einem Schreibtisch aus Nussholz standen.

Der Mann mit dem Turban begann sehr langsam zu sprechen. Er begleitete seine Rede mit ausladenden Gesten der linken Hand, die einstudiert wirkten.

«Ich war Hindu und habe mich dann dem Islam zugewandt. Ich glaube fest an den Frieden zwischen den Religionen und bin zu der Überzeugung gekommen, dass es gemeinsame Wurzeln gibt, die zukünftig einen Zusammenschluss ermöglichen könnten.»

«Selbstverständlich begrüßen auch wir eine Annäherung der Religionen, aber ich glaube, wir müssen das Ganze langsam angehen lassen. Wir können die Unterschiede doch nicht einfach ausmerzen und von unserem jeweiligen Credo abweichen!», sagte der Papst.

«Das wollte er damit nicht sagen», warf Dan Hamid ein. «Ich glaube, Lord Mahatmas Gedanken dahingehend interpretieren zu dürfen, dass unser angestrebtes Ziel Harmonie und Friede zwischen den Menschen sind, und dies erreichen wir durch Eintracht und Zusammenarbeit zwischen den Religionsführern. Letztlich wollen wir der Menschheit dienen.»

Der Papst nickte.

«Ich habe nichts dagegen, dass die neue Organisation der Vereinten Nationen Sie zum vorläufigen Leiter bestimmt, während die Wahl des Präsidenten und des Generalsekretärs vorbereitet und die Statuten aufgestellt werden. Ich sichere Ihnen größtmögliche Unterstützung vonseiten der katholischen Kirche zu, in allen Ländern, in denen sie aktiv vertreten ist. Ich habe meinen Staatssekretär, Monsignore Lo Monaco, gebeten, die ersten Schritte zu dieser ständigen Versammlung aller Gläubigen einzuleiten.»

Gregor XVII. wollte sich erheben, doch Dan Hamid ergriff erneut das Wort.

«Eure Heiligkeit, ich wollte Ihnen noch eine gute Nachricht übermitteln, allerdings muss ich Sie bitten, sie vorerst geheim zu halten.»

«Bitte sehr!»

«Eines der ersten Vorhaben der Organisation wird, zusammen mit Soniet Al, die Erprobung eines neuen Aids-Medikaments sein. Wir werden es gratis verteilen, in Afrika und Europa, als Zeichen dafür, dass die Glaubensführer den Leidenden nahe sind.»

«Das ist eine wunderbare Nachricht! Das Schicksal der afrikanischen Nationen, die ganz sich selbst überlassen sind, liegt mir sehr am Herzen.»

Dan Hamid und Lord Mahatma verabschiedeten sich

von Papst Gregor und verließen die Bibliothek. Der Präfekt des Päpstlichen Haushalts schlug ihnen einen kurzen Besuch in den Vatikanischen Museen vor, doch die beiden mussten wegen dringender Termine sofort nach London zurück. Nicht einmal eine Stunde später waren sie schon auf dem Rollfeld von Ciampino, als kurz vor dem Start der Kapitän durchsagte, jemand wünsche Dan Hamid zu sprechen. Es war Harris. Der Mann betrat schnell das Flugzeug.

«Ich hätte dort bleiben sollen ...», sagte er.

«Wieso, was ist passiert?»

«Gerade habe ich herausgefunden, dass dieser Journalist, John Costa, in ... Coimbra ist!»

«Da, wo auch Kate Duncan ist?»

«Genau, und möglicherweise ist er der Mann, mit dem ich sie zusammen gesehen habe!»

«Gute Arbeit! Von wegen Liebesgeschichte! Hör zu, Jim, ich weiß, dass dich heute ein Freund von uns aus Rom gebeten hat, einen Auftrag auszuführen, der mir sehr wichtig ist. Mach deine Sache so gut wie möglich, aber flieg dann sofort wieder nach Coimbra zurück. Und dort musst du handeln! Die beiden sollen mir keine Scherereien mehr machen, hast du mich verstanden?»

«Ja, Herr Präsident.» Harris verließ schnell wieder das Flugzeug, und gleich darauf startete der Pilot die Maschine.

«Es ist so weit», sagte Hamid zu seinem Reisegefährten.

«Was gibt's Neues aus Amerika?», fragte der Mann mit dem Turban, der ihm gegenübersaß.

«Alles bestens. Die Sache mit dem Mikrochip wird bald entschieden und ist so gut wie durch – dann werden wir einen Großteil der Menschheit unter Kontrolle haben. Aber erst einmal interessiert uns das alte Europa ... Die Invasion kann beginnen.»

Der Abend zuvor war für Kate und John wieder ein unvergessliches Erlebnis gewesen. Sie hatten in einem kleinen Lokal einen Vorspeisenteller mit Fisch gegessen, danach waren sie zwei Stunden lang durch die Altstadt geschlendert und hatten sich gegenseitig aus ihrem Leben erzählt. John hatte versucht, ihr zu erklären, weshalb seine Ehe gescheitert war und wie schwer ihm das Singledasein fiel. Kate hatte ihm von ihren Affären erzählt und davon, dass die Lebensumstände – ihre Arbeit und die Krankheit ihrer Mutter – sie bislang daran gehindert hatten, sich auf eine ernsthafte Beziehung einzulassen. Beide hatten sich eingestanden, dass in den vergangenen Tagen etwas Unvorhergesehenes geschehen war – und auch etwas Unvorhersehbares, denn keiner wusste, wie es mit ihnen weitergehen würde. Aber eines war sicher: Sie hatten sich gefunden. Schließlich hatten sie sich im Hotel, oben, am Treppenabsatz, voneinander verabschiedet, wieder mit einem Kuss, länger und leidenschaftlicher als am Abend zuvor. Sie hatte gespürt, wie ihr innerer Widerstand allmählich nachgab. Er dagegen, der zwei Tage zuvor am liebsten gleich mit ihr ins Bett gestiegen wäre, betrachtete sie nun als ein wertvolles Geschenk und nicht als ein Objekt, an dem er die angestauten Begierden der letzten Monate ausleben konnte.

Am nächsten Morgen frühstückten sie gemeinsam.

«Und, schauen wir uns heute den Codex von Coimbra an?», fragte Kate.

«Hoffentlich! Ich habe ihn selbst noch gar nicht gesehen, weil ich mir letztes Mal lange Vorträge über Numerologie anhören musste ...»

Sie gingen wieder auf ihre Zimmer. John putzte sich gerade die Zähne, als sein Handy klingelte.

«Hier ist Semprini.»

«Monsignore, wie schön, dass Sie sich melden! Haben Sie etwas herausgefunden?»

«Ja, zwei Dinge, und beide sind tragisch. Erstens ist der Text des Geheimnisses, den Sie in Umlauf gebracht haben, aus dem Archiv der Glaubenskongregation verschwunden. Zweitens hat der Papst eine Untersuchung eingeleitet, und sein Staatssekretär hat es fertiggebracht, eine Akte über mich anzulegen.»

«Wie das?»

«Sie haben die Telefonverbindungen, John. Daraus geht hervor, wie oft wir in der letzten Zeit miteinander telefoniert haben. Und obwohl ich kein Geheimnis verletzt und Ihnen den Text nicht gegeben habe, wirft man mir genau das vor!»

«Sind Sie ganz sicher?»

«Ja, natürlich, sonst hätte ich nicht angerufen.»

«Kann ich irgendetwas tun, Monsignore? Ich habe die Kopie des Textes, den Schwester Lucia hinterlassen hat. Bislang hat Reuters ihn noch nicht veröffentlicht. Aber wenn ja, könnte ich zumindest erklären, dass es sich nicht um die im Vatikan aufbewahrte Version handelt, sondern um das Manuskript der Seherin von Fatima ...»

«John, ich glaube, das bringt alles nichts! Haben Sie sich noch nicht gefragt, weshalb jemand den Text hat verschwinden lassen und Ihre Meldung dementiert wurde?»

«Na ja, weil es ihnen nicht gepasst hat.»

«Nein, John, hier geht es um viel mehr. Überlegen Sie doch mal: Wovon ist in der Prophezeiung die Rede? Von einer islamischen Invasion in Europa, die unter dem Pontifikat eines mexikanischen Papstes einsetzt. Da ist etwas im Gange, und die Publikation des Geheimnisses ist den Drahtziehern ein Dorn im Auge!»

«Aber Sie müssen sich wehren! Sie müssen mit dem Papst sprechen!»

«Ich fürchte, das wird nichts nützen. Man wird mich auch gar nicht zu ihm lassen.»

«Wehren Sie sich!»

«Oh, das werde ich, keine Sorge, John. Aber man ist machtlos, wenn man so jemanden wie Lo Monaco gegen sich hat! Außerdem bin ich alt, vergessen Sie das nicht, ich bin neunzig. Und das hat mir gerade noch gefehlt!»

«Soll ich nach Rom kommen? Kann ich etwas für Sie tun?»

«Nein, bleiben Sie in Coimbra, und recherchieren Sie weiter! Ach, eins noch: Haben Sie keine Angst, der Welt die Wahrheit zu sagen! Ich muss jetzt Schluss machen, es hat an der Tür geklingelt, wahrscheinlich ungute Nachrichten aus der Staatskanzlei.»

«Nur Mut!»

«Natürlich.»

Dies waren die letzten Worte, die John Costa aus dem Mund seines Freundes Semprini hörte. Vor der Tür des Monsignore stand ein Mann um die fünfzig mit blonden kurzrasierten Haaren und einem athletischen Körper. Er war dunkel gekleidet und sagte, er sei wegen einer inoffiziellen Untersuchung im Auftrag von Monsignore Lo Monaco hier. Jim Harris vergewisserte sich, dass der alte Geistliche allein zu Hause war. Dann befahl er ihm, sich an den Schreibtisch zu setzen, zog seine Pistole heraus und hielt sie ihm an den Kopf.

«Nehmen Sie Papier und Stift», sagte er in abgehacktem Italienisch mit deutschem Akzent.

«Wa... was soll ich tun?»

«Keine Sorge, es passiert Ihnen nichts, befolgen Sie einfach meine Anweisungen. Schreiben Sie: ‹Ich bereue, was ich getan habe. Ich habe das Geheimnis von Fatima in meinen Besitz gebracht, es einem befreundeten Journalisten gegeben ...›»

«Niemals! So ein Geständnis werden Sie mir nicht entlocken!», sagte der alte Geistliche mit ungewohnter Festigkeit in der Stimme.

«Wir scheinen uns nicht verstanden zu haben, alter Trottel! Entweder schreibst du das, was ich dir sage, oder ich blase dir eine Kugel in deinen verfaulten Schädel, verstanden?»

«Wollen Sie mir etwa Angst einjagen?», erwiderte Semprini unbeirrt. Er wollte dem Staatssekretär kein Alibi für dessen schmutzige Spielchen liefern.

«Ich zähle bis drei ...», sagte Harris und drückte ihm die Pistole an die Schläfe.

«Schießen Sie nur! Ich zittere zwar, aber ich fürchte den Tod nicht. Ich bin neunzig Jahre alt und vorbereitet ... jeden Tag denke ich daran ... jede Stunde.»

Harris begriff, dass er so nicht weiterkam. Er überprüfte, ob auf dem Schreibtisch handschriftliche Dokumente des Monsignore lagen, dann schlug er ihm auf den

Nacken, worauf Semprini zu Boden fiel. Tot. Wenn man ihn so sah, hätte man glauben können, ein unglücklicher Sturz hätte tödlich geendet. Der Security-Chef von Soniet Al setzte sich an den Schreibtisch und nahm einen Briefbogen mit der Aufschrift *Mons. Ernesto Semprini, Apostolischer Protonotar.* Er legte ein paar Briefe daneben, die der Monsignore vormittags geschrieben hatte, und fälschte seine Schrift.

Ich bereue, was ich getan habe, und bitte Eure Heiligkeit und die Kirche um Vergebung für die Schande, die ich ihr bereitet habe. Ich habe das Geheimnis von Fatima in meinen Besitz gebracht, es an einen befreundeten Journalisten weitergegeben …

Harris ließ den Text bewusst unvollendet und achtete darauf, dass man ihn gleich auf der grünen Ledermappe mitten auf dem Schreibtisch liegen sah, wenn man hereinkam. Er vergewisserte sich, dass Semprini tot war, ließ den Stuhl ein wenig beiseitegerückt, als hätte sich Semprini noch einmal hochgehievt und wäre dann endgültig zu Boden gesackt. Anschließend ging Harris ins Schlafzimmer und öffnete den Schrank. Er nahm einen Talar mit roten Knöpfen heraus, zog ihn an und verließ das Gebäude unbemerkt.

Eine Stunde später bat Monsignore Lo Monaco, wegen einer dringenden Mitteilung zum Papst vorgelassen zu werden.

«Eure Heiligkeit, es hat sich alles aufgeklärt, wenn auch auf tragische Weise …»

«Wovon reden Sie?»

«Wir haben den Schuldigen, der das vierte Geheimnis gestohlen und in Umlauf gebracht hat.»

«Wer ist es?»

«Monsignore Ernesto Semprini, der ehemalige Sekretär von Kardinal Ottaviani.»

«Ich möchte mit ihm sprechen!»

«Ich fürchte, das ist nicht möglich, Eure Heiligkeit. Er ist heute Morgen in seinem Arbeitszimmer ausgerutscht und an den Folgen des Sturzes gestorben.»

«Woher wissen Sie das?»

«Wir haben die Liste der Telefonate, aus der hervorgeht, dass er in den vergangenen Wochen häufig mit John Costa gesprochen hat, dem Vatikanexperten von Reuters und Autor des Artikels über das Geheimnis von Fatima. Aber wir haben noch mehr, viel mehr, nämlich sein Geständnis! Bevor er starb, hat er ein Schreiben verfasst – es war an Eure Heiligkeit gerichtet. Darin bat er um Entschuldigung für das, was er getan hat.»

«Und das Originalmanuskript des Geheimnisses?»

«Semprini starb, bevor er seinen Brief zu Ende schreiben konnte. Das Original scheint er Reuters gegeben zu haben …»

«Kommt Ihnen das nicht ein wenig seltsam vor? Warum sollte man das Original entwenden und es einer Presseagentur geben? Hätte es nicht genügt, es zu fotokopieren und wieder zurückzubringen?»

«Da haben Sie recht, Eure Heiligkeit. Doch zu diesem Schluss bin ich im Rahmen meiner Untersuchungen gekommen. Sie müssen bedenken, Semprini war neunzig Jahre alt.»

«Ja, aber er war doch immer ein treuer Diener der Kirche. Wenn ich mich recht erinnere, war er in der Kurie sehr beliebt.»

«Das stimmt, aber sein Alter ... die Enttäuschung ...»

«Was für eine Enttäuschung?»

«Ich glaube, er hätte es gerne gesehen, wenn der letzte Teil des Geheimnisses von Fatima noch vor seinem Tod veröffentlicht worden wäre.»

«Nun, im Grunde hat er doch erreicht, was er wollte ...»

«Ich habe dafür gesorgt, dass die Geschichte nicht nach draußen dringt. Heute wird die Nachricht von Semprinis Tod im *Osservatore* erscheinen, aber niemand wird erfahren, dass er es war, der das Geheimnis weitergegeben hat. Und wir werden einfach standhaft bleiben und weiterhin dementieren, dass es je eines gegeben hat.»

«Lo Monaco, bitte tun Sie alles, um einen Skandal zu verhindern. Ich möchte nicht, dass man Semprini in schlechter Erinnerung behält. Eine unüberlegte Geste am Ende eines Lebens darf die Erinnerung an einen Menschen, der der Kirche und dem Heiligen Stuhl immer aufrichtig gedient hat, nicht zerstören ...»

«Ich werde mein Bestes tun, Eure Heiligkeit.»

«Sind Sie sicher, dass die Sache unter uns bleibt und die Journalisten keine Nachforschungen anstellen werden?»

«Wir haben es hier mit einem Neunzigjährigen zu tun, der sich nicht gerade bester Gesundheit erfreute. Niemand wird die Veröffentlichung des Geheimnisses durch Reuters mit ihm in Verbindung bringen. Lassen Sie mich nur machen ...»

«Ich vertraue Ihnen, Lo Monaco.»

Der Staatssekretär freute sich wie ein Schuljunge bei seiner Versetzung. Gleich nach der Unterredung mit dem Papst rief er den Präsidenten an, um ihm mitzuteilen, dass alles glattgegangen und das Dementi des Vatikans, das den Text des vierten Geheimnisses als nicht authentisch ausgewiesen hatte, nach wie vor gültig war.

XXXVII

Coimbra, 19. Juli

John Costa und Kate Duncan erreichten die Bischöfliche Bibliothek von Coimbra unter Hochspannung. Sie wollten nicht nur eine wichtige Entdeckung machen, sie wollten sie vor allem *gemeinsam* machen. Obwohl sie sich erst seit wenigen Tagen kannten, fühlten sie sich schon sehr eng verbunden. Pater Ernesto dos Santos öffnete ihnen die Tür und begrüßte seine Gäste.

«Ich habe heute viel zu tun. Geht doch hinüber in den Lesesaal, da liegt der Codex von Coimbra für euch bereit. Viel Erfolg! Das Archiv ist geschlossen, es wird euch keiner stören.»

Der Priester zwinkerte Costa zu und wies auf den in Leder gebundenen Folianten aus dem vierzehnten Jahrhundert.

Kate schlug ihn auf. Es war ein wundervoller Band mit zahlreichen Schmuckelementen und Illustrationen mit Szenen aus der Apokalypse. Die Feinheit und die Perfektion dieses Meisterwerkes der Buchgestaltung beeindruckten sie zutiefst. Auf wenigen Quadratzentimetern waren die Farben feindosiert, der Pinselstrich äußerst elegant, die Gesichter der Personen so ausdrucksvoll! Sie konnten nur aus der Hand eines großen Künstlers stammen. John und Kate untersuchten jede Seite, die eine Abbildung enthielt, entdeckten jedoch nichts.

«Du kannst nicht erwarten, innerhalb eines Tages das zu finden, wonach viele Forscher vergeblich gesucht haben.»

«Das hängt von der Lesart ab.»

«Außerdem können wir kein Griechisch ...»

«Ich habe dir doch schon gesagt, ich glaube, das ist gar nicht nötig. Überleg doch mal: Der geheime Satz mit der Prophezeiung, den diese esoterische islamische Gruppe von Generation zu Generation weitergegeben hat, muss in einer Sprache geschrieben worden sein, die die Moslems sofort verstanden.»

«Das leuchtet mir nicht ein – wenn es sich um eine esoterische Gruppe handelt, müsste sie doch daran interessiert sein, dass der Satz nicht allen zugänglich ist! Warum sollten sie also kein Griechisch verwenden?»

«Weil die Prophezeiung aus dem Islam stammt, sie muss also auf Arabisch verfasst worden ein.»

«Aber in dem griechischen Text steht nichts Arabisches, das habe ich dir doch schon gesagt!»

«Und ich sage dir, wir sollten uns auf die Miniaturen konzentrieren!»

Vier Stunden lang erforschten sie die großartigen Abbildungen – ohne Erfolg.

Um fünf Uhr nachmittags machten sie eine Pause. In der Bibliothek herrschte drückende Hitze, und John ging Sandwiches und kühle Getränke kaufen. Pater Ernesto hatte seinen Schreibtisch offenbar für einige Zeit verlassen.

Als John wiederkam, saß Kate noch immer über den Folianten gebeugt da.

«Hast du was gefunden?», fragte er.

«Nein, aber ich konzentriere mich auf eine bestimmte Stelle.»

«Und zwar?»

«Auf das Ende des dreizehnten Kapitels.»

Da fiel John wieder ein, dass Don Ernesto und Pater Eisenbach ebendiese Passage erwähnt hatten, weil darin vom Antichristen die Rede war.

«Mach lieber mal eine Pause, sonst kippst du noch um», sagte John mit liebevoller Stimme – Kate gefiel es, wie er sich um sie sorgte.

Sie aßen ihre dünnbelegten Schinkensandwiches und tranken Cola dazu – ein mittelmäßiges Mahl. John hätte diesen schönen Augenblick gern noch hinausgezögert, doch Kate wollte unbedingt weitermachen.

«Hier, vorhin habe ich mir diese Seite vorgenommen …»

«καὶ ποιεῖ πάντας, τοὺς μικροὺς καὶ τοὺς μεγάλους, καὶ τοὺς πλουτοτίους καὶ τοὺς πτωχοὺς καὶ τοὺς ἐλευθέρους καὶ τοὺς δούλους, ἵνα δῶσιν αὐτοῖς χάραγμα ἐπὶ τῆς χειρὸς αὐτῶν τῆς δεξιᾶς ἢ ἐπὶ τὸ μέτωπον αὐτῶν, καὶ ἵνα μή τις δύνηται ἀγοράσαι ἢ πωλῆσαι εἰ μὴ ὁ ἔχων τὸ χάραγμα, τὸ ὄνομα τοῦ θνρίου ἢ τὸν ἀριθμὸν τοῦ ὀνόματος αὐτοῦ. Ὧδε ἡ σοφία ἐδστίν. ὁ ἔχων νοῦν ψηφισάτω τὸν ἀριθμὸν τοῦ θηρίου, ἀριθμὸς γὰρ ἀνθρώπου ἐστίν, καὶ ὁ ἀριθμὸς αὐτοῦ ἑξακόσιοι ἑξήκοντα ἕξ.»

Zu dem griechischen Text gehörte die Abbildung eines Tieres mit sieben Köpfen und einem drachenähnlichen Antlitz mit Bockshörnern, das eine Frau belagerte, die Jungfrau Maria. Einige Passagen des Textes standen am Rand oder

unter den Figuren der Miniatur, die im Vergleich zu den anderen etwas blasser wirkte und weniger Gold aufwies.

«Fällt dir nichts auf?», fragte Kate.

«Eigentlich nicht ...», gab John zu.

«Siehst du nicht, dass sich dieses Bild von den anderen unterscheidet?»

«Na ja, es ist etwas blasser.»

«Nicht nur das. Schau es dir mal genau an! Es sieht aus, als hätte es ein anderer gemalt, die Konturen sind grober, das Ganze wirkt weniger präzise, findest du nicht?»

«Vielleicht hat es ein anderer Miniaturmaler fertiggestellt?»

«Das würde nur Sinn ergeben, wenn es das letzte Bild wäre. Danach kommen aber noch andere, und die sind wieder so klar wie die vorherigen.»

«Ja und?»

«Vielleicht wollte uns der Miniaturmaler damit sagen: Achtung, hier müsst ihr genau hinschauen!»

«Gut, schauen wir genau hin – aber ich sehe nichts!»

«Mir ist noch etwas aufgefallen: In dieser Abbildung wurde kein Gold verwendet», sagte Kate.

«Vielleicht ist es ausgeblichen.»

«Dann erklär mir bitte, weshalb es auf allen anderen Bildern nicht ausgeblichen ist!»

«Nun sag schon, worauf du hinauswillst!»

«Der Miniaturist hat es weggelassen, weil er den Unterschied zu den anderen Abbildungen stärker hervorheben wollte. Oder weil Gold eine zu stark deckende Farbe ist und daher die Geheimbotschaft unleserlich gemacht hätte.»

«Es gibt noch eine dritte Möglichkeit», sagte John.

«Welche?»

«Das Gold könnte von jemandem weggekratzt worden sein, der genau dasselbe suchte wie wir!»

«Hervorragend!», sagte Kate lächelnd und küsste John auf die Wange.

«Danke! Wenn das der Lohn ist, hätte ich gerne jeden Tag solche Geistesblitze. Allerdings kann ich beim besten Willen nichts entdecken, Kate.»

«Konzentriere dich auf das Tier!»

«Kate, warum sind die Farben bei dem Tier an einigen Stellen so verwischt, während sie an anderen Stellen ganz klar sind?»

«Ich weiß nicht …»

«Sieh dir mal den Flügel an!», rief John. «Ich brauche eine Lupe, ich glaube, da sind winzige Zeichen zu erkennen.»

«Fragen wir Pater Ernesto, ob es eine Reproduktion der Miniatur gibt, am besten eine Vergrößerung.»

John lief zum Priester, der wieder an seinem Computer saß.

«Ich werde sehen, was ich tun kann. Aber der Codex muss hierbleiben», sagte der Neffe der Seherin.

«Gut, dann kommen wir morgen wieder.»

Hand in Hand verließen John und Kate die Bibliothek. Vielleicht waren sie auf der richtigen Spur – auf jeden Fall aber hatten sie einen wunderschönen Nachmittag verbracht. Sie kehrten ins Hotel zurück und beschlossen, sich ein Abendessen zu gönnen, das die Sandwiches von vorhin vergessen ließ. Sobald sie die Halle betraten, kam eine Hotelangestellte auf Kate zugelaufen.

«Frau Doktor Duncan, ich habe eine wichtige Nachricht aus London für Sie!» Sie wedelte mit einem zusammengefalteten Zettel. Kate nahm ihn entgegen. Es war eine Nachricht von Virgil.

Komm sofort zurück nach England, der Zustand deiner Mutter hat sich dramatisch verschlechtert; sie hat nicht mehr lange zu leben.

«Mama … John, ich muss sofort nach Hause, meine Mutter liegt im Sterben!» Kate war ganz blass im Gesicht.

«Ich begleite dich; nach allem, was passiert ist, finde ich es gefährlich, wenn du allein nach London fliegst!»

«Nein, ich möchte nicht, dass du mitkommst. Es gibt hier noch so viel zu tun. Du musst das Geheimnis des Codex von Coimbra herausfinden, auch für mich. Ich werde in Gedanken bei dir sein … und mit meinem Herzen!»

«Kate, ich bestehe darauf, lass mich mitkommen!»

«Nein, John. Ich komme zurück, sobald ich kann.»

Die beiden wollten gerade die Treppe hochgehen, als das Telefon an der Rezeption klingelte.

«Frau Doktor Duncan, ein Gespräch für Sie, ein Freund aus London!»

Kate stürzte zum Telefon.

«Hallo, Virgil?»

«Hallo, Kate … Du musst jetzt sehr tapfer sein …»

«Wie … wie geht es meiner Mutter?»

«Kate, sie ist tot. Ich habe es soeben von einem Arzt aus der Klinik in Manchester erfahren, bei dem ich mich als dein Bruder ausgegeben hatte. Es ging alles ganz schnell, ihre Lunge hat versagt.»

«Nein! Und ich hab sie nicht einmal mehr gesehen … Mama!» Sie wischte sich die Tränen aus dem Gesicht und erinnerte sich daran, wie sie sie das letzte Mal besucht hatte, vor ihrem Flug nach Kasachstan. Abends war sie dann von Professor Sirkar zum Essen eingeladen worden.

«Virgil … Ich nehme gleich den nächsten Flieger», stammelte sie.

«In Ordnung. Gib Bescheid, wann du ankommst, dann hole ich dich ab!»

«Okay. Gibt es sonst irgendwelche Neuigkeiten?», fragte sie, nachdem sie sich ein wenig gefasst hatte.

«Es herrscht eine Wahnsinnsaufregung, die Eröffnungen der neuen Niederlassungen der Soniet Al in Civitavecchia, Dubrovnik, La Rochelle und Danzig stehen bevor. Warum sie ausgerechnet dorthin wollen, weiß niemand so genau.»

«Darüber reden wir auf der Fahrt … Du kommst doch mit nach Manchester, oder?»

«Natürlich, Kate.»

Etwas abseits stehend, hatte John das Ende des Gesprächs abgewartet, aber er hatte schon verstanden. Er nahm Kate fest in den Arm.

«Es tut mir so leid, Kate …»

«Danke, Liebling.» Die Worte waren ihr ganz natürlich über die Lippen gekommen.

«Komm, ich fahre dich nach Lissabon!»

«Aber ich habe einen Mietwagen, den ich abgeben muss …»

«Darum kümmere ich mich, keine Sorge.»

In Windeseile hatte Kate ihre Sachen gepackt, die Hotelrechnung bezahlt und John die Autoschlüssel gegeben. Als sie losfuhren, herrschte eine seltsame Stimmung, als markierte Kates Abreise einen Wendepunkt in ihrer Liebesgeschichte, die doch eben erst begonnen hatte. Auf der kaum befahrenen Schnellstraße schoss ein schwerer dunkelblauer Wagen in der Gegenrichtung an ihnen vorbei; hätten sie auf den Mann am Steuer geachtet, hätten sie Jim Harris gesehen, der kurz zuvor in Lissabon gelandet war.

Kate hatte den Flug über ihr Satellitenhandy gebucht und als Garantie die Nummer ihrer Kreditkarte hinterlassen.

Eine Viertelstunde vor dem Abflug erreichten sie den Flughafen. John wollte Kate unbedingt hineinbegleiten, doch sie lehnte ab.

«Fahr zurück nach Coimbra, Liebling, und schlaf dich

erst mal aus! Denk an mich, ich werde auch an dich denken!» Dabei sah sie ihm tief in die Augen. Noch nie hatte sie jemanden so liebevoll angesehen. Und dann küsste sie ihn. Es war ein langer Kuss, ein endloser, der die Autos auf dem Parkplatz, das fröhliche Geplapper einer Gruppe von Studenten, das Brummen der Flugzeuge beim Landen und Starten vergessen ließ.

«Ich liebe dich», sagte John.

«Ich dich auch», erwiderte Kate.

John sah ihr nach, während sie hinter der Glastür verschwand, die sich automatisch öffnete.

«Gute Reise!», flüsterte er, bevor er wieder ins Auto stieg und zurück nach Coimbra fuhr.

In der Zwischenzeit fragte Jim Harris an der Rezeption des Hotels Quinta das Lagrimas nach Kate Duncan und ihrem Freund.

«Sie ist abgereist. Señor Costa hat sie begleitet», sagte die Dame an der Rezeption freundlich. Nur mit Mühe konnte sich Harris zurückhalten. Vor Wut hätte er am liebsten den Tresen zertrümmert und die Computer gegen das Fenster geworfen. Es war der reinste Albtraum: Als er Kate Duncan in Coimbra ausfindig gemacht hatte, dachte er, sie sei wegen einer Liebesgeschichte hier, dann war er überstürzt nach Rom geflogen, um Costa zu suchen, doch der Journalist war in Coimbra. Jetzt war er wieder in Portugal, nur, um festzustellen, dass beide soeben das Hotel verlassen hatten. Das war zu viel des Guten!

Er rief Dan Hamid auf dem Handy an.

«Kate Duncan ist abgereist.»

«Das habe ich soeben gehört.»

«Von wem?»

«Mir wurde mitgeteilt, dass ihre Mutter vor wenigen Stunden gestorben ist. Begleitet Costa sie?»

«Ich bin mir nicht sicher ... Ich glaube nicht!»

«Dann bleib, wo du bist. Um Kate Duncan kümmere ich mich.»

«Einverstanden.»

Während Kate aufs Boarding wartete, rief sie Virgil vom Handy aus an.

«Ich lande um zwei Uhr nachts.»

«Da hast du dir ja den perfekten Flug ausgesucht!»

«Ich habe einfach den erstbesten genommen.»

«Ich weiß, entschuldige. Ich hol dich ab. Wo landest du?»

«In Gatwick.»

«Gut, dann kannst du dich noch ein paar Stunden hinlegen. Morgen früh fahren wir dann nach Manchester.»

«Ehrlich gesagt würde ich lieber gleich weiterfahren.»

«Ich richte mich nach dir – wie in alten Zeiten!»

Der Flug startete pünktlich und war wider Erwarten recht angenehm. Alle schienen zu schlafen, nur Kate tat kein Auge zu. Sie dachte an den Gesichtsausdruck ihrer Mutter bei ihrem letzten Besuch. An den kaum merklichen Hilferuf, den geisteskranke Menschen oft durch Blicke aussenden, die nur nahestehende Personen verstehen. Sie dachte an früher, an ihr gemeinsames Leben vor der Krankheit. An all die Tage, an denen ihre Mutter das Frühstück zubereitet, ihr Bett gemacht hatte, und wie sie in Tränen ausgebrochen war, als ihre Tochter ihr Diplom gemacht hatte.

«Mama, wo bist du jetzt?», flüsterte sie und warf einen Blick durch das runde Fenster in den sternenklaren Himmel.

Virgil wartete in der Ankunftshalle für internationale Flüge auf sie. Er sah mitgenommen und noch besorgter aus als bei ihrer letzten Begegnung vor ein paar Tagen.

«Bist du sicher, dass du dich nicht doch ein wenig hinlegen willst?», fragte er.

«Na ja … eigentlich schon. Es hat ja keinen Sinn, mitten in der Nacht anzukommen», sagte sie, nachdem sie begriffen hatte, dass vor allem er den Schlaf brauchte.

Virgil holte eine Flasche Weißwein aus dem Kühlschrank und fragte Kate, ob sie vor dem Schlafengehen gemeinsam ein Glas trinken wollten. Ihm zuliebe willigte sie ein. Sie schliefen drei Stunden, dann stiegen sie ins Auto und fuhren, leicht benommen, in Richtung Manchester los.

XXXVIII

Manchester, 20. Juli

Trotz mehrerer Kaffeepausen waren Kate und Virgil noch immer schläfrig, als sie beim Manchester Royal Infirmary-Krankenhaus ankamen. Die Leichenkammer war noch nicht geöffnet, also warteten sie eine halbe Stunde. Es war erst eine Nacht vergangen, seit Kate John vor dem Flughafen zurückgelassen hatte, und schon fehlte er ihr. Sie kramte ihr Satellitenhandy aus der Tasche und wählte seine Nummer.

Um diese Uhrzeit schlief er gewöhnlich noch, doch an diesem Tag war er schon im Morgengrauen aufgewacht und griff daher sofort nach seinem Handy auf dem Nachttisch.

«Hallo, John, ich bin's.»

«Kate, wie schön, dass du anrufst! Du weißt gar nicht, wie sehr …»

«Ich liebe dich, John.»

«Ich liebe dich auch. Wo bist du gerade?»

«Ich bin schon in Manchester, in ein paar Minuten kann ich in die Totenkammer. Ich bin völlig am Ende, John. Auch wenn sie überhaupt nichts mehr mitbekommen hat, werde ich mir nie verzeihen, dass ich nicht bei ihr war, als sie starb.»

«Kate, das konnte niemand voraussehen. Mach dir keine Vorwürfe!»

«John, was ich dich längst fragen wollte: Weißt du noch, bei unserem ersten Treffen, als wir zusammen essen waren, da hast du mir doch von der Prophezeiung von Fatima erzählt.»

«Ja ...» John wusste nicht, worauf sie hinauswollte.

«Du hast einige Städte erwähnt, von denen in dieser Prophezeiung die Rede ist.»

«Ja, sicher! Es ist eine Art Landkarte der islamischen Invasion. Schwester Lucia dos Santos zufolge hat die Muttergottes nicht nur vor dieser Invasion gewarnt, sondern auch vier Städte genannt, von wo aus die Angriffe stattfinden sollen.»

«Und du weißt, welche es sind.»

«Ja, Pater Ernesto hat mich darauf aufmerksam gemacht. Es war eigentlich gar nicht so schwer herauszufinden.»

«Weißt du noch, welche Städte es waren?»

«Natürlich! Es sind vier europäische Hafenstädte: Civitavecchia, vor den Toren Roms, Dubrovnik in Kroatien, La Rochelle in Frankreich und Danzig in Polen.»

«Oh Gott! Euhantas!»

«Kate! Was hast du? Was ist los?»

«Nichts, John, gar nichts, ich erklär's dir, wenn wir uns sehen. Sieh zu, dass du mit deinen Recherchen vorankommst und das Geheimnis des Codex von Coimbra herausfindest, tu's für mich!»

«Na gut, Kate. Wir sehen uns bald. Alles Liebe!»

Endlich wurden Kate und Virgil in den kleinen Raum gelassen, in dem der Leichnam von Kates Mutter aufgebahrt lag. Kate war beeindruckt von der Gelassenheit, die ihr Gesicht ausstrahlte. Es war, als hätte die Frau im Sterben ihre geistigen Kräfte wiedergefunden. Kate fühlte sich ihr näher als bei ihrem letzten Besuch, als ihr Blick ganz leer gewesen war und sie ihre Tochter nicht erkannt hatte.

«Ruhe in Frieden, Mama», sagte Kate und berührte die bereits kalte, steife Hand ihrer Mutter. Sie drückte ihr einen Kuss auf die Stirn und blieb dann eine Viertelstunde lang andächtig vor ihr stehen.

Virgil wartete vor der Tür auf sie. Endlich kam Kate heraus, ihre Augen waren rot, Tränen liefen ihr über die Wangen.

«Komm, lass uns gehen», sagte Virgil.

Direkt vor der Totenkammer standen drei Männer, die den Wartesaal zu bewachen schienen. Entschlossen kamen sie auf Kate zu.

«Doktor Duncan?»

«Ja?»

«Würden Sie uns bitte folgen?»

«Wer ... wer sind Sie?»

«Security von Soniet Al. Der Präsident möchte Sie sprechen.»

«Aber das geht nicht, meine Mutter ist gerade ...»

«Sie müssen mitkommen. Der Präsident wird Sie nicht lange aufhalten. Ein Helikopter wartet auf Sie.»

Kate wollte sich ihnen widersetzen und murmelte eine unverständliche Entschuldigung. Sie hatte das Gefühl, die Welt stürze auf sie nieder. Woher wussten die Leute von Soniet Al, dass sie wieder in Manchester war? Diese Männer waren aus einem bestimmten Grund hier. Hilfesuchend drehte sie sich nach Virgil um und bemerkte, dass er zum ersten Mal ihrem Blick auswich – als hätte sich ein Schatten über ihre Freundschaft gelegt.

«Virgil! Virgil, wie ist das möglich?»

Er wandte den Kopf zur Seite.

«Kann ich kurz mit meinem Freund sprechen?», fragte Kate die Männer.

«Bitte», sagte einer von ihnen, der der Anführer des kleinen Kommandos zu sein schien.

«Virgil ... warst du das?»

«Kate, nein ... ich wollte nicht ... das heißt, es kam alles so schnell ...»

«Sag mir nur, warum ...»

«Sie waren es, die mich gestern vom Tod deiner Mutter unterrichteten. Der Präsident bestellte mich zu sich in sein Arbeitszimmer, er wusste, dass du in Coimbra warst. Er wolle dich sprechen, sagte er und bat mich, ihn über dich auf dem Laufenden zu halten.»

«Und das hast du getan? Was war ich nur für ein Vollidiot, dir zu vertrauen! Du Dreckskerl!»

«Kate, ich wollte es nicht, das schwöre ich dir! Sie haben mir mit meiner Entlassung gedroht ... Die Sicherheit der Programme der Soniet AI stehe auf dem Spiel, haben sie behauptet.»

«Und du hast ihnen geglaubt!»

«Ich hatte keine Wahl! Glaub mir ... Verzeih mir, Kate, verzeih mir!»

«Scher dich zum Teufel, Virgil!»

Kate wandte sich ab und ging zu den Männern.

«Kommen Sie, bitte. Der Wagen steht vor der Tür.»

Eine schwarze Limousine mit getönten Scheiben wartete mit laufendem Motor vor dem Klinikeingang. Am Steuer saß ein junger Mann mit einer dunkelblauen Chauffeursmütze.

Fünf Minuten später waren sie bereits am Hubschrauberlandeplatz angekommen. Sie stiegen in den großen weißen Helikopter mit dem Logo von Soniet Al und starteten sofort in Richtung London. Während des Flugs dachte Kate ununterbrochen an die vier Städte des Geheimnisses von Fatima – dieselben wie die der Operation Euhantas. Warum wurden ausgerechnet in diesen vier Hafenstädten neue Niederlassungen eröffnet? Und warum hatte die Firma diese Unmengen an Vögeln gekauft?

Dann fiel es Kate wie Schuppen von den Augen.

Oh mein Gott, ich muss sofort John benachrichtigen! Sie zog ihr Satellitenhandy aus der Tasche.

«Tut mir leid, Doktor Duncan, aber ich muss Sie bitten, das Handy ausgeschaltet zu lassen, bis wir bei Soniet sind.»

«Weshalb?», fragte Kate.

«Das sind unsere Anweisungen. Der Präsident möchte Ihnen etwas Wichtiges mitteilen. Bitte tun Sie, was ich sage!», schrie der Anführer ihr zu, um das Knattern der Rotorblätter zu übertönen.

Kate steckte ihr Handy wieder ein und überlegte. Sie musste John unbedingt die Daten von Professor Sirkars Recherchen schicken und ihm sagen, dass er das Geheimnis des Codex von Coimbra erraten hatte. Sie suchte nach dem USB-Stick, auf den sie die Dateien des Projekts Titan und das Memorandum von Bob Hammer, ihrem Freund beim FBI, kopiert hatte. Er war in einer der Innentaschen mit Reißverschluss.

Verdammt! Ich brauche einen Umschlag!, dachte sie, während der Helikopter auf London zuflog.

Sie tat, als müsse sie sich die Nase putzen, öffnete ihre Tasche, und es gelang ihr, den USB-Stick in das Päckchen Papiertaschentücher gleiten zu lassen. Waren sie erst einmal in der Firmenzentrale, würde sie vermutlich ihre persönlichen Gegenstände, bevor sie Hamids Büro betrat, abgeben müssen. Angestellte mussten sich dieser Prozedur nicht unterziehen, Besucher dagegen schon, und mittlerweile rechnete Kate sich letzterer Kategorie zu.

Wenn ich nur einen Umschlag hätte …, dachte sie erneut.

Der Helikopter erreichte einen privaten Hubschrauberlandeplatz im Norden der englischen Hauptstadt. Das Gelände gehörte zu Soniet Al. Als sie sich dem Boden näherten, sah Kate ein dunkles Auto am Rand stehen.

Ihr war klar, dass ihr nicht viel Zeit blieb. Nachdem sie ausgestiegen waren, fragte sie nach einer Toilette.

«Wenn's unbedingt sein muss … Sie können hier im Lager gehen», sagte einer der Männer und begleitete sie zu einer großen Halle, in der Medikamente auf Paletten verteilt wurden.

«Dort hinten …» Dabei deutete er auf eine Tür hinter der Pförtnerloge.

«Vielen Dank. Ich bin gleich wieder da.»

Als Kate an der Pförtnerloge vorbeikam, sah sie ein Päckchen eingeschweißter brauner Umschläge. So einen brauchte sie – aber wie sollte sie da herankommen? Sie betrat die Toilette, kam aber gleich darauf verärgert wieder heraus.

«Es ist kein Toilettenpapier da!», rief sie und ging zur Pförtnerloge.

«Können Sie mir sagen, wo ich Klopapier oder Papiertaschentücher bekomme?»

«Einen Augenblick ...», sagte der Pförtner, ein kleiner Mann um die sechzig in einer grauen Uniform. Als er sich umdrehte, um Toilettenpapier aus einem Schränkchen zu holen, schnappte sich Kate ein paar wattierte Umschläge. Nur wenige Meter entfernt standen die drei Männer der Security und unterhielten sich angeregt. Kate steckte die Umschläge ein, nahm die Rolle Klopapier in Empfang und ging zurück zur Toilette; keiner hatte etwas bemerkt. Nach zwei Minuten kam sie wieder heraus. Mit einem grünen Filzstift hatte sie den Umschlag adressiert und hätte gerne noch ein paar persönliche Worte dazugeschrieben, doch dafür blieb keine Zeit.

Die Fahrt ins Zentrum dauerte fast eine Stunde. Der Londoner Verkehr war auch im Juli chaotisch. Kate blickte in den bleiernen Himmel und dachte: *Wie schön die Stadt doch ist – auf ihre Art.*

Dann sah sie das Glasgebäude der Firmenzentrale über die Baumwipfel ragen. Die Zeit war abgelaufen.

Das Auto fuhr über eine Rampe an der Rückseite des Gebäudes, die Kate noch nie gesehen hatte. Im Untergeschoss erwartete sie der Vizechef der Security-Abteilung.

«Herzlich willkommen, Doktor Duncan», sagte er und schenkte ihr ein breites Lächeln.

«Guten Tag», sagte sie nur leise.

«Ich muss Sie bitten, Ihre persönlichen Dinge hierzulassen, Sie bekommen sie am Ausgang wieder.»

«In Ordnung», murmelte sie und fragte sich, ob es für sie überhaupt einen Ausgang gab.

«Lassen Sie einfach alles in diesem Spind. Den Schlüssel dürfen Sie behalten.»

«Danke.»

Sie steuerten den Aufzug an, der sie ins oberste Stockwerk bringen sollte. Kate setzte alles auf eine Karte, denn der Mann, der sie begleitete, wusste vermutlich nicht, was vor einer Stunde im Lager geschehen war.

«Ich müsste mal auf die Toilette», sagte sie.

«Ist gut, hier entlang», sagte der Mann, er war so groß wie ein Basketballspieler und so kräftig wie ein Ringer.

Kate hoffte, er werde sie in eine der Abteilungen führen. Um diese Uhrzeit waren normalerweise die Boten mit ihren Wagen unterwegs und verteilten die eingegangene Post und nahmen die neuen Sendungen entgegen.

«Ich gehe mal kurz …», sagte sie.

«Okay», sagte der Mann.

Kate sah eine Botin, die sich gerade mit ihrem Wagen entfernte, doch leider war das nächste WC ganz in der Nähe. Wie sollte sie die Botin erreichen? Ohne dass ihr Begleiter es sehen konnte, griff sie in ihre Tasche und nahm den zusammengefalteten Umschlag heraus, dann winkte sie mit der anderen Hand und rief laut: «Francine! Halloooo!» Sie lief den Flur entlang, an der Toilettentür vorbei, bis zur anderen Seite des Großraumbüros. Der Vizechef der Security wollte ihr folgen, blieb dann aber stehen. Die Botin, eine junge Frau mit Brille, drehte sich um. Sie hieß nicht Francine und hatte Kate noch nie zuvor gesehen.

«Francine, wie schön, dich zu sehen!», rief Kate, während sie den Umschlag mit Johns Adresse in den Wagen gleiten ließ. Dann sagte sie: «Oh, Entschuldigung, ich habe Sie mit jemandem verwechselt», und drehte sich sofort zu ihrem Begleiter, um zu sehen, wie er reagierte.

«Ich habe mich geirrt!» Dabei machte sie ein möglichst unschuldiges Gesicht.

«Gehen Sie jetzt bitte auf die Toilette. Der Präsident erwartet Sie bereits!»

Zwei Minuten später setzte man sie im obersten Stockwerk genau vor der Tür des Büros ab, in dem sie drei Wochen zuvor mit Dan Hamid zu Mittag gegessen hatte. Diesmal lächelte ihr die Sekretärin nicht zu.

«Er erwartet Sie», sagte sie nur mit metallischer Stimme und deutete mit der Hand in Richtung des Büros.

«Doktor Duncan, wie schön, Sie wiederzusehen!» Dan Hamid begrüßte sie mit übertriebener Herzlichkeit.

«Hier bin ich, Mister Hamid ... Ihretwegen habe ich meinen Klinikaufenthalt in Manchester unterbrochen, außerdem müsste ich die Beerdigung meiner Mutter organisieren ...», sagte Kate leicht verärgert, um ihren Gesprächspartner in Verlegenheit zu bringen. Sie hatte Angst, wollte sie aber unter keinen Umständen zeigen.

«Ich habe davon gehört, herzliches Beileid.»

«Was gibt es denn so Wichtiges?», fragte Kate. Sie spielte mit dem Feuer, das wusste sie, aber sie war stolz auf sich und ihren Trick mit dem Briefumschlag. Sollte ihr etwas zustoßen, bekäme John dennoch Sirkars Forschungsergebnisse zu sehen, und die Portokosten übernähme sogar Soniet Al. Sie hatte nichts zu verlieren.

«Wissen Sie wirklich nicht, weshalb wir Sie herbestellt

haben? Haben Sie mir nichts zu sagen? Und ich spreche nicht von Ihrem Urlaub in Portugal auf Kosten der Firma ...»

«Was meinen Sie damit, auf Kosten der Firma?»

«Nun, Sie haben sich krankgemeldet, um sich angeblich in einer Klinik in Astana behandeln zu lassen.»

«Ich weiß, das war ein Vorwand, aber ich hatte Depressionen, musste mich ein wenig ablenken ...»

«Und da haben Sie sich gleich ein wenig von einem Journalisten der Agentur Reuters ablenken lassen!»

«Wo... woher wissen Sie das? Sie haben mir hinterherspioniert! Was fällt Ihnen ein?»

«Beruhigen Sie sich, deswegen habe ich Sie nicht herbestellt. Es geht um die Forschungsergebnisse von Professor Sirkar, das Titan-Projekt.»

«Was habe ich mit dem Projekt zu tun? Ich habe daran mitgearbeitet, wie andere Kollegen auch, aber die Ergebnisse waren mir nicht bekannt. Warum fragen Sie?»

«Wissen Sie wirklich nichts darüber, Doktor Duncan? Sind Sie ganz sicher?», fragte Hamid in ironischem Tonfall.

«Ich verstehe nicht ...»

«Wahrscheinlich würden Sie es besser verstehen, wenn ich Ihnen sagte, dass wir Ihnen durch eine Mail auf die Spur gekommen sind, die Miss Canergie, die ehemalige Sekretärin des Professors, Ihnen vor zwei Wochen geschickt hat!»

«Leiten Sie einen Pharmakonzern oder den Geheimdienst?»

«Machen Sie keine Witze, Kate, das hier ist eine ernste Angelegenheit! Wo sind Sirkars Daten?»

«Sie sind auf meinem Computer, und ich habe sie keinem gezeigt.»

«Haben Sie wirklich keine Kopie davon gemacht? Ganz schön riskant, bei so wertvollen Daten ...»

«Wenn es Sie interessiert, ich habe die Daten nur überflogen, ich habe sie nicht einmal genau verstanden ...»

«Erzählen Sie mir keine Märchen!»

«Und Sie, gehen Sie nicht so respektlos mit mir um! Im Übrigen kündige ich. Mit Soniet Al möchte ich nichts mehr zu tun haben!»

«Danke sehr! Ich hätte Ihnen sowieso gleich gekündigt! Aber glauben Sie nicht, dass Sie ungeschoren davonkommen! Ich möchte Sirkars Daten haben, sie gehören der Firma, sie sind mein ... unser Besitz! Ich darf nicht zulassen, dass so wertvolle Informationen in Umlauf kommen!»

«Ich schwöre Ihnen, die Datei befindet sich ausschließlich auf meinem Laptop, und der steht bei Virgil Parker zu Hause.»

«Na schön. Bitte bringen Sie ihn noch heute vorbei.»

«Meine Mutter ist gestern gestorben. Ich muss die Beerdigung organisieren. Die werten Herren der Security schaffen das bestimmt auch ohne mich.»

«Wie Sie wollen.»

«Ist das alles?»

«Ja, das ist alles.»

«Darf ich Ihnen noch eine Frage stellen ...?»

«Bitte sehr!»

«Warum hat die Operation Euhantas die Eröffnung von vier Niederlassungen unserer ... Verzeihung ... Ihrer Firma ausgerechnet in den vier Hafenstädten vorgesehen, die in der Prophezeiung von Fatima genannt werden? Ist das nicht ein seltsamer Zufall?»

«Ich kenne die Prophezeiung von Fatima nicht und beschäftige mich auch nicht mit derartigen Dingen, schon gar nicht, wenn sie mit dem Katholizismus zu tun haben. Wie Sie vielleicht wissen, bin ich Moslem.»

«Dann gibt es also keinen Zusammenhang – wie seltsam! Dabei stand oben auf jeder Seite von Sirkars Datei ein Satz, der angeblich eine esoterische Bedeutung hat.»

«Was der Professor mit Esoterik zu schaffen hatte, ist mir nicht bekannt, es interessiert mich auch nicht. Einen schönen Tag, Doktor Duncan. Und herzliches Beileid wegen Ihrer Mutter. Übrigens tut es mir leid, eine so kluge Mitarbeiterin wie Sie zu verlieren ...»

«Ja, mir tut es auch leid.»

Hamid stand nicht auf, um ihr die Hand zu schütteln. Kate verließ das Büro und war sicher, jemanden von der Security vorzufinden, aber da war nur die Sekretärin, die ihr nun doch wieder zulächelte. Sie fuhr hinunter ins Stockwerk C-4, durchquerte die Labors und ging zu ihrem Schreibtisch. Sie leerte den Inhalt ihrer Schubladen in einen Karton und verließ wortlos den Raum. Um diese Uhrzeit machten die meisten Angestellten Mittagspause.

«Wahrscheinlich schnappen mich diese Dreckskerle am Ausgang, verfrachten mich in ein Auto und verpassen mir eine Spritze», flüsterte Kate, auf das Schlimmste gefasst – doch nichts dergleichen geschah. Wieder im Erdgeschoss angekommen, schritt sie durch die Eingangshalle, ging zu dem Spind und nahm ihre Tasche heraus. Gerade als sie durch die Drehtür das Gebäude verlassen wollte, rief jemand hinter ihr: «Doktor Duncan!»

Ihr rutschte das Herz in die Hose – es war aus! Langsam

blickte sie sich um. «Da sind sie wieder, etwas spät zwar, aber sie sind da», sagte sie leise.

Doch es waren nicht die Agenten der Security, sondern Anthony, der alte Parkwächter in seiner grünen Uniform, der mit der rechten Hand wedelte.

«Doktor Duncan, Ihr Ausweis, Sie müssen ihn verloren haben, als Sie aus dem Aufzug kamen.»

Kate blickte ihn an.

«Vielen Dank, Anthony!»

Sie nahm die Magnetkarte mit ihrem Foto und der Registrierungsnummer und verließ endlich das Gebäude. Als sie draußen war, atmete sie tief durch. Sie ging ein Stück, bis das Gebäude der Soniet Al weit genug hinter ihr lag, dann wählte sie mit ihrem Satellitenhandy Johns Nummer. Sie wollte ihm sagen, dass sie soeben die schwierigste Prüfung ihres Lebens bestanden hatte. Aber das Handy des Journalisten war ausgeschaltet. Kate ging weiter und kam zu einem Geschäft, vor dem eine Schar Kunden darauf wartete, hineingelassen zu werden. Als sie die Straße überquerte, hörte sie das Geräusch eines Autos, das mit hoher Geschwindigkeit auf sie zukam. *Wenn man die Polizei braucht, ist sie nie da!*, dachte sie, bevor sie von einem grauen Passat überfahren wurde. Sie verlor das Bewusstsein und starb kurze Zeit später an einem Genickbruch. Ihr Körper lag in einer riesigen Blutlache. Plötzlich begann ihr Handy zu klingeln. Es war John Costa. Keiner der Autofahrer, die angehalten hatten, brachte den Mut auf, das Gespräch entgegenzunehmen. Zehn Minuten später waren der Krankenwagen und eine Polizeistreife zur Stelle. Der Arzt konnte nur noch Kates Tod feststellen.

Dan Hamid hatte den Unfall vom großen Fenster seines Büros aus beobachtet. Es dauerte nicht lange, da kam der Anruf:

«Operation ausgeführt.»

XXXIX

Coimbra, 20. Juli

Nach dem Telefonat mit Kate machte sich John bittere Vorwürfe, weil er sie nicht nach London begleitet hatte. Doch richtig nah, so fand er, konnte er ihr sein, wenn er versuchte, das Geheimnis um den Codex von Coimbra zu lüften.

Als Pater Ernesto ihn anrief und ihm mitteilte, dass die Vergrößerungen fertig seien, stürzte John sofort zum Bischofspalast. Er wollte unbedingt wissen, ob Kate mit ihrer Beobachtung recht gehabt hatte. Als er das Archiv betrat, schaltete er das Handy aus.

«Kommen Sie nur», sagte der Priester.

«Gott zum Gruß, Mister Costa», sagte Pater Eisenbach.

«Dann scheinen wir ja fündig geworden zu sein, wenn auch Sie hier sind», erwiderte John.

«Hier, sehen Sie!»

Einer der Tische im Lesesaal war vollkommen leergeräumt. Im Nebenraum sah John den Codex von Coimbra auf Pater Ernestos Schreibtisch liegen. Der Neffe von Schwester Lucia hatte die Abbildungen um das Vierzigfache vergrößern lassen. Die Miniatur wirkte nun grobkörnig, die Farben waren ganz verwischt.

«Haben Sie gesehen?», fragte der alte Jesuit. «Schauen Sie sich nur den dunkelroten Ausschnitt des Tieres an!»

Aufmerksam betrachtete John das Bild in Postergröße, verstand aber nicht, worauf der Jesuit hinauswollte.

«Sehen Sie dort diese seltsamen Striche ... winzige Zeichen, wie ein schwarzes Wasserzeichen!»

«Ach, die hier meinen Sie?»

«Genau.»

«Sind das nicht einfach nur Wischspuren, die bei der Vergrößerung sichtbar werden und ansonsten gar nicht auffielen?»

«Nein, das glaube ich nicht.»

«Was ist es dann?», wollte der Journalist wissen.

«Also, genau weiß ich es nicht ...»

«Wir suchen nach einem Satz, wahrscheinlich auf Arabisch», erläuterte John.

«Das scheint mir aber nicht Arabisch zu sein. Es sieht eher aus wie Zeichen, Apostrophe, unvollständige Buchstaben ...»

«Und in welcher Sprache?»

«In keiner bekannten Sprache. Immerhin kann ich auch ein wenig Sanskrit, abgesehen von Griechisch und Hebräisch», sagte der Jesuit nicht ohne einen Anflug von Stolz.

«John, zumindest etwas haben wir entdeckt, wenngleich wir noch nicht genau wissen, was», fügte Pater Ernesto hinzu.

«Lassen Sie mich überlegen ... Die Zeichen sind auf zwei parallelen Zeilen angeordnet, richtig?»

«Sieht fast so aus.»

«Ich glaube, dann sind wir auf der richtigen Spur – hier dürfte der Schlüssel zum Geheimnis liegen, zu dem Satz, der sich auf das Tier bezieht, den Antichristen ...»

«Da sind aber keine Sätze, Mister Costa!», bemerkte Pater Eisenbach.

«Keine voreiligen Schlüsse, wir haben es hier mit einem Rätsel zu tun! Der Urheber wollte sichergehen, dass sein Geheimnis gewahrt bleibt, und in der Tat hat es in den knapp siebenhundert Jahren keiner geschafft, es zu lüften. Mir ist es auch zu schwierig, und alte Sprachen spreche ich ohnehin nicht», sagte John, der mit einem Mal Hunger bekam, etwas abrupt. «Ich komme gleich wieder. Ich muss ein wenig Luft schnappen und vor allem einen Happen essen!»

Als er den Bischofspalast verließ, wurde er von einer Duftwolke aus Rosmarin und Zwiebeln eingehüllt. Er folgte seiner Nase und entdeckte in einer kleinen Gasse um die Ecke eine alte Holzofenbäckerei.

Wenn dein Brot so gut schmeckt, wie es riecht, wirst du zu meinem Stammbäcker!, dachte der Journalist. Er ging in das Geschäft und kaufte einen Fladen, der gerade frisch aus dem Ofen kam. Bevor er um die Ecke bog, drehte er sich noch einmal nach der Bäckerei um, um sich den Namen zu merken – und da hatte er einen Geistesblitz.

«Joaquim …», sagte er und starrte zu dem schmiedeeisernen Schriftzug, der über der Tür prangte. Eine Art Sandwich teilte den Namen des Besitzers horizontal. Costa stellte sich vor, wie es wohl aussähe, wenn der Raum zwischen den Schrifthälften frei bliebe, wenn ein Schriftzug nicht horizontal, sondern vertikal geteilt würde. Bei einem großen Zwischenraum wäre es schwierig, ihn zu rekonstruieren, aber wenn man sie nebeneinanderhielte, passten die Teile womöglich perfekt zueinander.

«Warum bin ich nicht früher darauf gekommen?», rief

er. «Kate, vielleicht haben wir die Lösung!», schickte er noch hinterher und eilte zurück zum Bischofspalast. Die Tür war verriegelt. Er klingelte mehrmals, aber vergeblich. Also rief er Pater Ernesto an, der kam und ihm öffnete. Als John die Treppe hochrannte, nahm er mehrere Stufen auf einmal und stand schließlich atemlos wieder im Archiv.

«Was ist los mit Ihnen, John, Sie wirken ja, als hätten Sie eine Vision gehabt!», sagte Pater Ernesto.

«Vielleicht habe ich die Lösung!», rief John triumphierend.

Die beiden Geistlichen sahen ihn neugierig an.

«Kommen Sie!», befahl John in einem Ton, der keinen Widerspruch duldete. Er nahm eine der Textkopien und faltete sie so zusammen, dass die erste Zeile der Zeichen an die zweite stieß. Die seltsamen Kommata und Akzente, die Punkte und Kringel nahmen auf einmal die Form klarer handschriftlich verfasster Schriftzeichen einer unbekannten Sprache an.

«Hier, sehen Sie!»

«Aber … aber das ist Arabisch!», stellte Pater Eisenbach fest.

«Mittelalterliches Arabisch!», fügte Ernesto dos Santos hinzu. «Wir könnten Professor Amdi um Hilfe bitten!»

«Darf ich fragen, wer das ist?»

«In den siebziger Jahren hat Khaled Amdi hier Arabische Sprachgeschichte gelehrt. Obwohl er mittlerweile fünfundachtzig ist, geht er noch jeden Tag in die Universität und hilft den Studenten.»

«Der Bibliothekar, der auch Kate behilflich war!», rief John.

«Dann kennen Sie ihn also?!»

«Nein, ich nicht, Doktor Duncan hat ihn kennengelernt. Und dank seiner Intuition haben wir begriffen, dass die Lösung nicht in dem griechischen Text, sondern in den Zeichnungen des Codex von Coimbra zu suchen ist.»

«Worauf warten wir noch? Rufen wir ihn an!», sagte Pater Eisenbach ungeduldig und zog ein altes, zerfleddertes Adressbuch aus einer der Schubladen. «Hier haben wir ihn!», sagte er und wählte eine Nummer.

«Hallo, Professor Amdi? Hier ist Ernesto dos Santos. Wir bräuchten dringend Ihren Rat … Ein Satz auf Arabisch, wahrscheinlich aus dem Mittelalter.»

«Ich komme sofort! Wo sind Sie, im Bischofspalast?»

«Ja, aber wir möchten Ihnen keine Umstände bereiten, wir kommen zu Ihnen.»

Ernesto dos Santos, Hans Eisenbach und John Costa legten den Codex von Coimbra zurück in den Safe, sammelten alle Vergrößerungen der Miniatur zusammen und eilten nach draußen. Sie wirkten wie drei Schüler, die gerade Zigaretten geklaut hatten und nun in ihr Versteck liefen. John war überrascht, wie behände der alte Jesuit war.

Der Professor wohnte am anderen Ende der Stadt. Pater Ernesto führte seine Begleiter zu einem nahe gelegenen Platz, wo ein Taxistand war. Sie stiegen in den einzigen verfügbaren Wagen und erreichten nach zehn Minuten ein verfallenes Mietshaus. Der betagte Professor, der trotz der sommerlichen Hitze Jackett und Krawatte trug, erwartete sie auf dem Balkon.

«Herzlich willkommen!»

Die Wohnung im ersten Stock war winzig und vollgestopft mit Unterlagen, Büchern und Dokumenten. Ein Blick genügte, und John war klar, dass Professor Amdi allein wohnte. Die Wohnungen intellektueller Junggesellen sind doch alle gleich, dachte er.

«Also, worum geht's?», fragte der Professor.

«Hier, diese Schrift hier ...»

«Hm, das ist eine der alten Prophezeiungen, die sich auf den Mahdi beziehen», stellte der Professor fest. «Ich würde sie auf Ende dreizehntes bis Anfang fünfzehntes Jahrhundert datieren.»

Er las den Text vor. Das Geheimnis des Codex von Coimbra. Die Prophezeiung, die die Anhänger Alis, des Sohnes Mohammeds, von Generation zu Generation weitergegeben und die ein Miniaturmaler in dem mittelalterlichen Text versteckt hatte.

Man wajada tafsira hàdihi l-kalimàt lan yadhuqa ta' ma l-mawti bal
yajidu n-nasra. Wa ìndama yazharu l-Mahdi sayabsutu sultànahu 'ala kulli
l-ard. 'Abathan yuqàwimu 'azìmu Rumiyya.
Idh anna ikhwànuna sayajtàhùna arda
s-salìbi jà'ilìna l-hawa'a fāsidan.

Professor Khaled Amdi sah auf und blickte seine Gesprächspartner zufrieden durch seine runde kleine Brille an.

«Übersetzen Sie doch, Professor!», bat John ihn eindringlich.

Der Gelehrte blickte erneut auf den Text. Man könnte es ungefähr so übersetzen:

Wer die Interpretation dieser Worte findet,
Wird den Tod nicht schmecken,
sondern den Sieg finden.
Wenn der Mahdi erscheint,
Wird er seine Macht über die ganze Welt ausbreiten
Vergeblich wird der Gekreuzigte aus Rom sich wehren.
Unsere Brüder werden schweigend
Ins Land der Kreuze einfallen
Und die Luft mit Todeshauch erfüllen …

John sah die beiden Geistlichen fragend an. Das Geheimnis des Codex von Coimbra begann mit einem Zitat aus dem apokryphen Thomas-Evangelium, erwähnte dann den Mahdi und schloss mit der Ankündigung einer islamischen Invasion, genau wie das Geheimnis von Fatima.

«Noch ein Text, in dem von der Invasion Europas die Rede ist!», sagte der Neffe Schwester Lucias.

«Und nicht nur das! Die Invasion Europas markiert den Beginn der Herrschaft des Mahdi über die ganze Welt. Könnte er sich auf den Antichristen aus der Apokalypse beziehen?», fragte John.

«Ganz eindeutig», stimmte Professor Amdi zu.

«Übersetzen Sie bitte nochmal, ich würde gerne mitschreiben», sagte der Journalist.

Der Gelehrte wiederholte die Übersetzung langsam.

«Da ist aber ein wichtiger Unterschied zum Geheimnis von Fatima», bemerkte John.

«Und zwar?»

«Die Invasion … Es scheint sich nicht um eine militärische Invasion zu handeln, mit einem Heer, sondern um einen ‹schweigenden› Angriff, der die Luft mit ‹Todeshauch› erfüllt …»

«Ein Angriff mit chemischen Waffen!»

«Oder mit bakteriologischen. Allerdings hatte ich mir etwas mehr erhofft», sagte der Journalist.

Die drei bedankten sich überschwänglich und verabschiedeten sich. Der Codex von Coimbra barg nun keine Geheimnisse mehr, die wahre Bedeutung des Textes war ihnen jedoch noch unklar.

Ungefähr zum selben Zeitpunkt verließ die unheilvolle Lösung des Geheimnisses, das sie so sehr beschäftigt hatte, in einem braunen Briefumschlag verschlossen, die Britischen Inseln. Eine hastig hingekritzelte Adresse in Rom stand darauf, und die Absenderin war nach einem Unfall in die Totenkammer eines Krankenhauses im Zentrum Londons eingeliefert worden.

XL

Coimbra, 20. Juli

Warum gehst du nicht ran, Schatz?» John Costa saß beim Abendessen im Hotel Quinta das Lagrimas und versuchte alle drei Minuten, Kate anzurufen. Er wollte wissen, wie es ihr ging, wollte ihr erzählen, was er, Pater Ernesto und Pater Eisenbach am Nachmittag herausgefunden hatten. Er wollte ihr sagen, dass sie recht gehabt hatte und der Schlüssel zu dem Geheimnis tatsächlich in der Abbildung lag. Doch das Satellitentelefon von Doktor Duncan klingelte nur endlos. Mehrmals hatte der Journalist auch versucht, Monsignore Semprini zu erreichen.

«Verdammte Telefone!», sagte er resigniert.

Er aß wenig und ohne großen Appetit, was die Kellner erstaunte. Er spürte, wie eine seltsame Unruhe in ihm aufstieg. Warum hatte sich Kate den ganzen Tag über nicht gemeldet? Bevor er das Restaurant verließ, machte er einen letzten Versuch, ohne auf das lebhafte Geplauder der spanischen Touristen am Nachbartisch zu achten.

«Ja bitte?», meldete sich eine nüchterne Männerstimme.

«Wer … wer ist da? Hier ist John Costa, könnte ich bitte mit Doktor Kate Duncan sprechen?»

«Hier ist Sergant Ronald Carson von der Londoner Polizei. Sind Sie ein Angehöriger von Doktor Duncan?»

John wurde schwindelig, er hatte den Eindruck, in dem Restaurant öffne sich ein Abgrund, der ihn gleich verschlingen würde.

«Nein ... das heißt, ich bin ihr Freund! Was ist passiert? Warum nehmen Sie ihre Anrufe entgegen?»

«Es tut mir sehr leid, Mister Costa, ich habe eine traurige Nachricht für Sie. Doktor Kate Duncan ist vor ein paar Stunden gestorben. Sie wurde in der Nähe ihrer Firma von einem Auto überfahren, das mit überhöhter Geschwindigkeit fuhr. Sie war auf der Stelle tot.»

Neeeein! Der Schmerzensschrei blieb John in der Kehle stecken, sodass keiner etwas bemerkte. Schwankend erhob er sich, durchquerte hastig die Eingangshalle und ließ sich auf eines der alten Sofas sinken.

«Mister Costa? Tut mir leid, dass ich Ihnen diese traurige Nachricht überbringen musste. Können Sie mir sagen, wie ich die Angehörigen kontaktieren kann? Wir wissen, dass gestern Mrs Duncans Mutter gestorben ist. Ihren Bruder erreichen wir nicht ...»

«Ich kannte Kate erst seit kurzem ... Ich kann Ihnen da nicht weiterhelfen», stammelte John und begann zu schluchzen.

«Wir lassen dieses Handy eingeschaltet. Vielleicht meldet sich ja einer der Angehörigen von sich aus.»

«Wo ist sie jetzt?»

«Im St. Thomas Hospital.»

«Ich danke Ihnen, Sergeant.»

«Mein Beileid.»

Mit einem Ruck erhob sich John vom Sofa und ging auf sein Zimmer. Auf dem Treppenabsatz blieb er kurz stehen und erinnerte sich an die Küsse, die er Kate hier gegeben hatte und die von Mal zu Mal leidenschaftlicher geworden waren. In seinem Zimmer ließ er sich auf das Bett fallen und brach in hemmungsloses Schluchzen aus. Nicht einmal bei der Trennung von Rosemary hatte er einen derartigen Schmerz empfunden.

Dann aber besann er sich plötzlich. Mit raschen, überlegten Gesten warf er seine Sachen in seinen Koffer, suchte seine Unterlagen zusammen, klappte den Laptop zu und rief am Flughafen von Lissabon an. Es gab am selben Abend keinen Direktflug nach London, auch nicht nach Rom. Er beschloss, trotzdem abzureisen. Er ahnte nicht, wie recht er mit diesem Entschluss hatte – noch ein paar Stunden länger in Coimbra, und sein Leben hätte ebenso früh geendet wie das von Kate Duncan.

Jim Harris, der Chef der Sicherheitsabteilung von Soniet Al, hatte ihn den ganzen Tag beschattet, obwohl er nicht verstand, warum John sich so lange im Bischofspalast aufhielt.

John lief die Treppe herunter und zahlte an der Rezeption die Rechnung, während der Killer die Dateien durchsah, die er heimlich von Johns Computer kopiert hatte, als dieser nicht im Zimmer gewesen war: kein Hinweis auf Professor Sirkars Forschungsergebnisse; dies hatte Harris dann auch sofort dem Präsidenten mitgeteilt, aber Dan Hamid wollte den unbequemen Freund von Kate Duncan ohnehin aus dem Weg räumen lassen, damit er die Pläne des Konzerns nicht mehr durchkreuzen konnte.

John setzte sich ins Auto und startete in Richtung Lissabon. Eigentlich fuhr er gern nachts, es entspannte ihn, doch diesmal erinnerten ihn jede Kreuzung, jedes Verkehrsschild, jeder Blick aufs Meer an die Fahrt vom Vortag, jene dramatische Hetzjagd zum Flughafen. Es waren gerade mal vierundzwanzig Stunden vergangen, doch sein Leben war radikal verändert. Er versuchte, an seine Tochter Clarice zu denken, um den beinahe physischen Schmerz, den er empfand, zu vertreiben. Am Flughafen angekommen, gab er den Mietwagen zurück. Er hätte sich eigentlich ein Zimmer nehmen müssen, um ein paar Stunden zu schlafen, aber er beschloss, im Flughafen zu übernachten. Durch Zufall hatte er noch einen Charterflug nach Rom bekommen, der um sechs Uhr morgens ging. Die verbleibenden Stunden verbrachte er damit, durch die Wartehalle zu schlendern und die nächtlichen Reisenden zu beobachten. Gerade mal eine halbe Stunde gelang es ihm zu schlafen, auf einer unbequemen Metallbank.

Die Landung erfolgte im Morgengrauen, und durch das runde Fenster konnte John verfolgen, wie das Licht langsam und unerbittlich die Nacht verdrängte. Noch vor acht Uhr kam er im Flughafen Fiumicino an. John fühlte sich wie erschlagen; er ließ sich die nächsten Verbindungen nach London geben, schnappte sich dann ein Taxi, das ihn eine halbe Stunde später vor seinem Haus in der Via delle Fornaci absetzte. Er hoffte, die ihm vertraute Umgebung könnte ihn von der Last, die ihn fast erdrückte, ein wenig befreien und die Aussicht auf die nächsten Tage nicht ganz so unerträglich werden lassen. Er betrat seine Wohnung und fand sie so vor, wie er sie verlassen hatte: im totalen Chaos. Dann duschte er und rief anschließend Marc Jemmallo an.

«Marc, hier ist John.»

«Na, wie ist es denn so in Coimbra?»

«Ich bin wieder in Rom. Ich hab 'ne hübsche Story für dich.»

«Und zwar?»

«Darüber möchte ich persönlich mit dir sprechen. Es ist ein richtig großes Ding.»

«Gib mir doch wenigstens einen kleinen Hinweis, John», sagte Marc, der, wie alle Journalisten, sehr ungeduldig war.

«Es geht um einen geheimen Codex, der in Coimbra aufbewahrt wird und mit dem dritten Geheimnis von Fatima zu tun hat …»

«Ach so …», sagte Marc, ohne seine Enttäuschung zu verbergen.

«Glaub mir, ich …»

«John, nach dem Dementi des Vatikans sind unsere Chefs in den USA nicht mehr so brennend daran interessiert, das Ganze weiterzuverfolgen.»

«Aber da ist noch etwas anderes, Marc, das muss ich dir persönlich erzählen,»

«Okay, John. Sehen wir uns nachher in der Redaktion?»

«Gut, ich schau später mal vorbei.»

John versuchte erneut, Semprini zu erreichen, immer noch ohne Erfolg. Er sah seine Post durch: Briefe, Einladungen, Rechnungen und die diversen Ausgaben des *Osservatore Romano* der vergangenen Woche. Wahllos schlug er eine Zeitung auf und stieß auf die Todesanzeigen – so erfuhr er vom plötzlichen Tod seines Freundes, des Monsignore.

«Großer Gott!», rief er aus. «Das ist doch nicht möglich! Er also auch ...»

Hastig zog er sich um. Es war fast Mittag, und als er wieder nach unten ging, kam ihm der Bote eines Paketdienstes entgegen.

«Ich suche Signor John Costa.»

«Das bin ich!»

«Das ist für Sie.»

«Wo muss ich unterschreiben?», fragte John.

«Hier, danke.»

John nahm den kleinen wattierten Umschlag entgegen, den Kate am Vortag in den Wagen mit den Eilsendungen hatte gleiten lassen. Er sah, dass er aus London kam, der Absender stand aber nicht darauf; er steckte den Umschlag in seine Computertasche.

Rom war an diesem Tag wie ausgestorben. Er hatte keine Lust, das Auto zu nehmen, seine Beine zitterten, vor Müdigkeit und vor Stress. Also rief er ein Taxi und war nach gut zehn Minuten in den Büros von Reuters.

Er nahm das Notizbuch zur Hand, in das er den Text des Geheimnisses von Fatima und den seltsamen Satz aus dem Codex von Coimbra geschrieben hatte.

Aufmerksam las er noch einmal die Prophezeiung aus dem Jahr 1917 und überflog dann die letzten Zeilen in seinem Notizbuch – die Übersetzung der arabischen Passage.

Es bestand eindeutig eine Beziehung zwischen den beiden Texten, aber ihm war nicht klar, worin sie bestand. Welche Rolle spielten Lord Mahatma und Dan Hamid bei dem Ganzen? Und die Invasion, wie sollte sie ablaufen? Sein Blick fiel auf einen Zettel, auf dem Kate ihre Londoner Anschrift und ihre E-Mail-Adressen notiert hatte. John spürte erneut, wie ihn der Schmerz übermannte.

Er beschloss, etwas dagegen zu unternehmen, und ging in die Redaktion. Dort zog er den braunen Briefumschlag aus der Tasche und sah, dass er von Soniet Al kam. Dann starrte er auf die Handschrift, in der sein Name und seine Adresse hingekritzelt worden waren. «Mein Gott, Kate!», rief er.

Er riss den Umschlag auf. Er enthielt lediglich einen USB-Stick, es schien ein Geschenk von Kate zu sein, ihr letztes Geschenk. Vergeblich suchte er nach einer persönlichen Notiz, einem Gruß. Nichts. Wut stieg in ihm auf, oder vielmehr Hass. Wahrscheinlich hatte Kate es in höchster Verzweiflung an ihn geschickt und es war Kates letzte Tat gewesen, bevor sie starb. Er sah nach, wann das Kuvert abgestempelt worden war.

Dann kopierte er die Daten von dem USB-Stick auf seinen Computer und öffnete die Datei, die mit einer griechischen Inschrift begann und eine Menge Informationen enthielt, mit denen er nichts anfangen konnte. Er begriff jedoch, dass es sich um Forschungsergebnisse handelte, die sich auf ein Virus bezogen.

Er wollte keine Minute Zeit verlieren, telefonierte mit einem Freund, der beim Istituto Lazzaro Spallanzani für Infektionskrankheiten arbeitete, und verließ dann eilig die Redaktion. Eine Stunde später wusste er um die ganze Tragweite der Ergebnisse des Titan-Projekts.

Die letzten Worte des Codex von Coimbra geisterten ihm durch den Kopf: *Unsere Brüder werden schweigend ins Land der Kreuze einfallen und die Luft mit Todeshauch erfüllen …*

Wie hätte sich die Luft leichter «verpesten» lassen? Er hatte sich apokalyptische Szenarien mit Heeren, Massenvernichtungswaffen, Horden von Söldnern vorgestellt, die die Städte des alten Kontinents in Schutt und Asche legten. Jetzt aber fiel es ihm wie Schuppen von den Augen: kein militärischer Angriff, keine atomare Bedrohung, sondern die Verbreitung eines unsichtbaren, tödlichen Virus, gefährlicher als die Spanische Grippe oder die Vogelgrippe. Sirkar hatte es entwickelt – und den Impfstoff gleich dazu.

Er kehrte in die Redaktion zurück. Gerade, als er zu Marc Jemmallo wollte, klingelte sein Handy.

«Mister John Costa? Hier ist Virgil … Virgil Parker, ein Kollege von Kate …» Der Mann klang verzweifelt. Er weinte.

«Was kann ich für Sie tun?»

«Ich habe von dem Unglück gehört … Ich mache mir Vorwürfe – ich habe sie verraten und sie ihnen ausgeliefert!»

«Was wollen Sie damit sagen?», fragte der Journalist.

«Ich habe dem Präsidenten Dan Hamid gesagt, dass Kate nach London kommen und dann nach Manchester fahren wollte. Sie haben sie im Krankenhaus abgefangen. Aber ich hätte doch nie gedacht ….»

«Wer ‹sie›?»

«Die Leute vom Sicherheitsdienst unserer Firma. Sie haben sie in die Zentrale gebracht … Dann hat sie das Gebäude wieder verlassen, und sie … haben sie umgebracht! Verstehen Sie, sie haben sie umgebracht!»

John wusste nicht, wie er sich seinem Gesprächspartner gegenüber verhalten sollte. Konnte er diesem heftigen Gefühlsausbruch trauen? Waren die Tränen echt, bereute er tatsächlich? War das jener Virgil, von dem Kate ihm erzählt hatte?

Er beschloss, ihn auf die Probe zu stellen.

«Mister Parker, darf ich sie etwas fragen?»

«Ja, bitte!»

«Worum handelt es sich bei der Operation Euhantas?»

«Wa... warum fragen Sie? Es geht dabei um die Eröffnung vierer neuer Niederlassungen der Soniet Al in Europa, in denen ein neues Medikament gegen Aids an Menschen getestet werden soll.»

«Und in welchen europäischen Städten?»

«Ich weiß nicht ... also ... Sie sind doch Journalist, nicht wahr?»

«Sie haben gerade gesagt, dass Ihnen leidtut, was Sie getan haben. Stellen Sie sich vor, Kate könnte Sie hören: Was würden Sie ihr raten?»

«Na, nichts ... Sie würde selbst auf Ihre Frage antworten, sie wusste ja immer über alles Bescheid!»

«Also?»

«Die vier Städte sind Civitavecchia, Dubrovnik, La Rochelle und Danzig ... alles Hafenstädte.»

John schwieg.

«Hallo? Sind Sie noch dran?»

«Ja, ja. Haben Sie Beweise für das, was Sie da gerade gesagt haben?»

«Die wollte Kate auch von mir haben. Heute hat mir ein Freund ein Fax mit der Kaufanweisung von Federvieh in großen Mengen kopiert – es ist genau für diese vier neuen Niederlassungen bestimmt. Die Experimente sollen bald beginnen.»

«Virgil, was hat das Geflügel damit zu tun?»

«Wahrscheinlich wird es für die Tests gebraucht.»

«Aber Sie haben doch gesagt, dass in den neuen Niederlassungen das Medikament an Menschen getestet wird!»

«Stimmt … dann weiß ich auch nicht …»

«Sagen Sie, haben Sie diese Kopie noch?»

«Ja, aber eigentlich wollte ich sie vernichten. Kate ist tot, und ich …»

«Tun Sie es bitte nicht! Schicken Sie sie mir per Fax, meine Nummer lautet 0039 06 54014.»

«Ich rufe gerade aus einer Telefonzelle vor der Post an. Ich schicke sie Ihnen gleich, aber Sie …»

«Keine Sorge, niemand wird erfahren, von wem ich sie bekommen habe. Das ist mein Job.»

Nach fünf Minuten hielt John das Fax in Händen, in dem die neuen Niederlassungen der Soniet Al genannt wurden.

Er schlug sein Adressbuch auf und wählte eine Nummer, auf die er höchstens fünf Mal pro Jahr zurückgriff.

«Guten Tag, Hochwürden, hier ist John Costa.»

«Mein Lieber! Wie geht es Ihnen?», antwortete Kardinal Lanfranchini, der Vikar des Papstes der Stadt Rom.

«Hochwürden, darf ich Sie um einen Gefallen bitten? Es ist wirklich wichtig … Es geht um die Zukunft Europas, eine Gefahr droht.»

«Sprechen Sie vielleicht von der islamischen Invasion? Glauben Sie nicht, ich sei nicht im Bilde. Ich habe darüber gelesen und möchte keinen Kommentar abgeben!»

«Es geht um etwas viel Gefährlicheres … Etwas, das uns unmittelbar bevorsteht!»

«Ich weiß nicht, wovon Sie sprechen, John, aber sagen Sie mir, was ich tun kann!»

«Könnten Sie für mich eine Audienz beim Papst erwirken? Ich müsste ihn unter vier Augen sprechen, vor allem dürfte niemand davon erfahren, verstehen Sie, Hochwürden?»

«Ich weiß nicht, ob mir das gelingen wird, John, aber ich werde es versuchen.»

«Es geht um Leben und Tod von Millionen von Menschen! Hochwürden, Sie sind meine letzte Hoffnung!»

«Keine Sorge ... Vertrauen Sie mir.»

XLI

Rom, 21. Juli

Du musst es ihm heute zeigen und sofort eine Antwort fordern! Eine schriftliche Antwort, ist das klar?»

«Ja, selbstverständlich, ich werde sehen, was ich tun kann ...»

«Nein, Lo Monaco, du tust es einfach, verstanden?!» Selten hatte die Stimme des Präsidenten so zornig geklungen. Die Telefonate waren mittlerweile zu einer Qual für den Staatssekretär geworden. Er las das Fax noch einmal durch. Weshalb sollte er mit der Anfrage direkt an den Papst herantreten, wo sich das Staatssekretariat doch im Grunde nur an die Bischöfe oder die Caritas von Civitavecchia, Dubrovnik, La Rochelle und Danzig wenden musste, um ein paar Freiwillige für den Selbstversuch mit dem Aids-Medikament zu finden?

Monsignore Alfonso Lo Monaco faltete das Blatt zusammen und steckte es ein. Er setzte das Scheitelkäppchen auf und legte das silberne Kreuz um den Hals, erst dann rief er den Sekretär des Papstes an.

«Sagen Sie ihm, ich muss ihn nur kurz sprechen.»

«Ich werde es ihm ausrichten. Aber er ist in seinem Arbeitszimmer und möchte nicht gestört werden.»

«Versuchen Sie es bitte trotzdem.»

«Natürlich.»

Lo Monaco blieb am Schreibtisch sitzen und spielte mit einem Brieföffner aus Messing, einem Geschenk des äthiopischen Botschafters. Drei Minuten später klingelte das Telefon.

«Er erwartet Sie, aber kommen Sie sofort!»

«Bin gleich da. Danke, Pater Jorge!»

Als Lo Monaco an der Schwelle des päpstlichen Arbeitszimmers stand, sah er Gregor XVII. eine Liste anfertigen.

«Nur herein, mein lieber Lo Monaco. Was ist los? Wollen Sie sichergehen, dass Sie der Erste auf der Liste sind?»

«Was für eine Liste, Heiliger Vater?»

«Nun tun Sie doch nicht so unschuldig! Es versteht sich von selbst, dass der neue Papst das Heilige Kollegium nach dem Konklave wieder ein wenig auffrischt. Es gibt etliche Metropolitandiözesen, deren Oberhaupt auf die Kardinalswürde wartet, ganz zu schweigen von den drei Leitern der Dikasterien, die noch nicht Kardinal sind.»

«Heiliger Vater, glauben Sie mir ...»

«Ja, ja, ich weiß. Ich hätte Sie anrufen sollen, bevor ich mich an die Arbeit mache ... Wie auch immer, Sie stehen jedenfalls ganz oben auf der Liste der neuen Kardinäle!»

«Ich danke Ihnen von Herzen, Heiliger Vater! Hoffentlich werde ich mich Ihres Vertrauens würdig erweisen ...»

«Bestimmt! Aber was wollten Sie mir sagen?»

«Verzeihen Sie, dass ich Sie störe, während Sie ...»

«Schon gut!»

«Ich wollte Sie um Hilfe bitten, Eure Heiligkeit!»

«Worum geht es denn?»

«Der Präsident von Soniet Al, Dan Hamid, wird in Kürze die Testphase eines neuen Aids-Medikaments einleiten.»

«Ja, davon hatte er mir bei unserem Treffen erzählt.»

«Und jetzt bittet er Sie um Mithilfe. Die Diözesen und Caritasverbände in den besagten Städten sollen damit beauftragt werden, geeignete Personen für die Tests zu finden.»

«Er braucht ... menschliche Versuchskaninchen?»

«Heiliger Vater, es besteht kein Risiko ... das Medikament wurde ja schon getestet. Es geht nur noch um die Nebenwirkungen.»

«Ich hatte Dan Hamid ja versprochen, mich für diese humanitäre Angelegenheit einzusetzen ...»

«Dann darf ich ihm eine positive Antwort geben?»

«Natürlich, setzen Sie gleich einen Antwortbrief auf, und dann noch einen für die Ordinarien der Diözesen in den betreffenden Städten. Und lassen Sie mir die Liste des Staatssekretariats mit den Vorschlägen für die neuen Kardinäle zukommen. Ich möchte vermeiden, dass die beiden Listen nicht übereinstimmen ...», sagte Gregor XVII. mit einem breiten Lächeln.

Monsignore Lo Monaco verließ hastig die Papstresidenz. In seinem Büro angekommen, wählte er Dan Hamids Nummer.

«So, das wäre geschafft!»

«Bravo, Lo Monaco. Es war genau die richtige Entscheidung, Sie für diese Aufgabe auszuwählen ...», sagte der Präsident der Soniet Al nur kühl und legte auf, bevor der Erzbischof ihm die andere Neuigkeit übermitteln konnte – dass er Kardinal werden würde.

Der Brief wurde sofort an die Diözesen in Civitavecchia, Dubrovnik, La Rochelle und Danzig geschickt. Lo Monaco, der nicht über alle Pläne seiner Auftraggeber Bescheid wusste, fand dieses Ansinnen recht merkwürdig. Warum wollte Dan Hamid die schriftliche Zusage des Vatikans für die humanitäre Aktion? Doch er tat, was ihm aufgetragen worden war, und schickte eine Kopie des vom Papst unterzeichneten Briefes an die private Faxadresse des Präsidenten.

«Hallo, Pater Jorge? Hier ist Lanfranchini.»

«Guten Tag, Hochwürden, was kann ich für Sie tun?»

«Es handelt sich um ein heikles Anliegen ... Ich soll eine Audienz erwirken.»

«Aber Sie sind der Kardinalvikar, Sie können jederzeit kommen!»

«Nein, es handelt sich nicht um mich.»

«Sondern?»

«Um einen Journalisten!»

«Hochwürden, ausgeschlossen! Der Papst hat die beim Vatikan akkreditierten Journalisten ja bereits beim Konklave empfangen.»

«Ich glaube, es geht um eine sehr wichtige Angelegenheit, die vor allem für den Papst von höchster Bedeutung ist!»

«Wer ist es denn?»

«John Costa, der Vatikanexperte der Agentur Reuters.»

«Der, der die Falschmeldung über das Geheimnis von Fatima in Umlauf gebracht hat? Hochwürden, das wäre ja ...»

«Genau der. Aber ich muss darauf bestehen. Organisieren Sie ein kurzes Treffen. Und es muss absolut geheim bleiben!»

«Ich weiß nicht, was ich sagen soll, Hochwürden. Ich glaube nicht, dass der Papst ...»

«Dann sagen Sie ihm Folgendes: Kardinal Lanfranchini beschwört ihn auf Knien, für einige Minuten, streng privat und ganz geheim, den Journalisten John Costa zu empfangen. Er ist im Besitz von Informationen, die für die Kirche und Ihre Heiligkeit von lebenswichtigem Interesse sind. In Ordnung?»

«Ich werde es ausrichten. Aber die Antwort ...»

«... hängt vom Papst ab, ich weiß. Tun Sie Ihr Möglichstes, am Ende werden Sie mir dankbar sein!»

«Ich verstehe nicht, weshalb ich diesen Journalisten empfangen sollte ...»

«Der Kardinalvikar hat mich darum gebeten.»

«Dann soll *er* doch mit ihm reden.»

«Er sagt, es geht um Leben und Tod.»

«Na gut. Er soll kommen.» Mit diesem Satz sollte der Papst die Geschichte der Menschheit entscheidend beeinflussen.

Der Anruf erreichte John, während er erneut seinen Koffer packte, um nach London zu fliegen. Er wollte Kate die letzte Ehre erweisen.

«Hier ist Kardinal Lanfranchini.»

«Und?»

«Der Papst hat eingewilligt. Er erwartet sie um vierzehn Uhr in seiner Wohnung.»

«Das ist ja schon in zwei Stunden! Ich danke Ihnen von Herzen!»

«Ich habe getan, worum Sie mich gebeten haben. Hoffentlich werde ich es nicht bereuen!»

«Bestimmt nicht, Sie werden sehen!»

«Hören Sie, seien Sie zehn Minuten vorher vor dem Portone di Bronzo, es kommt dann jemand und holt sie ab. Setzen Sie als Erkennungszeichen eine Sonnenbrille auf, und halten Sie einen zusammengerollten *Osservatore Romano* in der Hand.»

«In Ordnung!»

John buchte den Flug auf den Abend desselben Tages um, zog ein weißes Hemd und einen grauen Anzug an, setzte seine Sonnenbrille auf und griff nach einer alten Ausgabe des *Osservatore Romano*. Um Viertel vor zwei stand er vor dem Bronzeportal. Fünf Minuten später sah er eine mexikanische Nonne von unbestimmtem Alter und mit indianischen Zügen die Treppe herunterkommen. Die Schweizergarde ging in Habachtstellung, als wäre soeben der vatikanische Staatssekretär vorbeigegangen. John begriff, dass sie ihn abholen sollte. «Kommen Sie, gehen wir hinauf», sagte sie mit einem Lächeln.

Costa folgte ihr, die Wachen salutierten. Er musste keinen Passierschein vorweisen, niemand fragte ihn nach seinem Namen. Nach wenigen Minuten stand er vor der Wohnung des Papstes.

Pater Jorge wartete an der Tür auf ihn.

«Kommen Sie doch bitte herein!»

«Guten Tag, Monsignore.»

«Ya està aqui?»

John hörte die unverwechselbare Stimme Papst Gregors, der wissen wollte, ob sein Gast schon eingetroffen sei; sie kam aus dem Esszimmer, einem bescheidenen Raum mit einem massiven Eichentisch. Der Pontifex beendete gerade sein Mahl und schälte einen Apfel.

«Treten Sie ein», sagte er.

«Heiliger Vater … danke, dass Sie mich empfangen.»

«Ich bin gespannt, was Sie mir zu sagen haben. Zunächst aber lassen Sie mich Ihnen ein paar Fragen stellen, setzen Sie sich. Möchten Sie einen Kaffee? Etwas Obst?»

«Ein Kaffee wäre wunderbar, vielen Dank!» John war angespannt. Seine Hände zitterten und sein Herz schlug wie wild.

«Ich möchte wissen, ob der Text des Geheimnisses, der Ihnen übergeben wurde, aus den Archiven des Vatikans stammt.»

«Ihrer Frage entnehme ich, dass es einen noch nicht publizierten Text gab, Heiliger Vater. Die Antwort lautet nein. Niemand aus dem Vatikan hat mir den Text gegeben. Es handelte sich um eine Fotokopie.»

«Dann hat ihn jemand aus dem Vatikan fotokopiert! War es Monsignore Semprini?»

«Sie müssen wissen, dass das in Ihren Archiven aufbewahrte Schriftstück nicht das einzige ist. Schwester Lucia hatte eine weitere, vermutlich identische Kopie angefertigt, die sie in ihrem Gebetbuch versteckte. Freunden aus Portugal war diese Kopie anvertraut worden, sie haben sie mir gezeigt und mich gebeten, dafür zu sorgen, dass sie in Umlauf kommt.»

«Dann … dann besitzen Sie gar nicht das Original!»

«Das Original im Vatikan habe ich nie gesehen, obwohl ich davon gehört habe.»

«Wissen Sie, unter welchen Umständen Monsignore Semprini gestorben ist?»

«Um ehrlich zu sein, nein ...»

«Er ist ausgerutscht und hat sich den Kopf aufgeschlagen. Er hatte gerade einen Brief geschrieben, in dem er gestand, dass er das Dokument herausgegeben hatte.»

«Das ist nicht möglich, nein, das ist ausgeschlossen!»

«Weshalb?»

«Monsignore Semprini hat mir nie etwas gegeben oder Ähnliches versprochen. Er kannte einen Teil des Geheimnisses, weil Kardinal Alfredo Ottaviani ihm seinerzeit davon erzählt hatte – mehr aber auch nicht. Und außerdem, glauben Sie mir, er war nicht die Sorte Mensch, die so etwas getan hätte.»

«Trotzdem ist der Text verschwunden.»

«Das heißt, das Original ist verschwunden?»

«Genau.»

«Wer hat es denn zuletzt ausgeliehen?»

«Aus dem Register wird es nicht hervorgehen ... aber das war ich! Und zwar auf Anraten Monsignore Semprinis, der wollte, dass der Text veröffentlicht wird. Er glaubte wohl an diese Geschichte mit der islamischen Invasion Europas ...»

«Heiliger Vater, ich weiß nicht, wer das Geheimnis entwendet hat ... Darf ich Sie fragen, weshalb Sie den Text nicht veröffentlichen wollten, nachdem Sie ihn gelesen hatten?»

«Wir befinden uns gerade in einer schwierigen Phase. Ich versuche, die Führer aller Religionen an einen Tisch zu bekommen, und organisiere eine große Versammlung in

Jerusalem. Den interreligiösen Dialog halte ich für eine meiner Hauptaufgaben ... Sollte ich da etwa einer kryptischen Botschaft Glauben schenken, in der von einer derartigen Invasion die Rede ist? Mal ganz abgesehen davon, dass dies derzeit ziemlich unwahrscheinlich ist, finden Sie nicht?»

«Heiliger Vater, ich habe den Eindruck, dass jemand Sie davon abhalten möchte, die richtigen Entscheidungen zu treffen. Jemand, der die Wahrheit verheimlicht und der vielleicht auch das Original des Geheimnisses verschwinden ließ.»

«Wie kommen Sie darauf?»

«Was wäre, wenn ich Beweise für eine furchtbare Wahrheit in Händen hätte? Wenn ich Ihnen sagen würde, dass uns keine Invasion von Soldaten, Freischärlern oder Terroristen bevorsteht, sondern wir von einem mörderischen Virus bedroht sind? Dass ausgerechnet Dan Hamid und Lord Mahatma, die beiden Männer, denen die UNO die Leitung der neuen Weltorganisation der Religionen anvertrauen will, in diese Angelegenheit verstrickt sind? Und dass bereits mehrere Menschen wegen des schrecklichen Geheimnisses mit ihrem Leben bezahlt haben?»

«Sie ... Sie verwirren mich. Wollen Sie damit sagen, dass in dem Geheimnis davon die Rede ist? Genau davon?»

«Ja, Heiliger Vater, genau so ist es! Deshalb wollte Monsignore Semprini es in Umlauf bringen. Ich bin nur ein Journalist, aber Sie können etwas tun! Sie können ihnen Einhalt gebieten. Sie haben sogar die Pflicht, dies zu tun!»

«Ich verstehe immer noch nicht, weshalb das Original verschwunden ist und wer dahintersteckt.»

«Seien Sie wachsam, Heiliger Vater, und nicht zu vertrauensselig!»

«Sie hätten Beweise, sagen Sie?»

«Ja, hier sind die Ergebnisse von Professor Sebastian Sirkars Forschungen. Er hatte ein hochaggressives Virus entdeckt und zugleich den Impfstoff vorbereitet. Dank seiner Entdeckungen und dank Dan Hamids Einfluss, den er durch die neue UNO-Unterorganisation haben wird, könnte es diesem gelingen, die Weltherrschaft zu erlangen.»

«Ich verstehe nicht ...»

«Sollte sich das Virus ausbreiten, würde derjenige, der imstande wäre, es aufzuhalten, nachdem die Katastrophe ihren Lauf genommen hat, als großer Wohltäter für die Menschheit dastehen. Wenn sich diese Person oder diese Personen nun außerdem für den Dialog zwischen den Religionen einsetzen und ein neues System zur Kontrolle der Bevölkerung entwerfen ...»

«Worauf spielen Sie an?»

«Auf die Entscheidung, die der amerikanische Senat bald fällen wird. Dan Hamid leitet eine Firma, die einen neuartigen Mikrochip produziert. Dieser wird Menschen eingepflanzt und erlaubt es, persönliche Daten zu speichern. Begonnen wird mit den Ärmsten der Armen, dann kommt nach und nach der Rest der Bevölkerung hinzu.»

«Das ist ja ein apokalyptisches Szenario! Die Kontrolle über die Menschheit ... das ist ja ... das Zeichen des Tieres! Warum wollte mein Vorgänger den Text des Geheimnisses nicht veröffentlichen?»

«Die Kardinäle, mit denen er gesprochen hatte, rieten ihm zu, aber dann entschied er sich anders ...»

«Das kommt immer wieder vor … Es ist die schwierigste Aufgabe meines Amtes: Der Papst muss allein entscheiden – er steht allein vor Gott.»

«Bedenken Sie, dass die Kardinäle, die den Text gelesen und den Papst gebeten hatten, ihn zu veröffentlichen, gestorben sind, und zwar zum Teil unter mysteriösen Umständen.»

«Sie wollen doch nicht sagen, dass …»

«Ich will gar nichts sagen. Nur, dass Sie auf der Hut sein müssen, auch hier in Ihrer Wohnung. Der Papst, der in der Prophezeiung von Schwester Lucia erwähnt wird, sind Sie! Die Zeit, in der das Ganze stattfinden wird, ist die jetzige.»

«Warum aber beharrt Dan Hamid so sehr auf der Unterstützung durch die katholische Kirche?»

«Ich weiß es nicht, noch nicht, aber ich werde versuchen, es herauszufinden. Wie kann ich mit Ihnen in Kontakt bleiben, Heiliger Vater?»

«Schreiben Sie sich diese Handynummer auf, es ist die von Pater Jorge. Wenn Sie anrufen, sagen Sie einfach, Sie seien … der Freund mit dem Virus!»

«Ist gut.»

John ging hinaus. Der Flur war verlassen, kurz darauf kam der Kammerherr des Papstes und begleitete ihn zum Ausgang.

«Monsignore Lo Monaco, hier ist Gregor XVII. Kommen Sie bitte zu mir.»

Dem Staatssekretär war dieser Anruf ziemlich seltsam vorgekommen. Gerade hatte er sich ausgemalt, wie gut ihm seine purpurne Robe stehen würde, wenn er sich Anfang

September, kurz vor der Jerusalem-Reise des Papstes, beim Konsistorium einfinden würde.

Sofort wurde Lo Monaco in der Wohnung des Papstes vorstellig. Dieser empfing ihn in seinem Arbeitszimmer.

«Lo Monaco, ich hätte gern das Original des Abschiedsbriefes von Monsignore Semprini.»

«W... wie Sie wünschen ... Darf ich fragen, weshalb?»

«Ich möchte den Brief nur heute Abend unter meine Knie legen, wenn ich für sein Seelenheil bete ...»

«Ach so! Ich lasse ihn gleich vorbeibringen.»

«Aber das Original, wenn ich bitten darf!»

«Selbstverständlich, Heiliger Vater!» Der Geistliche seufzte insgeheim erleichtert auf.

Als Gregor den Brief bekam, legte er ihn neben den, den ihm Monsignore Semprini ein paar Tage zuvor geschrieben hatte. Es waren nur wenige Zeilen, doch sicherlich ausreichend, um sie mit dem Bekennerschreiben zu vergleichen. Der Papst bat Pater Jorge, Kontakt zur italienischen Regierung aufzunehmen und den Leiter des militärischen Geheimdienstes zu ihm zu schicken.

Knapp zwei Stunden später schritt General Goffredo Domenicis über die Schwelle der päpstlichen Wohnung. Gregor XVII. übergab ihm die beiden Blätter und bat ihn, das Gutachten eines Graphologen einzuholen. Um neun Uhr abends rief der General den Sekretär des Papstes an: «Die beiden Schreiben stammen nicht von ein und derselben Person. Das Bekenntnis wurde von einem Fälscher verfasst, der versucht hat, die Handschrift des Verfassers des ersten Briefes zu imitieren.»

Pater Jorge erstattete dem Papst Bericht.

«Das habe ich vermutet. John Costa hat also recht!», sagte er besorgt.

«Lassen Sie bitte noch einmal General Dominicis kommen! Und dann möchte ich mit dem Präsidenten der Vereinigten Staaten und dem britischen Premierminister sprechen.» Pater Jorge wunderte sich über den Aktionismus des Papstes, der sich sonst nur wenig um diplomatische und politische Fragen kümmerte.

«Soll ich den Staatssekretär in Kenntnis setzen, Heiliger Vater?»

«Unter keinen Umständen!»

XLII

London, 21. Juli

John war erleichtert. Dass es ihm gelungen war, bei Papst Gregor Zweifel zu wecken, freute ihn, obwohl er befürchtete, einer seiner Mitarbeiter könnte alles vereiteln. Gleich nach der Landung auf dem Flughafen Heathrow schaltete er sein Handy ein und sah, dass er einige Anrufe auf der Mailbox hatte. Als er gerade auf dem Weg zur U-Bahn war, klingelte es.

«Mister Costa, mein Freund mit dem Virus …»

«Sind … sind Sie das, Heiliger Vater?»

«Erraten. Ich wollte mich bei Ihnen bedanken und Ihnen sagen, dass ich ein Gutachten habe erstellen lassen. Das Bekennerschreiben von Monsignore Semprini ist gefälscht!»

«Und das heißt?»

«Das weiß ich nicht genau, ich weiß nur, dass mir hier jemand ein paar Erklärungen schuldet!»

«Wie gedenken Sie vorzugehen?»

«Ich werde die betroffenen Regierungen informieren und versuchen, diesen teuflischen Plan zu stoppen! Auf Wiedersehen, John.»

«Auf Wiedersehen … das heißt, darf ich Sie noch um einen Gefallen bitten?»

«Und zwar?»

«Ich wollte Sie bitten, für eine mir nahestehende Freundin zu beten. Sie wurde vor kurzem von einem Auto überfahren, der Fahrer beging Fahrerflucht. Ihr ist es zu verdanken, dass ich herausgefunden habe, was Dan Hamid im Schilde führt. Ich glaube, die Soniet Al hat sie aus dem Weg geräumt ...»

«Wenn es uns gelingt, die Katastrophe zu verhindern, wird ihr Tod nicht umsonst gewesen sein. Wie hieß sie?»

«Kate Duncan. Ich ...»

«Sie waren ihr sehr zugetan?»

«Ja.»

«Ich werde für Kate beten, John, und für Sie auch!»

«Danke.»

Eine halbe Stunde später führte der Papst ein langes Telefongespräch mit dem amerikanischen Präsidenten. Zehn Minuten danach waren die CIA, das FBI und der Secret Service bereits informiert und begannen, die Machenschaften der Soniet Al zu verfolgen. Gleiches galt für die britischen Geheimdienste. Ohne dass Dan Hamid etwas geahnt hätte, zog sich die Schlinge um ihn allmählich zu.

Als John das St. Thomas Hospital erreichte, war es schon so spät, dass er nicht mehr in die Totenkammer vorgelassen wurde. So musste er die qualvolle Begegnung auf den nächsten Tag verschieben. Er hatte versäumt, ein Hotelzimmer zu reservieren. Er nahm ein Taxi und ließ sich vor der Zentrale der Soniet Al absetzen. Den imposanten Glasbau hatte er noch nie gesehen. Obwohl es schon spät war, hatte John den Eindruck, dass darin noch viele Menschen arbeiteten.

Im selben Augenblick herrschte auch in der Wohnung des Papstes hektische Betriebsamkeit. Auf dem Schreibtisch Gregors XVII. lagen bereits die heimlich herbeigeschafften Listen mit den Telefonverbindungen zwischen dem Staatssekretariat und der Soniet Al. Der Papst wollte auch mit dem Archivar sprechen, der die Akte mit dem dritten Geheimnis herausgegeben hatte.

Lo Monaco schien von alldem nichts zu ahnen. Er saß zu Hause in einem Sessel, nippte an einem Glas Portwein und hatte sich eine kubanische Zigarre angezündet. Als es an der Tür klopfte, war es schon nach Mitternacht.

«Hochwürden! Hochwürden!»

«Jaaa! Was gibt es denn um diese Zeit?»

«Hier ist Pater Jorge.»

«Was ist passiert … Ist etwas mit dem Papst?»

«Nein, keine Sorge. Dem Papst geht es ausgezeichnet. Er möchte Sie nur auf der Stelle sprechen.»

«Es ist mitten in der Nacht!»

«Auch für den Papst …»

«Bin gleich da.»

«Ich warte auf Sie.»

Drei Minuten später trat Alfonso Lo Monaco aus der Tür. Pater Jorge war in Begleitung zweier Polizisten.

«Entschuldigen Sie, dass ich Sie um diese Uhrzeit herausgeklingelt habe, Hochwürden», sagte der Papst.

«Keine Sorge … Wenn Sie mich brauchen … Es gibt keine festen Arbeitszeiten im Dienst der Kirche!»

«Das will ich hoffen, Lo Monaco!»

«Was ist passiert?», fragte er mit wachsender Beunruhigung.

«Es handelt sich um die Untersuchung bezüglich Monsignore Semprinis ...»

«Was stimmt denn daran nicht?»

«Der Brief, den Sie mir heute gebracht haben, ist gefälscht.»

«Unmöglich! Wie kommen Sie nur zu dieser ...»

«Durch ein graphologisches Gutachten!», sagte der Papst und hielt ihm die beiden Blätter hin. «Das Bekenntnis ist eindeutig gefälscht.»

«Ich werde der Sache nachgehen ... Dann müssen wir eben ...»

«Ich bin noch nicht fertig, Lo Monaco. Setzen Sie sich!»

«Was gibt es denn noch?»

«In welcher Beziehung stehen Sie zu Dan Hamid?»

«Warum fragen Sie? Ich habe ein paarmal mit ihm gesprochen ... in der Angelegenheit, über die Sie ja Bescheid wissen ... weil ich Ihre Entscheidungen weitergeben wollte.»

«Und wie erklären Sie sich die zahlreichen Telefonate, die vom Vatikan aus mit Soniet Al geführt wurden?»

«Zahlreiche Telefonate? Das ist nicht möglich! Zumindest war ich das nicht allein.»

«Lo Monaco, hören Sie auf, mir etwas vorzuspielen! Erzählen Sie mir lieber von Ihrer Beziehung zu Dan Hamid ... von der Operation, die in Civitavecchia, Dubrovnik, La Rochelle und Danzig gestartet wird.»

«Heiliger Vater, Sie wissen doch ...»

«Nein, ich weiß gar nichts, denn anscheinend ist jemandem sehr daran gelegen, dass ich von den schmutzigen Spielchen dieser Herrschaften nichts mitbekomme!»

«Ich verstehe nicht ...»

«Lo Monaco, weshalb haben Sie den Text des dritten Geheimnisses von Fatima verschwinden lassen?»

«Ich ... ich ... was habe ich? Wovon reden Sie? Wer hat Ihnen gesagt, ich hätte ...»

«Antworten Sie mir: Wohin ist dieses Dokument verschwunden? Haben Sie es vernichtet?»

«Ich weiß gar nicht ...»

«Wollen Sie mir nicht antworten?»

«Ich weiß nicht, wovon Sie reden, Heiliger Vater ... Ich ...»

«Machen wir es so, Hochwürden: Ich gehe jetzt in die Kapelle und spreche das Abendgebet. Wenn ich wieder zurück bin, werden Sie auf die Fragen antworten, die ich Ihnen gestellt habe. Und achten Sie bitte darauf, vollständige, sinnvolle und intelligente Antworten zu geben!»

Papst Gregor XVII. erhob sich mit einem Ruck und ging; an der Tür traf er auf Pater Jorge.

«Heiliger Vater, es ist noch einmal der Präsident der Vereinigten Staaten am Telefon ...»

Lo Monaco bekam diese Information natürlich mit – was wollte der amerikanische Präsident? Er sah zwei Monsignori aus dem Staatssekretariat mit Aktenordnern unter dem Arm. Plötzlich fühlte er sich hilflos und entmachtet. Was wurde hier eigentlich gespielt? Kalter Schweiß brach ihm aus, und ihm schwindelte.

Eine halbe Stunde später kam der Papst zurück. Er hielt eine graue Aktenmappe in der Hand.

«Und?»

«Ich verstehe nicht, was hier gespielt wird ...»

«Wie lauten Ihre Antworten, Lo Monaco?»

«Ich glaube, jemand will Ihnen Sand in die Augen streuen …»

«Soeben habe ich ein Fax aus den Vereinigten Staaten erhalten, es enthält äußerst interessante Daten über Konten in Steuerparadiesen, die auf Ihren Namen laufen!»

«Das ist alles ganz legal, ich habe es für das Wohl der Kirche getan!»

«Es geht daraus hervor, dass Sie regelmäßige Zahlungen von einer der Finanzgesellschaften erhalten haben, die Soniet Al kontrolliert – finden Sie das nicht ein wenig seltsam, Monsignore?»

«Erklären Sie mir, wie …»

«Nein, Sie müssen mir etwas erklären! Gehen Sie jetzt nach Hause, und schlafen Sie erst einmal darüber. Morgen früh erwarte ich Sie zu einem Gespräch. Entweder Sie liefern mir schlüssige Erklärungen, oder ich sehe mich gezwungen, Sie von Ihrem Amt als Staatssekretär zu entbinden!»

«Ich bin aber gar nicht zurückgetreten!»

«Ich kündige Ihnen schon selbst, keine Sorge. Die Peinlichkeit möchte ich Ihnen dann doch ersparen …»

«Gute Nacht, Heiliger Vater.»

«Gute Nacht.»

Als Alfonso Lo Monaco die Wohnung des Papstes verließ, war er bleich im Gesicht und torkelte. Alles, was er sich aufgebaut hatte, drohte einzustürzen. Er spürte, wie der Boden unter seinen Füßen wankte, ausgerechnet jetzt, wo er sein Ziel fast erreicht hatte und in wenigen Tagen zum Kardinal aufsteigen würde.

Er betrat sein dunkles großes Wohnzimmer und ließ sich aufs Sofa sinken.

«Wie konnte ich das nur tun, wie konnte ich nur …!» Nicht mal die Statue der Madonna von Guadalupe, die er ein Jahr zuvor geschenkt bekommen hatte, schien Mitleid mit ihm zu haben. Er ging zur Wohnungstür, sah durch den Spion und erblickte zwei Gendarmen. Offenbar wollte Papst Gregor sichergehen, dass er nicht mitsamt seinen Geheimnissen floh. Obwohl der Vatikan alles tun würde, um einen Skandal zu vertuschen, gäbe es für ihn kein Zurück mehr, sobald Dan Hamids Pläne öffentlich würden. Er ging zum Wohnzimmerfenster und öffnete es; es war eine herrliche Nacht, unzählige Sterne funkelten über Rom. Er zog einen Stuhl heran, stieg hinauf und sprang ins Leere – vom vierten Stock. Im Fall hielt er das Brustkreuz fest umklammert.

Staatssekretär Lo Monaco war auf der Stelle tot. Einer der Gendarmen hatte ein verdächtiges Geräusch gehört, die Wohnung betreten und gesehen, was vorgefallen war. Per Funk wurden weitere Männer gerufen. Pater Jorge weckte den Papst, um ihn von der Tat zu unterrichten.

«Heiliger Vater, Lo Monaco …»

«Was ist?», fragte Gregor XVII. und schaltete die Lampe auf dem Nachttisch ein.

«Er hat sich aus dem Fenster gestürzt.»

«Oh nein!», rief der Papst und schlug die Hände vors Gesicht. «Warum hat er das getan? Warum hast du das getan, Alfonso?»

«Die Schuld lastete wohl zu schwer auf ihm.»

«Er hat keinen Ausweg mehr gesehen … Vielleicht ist

es ja meine Schuld, ich hätte ihm Zeit lassen sollen ... hätte ...»

«Heiliger Vater, Sie trifft keine Schuld. Schuldig ist der, der Ihr Vertrauen missbraucht hat.»

«Komm, Jorge. Lass uns in die Kapelle gehen und beten.» Der Papst zog seinen Morgenmantel über und betete für die Seele des armen Staatssekretärs.

An diesem Morgen sah John Costa aus wie ein Penner. Er hatte nicht im Hotel übernachten wollen und sich die ganze Nacht um die Ohren geschlagen, war zur Ablenkung ins Kino gegangen und hatte dann einen langen Spaziergang gemacht. Um acht Uhr morgens stand er vor dem St. Thomas Hospital, einem großen kastenförmigen Gebäude in der Lambeth Place Road im Südosten der Stadt.

Er trat ein, gab sich als Kates Verlobter aus und bat darum, ihre Leiche sehen zu dürfen. Nachdem er seinen Ausweis vorgezeigt hatte, wurde er gebeten, kurz zu warten. Dann führte man ihn ins Untergeschoss, in dem sich das Institut für Gerichtsmedizin befand.

«Der Herr möchte die Leiche von Doktor Kate Duncan sehen», sagte der Angestellte zu dem diensthabenden Arzt.

Der Raum war spärlich beleuchtet und kalt. Der scharfe Geruch von Formaldehyd drang in Johns Nase. Er war wie gelähmt und hätte sich beinahe übergeben. Der Arzt zog eine der großen Metallschubladen heraus, in der eine in einen grauen Plastiksack gehüllte Leiche lag. Er zog den Reißverschluss halb auf.

«Oh nein!», rief John.

Kates Gesicht war entstellt und völlig zugeschwollen.

Die Haare steckten unter einer grünen Nylonhaube. Er erkannte das Kleid, das Kate beim Abschied getragen hatte, und ihren goldenen Anhänger. Er betrachtete ihre Hände und die rotlackierten Fingernägel. Reglos blieb er stehen, unfähig zu weinen. Gerne hätte er ihr einen Kuss gegeben, beschränkte sich jedoch darauf, ihren Arm zu streicheln.

Der Arzt wurde schon ungeduldig.

«Danke ...», sagte John und gab ihm damit zu verstehen, dass er die Leiche wieder zurückschieben konnte. *Wann hat sie sich bloß die Fingernägel lackiert?*, dachte er, während er den langen Flur mit den zahlreichen Türen zu den Kühlräumen entlangging.

Die Tür des gerichtsmedizinischen Instituts fiel hinter ihm zu, als er beinahe mit drei Männern in Jackett und Krawatte zusammengestoßen wäre, die auf ihn warteten. Sie sahen aus wie Agenten.

«John Costa?», fragte einer von ihnen, vermutlich der Chef der Gruppe.

«Verdammt ... Seid ihr hier, um euer Werk zu vollenden? Wollt ihr jetzt auch noch mich umbringen, nachdem ihr Kate erledigt habt?»

«Würden Sie uns bitte folgen?»

«Wenn ich mich jetzt wehre, würdet ihr mir wahrscheinlich eine Spritze verpassen, stimmt's?»

«Mister Costa, Sie sind nicht verpflichtet mitzukommen, aber es wäre besser für Sie, wenn Sie ...»

«Schickt euch Dan Hamid?»

«Nein. Ich bin Raymond Temple vom FBI, das hier sind zwei Kollegen vom englischen Geheimdienst.»

«FBI? Wie haben Sie ...»

«Wir werden Ihnen alles erklären. Würden Sie uns jetzt bitte folgen? Ihr Leben ist in Gefahr. Außerdem gibt es jemanden, der darauf brennt, Sie zu sehen.»

Costa ließ sich ihre Ausweise zeigen und atmete erleichtert auf. Am Klinikausgang wartete ein Geländewagen. Sie ließen ihn hinten einsteigen, und er nahm zwischen den beiden englischen Agenten Platz.

Nach zehn Minuten hielten sie vor einem anonymen weißen Gebäude in der Innenstadt. Sie stiegen hastig aus und begaben sich ins oberste Stockwerk.

«Das ist das Hauptquartier der Operation», erklärten sie.

«Welcher Operation?»

«Wir versuchen, Dan Hamid das Handwerk zu legen und seinen wahnwitzigen Plan zu vereiteln, allerdings müssen wir dabei äußerst vorsichtig vorgehen … Der Pharmakonzern ist ein Krake mit tausend Tentakeln.»

John betrat eine geräumige Mansarde, die man zum Operation Center gemacht hatte. Viele Geheimagenten arbeiteten hier, es gab zahlreiche Computer, Spezialgeräte und Monitore, auf die Bilder von Überwachungskameras übertragen wurden. John kam sich vor, als sei er die Hauptfigur in einem Agententhriller.

Dann fiel ihm ein, was Raymond Temple vorhin zu ihm gesagt hatte.

«Wer möchte mich sehen?», fragte er.

«Ach ja, entschuldigen Sie, dort hinten, am Ende des Ganges …»

John ging davon aus, gleich auf den Chef der Geheimoperation zu treffen. Er würde ihm alles erzählen, was er in Erfahrung gebracht hatte. Er wollte schon klopfen, doch die

Tür war angelehnt, also trat er ein – niemand saß am Schreibtisch. Stattdessen hörte er hinter einer Tür, wo sich wohl das Badezimmer befand, Wasser rauschen. Er setzte sich in einen Sessel. Als die Tür aufging, erstarrte er.

«John … Liebling!»

«Kate … bist … bist du das? Dann bist du also gar nicht …»

«Nein, John, ich lebe noch! Und jetzt bin ich hier bei dir!»

John war so verwirrt, dass er nichts mehr sagen konnte und in Tränen ausbrach. Kate umarmte ihn und drückte ihn an sich.

«Wie … wie ist das möglich … die Leiche, dein Kleid …»

«Es geschah alles ganz plötzlich, John. Vor zwei Tagen haben mich die Leute der Soniet Al entführt und zu Dan Hamid gebracht. Ich dachte schon, ich würde dort nicht mehr lebend herauskommen. In der Tat hatte der Präsident veranlasst, mich umzubringen, aber erst, nachdem ich das Gebäude verlassen hätte. Zwischen der Firma und dem Ort, wo sich der Unfall ereignete, liegen ein paar Häuserblocks, in einem befindet sich eine Einkaufsgalerie. Während ich ging, den Karton mit meinen Habseligkeiten unter dem Arm, wurde ich plötzlich von etlichen Leuten umzingelt, die aussahen wie ganz normale Leute, die ein Geschäft betreten wollten. Auf einmal wurde ich hineingestoßen. Sie nahmen mir meine Handtasche ab, das Handy, den Karton. Dann verließ eine Frau, die mir ziemlich ähnlich sah und eine Perücke trug, den Laden und ging die Straße weiter. Sie war genauso gekleidet wie ich. Dann erfuhr ich, dass das FBI und die britischen Geheimdienste Dan Hamid überwachten und dass diese Maskerade notwendig war, um mein Leben zu retten. Aus den von ihnen abgehörten Telefongesprächen ging hervor, dass in meiner Wohnung ein Attentat auf mich verübt werden sollte. Allerdings schienen sie den Plan plötzlich geändert zu haben. Wenige Minuten, nachdem die Frau das Geschäft verlassen hatte, wurde die Agentin an der nächsten Kreuzung von einem Auto erfasst. Sie starb auf der Stelle, die Ärmste. Sie war bewaffnet mit einer Pistole, hatte einen durchtrainierten Körper und war auch im Nahkampf geübt, aber gegen das Auto, das sie überfuhr, konnte sie nichts machen.» Kate zitterte noch immer, als sie sich die Szene, die sie über einen Monitor hatte mitverfolgen können, wieder ins Bewusstsein rief. Ihre Augen waren gerötet und feucht von Tränen. Sie konnte die Erinnerung an Special Agent Katherine Donovan, die für sie ihr Leben gelassen hatte, nicht aus ihrem Gedächtnis verbannen.

«Ich hätte es mir doch denken können, dass du das nicht warst im Leichenschauhaus», flüsterte John. «Diese rotlackierten Fingernägel ...»

«John, gleich nach dem Unfall hat der Killer Hamid angerufen, um ihm zu berichten, dass er den Auftrag ausgeführt hatte. Eine endgültige Bestätigung kam vom St. Thomas Hospital, das auf der Liste der Gehaltsempfänger von Soniet Al stand ... Hamid überprüfte die Identität der Leiche – und tatsächlich war sie unter meinem Namen eingeliefert worden. Ich will mir gar nicht vorstellen, was ihre Familie durchmachen muss! Die Arme ... auf so schreckliche Weise zu sterben – und überhaupt nichts dafür zu können!»

«Kate … ich verstehe dich. Ich bin genauso entsetzt. Aber du warst es ja nicht, die dieses Double wollte, du trägst keinerlei Verantwortung. Jetzt, da ich dich wiederhabe, fühle ich mich wie neugeboren … Wenn du wüsstest, wie sehr ich gelitten habe! Die ganze Welt ist über mir zusammengebrochen. Es ist unglaublich, ich kann es einfach nicht glauben, dich wieder im Arm zu halten!»

Nach seinem kurzen Gefühlsausbruch fasste sich John wieder und kam zurück zum Thema:

«Das heißt also, dass das FBI und die britischen Geheimdienste Dan Hamid und seine Machenschaften schon vor uns verfolgt haben?»

«Sie haben mir erzählt, dass alles mit Bob Hammers Tod begann; das war ein Freund von mir, ein FBI-Agent, den ich um Informationen über Hamid gebeten hatte. Er forschte ein wenig nach, und seine Recherchen blieben wohl nicht ganz unbemerkt. Die Umstände von Hammers Tod waren seltsam: Das Messer, mit dem er erstochen wurde, stammte von einem Profi-Killer. So fanden sie heraus, worüber Bob recherchiert hatte, und die Spur führte zu Dan Hamid.»

«Und mir ist es gelungen, den Papst einzuweihen!»

«Das habe ich gehört.»

«Woher wussten sie das?»

«Der Vatikan hat telefonisch Verbindung zur englischen und amerikanischen Regierung aufgenommen – die Befürchtungen von Gregor XVII. wurden bestätigt. Ein Geistlicher aus dem engsten Mitarbeiterkreis des Papstes ist auch noch in die Sache verstrickt.»

«Ich habe dem Papst eine Kopie von Sirkars Daten überlassen, die du mir geschickt hast.»

«Wenn du wüsstest, wie schwierig es war, ich stand ja völlig unter Kontrolle ... Obwohl es im Grunde sinnlos war!»

«Warum denn?»

«Weil das FBI bereits alle Daten von meinem Computer, der in Virgil Parkers Wohnung stand, kopiert hatte. Beinahe hätten sie mich umsonst umgebracht! Die Daten sind bereits in den Händen der Laboranten der großen Pharmaunternehmen. Niemand wird das Patent darauf bekommen, der Impfstoff geht schon in Produktion. Eine Epidemie wird sowieso nicht ausbrechen, weil alles noch rechtzeitig gestoppt werden konnte.»

«Mister Costa, Miss Duncan ...» Raymond Temple steckte den Kopf zur Tür herein. «Ich möchte Sie über den Fortgang der Operation informieren.»

«Bitte, wir sind ganz Ohr!», erwiderte John.

«In einer Stunde werden Spezialeinheiten mit der Unterstützung von Interpol in die Niederlassungen von Soniet Al in Civitavecchia, Dubrovnik, La Rochelle und Danzig eindringen. Gestern Abend haben wir den engsten Mitarbeiter Präsident Hamids zu Hause verhaftet. Nun sind wir im Besitz aller notwendigen Beweise.»

«Wussten Sie, dass die Soniet Al unter allen Umständen vom Vatikan unterstützt werden wollte, und zwar aus Imagegründen?»

«Ja, das weiß ich, weil wir ein Fax gefunden haben, das vom Staatssekretariat des Vatikans an die Diözesen der vier besagten Städte geschickt wurde. Monsignore Lo Monaco ließ auch Dan Hamid eine Kopie zukommen.»

«Dann ist er der Spion im Vatikan?»

«Ja, genau, er war es!»

«Er *war* es?»

«Er hat sich heute Nacht umgebracht. Aber ich bitte Sie, diese Nachricht geheim zu halten, sie würde sowieso dementiert werden. Dem Vatikan ist daran gelegen, nicht in den Skandal mit hineingezogen zu werden. Der Presse wurde bereits mitgeteilt, der Staatssekretär sei an einem plötzlichen Herzinfarkt gestorben – die Nachricht sei zu viel für ihn gewesen.»

«Was für eine Nachricht?»

«Die Nachricht, dass er zum Kardinal ernannt würde.»

«Sie haben noch nicht auf meine Frage geantwortet ...», sagte John, als führe er ein Interview.

«Das tue ich gleich, also: Nein, es handelte sich nicht nur um eine Image-Kampagne, sondern um etwas geradezu Teuflisches. Soniet Al wollte das Gerücht in Umlauf bringen, ein mit der Caritas in Verbindung stehender Stadtstreicher sei der Überträger des tödlichen Virus gewesen. Damit wäre die Schuld an der Pandemie gewissermaßen auf die katholische Kirche zurückgefallen ...»

«Mister Temple, Sie werden am Telefon verlangt ...»

Ein Agent hatte Raymond Temples Ausführungen unterbrochen, worauf dieser aus dem Raum stürzte.

John und Kate saßen schweigend auf Polstersesseln und hielten sich bei der Hand – es kam John vor wie ein Traum.

Nach fünf Minuten kam Temple wieder herein.

«Wir haben Dan Hamid festgenommen. Sein Bruder ist uns leider entkommen, aber ein internationaler Haftbefehl liegt vor, wir werden ihn schon kriegen, sobald er wiederauftaucht.»

«Sein Bruder? Wer ist sein Bruder?», fragte John.

«Er nennt sich Lord Mahatma und erscheint immer wie ein Zauberer aus dem Nichts.»

«Dann ist das mit der islamischen Sekte ... mit der Rückkehr des Mahdi ... der Prophezeiung von der Invasion also wahr!»

«Ja, es ist alles wahr», erwiderte Temple.

«... der Antichrist, die Weltherrschaft ...»

«Die wollten die beiden Brüder und ihre seltsame Sekte ganz bestimmt: Sie hätten die Kontrolle über alle gehabt, die sich ab nächstem Jahr einen neuartigen Mikrochip hätten einpflanzen lassen. Und wenn sich das Virus dann in Europa ausgebreitet und Hunderttausende, wenn nicht sogar Millionen von Toten verursacht hätte, wäre Hamid auf den Plan getreten und hätte sich als Wohltäter der Menschheit aufgespielt. Er hätte unermessliche Reichtümer angesammelt. Auf seiner besagten Liste stand sogar der Assistent des Generalsekretärs der UNO. Verstehen Sie? Das steckte hinter der Idee einer neuen Organisation für den interreligiösen Dialog ... Hätte er sich erst einmal als tatkräftiger Organisator und erfolgreicher Retter Europas erwiesen, wäre seine Forderung nach einem internationalen Heer vermutlich erfüllt worden.»

«Dann hätte er sich zum Herrscher der Welt aufgeschwungen.»

«Möglicherweise.»

Johns Handy klingelte.

«Entschuldigung», sagte er.

«Wo zum Teufel steckst du bloß?», fragte Marc Jemmallo.

«In London ...»

«Ah, ausgezeichnet! Du bist immer am falschen Ort. Hier stirbt plötzlich der Staatssekretär, und du ...»

«Ich weiß, Marc ...»

«Dann komm auf der Stelle zurück!»

«Nein, Marc. Ich bleibe hier. Und bis morgen hast du eine Reportage, die die Welt aus den Angeln heben wird!»

«Was redest du da?»

«Glaub es einfach! Und jetzt geh mir nicht weiter auf die Nerven!» Er legte auf.

XLIII

Boston, 12. September

Er blickte unverwandt den goldenen Ehering an, der an seinem Finger glänzte, während die Maschine nach dem Transatlantikflug ziemlich unsanft aufsetzte. Die Sonne brannte.

John frühstückte am Flughafen, nahm dann ein Taxi und ließ sich zum Quincy Market bringen. Von dort war es nicht mehr weit zur Wohnung, und er wollte die letzten paar Meter zu Fuß gehen. An seinen neuen Ehering hatte er sich noch immer nicht gewöhnt. Kate war in Rom geblieben, sie hatte nicht mitfliegen wollen. Die Hochzeitsreise war auf die Weihnachtszeit verschoben worden – ihr Ziel war Coimbra.

Er klingelte zwei Mal. Es war elf Uhr an einem herrlichen Samstagvormittag im September.

«Wer ist da?», fragte Rosemary.

«Ich bin's, John.»

Die Frau sagte nichts und drückte auf den Türöffner.

John ging die Treppe hinauf.

Seine Tochter wartete oben am Treppenabsatz auf ihn.

«Papa!»

«Clarice!»

Er drückte sie lange an sich. Seit ihrem letzten Treffen waren erst ein paar Monate vergangen, und doch kam sie ihm verändert vor, sie wirkte gar nicht mehr wie ein kleines Mädchen.»

«Papa, warum bist du hier? Der Papst ist in Jerusalem, ich habe ihn im Fernsehen gesehen!»

«Du bist mir wichtiger», sagte John gerührt.

«Dann … dann war er es, der dich hierherkommen ließ?»

«Ja, Clarice, das war er! Er sagte, nichts auf der Welt könnte wichtiger sein, als dich zu treffen. Wollen wir rausgehen?»

«Gern! Wenn Mama einverstanden ist …»

Sie verbrachten einen herrlichen Tag.

XLIV

Astana, 13. September

Der Mann trug einen grauen Overall, er war zeitig am Morgen aufgestanden und zu der großen Halle mit dem Geflügel gegangen.

«Die glauben wohl, sie hätten gewonnen! Die werden sich noch wundern ...», sagte er immer wieder zu sich selbst, wie in Trance. Schweißperlen glänzten auf seiner Stirn, er bewegte sich wie ein Automat. Der große Schuppen am Stadtrand von Astana war der einzige Geflügelaufzuchtbetrieb der Soniet Al, den das FBI nicht ausfindig gemacht und zerstört hatte – er war nirgendwo verzeichnet. Dan Hamid selbst hatte ihn aufgebaut, als letzte Möglichkeit, seine verrückten Pläne in die Tat umzusetzen. Sein «Wärter» war einer der besten Wissenschaftler der ehemaligen Sowjetunion, der nach wie vor pünktlich zum Monatsersten ein schwindelerregend hohes Honorar in Dollar auf ein Konto der Crédit Suisse in Genf überwiesen bekam.

Vierzig Tage hatte er abgewartet, bis er den Notfallplan in die Tat umsetzte, jenes Memorandum, das Dan Hamid ihm Anfang des Jahres anvertraut hatte, mit der Bitte, es auswendig zu lernen und danach zu vernichten. Er hatte sich penibel an alle Anweisungen gehalten, die Enten in geringer Stückzahl auf verschiedenen Märkten gekauft und den Nachwuchs nach der Paarung großgezogen. Eines Tages war per Post ein kostbares Reagenzglas in einem versiegelten Behälter mit dem Virus angekommen. In dem kleinen Labor neben dem Schuppen hatte er die tödliche Waffe unter tausend Sicherheitsvorkehrungen herangezüchtet. Dann hieß es warten, tage-, wochenlang, auf einen Befehl, ein Zeichen.

Nun war es so weit. Die Soniet Al stand im Blickpunkt der Weltöffentlichkeit, ihr Anführer saß in einem Hochsicherheitsgefängnis im Norden Englands. Dasselbe galt für seinen exzentrischen Bruder mit dem Turban. Man war auf die esoterische Sekte der «Söhne Mohammeds» gestoßen und hatte ihre Mitglieder verhaftet. Sergej wusste, jetzt hing alles nur noch von ihm ab.

Mit größtmöglicher Präzision hatte er die einzelnen Schritte dieser komplizierten Prozedur durchgeführt, alles war bis ins kleinste Detail geplant. Dann war der große Tag gekommen. Dreitausend Vögel, mit dem tödlichen Virus infiziert, waren bereit, nach Westen zu fliegen.

Der Mann – schon ganz außer sich und aufgeregt – rezitierte einen Satz auf Arabisch:

«*Wa ìndama yazharu l-Mahdi sayabsutu sultànahu 'ala kulli l-ard. 'Abathan yuqàwimu 'azìmu Rumiyya. Idh anna ikhwànuna sayajtàhùna arda s-salìbi jà'ilìna l-hawa'a fāsidan.*

Wenn der Mahdi erscheint, wird er seine Macht über die ganze Welt ausbreiten. Vergeblich wird der Gekreuzigte aus Rom sich wehren. Unsere Brüder werden schweigend ins Land der Kreuze einfallen und die Luft mit Todeshauch erfüllen ...»

Er wandte seine Augen zum klaren Himmel. Die Luft war

frisch, sein Blick wanderte bis zum Horizont in der endlosen Ferne der Steppe.

«Ihr verfluchten Hunde … ihr habt es nicht anders verdient!», schrie er.

Sergej drückte auf einen Knopf, und alle Käfige öffneten sich. Die Vögel schwirrten davon, einige waren unsicher, andere hatten es ganz eilig, wieder andere flogen im Zickzack, unfähig, diese plötzlich wiedergewonnene Freiheit zu genießen. In kleinen Schwärmen flogen sie nach Westen. Schon in wenigen Wochen würden sie im Herzen Europas sein. Die Invasion hatte begonnen …

Gregory & Tintori
Das Buch der Namen

Ein uralter Papyrus mit einer Namenliste – nach jahrelanger Suche hält Sir Rodney ihn endlich in den Händen. Wenige Minuten später ist der Archäologe tot. Damit nimmt eine rätselhafte Mordserie ihren Lauf. Auf der ganzen Welt werden Menschen getötet, die bestimmte Namen tragen. rororo 24481

rororo

Blutige Riten, mysteriöse Morde

Eric Giacometti/Jacques Ravenne
Das Schattenritual

Bei einem Empfang in der französischen Botschaft wird eine junge Frau ermordet. Antoine Marcas, Kommissar und Freimaurer, beginnt zu ermitteln. Schon bald erfährt er von weiteren Morden, die alle nach demselben, jahrtausendealten Ritual begangen wurden … rororo 24335

Juan Gómez-Jurado
Der Gottesspion

Der Papst ist gestorben, und in Rom treffen Kardinäle aus aller Welt zur Wahl des Nachfolgers ein. Doch dann werden nacheinander vier Kirchenfürsten auf unmenschliche Weise abgeschlachtet. Die Tat eines Geisteskranken? Oder will jemand das Konklave beeinflussen? rororo 24358

BW 141/1

Weitere Informationen in der Rowohlt Revue *oder unter* www.rororo.de

Bernard Cornwell
Das letzte Königreich

Als Zehnjähriger erlebt der Fürstensohn Uhtred den Einfall der Wikinger. Sein Mut beeindruckt den Anführer der Dänen so sehr, dass er ihn als Ziehkind aufnimmt. Doch nach Jahren wechselt Uhtred wieder die Seiten ...
rororo 24222

Wikinger, Tempelritter, Glücksspieler

Raymond Khoury
Scriptum

In New York wird eine Ausstellung eröffnet: die kostbarsten Schätze des Vatikans. Aber die vier Reiter, die den Abend in einem Blutbad ertränken, haben es allein auf ein verwittertes Holzkästchen abgesehen. Die zufällig anwesende Tess ist elektrisiert: Alle Angreifer waren wie Tempelritter gekleidet. rororo 24208

Adam Fawer
Null

David Caine führt ein gefährliches Doppelleben. Tagsüber begeistert er seine Studenten für Wahrscheinlichkeitsrechnung, nachts taucht er ab in die Welt der Pokerclubs in Manhattan. Eines Nachts unterläuft ihm ein Fehler, und sein Leben gerät außer Kontrolle.
rororo 23941

BW 140/1

Weitere Informationen in der Rowohlt Revue *oder unter* www.rororo.de

Jay Bonansinga
Hurricane [Twisted]

Nur ein Jahr nachdem Katrina Tod und Verderben über New Orleans gebracht hat, verwüstet Hurrikan Cassandra die Stadt. Als FBI-Profiler Grove nach dem Sturm vor dem Leichnam seines Freundes steht, ist ihm sofort klar, dass dies nicht das letzte Opfer sein wird ...
rororo 24417

ro
ro
ro

Der eisige Hauch des Todes

Nancy Pickard
Schneeblüte

Als sie das Mädchen im Schnee fanden, war sie tot. Ein Körper ohne Namen und Gesicht. In derselben Nacht verschwand Mitch. Jetzt ist er zurück. 17 Jahre später. Auf der Suche nach der Wahrheit?
rororo 24337

Piero Degli Antoni
Eisesstille

Sechs Bergsteiger im Himalaya. Alle mit einem Ziel: den Leichnam von Jean-Pierre Leblanc zu finden. Während draußen der Sturm tobt, kochen im Zelt die Emotionen hoch. Denn jeder der sechs hat eigene Pläne. Einer von ihnen tödliche ...
rororo 24401

BW 139/1

Weitere Informationen in der Rowohlt Revue *oder unter* www.rororo.de

P. D. Martin
Body Count – Die Spur des Todes

In Washington treibt ein Killer sein Unwesen. Die FBI-Profilerin Sophie ist ihm auf den Fersen. Als ein weiteres Mordopfer auftaucht, muss sie entsetzt feststellen, dass sie das Mädchen kennt: aus ihren Träumen. In ihrem Bemühen, Wirklichkeit und Albtraum zu trennen, identifiziert sich Sophie immer mehr mit der Psyche des Mörders ... rororo 24385

Spannung hautnah!
Neue Thriller bei rororo

Michael Ridpath
Absturz

Nach einem Tornado-Absturz hat Pilot Alex Calder seinen Dienst quittieren müssen. Jetzt ist er einer der erfolgreichsten Trader bei der Investment-Bank Bloomfield Weiss. Doch Abstürze geschehen auch auf dem glatten Börsenparkett. Und die Tote, die dabei zu beklagen ist, ist kein Unfallopfer ... rororo 24360

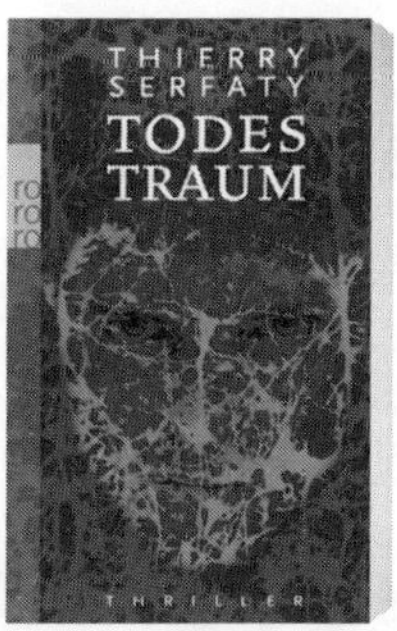

Thierry Serfaty
Todestraum

Laurent leidet unter Halluzinationen und unterzieht sich deshalb einer Schlaftherapie. Während seiner letzten Sitzung wird er von einem grausamen Traum heimgesucht: Im Schlaf sieht er, wie seine Familie brutal ermordet wird. In panischer Angst flieht er aus der Klinik ... rororo 24500

BW 147/1

Weitere Informationen in der Rowohlt Revue *oder unter* www.rororo.de

★ ★ ★ ★ ★

1, 2, 3, 4 oder 5 Sterne?

Wie hat Ihnen dieses Buch gefallen?

Bewerten Sie es auf

www.LOVELYBOOKS.de

Die Online-Community für alle, die Bücher lieben.

Klicken Sie sich rein und
bewerten Sie Bücher,
finden Sie Buchempfehlungen,
schreiben Sie Rezensionen,
unterhalten Sie sich mit Freunden
und entdecken Sie vieles mehr.

LB 1